KB017260

해의 흔적

해의 흔적

The Trace of the Wonder

VOL.1

도해늘 장편소설

Contents

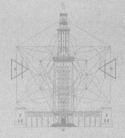

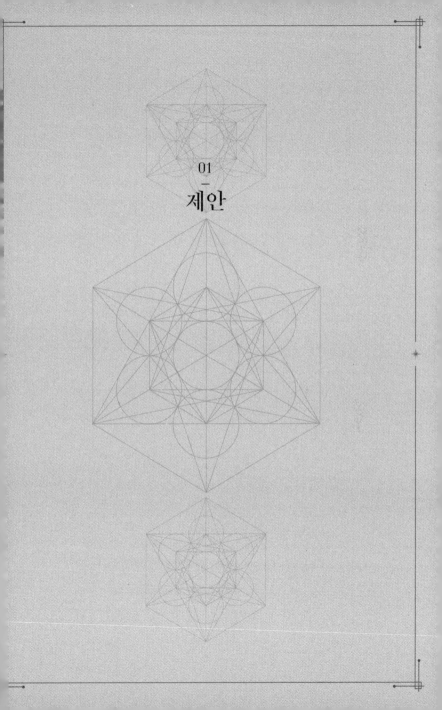

01
—
제안

해가 저물어 가는 시각이었다.

정이선은 제 앞으로 길어지는 그림자를 물끄러미 응시했다. 발끝에서부터 번져 나가듯 이어진 그림자는 석양빛마저 잡아먹고 새까맣게 존재하고 있었다. 그는 해를 등진 채로 가만히 바닥의 어둠만 쫓다가 곧 주머니에서 진동을 느꼈다.

화면에 뜬 이름을 확인한 정이선이 짧게 탄식하며 전화를 받았다. 끝나자마자 연락했어야 했는데 오늘은 하루 종일 정신이 다른 곳에 있어 깜빡했다.

"16번 도로, 복구 완료했어요."

―어, 그래. 이선아. 네가 매번 수고가 많다. 하도 잘해 줘서 주위에서 자꾸 누구인지 물어본다니까. 앞으로는 일부러라도 빈틈 좀 남겨 놔.

"그러면 일 안 주실 거잖아요."

―에이 참! 융통성 없기는.

다소 장난스럽게 건넨 말에 정이선이 담담하게 반응하자 건너편에서 웃음소리가 들려왔다. 그다지 웃을 만한 대화도 아니었는데 웃음을 터트리는 행동이 참 그다웠다. 정이선은 여전히 제 앞의 그림자만 가만히 보다가 슬쩍 한 손에 든 케이크 상자를 위로 들었다. 이상하게도 무겁게만 느껴지는 상자였다.

"이만 끊을게요. 다음에 또 일 있으면 연락 주세요."

―전화 건 지 이제 1분 됐다, 어? 이렇게 매정하게 굴 거야? 이선아, 이거 진짜 이상해. 내가 분명 너한테 일을 주는 사람이란 말이지? 따지자면 내가 거래처 사장이란 말이야. 그런데 꼭 네가 먼저 전화를 끊어. 다른 복구사들은 안 그러거든? 나한테 구구절절 안부를 물으면서…….

길어지는 말에 정이선은 속으로 한숨을 삼켰다. 그가 이렇게 전화를 오래 붙잡는다는 건 분명히 다른 용건이 있다는 의미였다.

"무슨 말 하려고 그러세요."

―얘가 참. 사소한 대화를 못 해요, 대화를.

"하실 말 없으면 끊을게요."

―어어, 어! 말할게! 말해!

그가 다급히 외쳤다. 핸드폰을 두 손으로 쥐고 벌떡 일어서기라도 했는지 잠깐 수화기 너머로 소란스러운 소리가 들렸다.

―그러니까…… 이번에 우리가 좀 큰 건수를 잡았거든. 며칠 전 송파구에 생긴 A급 던전 알지? 근데 마침 그 던전이 구청 별관 앞에 생겨서 건물이 좀 무너졌대. 피해도는 B급

으로 측정됐는데, 보상이 A급 수준이야. 우리가 먼저 복구권 땄는데 네가 가면…….

"안 가요."

—잠시만, 잠시! 이선아! 우선 금액부터 들어 봐!

"끊을게요."

—내가 진짜 너 걱정돼서 그래, 어?!

전화를 끊으려던 정이선의 손이 허공에서 뚝 멎었다. '걱정'이라는 단어를 듣는 순간 보인 반응이었다. 정이선의 눈동자가 가만히 화면을 응시하는 동안 상대편의 간절한 외침이 들려왔다. 귀를 대지 않은 탓인지, 혹은 내용 자체에 대한 거부감 때문인지 무척이나 멀리에서 들려오는 것만 같았다.

—너 아직도 용인에 사는데 내가 어떻게 걱정이 안 되냐, 이선아. 네가 사람들 앞에 최대한 얼굴 안 내밀고 싶어 하는 건 아는데, 이번에 돈 좀 벌어서 이사하자. 응? 서울이 싫으면 경기도 다른 곳도 많잖아.

"……."

—내 집으로 오라니까 절대 안 된다고, 집에 혼자 살고 싶다며. 네가 벌써부터 내 집 마련의 꿈을 가진 건 대단한데, 그 꿈을 이루려면 돈을 벌어야지. 그리고 넌 벌 능력이 있는데 왜 안 쓰냐, 어? 내가 너였으면 진작에 강남에 빌딩 세 채, 아니 다섯 채는 세웠겠다!

답답하다는 듯 가슴을 퍽퍽 치는 소리가 들렸다. 정이선은 잠깐 숨을 들이켰다가 꾹 삼켰다. 한숨에 딸려 나가지 못한 감정이 목구멍을 타고 꿀꺽꿀꺽 넘어왔다. 그는 한참 입을 다물었다가 겨우 중얼거리듯 말했다.

"⋯⋯조용한 곳이 좋아서 그래요."

─아니, 아무리 조용한 곳이 좋아도 대체 왜 용인에⋯⋯.

"생각해 주신 건 감사한데, 그 일은 안 받을게요. 이제 끊겠습니다."

─잠깐만, 이선아! 그러면 HN은, HN길드는 어때.

"⋯⋯네?"

예상치도 못한, 아니, 완전히 뜬금없는 이름이 튀어나왔다.

HN길드. 현재 한국 1위 길드로, 세계에서도 5위권에 드는 대형 길드였다. 아무리 정이선이 요즘 소식과 동떨어져 산다고 해도, 또 공식적인 각성자 활동을 하지 않는다고 하더라도 HN은 모를 수가 없었다. 게다가 특히 그곳을 대표하는 헌터는⋯⋯.

─오늘 사현한테 전화가 왔어. 네 번호나 사는 곳 아니냐고⋯⋯.

"⋯⋯뭐라고요? 그 사람이 저를 왜요?"

─그거야 나도 모르지⋯⋯. 처음에 장난 전화인 줄 알았는데, 목소리 들으니까 딱 사현이더라고. HN에서, 그것도 코드 사현이 나한테 직접 전화하다니, 진짜 꿈인 줄 알았다.

"그래서, 알려 줬어요?"

─나를 뭘로 보고! 모른다고 잡아뗐지. 그런데 알지 않냐고 한 번 더 묻더라고? 그때 소름이 돋더라. 그 말투가 딱, 내가 숨기고 있는 거 이미 눈치챈 말투?

"……."

─그러고는 너한테 전화해서 같이 일해 볼 생각 있냐고 물어보래. 내가 모른다고 다시 말했는데, '전하세요' 한마디 하고 끊는 거 있지. 진짜 내 참, 어이가 없어서.

절대로 그 말에 겁을 먹고 이렇게 전하는 게 아니라고 아저씨가 거듭 강조했다. 그저 HN은 너무나 좋은 길드니 그의 의사를 확인하고 싶었을 뿐이라며, 먼저 구청 별관 복구건을 물어보고 정이선이 수락했더라면 슬쩍 HN길드의 연락 사실을 흘릴 생각이었다고 밝혔다.

정이선은 '그날' 이후로 잠적한 각성자였다. 사람이 많은 곳은 절대 다니지 않았고, 이목이 집중될 만한 복구 건은 피해서 의뢰받았다. 수많은 사람과 길드가 정이선을 찾았지만 그는 바깥에 얼굴을 보이지 않았다. 현재 전화하는 아저씨에게서 간간이 일을 받아 돈을 버는 게 전부였으며 그것도 아주 사소한 복구 건만 맡았다.

─네가 지금 잠적 탄 건 아는데, 그래도 HN길드잖아. 게다가 사현이 물어보는 거면, 너 코드에 스카우트하려는 거 아니야?

"……코드에 제가 왜 필요해요. 코드 뒷수습은 HN 담당인데."

—그건 그렇지만…… 아무튼 HN이면 1위 길드인데, 생각 좀 해 봐.

정이선이 침묵했다. 아저씨는 그 침묵이 관심이라 생각했는지 목소리가 한층 밝아졌다.

—HN길드는 각성자한테 집도 준다더라. 업계 최고 복지로 유명하잖아, 거기.

"……안 할 거예요."

—어? 뭐? 이선아, 내가 잘못 들은 거지?

"스카우트든 뭐든, 길드 활동 안 할 거니까 혹시 다시 전화 와도 계속 모른다고 해 주세요. 저 끊을게요."

—잠까…….

아저씨의 외침이 뚝 끊겼다. 정이선은 핸드폰을 주머니에 넣으려다 때마침 온 문자를 읽었다. 얼마나 급하게 보냈는지 오타가 가득했다.

「ㅇ선아 생각 바ㄲ뀌며ㄴ 여기로 연라ㄱ해!!!」

아래로 사현의 연락처가 붙었다. 정이선은 잠깐 번호에 시선을 주었다가 이내 화면을 껐다. 미련 없는 움직임이었다.

사현. HN길드를 대표하는 S급 헌터이자 S급 중에서도 1

위로 꼽히는 헌터. 순위를 나누는 게 무의미한 S급이라지만 일반인들이 임의로 만든 S급 랭킹에서도 사현은 언제나 최고였다. HN길드의 특수 정예 팀 Chord324를 이끄는 리더. Chord324는 HN길드에 소속되어 있으면서도 별개의 조직처럼 독립적인 느낌이 강했다.

HN길드가 한국 1위로 올라설 수 있었던 것은 모두 코드 덕분이었다. 그러니 웬만한 헌터들은 모두 코드에 들어가길 원했으며, 일반인도 코드를 경외했다.

그런데 그 코드의 리더인 사현이 자신을 찾고 있다니. 퍽 비현실적인 말이었다. 함께 일하자고 제안한다는 건 코드에 들어오란 소리인데, 특수 정예 팀에 복구사인 정이선이 할 일은 없었다.

정이선은 S급 복구사였다.

몇십 년 전부터 세상에는 '던전'이 나타나기 시작했고, 그와 함께 각성자가 나왔다. 던전이 발생하면 주위 일대가 폐허가 되었으며 던전을 클리어해도 최소 10미터가량 피해가 남았다. 던전의 난이도가 올라갈수록 피해의 정도는 더 커졌다.

그리고 그런 피해를 수습하는 이들이 바로 복구사였다. 그들의 복구 능력은 대상을 사고 발생 시점 '이전'으로 돌리는 능력이었다. 하지만 건물의 원형을 완전히 회복하기란 어려워 대개 복구사가 기본 골조를 복구하면 이후 공사 업체가 투입되는 형식이었다.

　하지만 복구사 중 유일하게 S급인 정이선은 공사 업체조차 필요 없을 정도로 완벽하게 건물을 복구했다. 그의 등장을 기준으로 복구사를 보는 사람들의 시선이 바뀌었다고도 말할 수 있었다.

　그러나 정이선의 능력은 어디까지나 던전 발생 '후'에 초점이 맞춰져 있다. 그러니 던전에 진입하는 헌터인 사현이 정이선을 찾는 이유는 도무지 짐작할 수 없었다.

　군이 짐작하고 싶지도 않고, 딱히 궁금하지도 않으니 생각을 접었다. 어서 집으로 돌아가야 했다. 손에 든 케이크 상자를 흘끔 본 정이선은 걸음을 재촉했다.

　그러나 동네에 다다르자 정이선의 걸음은 천천히 느려지다 종내 뚝 멎었다. 용인은 한때 사람이 살던 도시였지만 현재는 거의 인적이 드물다 못해 버려진 도시나 마찬가지였다. 그런데 그곳의 대로변에서 정이선은 아주 낯설고 이질적인 것을 보았다.

　"……."

　새까만 중형 세단은 차에 관심이 없는 정이선마저 알아볼 정도로 유명한 브랜드 모델이었고, 차에 등을 기댄 채로 서 있는 사람은 그를 아는 사람보다 모르는 사람을 찾는 게 더 어려울 존재였다.

　"안녕하세요, 정이선 씨. 만나기 꽤 어렵네요."

사현.

어둠을 그대로 담아낸 것처럼 새까만 머리칼이 단정하게 이마 위로 정돈되어 있고, 그 아래의 하얀 얼굴은 서리 같은 느낌을 줬다. 눈동자는 언뜻 서늘한 느낌을 주는 흑색이고 눈꼬리마저 날카로웠지만, 휘어진 눈매나 호선을 그리는 연붉은 입술이 그가 현재 미소하고 있다는 걸 알렸다.

정이선만이 서늘하고도 이상한 감각을 느껴 사현의 새까만 눈동자에 일순 시선이 묶였을 뿐, 다른 사람들이었다면 그저 감탄할 아름다운 얼굴이었다.

"원태식 씨한테서 연락은 받았을 테고…….."

한 걸음, 한 걸음씩 사현이 나긋이 이선에게 다가왔다. 순간 이선은 아저씨가 자신의 정보를 사현에게 넘겼나 생각했지만, 지금까지 봐 온 아저씨는 절대 그럴 성정이 아니었다.

그렇다면 여기까지 사현이 찾아온 건…….

숨이 덜컥 막혔다. 설마 뒷조사를 했나? 사현이라면 큰 수고를 들이지 않고도 제 정보를 얻을 수 있다. 그 사실 앞에서 정이선은 속이 답답해졌다. 자신의 집을 이미 알아냈나? 혹시 안을 확인했을까?

하지만 현재 사현과 마주한 장소는 집 근처가 아니라 지하철역 앞이었다. 집과는 꽤 거리가 있었지만 정이선은 경계의 빛을 지우지 못했다.

어느덧 지척까지 다가온 사현이 정이선에게 손을 내밀었다.

"일단 인사부터 할까요, 정이선 씨?"

무척이나 부드러운 목소리에 정중한 행동이었다. 정이선은 제 앞에 내밀어진 사현의 손을 잠깐 내려다보았다. 길게 뻗은 손가락이 시원시원해 보였으며 언뜻 단단한 느낌도 줬다.

이선은 천천히 시선을 올려 미소하는 사현의 눈동자를 똑바로 마주하며 말했다.

"아뇨. 저는 그쪽이랑 대화할 용건이 없으니 굳이 악수할 필요는 없을 것 같네요."

"음."

"안녕히 가세요."

눈짓으로 인사한 이선이 사현의 옆으로 걸음을 옮겼다.

하지만 정이선이 두어 걸음쯤 걸었을 때, 앞이 막혔다. 사현이 자연스레 옆으로 한 발자국 옮겨 그의 앞에 선 것이다. 단호하게 거절했으니 꽤 기분 나빴을 법도 한데 얼굴의 미소는 변함이 없었다.

"조건이라도 듣고 가지 그래요."

"관심 없습니다. HN길드든, 코드든. 계약금, 연봉, 집, 복지 등등 모두 관심 없으니 이제 가 주세요."

"그러면 관심 있는 걸 말해 줄래요? 원하는 건 다 해 드릴 수 있는데."

“지금 그쪽이 비켜 주는 걸 원해요. 앞으로 다시 찾아오지 않는 것도.”

이선의 말에 사현은 말없이 웃기만 했다. 여전히 비킬 의지가 없어 보여 결국 이선은 살짝 눈가를 찌푸리며 물었다.

“대체 코드에 내가 왜 필요해요? 던전 클리어 후 피해 복구는 모두 HN길드 소속 복구사들이 할 텐데.”

“궁금해요? 궁금하면 저랑 계약하고 들어야 하는데.”

“이만 갈게요.”

“정이선 씨한테 장난치는 게 아니라, 그만큼 사안이 중대해서 그래요. 제가 여기까지 찾아온 이유를 정이선 씨가 다른 곳에 흘리지 않으리란 보장이 없잖아요. 그렇죠?”

다시금 한 걸음 옆으로 옮기려는 정이선을 따라 상체를 기울인 사현이 미소하며 물었다. 동의를 구하는 눈치였지만 정이선은 그가 원하는 대로 반응해 주고 싶지 않아 입을 꾹 다물었다. 속으로 ‘그’ 사현이 직접 걸음 할 정도면 정말로 섣불리 말하지 못할 사안이 있겠다고 생각하긴 했으나, 그렇다면 더더욱 사현과 얽혀서 좋을 게 없었다.

정이선은 뒤로 한 걸음 물러났는데 정말 끈질기게도 사현이 다시 한 걸음 쫓아왔다. 그는 잠깐 뛰어서 도망가야 하나 생각했지만 사현의 능력을 생각해 보면 그 또한 헛수고였다.

사현의 능력은 ‘그림자 흔(痕)’이었다.

눈에 보이는 어느 그림자로든 이동이 가능하며, 그림자에 물리력을 실을 수도 있다. 후자의 경우는 그림자 빙의로, 본체의 힘이 그림자로 이동해서 정도에 따라 본체가 약해지거나 아예 본체 제어 능력이 사라진다. 그래서 사현은 비상시를 위해 그 몸을 지킬 탱커를 수행비서처럼 대동했다. 아마저 새까만 차 안에도 있을 터였다.

사현은 그림자가 많을수록, 어둠이 짙을수록 강했다. 그가 자유자재로 사용하는 새까만 단검은 어둠의 응축물과 같았다. 비록 지금 정이선이 도망친다 해서 사현의 검에 꿰뚫릴 일은 없겠지만, 몇 걸음도 못 가 붙잡힐 건 뻔했다. 아니, 한 걸음도 못 갈 것이다.

게다가 지금은 노을이 지면서 건물의 그림자가 길어지고 있는 상황이니, 시간이 흐를수록 사현의 힘이 커질 것이었다. 정이선은 짧게 한숨을 삼킨 후 말했다.

"이곳까지 찾아오셨는데, 유감이지만 전 길드 활동 안 합니다."

"보통 코드는 HN길드와 별개의 단체라고 보던데."

"공개적인 활동을 하고 싶지 않다는 소리예요. 그쪽 옆에 있으면 어떻게든 주목을 받게 될 텐데 그것만큼은 싫어서요. 조용한 곳에서, 남들 시선 하나도 없는 곳에서 하는 일이면 생각해 보겠지만……."

정이선이 사현과 눈을 마주하며 단조롭게 말했다.

"표정 보니 그건 아닌 것 같네요. 그러니 이제 가 보겠습니다.”

　이번에는 사현이 쫓아오지 않았다. 하지만 정이선이 대각선으로 한 걸음 옮기고, 또 한 걸음 더 나아갔을 때.

　“케이크를 들고 있네요. 생일 파티하려고 이렇게 빨리 가나요?”

　그 말에 우뚝, 정이선의 걸음이 멈췄다. 천천히 고개를 돌리는 것과 동시에 사현이 몸을 완전히 돌려 그를 보았다. 사현은 눈매를 접으며 유하게 미소해 보였다. 매끈하게 뻗은 눈매가 휘면서 자아내는 웃음은 아름다웠지만 정이선은 다시금 그 안의 새까만 눈동자에 숨이 막힌다고 생각했다.

　“오늘이 정이선 씨 생일은 아닌 걸로 아는데.”

　“……꼭 생일에만 케이크를 먹나요?”

　“그런 건 아니지만…… 이선 씨한테 무슨 특별한 날인지 모르겠어서요. 기념할 만한 게 있나요? 오늘의 성공적인 16번 도로 복구를 자축?”

　“제가 그걸 왜 그쪽한테 말해야 하죠?”

　“그거야 저는 정이선 씨와 계약하고 싶으니까, 이선 씨에 대한 정보를 많이 알수록 좋잖아요?”

　“저는 그쪽과 계약할 마음이 없으니 말하고 싶지 않은데요.”

　사현의 입매가 묘한 호선을 그렸다. 점점 딱딱해지는 정이선의 반응에도, 비꼬듯 내던지는 대답에도 그는 눈썹 하나 찡그리지 않았다. 그저 정이선을 응시한 채로 다시금 멋대로 질문할 뿐이었다.

"혼자 이곳에서 사는 이유가 뭔가요? 이 도시, 1차 대던전 이후 폐허가 돼서 모두들 떠났잖아요."

1차 대던전. 한국에서 최초로 발생한 S급 던전을 가리켰다. 당시 1위였던 대한길드는 던전의 난이도를 B로 잘못 책정했다. 난이도 측정기가 S급이라고 측정하지 못한 탓도 있지만 당시의 이상한 기운을 착각으로만 여겼던 방만한 실책도 한몫했다.

B급 던전이라 믿고 진입했던 공대는 당연하게도 모두 사망했다. 그 때문에 골든 타임을 놓치면서 던전이 어마어마하게 커졌고, 이후 급히 S급과 A급을 소집해 다시 진입했지만 그 또한 전멸했다. 대한길드를 향한 여론의 비난을 수습하기 위해 성급히 일을 진행하다 일어난 참사였다.

그렇게 점점 커져만 가던 S급 던전을 클리어한 게 바로 사현이었다. 그리고 그 던전은 사현의 헌터 데뷔전이었다. 첫 던전에서부터 엄청난 성과를 낸 사현은 단박에 유명해졌고, 그가 소속한 HN길드도 그 덕분에 한국 1위 길드가 되었다.

하지만 이렇게 길드의 위상이 뒤집히며 세상이 소란스러운 동안 용인시는 수습 시기를 놓쳤다. 애초부터 복구사들이 복구해 낼 수 있는 건 최대 사흘의 손해였다. 용인시는 S급 던전 때문에 보름 가까이 접근이 차단되었던 터라 복구사가 전혀 손을 쓰지 못했다. 정이선은 일주일의 시간까지도 되돌릴 수 있지만 당시엔 각성자가 아니었다.

용인시 절반이 말 그대로 날아갔다. 멀쩡한 건물을 찾기 어려울 정도로, 마치 태풍 혹은 지진이 휩쓸고 지나가 버린 것처럼 완전히 무너졌다. 당시 사망자는 이천 명을 훌쩍 넘었다.

사람들은 S급 던전이 최초로 발생한 불길하고 슬픈 지역에서 벗어나고자 도시를 떠났다. 몇몇은 대한길드를 상대로 소송을 제기하기도 했지만, 그건 무너져 가는 길드를 완전히 파산시키는 일이었을 뿐 도시 재건에 실질적인 도움은 되지 않았다.

뒤늦게 경기도 쪽에서 도시의 건물을 일부 재건하긴 했지만 이미 떠나간 사람은 돌아오지 않았다. 그래서 현재 이 도시에서 사는 사람은 대부분 싼 집값을 찾아온 빈곤층이었다. 경찰이 치안에 힘써 주지 않아 슬럼 취급을 받았다.

"처음부터 이곳에서 살았죠, 정이선 씨. 그렇지만 8년 전, 1차 대던전 때 부모님이 휩쓸려서 사망. 이후 함께 부모를 잃은 친구들과 같이 살다가…… 1년 전, 용인 인근에서 발생한 2차 대던전으로 친구들도 사망."

나긋하게 뇌까리는 사현의 목소리에 정이선의 얼굴이 딱딱하게 굳어 가기 시작했다. 비록 사현이 말한 내용이 인터넷에 '복구사 정이선'을 검색하면 나오는 정보라 할지라도 직접 듣는 건 상당히 달랐다.

"2차 대던전 이후 갑자기 잠적을 타서 다들 어디로 갔나 했는데, 등잔 밑이 어두웠죠. 이곳에 그대로 있을 줄은. 그런데 여전히 의문이란 말이에요. 대체 왜 이곳에서 혼자 머무르죠? 게다가 사는 집도 친구들과 살던 집 그대로."

"……."

"복구 외주는 돈이 꽤 된다고 알고 있는데. 얼마든지 새 집을 구할 수 있지 않아요?"

사현이 순수하게 궁금하단 듯 질문했다. 정이선은 입술을 꾹 깨물었다가 결국 긴 한숨을 뱉어 냈다. 답답함을 풀고자 내뱉었던 숨인데 외려 더 답답해졌다. 목 끝까지 차오른 감정의 응어리가 목구멍을 더 꽉 틀어막는 느낌이었다.

결국 정이선은 피곤해진 목소리로 말했다.

"……가 보겠습니다."

더는 사현에게 비꼴 기력조차 없는지 목소리가 낮게 가라앉았다. 사현이 건넨 질문에 아예 답하지 않고 옆으로 피했다. 정이선은 이제 어쩌면 사현이 능력으로 자신을 붙잡고 협박할 수도 있겠다고 생각했다.

그러나 의외로 사현은 순순히 물러났다.

"미안해요, 정이선 씨. 말하고 싶지 않은 것들도 있을 텐데 제가 자꾸 캐물었네요. 어렵게 만난 터라 제가 하고픈 말이 많았나 봐요."

사과에 당황한 정이선에게 그는 고개를 살짝 숙이기까지 했다.

"제가 갑자기 찾아와서 많이 불쾌했을 텐데……. 그러면 나중에, 이선 씨 편한 시간과 장소 알려 주시면 그때 만나요."

사현이 군더더기 없는 동작으로 품에서 명함을 꺼내 정이선에게 건넸다. 정이선은 절대로 사현에게 연락할 마음이 없었지만, 대화에서 물러나 준 그의 명함마저 거절한다면 벗어나지 못할 것만 같아 결국 그것을 받았다.

Chord324 Leader. 사현

새까만 아르떼지 위로 영롱한 금박 글자를 새겼다. 정이선은 의례적으로 명함을 읽은 후 눈인사만 하고 지나치려 했는데, 시야에 손이 들어왔다.

사현이 다시금 악수하잔 듯 손을 내밀고 있는 것이다. 정이선은 악수하고 싶지 않았지만 사현의 시선이 끈덕지게 따라붙었다. 입가에 걸친 그림 같은 웃음을 보며 정이선은 떨떠름하게 말했다.

"양손에 짐이 있어서요."

한 손에는 케이크 상자, 다른 한 손엔 명함을 든 이선의 완곡한 거절이었다. 그러나 사현은 전혀 개의치 않는 얼굴로 불쑥 손을 내뻗어 케이크 상자를 뺏었다.

"그러면 제가 들어 드리죠."

황당해진 이선이 이게 무슨 짓이냐는 눈빛을 보냈지만 사현은 여전히 손을 내밀고 있었다. 결국 정이선은 마지못해 그와 손을 잡았다. 서늘하게 생겼으면서 의외로 손은 차갑지 않았다.

그것이 너무도 낯설어 정이선은 잠깐 멈칫했다가, 두어 번쯤 흔들었으니 되었단 생각에 손을 빼내려 했다. 하지만 사현이 손을 놓지 않았다.

"……악수를 지나치게 좋아하시네요."

"이선 씨랑 꼭 함께하고 싶은 마음에."

사현이 눈웃음을 지었다. 그 웃음은 정말로 묘한 구석이 있었다. 곱상하고 예쁘장하게 생긴 얼굴로 미소하지만 쉽게 범접할 수 없는 분위기가 풍겼다. 그건 단순히 가까워지기 어려운 자에게서 느끼는 거리감이라기보다는 어떤 수렁과 같았다. 유혹하는 눈빛은 아니었으나 그렇다 해서 벗어날 수 있는 종류도 아니었다.

결국 정이선은 체감상 5분이 넘도록 사현과 손을 잡고 있어야만 했다. 그가 손을 놓아준 후 자유로워졌지만 한껏 피곤해진 얼굴의 정이선에게 사현이 말했다.

"다음에 또 만나요, 정이선 씨."

정이선이 집으로 돌아왔을 때는 짙은 어둠이 깔린 시각이었다. 분명히 노을이 질 때쯤 집으로 돌아와 저녁을 먹으려 했는데 예기치 못한 사현의 등장에 일정이 어그러졌다.

사현. 한때는 만나 보고 싶은 헌터였다. 이선의 부모가 사고에 휩쓸렸던 1차 대던전을 클리어한 헌터이니 마음속에 미묘한 고마움이 있었다. 그러나 실제로 만난 사현은 그저 피곤함만 안겼다. 1년 전에 만났더라면 기뻐할 수 있었을까? 이선은 의미 없이 자문하며 케이크 상자를 열었다.

"미안해, 내가 많이 늦었지."

부산스럽게 움직이며 상을 차렸다. 상이라고 해 봤자 즉석조리 식품을 전자레인지에 데우는 수준이었지만 몇 개는 직접 프라이팬으로 조리해 가며 준비했다.

"생일상이니까 오늘은 다양하게 올린다. 구첩반상이야, 이거."

정이선이 꽤 장난스러운 어조로 말하며 식탁 위에 하나둘 음식을 올렸다. 플라스틱 용기에서 그릇으로 옮겨 담는 정성까지 보였다.

이후 정이선은 집 안의 존재들을 하나둘 식탁 의자에 앉혔다. 부엌은 그다지 넓은 편이 아니었으나 식탁만큼은 커서 여섯이 모두 둘러앉을 수 있었다.

"내가 작년에는 깜빡하고 네 생일 못 챙겼잖아. 미안해서 가장 비싼 케이크로 사 왔어. 너 여기 케이크 꼭 한번 먹어 보고 싶다 했었는데……. 말로만 듣다가 실제로 보니까 예쁘긴 하더라."

"……."

"초 붙이고 노래 부르는 과정은 생략한다? 네가 그런 건 케이크 앞에서 시간 낭비라고 했잖아. 빨리 먹어야 한다고, 그게 가장 케이크의 존재 의의를 지켜 주는 일이라면서……."

식탁 가운데에 앉아 있는 존재의 옆으로 다가가며 정이선이 말했다.

"그래도 생일 케이크니까 한번 반으로 잘라 볼래? 여기 케이크 칼……."

툭, 소리가 떨어지며 공간에 정적을 이끌었다. 케이크 칼이 바닥에 떨어지면서 난 소리였다. 정이선은 잠깐 가만히 굳은 듯 서서 바닥을 내려다보다 이내 아무렇지도 않게 몸을 숙여 칼을 주웠다.

"내가 칼질 못한다고 흉내 내는 거야? 너무하네, 정말."

하지만 몸을 숙인 정이선은 다시 일어나지 못했다. 그저 칼을 주운 채로 쪼그리고 앉아서 한참 동안 바닥만 보았다. 시야에 들어온 의자 옆으로 툭 늘어진 창백한 손에 그는 순간이지만 막연하고도 아득한 기분을 느꼈다. 무어라 칭해야 할지 모를 그것이 정이선의 심장을 쿡쿡 찔렀다.

도저히 살아 있는 사람의 손이라고 볼 수 없을 정도로 창백한 손. 그 위로 투명하게 비치는 핏줄. 정이선은 그것을 가만히 보다가 결국 다시 그 손을 잡아 칼을 쥐게 만들었다. 하지만 칼은 몇 번이고 떨어져서, 결국 정이선이 힘을 주어 억지로 잡게 했다. 거의 그가 쥔 것이나 마찬가지였다.

"어어-, 어……."

압력을 느낀 손의 주인이 소리를 냈다. 텅텅 비어 버린 속에서 울리는 것처럼 공허한 소리였다. 정이선은 그러지 말아야 한다고 생각하면서도 결국 그 존재의 눈을 보고야 말았다. 초점이 없는 눈동자, 흐리멍덩하게 풀려 마치 안개에 휩싸인 듯 혼탁한 색.

정이선은 쫓기듯 시선을 피했다. 그러나 피한 곳에서도 정이선은 현실을 볼 수밖에 없었다. 식탁에 둘러앉은 6명의 존재는 모두 같은 눈을 하고 있었기 때문이다. 살아 있는 것이 아닌, 죽은 존재가 억지로 움직이는 것만 같은 모습.

결국 정이선은 고개를 푹 숙이고, 여전히 제 손에 붙잡혀 칼을 쥔 존재의 손을 이끌어 케이크를 자르게 만들었다. 삐뚤삐뚤하게 잘리는 케이크가 흉했지만 그 누구도 웃는 이가 없었다.

잡은 손은 너무도 서늘했다. 차갑다 못해 사람의 손이 아닌, 단백질 인형을 만지는 것처럼 무기질적인 질감이었다.

그 익숙한 감촉에 정이선은 조용히 축하를 읊었다. 흐느낌과 같은 속삭임이었다.

"……생일 축하해, 영준아."

불현듯 정이선은 한 시간 전 닿았던 누군가의 온기를 원망스럽게 떠올렸다.

◁　◆　▷

날이 밝았다.

정이선은 정오를 넘기고서야 일어났다. 원래는 잠을 많이 자는 편이 아니었지만 그날 이후부터 잠이 부쩍 늘었다. 도피성 수면이었다. 12시간 가까이 잤는데도 피곤한 얼굴을 하고 방 밖으로 나왔다.

그는 습관적으로 베란다의 커튼을 확인했다. 두꺼운 암막 커튼은 바깥에서 절대로 안을 들여다보지 못하도록 언제나 창문을 굳게 가리고 있었다. 하지만 집 안을 돌아다니는 존재들이 때때로 창문에 부딪치곤 해서 혹시나 커튼이 젖혀지진 않았나 잘 살펴보아야만 했다. 꼼꼼히 커튼을 정리한 정이선이 부엌으로 움직였다.

"다들 잘 잤어?"

답이 돌아오지 않는 질문을 던지며 정이선이 식탁에 다가

갔다. 그러다 잠깐 걸음이 멎었다. 바닥에 케이크가 떨어져 있었기 때문이다. 아마도 새벽 동안 걸어 다니다가 식탁과 부딪쳐 케이크를 떨어뜨린 듯했다.

그 누구도 먹은 흔적이 없는 케이크였다. 바닥에 떨어진 케이크를 보는 이선의 눈에 먹지 못한 아쉬움은 없었다. 그저 짙은 감정만 잠시 일렁였다가 결국 짧은 한숨과 함께 바닥을 치우기 시작했다. 크림 때문인지 바닥이 미끌미끌했다.

"애도 아니고 케이크를 던져, 왜."

장난스러운 타박에도 정이선을 돌아보는 이는 없었다. 그럼에도 정이선은 익숙하게 혼잣말하며 케이크를 치우고, 식탁에 그대로 남아 있는 어젯밤의 음식을 다시 전자레인지에 돌렸다. 한번 데워졌다 식은 즉석식품을 다시 조리하니 맛이 없었지만 정이선은 기계처럼 먹었다.

그러나 몇 입 먹다 말고 모조리 쓰레기통에 버렸다. 쓰레기통 앞에 한참 우두커니 서 있던 정이선은 이내 아무렇지도 않은 얼굴로 몸을 돌렸다. 정확하게는 아무렇지 않은 얼굴이라기보다는 모든 감정이 덕지덕지 눌어붙어 더는 감정을 구분할 수 없는 얼굴이었다.

"다들 모여 봐. 어제 포션을 새로 샀는데, 이번엔 효과가 조금 있을지도 몰라."

정이선은 거실 소파에 앉았다. 이전까지 집 안을 계속해서 헤매던 존재들이 '어– 어어' 소리를 내며 근처로 모였다.

정이선은 그들 중 가장 가까운 팔을 잡아 옆에 앉혔다. 고목처럼 차갑고 딱딱했다.

정이선의 주위에 있는 여섯 존재. 외양은 사람이었으나 '사람'이라는 말을 선뜻 붙이기 어려울 정도로 이질적인 이들. 흐리멍덩한 시선, 피가 흐르지 않는 듯 창백한 몸. 가끔씩 괴상하고도 공허한 소리만 흘리며 어슬렁거리는 그들은 정이선의 친구였다.

1년 전까지 정이선과 함께 이 집에서 살던 친구들. 그러나 현재 그들을 죽었다고 표현해야 하는지도 정이선은 알 수 없었다.

그들은 이미 죽었으나 정이선이 복구한 존재였기 때문이다.

2차 대던전. 해당 사고는 S급 던전이 아니었음에도 대던전 칭호가 붙었다. 한국에서 처음으로 발생한 연계던전이었기 때문이다. 던전을 클리어하고 모든 헌터가 돌아갔을 때 2차 던전이 연계로 터지면서 혼란이 빚어졌다. C급으로 책정된 던전 다음에 B급 던전이 발생한 것이다.

던전이 끝난 줄 알고 그곳의 피해를 수습하러 갔던 정이선은 친구들과 함께 던전에 휩쓸렸다. 당시 친구들은 모두 던전에서 사망했고, 정이선은 차마 그 사실을 받아들이지 못해 처음으로 생명체에 복구 능력을 사용해 보았다.

바닥에 쓰러져 있던 그의 친구들은 다시 일어났지만 더는 사람이라고 부를 수 없는 존재가 되었다. 인간처럼 사고하지 못했으며 몸은 죽은 것처럼 창백했다. 마치 좀비 같았다.

정이선은 그들을 인간 상태로 돌리기 위해 무수히 많은 노력을 했다. 감히 그들이 다시 살아나기를 바라는 것은 아니었지만 적어도 편안하게 눈감기를 바랐다. 눈을 감게 하는 것만이 목적이라면 죽일 방안을 찾으면 되지 않겠느냐 하겠지만…….

S급 복구사 정이선에겐 능력 조건이 하나 있었다. 바로 동종 생명체에 위해를 가하지 못하는 것이다. 복구된 친구들은 인간보단 좀비에 가까우니 위해를 가할 수 있을까 했는데, 여전히 정이선은 그들 가까이 칼을 댈 수 없었다. 그들이 여전히 생명체라는 점은 정이선에게 안도와 자괴를 동시에 안겼다. 희극적이고도 비극적인 깨달음이었다.

그래서 정이선이 할 수 있는 일이라곤 오직 포션을 구하는 것뿐이었다. 시중에 나온 웬만한 상태 이상 해제 포션은 모두 사용해 보았는데 아직 효과가 없었다. 상태 이상 해제용 포션은 주로 던전 안에서 몬스터의 저주나 공격을 받은 헌터들을 위한 포션이지만, 정이선은 제 손으로 복구된 친구들에게 그 포션을 사용했다.

"이건 낙원길드에서 만든 포션인데, 진짜 큰돈 주고 구했어."

낙원길드는 국내 3위의 길드였다. 대형 길드는 갈수록 기업의 형태를 갖췄고, 그들은 제작 전문 힐러를 모집해 포션을 만들어 팔았다. 난이도가 높은 던전에서 얻을 수 있는 상급 마정석을 가공한 포션은 대부분 대형 길드 독점 제조 및 판매였다.

이런 포션은 가격이 어마어마했고, 정이선은 조금씩 돈을 모아 포션을 구매했다. 예전처럼 공식적으로 복구사 활동을 한다면 순식간에 벌 테지만 바깥에 얼굴을 드러낼 수가 없었다. 숨겨 놓은 친구들을 들킬 것 같았기 때문이다.

정이선은 친구의 팔을 잡고 주사를 놓았다.

"어때, 좀 괜찮은 것 같아?"

"……어어, 어……."

"답은 '어'면서 왜 안 괜찮아져."

조금 지친 목소리로 말한 정이선은 결국 옆에 있던 포션을 툭 치워 버렸다. 포션이 도르르 굴러 소파 아래로 떨어졌지만 그는 다시 줍지 않았다. 기껏 비싼 낙원길드의 포션까지 구해 왔는데 전혀 차도가 없으니 피곤해졌다.

사실 이미 예전부터 알았다. 시중에서 파는 포션은 효과가 없단 걸. 애초에 상태 이상 해제 포션을 구하는 것부터가 잘못되었을지도 모르지만, 얄팍한 믿음 하나 때문에 정이선은 포기할 수가 없었다.

소파에 머리를 기댄 채로 미간을 꾹꾹 누르던 정이선이 중얼거렸다.

"……HN길드도 포션으로 유명한데."

대형 길드이니만큼 당연한 이야기지만, 그중에서도 부길드장 사윤강이 만든 포션이 특히 유명했다. 한 달에 겨우 한두 번 나올 정도로 희귀했으며 그 효과가 뛰어나단 소리를 많이 들었다. 그건 시중에서 판매되기보다 경매에서 낙찰되는 수준이었다.

인터넷에선 사실 사윤강의 포션은 그다지 대단한 것이 아닌데, 그가 사현에게 밀리지 않으려고 희귀품 전략을 써서 아등바등 입지를 높이는 거란 루머가 나돌았다. 예전부터 사람들은 HN의 부길드장 사윤강과 HN 특수 정예 팀장 사현의 대립 구도를 좋아했다. 둘은 길드장의 아들이자 이복형제기 때문이다.

사윤강도 그 나름대로 A급 힐러에, 한국에서 손꼽히는 포션 전문가이니 '어쩌면……' 하는 생각이 들었다.

정이선은 문득 어제저녁에 받았던 사현의 명함을 떠올렸지만 그것을 찾지 않았다. 효과가 확실하지 않은 포션을 구하기 위해 공식 활동을 다시 하는 것보단 차라리 돈을 벌어 사는 게 더 나았다.

결국 정이선은 핸드폰을 꺼내 전화를 걸었다.

"아저씨, 저 구청 별관 복구 건 맡을게요."

새벽 2시의 도로는 적막했다.

도로변에 선 정이선은 가만히 새벽의 서늘한 공기를 맡았다. 사람들로 붐비는 서울에는 최대한 나오고 싶지 않았지만 돈이 되는 일은 대부분 서울에 있었다. 그나마 구청 별관 주위는 상대적으로 고요해서 다행이었다.

사람과 마주치고 싶지 않아 부러 새벽을 택했으며, 원태식 아저씨에게 주위에 사람이 없는지 확인해 달라고 부탁했다. 아저씨는 자신을 아주 따까리처럼 부린다고 툴툴거리면서도 인근을 모두 살펴 주었다. 며칠 전에 A급 던전이 발생한 탓인지 새벽엔 개미 한 마리조차 찾을 수 없다고 그가 말했다.

그럼에도 정이선은 누가 볼세라 후드를 깊게 눌러쓴 채로 서서 눈앞의 폐허를 보았다. 피해도 B급으로 측정된 별관은 반 넘게 무너진 상태였다. 그간 눈에 띄지 않게 피해도 D급의 복구 건만 맡아 왔기에, 이렇게 크게 무너진 건물 앞에 서는 것이 낯설었다.

후우, 길게 한숨을 내쉰 정이선이 다시금 주위를 휙휙 둘러보았다. 아무도 없단 걸 다시 확인한 후에야 별관의 무너진 벽에 손을 얹었다.

쿠구구, 바닥에 있는 잔해가 하나둘 떠오르기 시작하면서 소란이 일었다. 중장비 몇 대를 투입해야 들 정도의 잔해가 모두 허공에 떠오르기까지는 긴 시간이 걸리지 않았다. 잔해 사이에서 건물을 바라보는 정이선의 눈이 아주 살짝 가늘어졌다가 이내 똑바로 뜨였다.

주위로 잠깐 바람이 휘몰아쳤다. 복구사가 건물의 시간을 과거로 돌리면서 일어나는 현상이었다. 바람이 시계 방향으로 불었다가 돌연 반시계 방향으로 몰아치며 공기가 팽팽하게 당겨지다 어그러지길 반복했다.

그 비현실적인 광경 속에서 정이선의 눈동자는 단 한 번도 흔들리지 않았다. 달빛을 받아 옅은 갈색빛을 띠던 눈동자에 일순 이채가 서리는 것과 동시에, 허공의 잔해가 건물에 달라붙기 시작했다.

커다란 잔해가 퍼즐을 맞추듯이 건물에 붙고, 잔해 사이의 흠으로 마치 물을 잔뜩 머금은 물감이 도화지에 번져 나가듯 자재가 이어지기 시작했다. 그건 바닥에 깔려 있었던 조각들만으론 불가능한, 정이선의 S급 복구 능력이 가진 힘이었다.

그리하여 마침내 건물의 복구가 끝나는 것과 동시에 주위를 휘감던 돌풍도 함께 사라졌다. 마지막으로 훅, 몰아쳤던 바람에 후드가 벗겨져 정이선이 짧게 탄식했다.

"하⋯⋯."

너무 오랜만에 능력을 써서 그런지 머리가 아팠다. 건물의 복구 정도는 50퍼센트에 그쳤지만, 일반적인 복구사가 20퍼센트밖에 복구하지 못한다는 걸 생각하면 정이선이 해낸 복구는 엄청난 것이었다.

빨리 후드를 다시 써야 하는데 머리가 너무 아파서 잠깐 한 손으로 이마를 꾹 쥐었다. 그러다 겨우겨우 후드를 쓸 때쯤, 뒤에서 박수 소리가 들려왔다.

당장에 안색이 창백해진 정이선이 뒤를 휙 돌아보았다.

"정이선 씨, 정말 대단하네요."

사현이 그곳에 있었다. 정이선은 황급히 주위를 확인해 보았지만 다른 사람은 없었다. 그저 사현만이 어둠 속에서 나타나 칭찬하고 있을 뿐이다. 마치 처음부터 그곳에 존재했던 사람처럼.

정이선은 살짝 눈가를 찌푸리며 물었다.

"대체 언제부터 봤어요?"

"글쎄요. 아마 이선 씨가 생각하기에 제가 보고 있었을 시점부터?"

"……분명 주위에 인기척은 없었는데."

조용히 중얼거리는 정이선을 보며 사현이 가만히 미소했다. 그에 정이선은 옅은 짜증을 느꼈다. S급 1위라 불리는 헌터에게, 그것도 그림자 능력에 특화되어 어두울수록 강해지는 그에게 이런 말을 한 스스로를 향한 짜증이었다.

정말로 스토킹에 최적화된 능력이었다.

정이선은 괜히 후드를 한 번 더 고쳐 썼다. 폐허 속의 가로등은 겨우겨우 희미한 빛만 뿜어내서 어둠 속에서 사현과 마주하는 상황이 경계심을 부추겼다.

"제가 여기에 있는 건 어떻게 아셨어요."

꽤 날 선 목소리로 던지듯 물었다. 분명히 원태식 아저씨에게 조용히 받은 의뢰이고 근방에 사람이 없었으면 좋겠다고 몇 번이나 강조했다. 아저씨가 사현에게 협박이라도 당한 걸까 고민하고 있으니 사현이 짤막하게 웃었다.

"신기하네요, 정이선 씨."

"대체 뭐가요?"

"제가 모를 경우를 가정한다는 게 신기해요."

"……."

"아, 비웃는 건 아니에요. 그냥 헌터가 아니면 이렇게 생각하는가 싶어서 신기했을 뿐이에요."

담백하게 말한 사현이 미소를 덧대어 그렸다. 던전 안에 진입하는 각성자를 헌터라고 불렀고, 바깥에서 능력을 보이는 사람은 정이선처럼 능력에 따라 호칭이 조금씩 달랐다.

그러니 주로 헌터를 보아 온 사현이 정이선과의 대화를 신기해할 수도 있겠지만, 정말로 그의 표정이 순수한 놀라움을 드러내고 있어 이 말이 진심이란 것도 알았지만 기분이 묘하게 나빠지는 건 어쩔 수 없었다.

겨우 몇 번 대화 나눈 게 전부지만 그것만으로도 사현이 몹시도 능숙하게 대화의 주도권을 잡는단 걸 느꼈다. 정이선은 그에게 휩쓸리고 싶지 않아 그저 눈인사만 하고 지나쳐 갔다. 이번엔 사현이 길 앞을 막지 않고 옆으로 따라오며 나긋하게 물었다.

"그런데 정이선 씨. 왜 저 건물은 50퍼센트밖에 복구를 안 하나요? 이선 씨라면 완벽하게 복구할 수도 있잖아요?"

사현이 고개를 앞으로 기울이며 정이선을 보았지만 정이선은 그에게 시선 한 줌 주지 않았다. 그러나 그에 개의치 않고 사현이 물 흐르듯 말을 이었다.

"저 정이선 씨 영상 많이 봤어요. 던전 밖의 히어로라고 불릴 정도였잖아요. 저 구청 별관보다 훨씬 더 큰 건물도 단숨에 복구하던데. 아, 혹시 100퍼센트 복구하면 S급 복구사 정이선이 돌아왔다는 소문이 퍼질까 봐 일부러?"

"……."

"그런데 복구한 이후엔 두통을 느낀 것 같던데……. 능력이 줄었나 봐요, 이선 씨."

순간 정이선의 걸음이 우뚝 멎었다. 그사이 사현은 한 걸음, 한 걸음 나붓나붓 앞으로 걸어가 더없이 여유로운 태도로 몸을 돌려 정이선과 마주 섰다. 서늘한 달빛만이 지상을 밝히는 공간 속에서 사현이 그 특유의 미소를 지으며 말했다.

"가끔 헌터들의 능력이 떨어지는 걸 봐 왔어요. 그리고 그

원인은 대부분 PTSD. 정이선 씨도 그건가 봐요."

그의 목소리는 마치 어린아이를 부드럽게 어르고 달래는 것만 같았다. 정이선이 살짝 눈가를 찡그렸다. 문득 태식 아저씨가 말했던, '이미 다 눈치챈 말투'가 저런 건가 싶었다.

1차 대던전에서 부모를 잃고, 2차 대던전에선 친구를 잃었으니 그의 능력 저하를 외상 후 스트레스 장애라 보는 건 당연한 일이긴 했다. 사실 정이선 또한 스스로의 상태를 PTSD가 아니라고 확언할 수 없었다. 그러나 순순히 사현의 말에 긍정해 주고 싶지 않아 건조한 목소리로 답했다.

"저에 대해서 얼마나 안다고 이렇게 말하는지 모르겠네요."

"알고 싶으니까 말해 보는 거죠. 틀렸다면 정정해 줄래요?"

유하게 휘는 사현의 눈매를 보는 순간 결국 정이선의 말이 터져 나왔다.

"그래요. 그쪽 말대로 능력이 줄었어요. 예전 능력의 반절밖에 쓰지 못해요. 어떤 때는 30퍼센트만 복구해도 기진맥진하고 정신을 못 차려요. A급이 건물의 30퍼센트 정도 복구해 내니, 굳이 저를 스카우트할 메리트가 없지 않나요? HN길드에 A급 복구사 넘칠 텐데, 그 사람들 쓰세요. 저한테 수고 들이지 말고."

"제가 이선 씨한테 수고 들이고 있단 걸 알아줘서 기쁘네요."

정이선은 결국 사현과 대화하길 포기했다. 1년 가까이 다른 사람과 '대화'하는 일이 거의 전무했던 탓에 이렇게 대화가 답답한가 싶었지만 그건 아닌 듯했다. 그저 사현이 문제였다.

"그리고 조금 전 말이 사실과 아주 큰 차이가 있는데, A급이 최대 30퍼센트를 복구한다면 정이선 씨는 최소 30퍼센트란 점이에요. 이뿐만 아니라 제가 필요한 이선 씨의 능력은 A급으로 대체할 수가 없어요."

어둠 속에서 사현을 지나쳐 가 봤자 소용이 없단 걸 알면서도 정이선은 성큼성큼 걸음을 옮겼다. 의외로 사현은 길을 막아서지도, 바로 옆에 붙지도 않고 그저 두어 걸음 뒤로 따라오며 나긋하게 말했다.

"그런데 이선 씨, PTSD로 능력을 예전만큼 못 쓰는 헌터들이 등급 재심사를 받으면 그 급이 떨어질 거라고 생각해요?"

"……."

"안 떨어져요, 절대. 왜냐면 등급은 잠재력과 같거든요. 그러니까 이선 씨는 지금 30퍼센트만 쓰고 지친다 하더라도, 아니, 하물며 10퍼센트밖에 복구해 내지 못하더라도 이선 씨가 S급이란 사실은 변하지 않아요. 그리고 100퍼센트를 해낼 수 있는 사람이란 것도."

단언하는 그의 말이 쓸데없이 다정하고 부드러웠다. 그것이 진심인지, 연기인지, 혹은 놀랍게도 두 가지가 뒤섞인 것인지 알 수 없지만 정이선은 고개를 돌려 물었다.

"그래서 하고 싶은 말이 뭔데요."

"PTSD를 겪는 사람은 심리 치료를 받는다고 해요. 꾸준한 정신적 케어, 상담 등등."

"……코드에 오면 최고 상담사를 붙여 주겠다고 말할 생각인가요?"

"아뇨, 제가 직접 케어할 생각인데요."

"미쳤, 아니……, 그래. 미쳤어요?"

"왜 말을 안 바꾸죠?"

재밌다는 듯 사현이 웃었다. 하지만 정이선은 그를 따라 웃고픈 마음이 전혀 들지 않았다.

때마침 새벽바람이 거세게 불어왔다. 정이선은 사현의 새까만 코트가 흔들리는 것을 마지막으로 보고 고개 숙여 후드를 붙잡았다. 바람에 뒤로 젖혀질까 우려한 행동이었다. 그렇게 정이선이 다시 고개를 들었을 때, 그는 코앞에 서 있는 존재와 마주해야만 했다.

걸음 소리조차 내지 않고 다가온, 혹은 능력을 이용해 이동해 온 사현이 바로 그의 앞에 있었다. 불현듯 정이선의 시선이 사현의 눈동자에 얽매였다. 이것은 그의 의지가 아니었다.

사현의 새까만 눈동자가 시선을 얽는 것인지, 혹은 흐리멍덩한 눈동자만 마주해 온 정이선이 온전한 사람의 눈동자에 놀란 것인지는 구분할 수 없었다. 일순 숨조차 쉬지 못하는 정이선에게 사현이 나긋하게 속삭였다.

"저 나름 사람 잘 챙겨요."

말과 함께 사람의 숨이, 온기를 담은 숨결이 정이선에게 닿았다. 그와 동시에 정이선이 기겁하듯 뒤로 물러났다. 순식간에 커진 눈동자엔 충격과 비슷한 두려움이 담겼다. 사람과 거리를 두고 살아왔던 정이선은 사람의 온기가 정말 너무도 무서웠다.

그 낯선 기분이 자신을 비참하게 만들었기 때문이다.

결국 정이선은 당장 등을 돌려 걸어가기 시작했다. 흡사 도망치는 것과 같은 움직임이었지만 사현은 더 쫓아오지 않고, 그저 그 자리에 서서 웃음기를 머금은 목소리로 말했다.

"다음에 또 만나요, 정이선 씨."

정이선은 답하지 않았다. 만나서 더러웠으니 다시는 만나지 말자는 생각을 잠깐 했던 것 같다.

◁ ◆ ▷

구청 별관 복구 건 이후, 정이선은 태식 아저씨에게 앞으로 며칠은 일을 하지 않겠다고 전화했다. 마침 별관의 복구 상태를 확인한 태식 아저씨는 들뜬 목소리로 얼마든지 그러라고 했다.

이번 복구는 네가 일부러 빈틈을 남겨 준 덕에 다들 의심을 하지 않더라며, 그저 실력 좋은 A급 복구사와 인연을 텄냐며 부러워하더란 이야기만 신나게 떠들었다.

복구사 중에는 길드에 소속된 자도 있지만 대부분이 업체에서 외주를 받았다. 대형 길드나 복구사를 고용하지 그 외의 중소형 길드는 복구사까지 챙겨 줄 만한 돈이 없었기 때문이다. 그래서 던전이 발생하고 나면 협회에서 이후 피해도 등급을 책정하고, 그 복구 권한을 업체끼리 입찰해서 가져갔다.

업체 중에서도 복구사를 많이 보유한 곳이 있는가 하면, 태식 아저씨처럼 1인 기업에 가까운 소형 거래처 형식으로 활동하는 곳도 있었다. 그러니 이번 구청 별관 복구 건을 훌륭하게 해낸 태식 아저씨는 현재 한껏 신난 상태였다.

정이선은 제 통장에 입금된 금액을 보며 집 안에 축 늘어졌다. 아저씨를 의심하는 건 아니지만 일을 나갔다가 돌아올 때마다 사현과 만나니 한동안은 일을 맡지 않을 생각이었다.

아예 집 밖에 나가고 싶지 않았지만, 정이선이 요리를 하지 못한다는 문제가 있었다. 그는 요리에 재주가 없었고, 친구들은 좀비가 되어 버렸으니 함께 밥을 먹을 사람조차 없었다. 그러니 그는 대부분 즉석식품, 혹은 포장 요리로 식사를 해결했다.

그래서 저녁 식사를 포장할 겸 즉석식품도 더 채워 두기 위해 외출했다. 동네에 문을 연 마트가 없어 꽤 먼 곳까지 다녀와야 했는데, 그렇게 돌아오는 길에 정이선은 역 앞에서 또 사현을 마주했다.

"또 만나네요, 정이선 씨."

대체 언제부터 있었는지도 알 수 없었다. 마치 HN길드 사옥에서 갓 퇴근한 듯한 말끔한 정장 차림이었다. 주위에 자동차는 보이지 않았지만 아마 어딘가에 주차해 놓고 왔겠거니 생각했다.

그날 새벽의 만남에서 하루도 지나지 않은 시점이었다. 정이선은 그에게 인사조차 하고 싶지 않아서 입을 꾹 다물었다. 그러거나 말거나 사현은 빙긋 미소하며 말했다.

"우연이 세 번이면 인연이라던데, 우리 인연인가 봐요."

"요즘은 스토커랑 만나는 것도 우연이라고 하나요?"

퍽 빈정거리듯 던진 말에도 사현의 미소에는 균열 하나 가지 않았다. 정이선은 그와 대화하면 다시금 휩쓸릴 것만 같아, 또 멋대로 그의 말장난 같은 대화에 끌려가며 지칠 것만 같아 아예 선을 긋기로 했다.

"이렇게 계속 찾아오는 거 불쾌합니다."

"저도 유쾌한 만남을 하고 싶은데, 이선 씨가 연락을 안 주니 어쩌겠어요. 불쾌하겠지만 조금 참으세요."

……정이선은 진심으로 피곤해졌다. 근 1년 동안 언제나 침잠된 기분으로 살아왔는데 사현의 얼굴을 보고 있으면 짜증이 툭툭 솟았다. 그리고 그런 기분을 느끼는 것 자체가 감정의 소모로 느껴져 몹시 피곤했다.

"지금은 바빠서, 나중에 연락드릴게요."

"왜 바쁜가요? 일도 더 안 받는 걸로 아는데."

"도청을 합니까?"

"도청까지는 아니지만, 이선 씨와 함께 일하고 싶어서 들이는 수고라고 생각해 주세요."

사현이 빙빙 돌려 답하며 웃었고 정이선은 점점 그의 화법에 힘겨워졌다. 단호하게 선을 긋는 것도 안 통하고, 자신이 무시하는 걸 외려 그가 무시했다. 정말 대단한 사람이었다.

"몇 번이나 말했지만, 저 그쪽이랑 일 안 합니다. 무슨 대가를 치러 주든 관심 없고 하기 싫습니다. 대외적으로 얼굴 드러내기 싫다고 누누이 말했는데 계속 이렇게 찾아오는 거 정말 피곤해요. 제안이 아니라 강요나 협박을 하시는 것 같네요."

우르르 말을 쏟아 낸 정이선은 잠깐 숨이 차서 한숨을 내쉬어야만 했다. 그 한숨에 짙은 피곤함이 묻어났다.

"저는 그리고 다른 할 일이 있어서요. 바쁘니 그럼 이만 가 보겠습니다."

"무슨 일을 하기에 그렇게 바쁜데요, 정이선 씨?"

"말하고 싶지 않으니 비켜 주세요."

"포션에 관심이 있나 봐요."

"……뭐라고요?"

사현을 지나쳐 걸어가려던 정이선의 시선이 그에게 향했다. 얼굴의 핏기가 서서히 사라져 갔다.

"피해도 D급 정도의 일만 맡아 하면서, 그렇게 번 돈을 차곡차곡 모아 매번 포션을 사셨더라고요. 그것도 상태 이상 해제 포션을요. 설마 PTSD로 생긴 본인의 능력 저하를 그런 포션으로 해결하려는 생각은 아닐 테고……."

"……."

"매번 정이선 씨가 바쁘게 집으로 가는 이유를 모르겠어요. 더는 집에 함께 사는 사람이 없는데 자꾸 이렇게 저를 지나쳐 가면……."

사현이 나직이 읊조리며 미소했다.

"집에 꼭 무언가를 숨겨 놓은 사람 같잖아요. 그렇죠?"

정이선은 아무런 말도 할 수가 없었다. 마치 이미 모든 것을 꿰뚫어 본 사람처럼 사현의 눈동자가 똑바로 정이선을 향했다. 그는 다시금 압박을 느꼈다.

창백하게 질린 정이선을 내려다본 사현이 천천히 미소를 머금었다. 그러곤 고개를 숙여 정이선과 눈높이를 맞춰 나긋이 속삭였다.

"정이선 씨, 돌아가기 전에 한 가지만 정정할게요."

사현은 햇빛을 등지고 있었고, 그 앞의 이선은 그의 그림자에 갇힌 것만 같은 기분을 받았다. 역광 속 그늘이 진 사현의 얼굴은 분명히 미소하는데도 더할 나위 없이 서늘했다.

톡톡, 어깨를 가볍게 두드리는 손짓이 마치 경고처럼 다가왔다.

"저, 아직 강요나 협박 안 했어요."

◁ ◆ ▷

정이선은 그날부터 집 밖으로 나가지 않았다. 지금까지 사현과 마주하면서 그의 눈동자가 서늘한 느낌을 주는 편이라 생각하긴 했지만, 그가 건네는 말에서 서늘함을 느낀 적은 처음이었다. 분명히 정중한 어조였음에도 숨이 턱 얼어붙어 버릴 정도로 싸늘한 겨울 공기 같다는 생각에 사로잡혔다.

본능적인 거부감이 들었다. 상대가 두려워져 눈치를 본다기보다는 불편함이나 불쾌함이 뒤섞인, 아예 다른 생태계의 포식자를 맞닥뜨린 것만 같은 기이한 감각이었다. 겨우 대화하는 것만으로도 이렇게 피곤한데 얽힐수록 더 괴로워질 것이 확실했다.

헌터들은 모두 이런 식인가? 정이선은 던전 바깥에서 활약하는 각성자였기에 헌터와 만날 일이 거의 없었다. 가공 능력자들이나 아이템 제작자들이 던전 안에서 채굴한 마정석을 구할 때나 만났지, 사실상 복구사는 헌터와 거리가 있었다.

때때로 헌터들이 S급으로 유명한 정이선에게 먼저 인사를 하기도 했지만 유의미한 대화를 나눈 적은 없었다. 그러니 정이선은 잠깐 사현을 기준으로 '헌터'라는 존재를 생각해 보았다.

정중한 척, 의견을 들어 주는 척하면서도 모두 자신의 의도대로 이끌어 가는 사냥꾼. 상대를 휘두르는 게 너무도 익숙하고 당연해 보이는 사람, 상대가 그것에 불쾌해한단 걸 알면서도 전혀 개의치 않는 존재.

여기까지 생각한 정이선은 그냥 사현이 지나치게 이상한 헌터라고 생각했다. 그리고 아주 오랜만에 인터넷을 켜 사현에 대해 검색해 본 그는 실제로 일반인의 생각과 자신의 생각이 크게 다르지 않음을 깨달았다. 하물며 다른 헌터들마저도 그랬다. 사현은 S급 1위이되 인성 또한 1위라는 말이 정설처럼 떠돌아다녔다.

일주일쯤 나가지 않을 생각으로 집에서만 지낸 지 사흘이 되던 날. 그는 생각지도 못한 전화를 받았다.

─이선아. 잘 지내냐……?

"……누구세요?"

─나 영준이 삼촌이다. 강영준. 마지막으로 본 게 거의 2년 전인가. 장례식장에서도 못 봤으니까…….

정이선은 2차 대던전이 수습된 이후 핸드폰 번호를 바꿨다. 낯선 번호로 전화가 와서 경계했는데 귓가에 들리는 굵은 목소리에, 그리고 그가 밝히는 본인의 정체에 손에 힘이 풀려 핸드폰을 떨어뜨릴 뻔했다.

강영준. 엿새 전에 정이선이 생일 케이크를 챙겨 준 친구의 이름이었다.

수화기 건너편에서 아저씨가 무슨 말을 했지만 제대로 귀에 들어오지 않았다. 장례식이란 단어를 듣는 순간부터 귀에 이명이 들리는 것만 같았다.

2차 대던전에서 이상 존재가 되어 버린 친구들을 차마 정이선은 외부에 밝히지 못했다. 밝히면 협회에 끌려가 실험을 당할지도 모른단 걱정은 사실 핑계였다. 그들이 왜 이렇게 되었는지 분명히 캐물을 텐데 답할 자신이 없었다.

그래서 정이선은 친구들이 모두 몬스터에게 당해 죽었다고 거짓말했다. 졸렬하고도 혐오스러운 거짓말이었다.

7년간 함께 살았던, 정이선을 포함한 7명의 친구들은 모두 1차 대던전에서 부모를 잃었고, 가까운 친척도 거의 없었다. 그나마 유일하게, 간간이나마 연락해서 챙겨 주었던 사람이 바로 강영준의 삼촌이었다.

─그날 이후로 너도 참 고생이 많았을 텐데…….

정이선은 아무 말도 하지 못했다. 하루아침에 조카를 잃은 그에게 무슨 말을 해야 할지 알 수가 없었다. 그리고 그런 정이선에게 아저씨가 말했다.

─얼굴 한번 보자, 이선아.

◁　◆　▷

정이선이 강영준의 삼촌과 만난 곳은 바로 옆 동네에 있는 카페였다. 이렇게 카페에 오는 일도 너무 오랜만이라 정이선은 낯선 기분으로 내부를 둘러보았다. 오후 5시의 카페는 점심 이후 몰려왔던 손님이 빠져 다소 한적했지만 정이선에겐 그런 평화로운 풍경마저 생소했다.

그러나 그런 구경도 잠깐일 뿐, 정이선은 모자 쓴 얼굴을 푹 숙이며 바삐 걸음을 옮겼다. 후드까지 써서 옆에서도 얼굴을 제대로 볼 수 없었다.

"오랜만이다."

"……안녕하세요."

약 1년 6개월 만이었다. 얼굴도 제대로 마주하지 못하고 고개 숙여 인사했다. 아저씨가 오랜만인데 얼굴 좀 보자고 세 차례나 말한 뒤에야 겨우겨우 고개를 들어 그와 얼굴을 마주했다.

모자 캡 아래 그늘진 정이선의 얼굴을 꼼꼼히 뜯어본 아저씨는 씩 웃으며 말했다.

"어째 얼굴이 더 하얘졌어. 밥은 잘 먹고 다니는 거냐?"

"……네. 괜찮아요."

"괜찮기는 무슨. 비쩍 말랐구먼. 복구사 활동 더 안 하는 것 같던데, 요즘 무슨 일 하고 사냐. 제대로 먹고사는 거 맞지?"

강영준의 삼촌은 꽤 투박한 성격이었다. 툭툭 내던지는 듯한 말이지만 그의 말투에는 아주 오래전에 익숙해졌다. 부모님을 잃은 강영준과 친구 여섯 명이 고등학교를 졸업할 때까지 지켜봐 준 아저씨였기 때문이다. 금전적인 도움은 크지 않았지만, 그래도 당시 미성년자였던 이들에게 기댈 수 있는 어른은 무척 큰 존재였다.

그들이 스무 살, 성인이 된 이후로는 1년에 두어 번 연락하는 게 전부였지만 그래도 정이선은 나름대로 그를 따랐었다. 다만 2차 대던전 이후 한 번도 연락하지 못했을 뿐이다. 사실 자신이 핸드폰 번호를 바꾸고 잠적을 타면서 일어난 일이지만……

아저씨의 말에 괜찮다는 답만 반복하던 정이선은 문득 그에게 질문했다.

"그런데 제 번호는 어떻게 아셨어요? 제가 용인에 계속 사는 건 또 어떻게……."

"어? 뭐, 원태식이한테 전화했지. 너랑 연락이 안 된다고, 연락처 좀 알려 달라고 했다. 너는 원태식이하고는 연락하면서 어떻게 나한테는 번호조차 안 알려 줄 수가 있냐."

정이선은 의아했다. 삼촌이 원태식 아저씨를 알긴 했지만 둘은 친분이 없는 사이였다. 삼촌은 용인과 먼 지역에서 살았으며, 원태식 아저씨는 정이선과 친구들이 함께 속했던 길드 복구 팀의 팀장이라 서로 이름만 알 뿐이었다.

그렇지만 물어물어 태식 아저씨에게까지 전화했을 수도 있겠다고 생각했다. 정이선은 제 의구심을 대충 넘겼다.

삼촌은 그간 하고 싶은 이야기가 많았는지 한 시간 넘게 줄줄 말을 늘어놓았다. 처음에는 정이선의 안부를 잠깐 물었다가 그 이후에는 그의 딸이 곧 대학교에 입학한다는 이야기가 이어졌다. 정이선은 묵묵히 그 이야기를 들었다. 암묵적으로 두 사람은 1년 전의 강영준에 대한 말은 하지 않았다.

그러다 이야기가 장장 두 시간이 넘도록 계속됐을 때, 아저씨는 핸드폰에 온 문자를 흘끔 확인하곤 이만 가 봐야겠다며 일어섰다.

"내가 너무 시간을 많이 잡아먹었네. 저녁이라도 같이 한 끼 해야 하는데. 미안하다, 내가 저녁에 일이 있어서……."

"아, 괜찮아요."

오늘 하루 동안 괜찮다는 말만 수십 번 한 정이선은 담담한 얼굴로 그에게 고개 숙여 인사했다. 아저씨는 잠깐 복잡한 표정으로 정이선을 바라보다 그의 어깨만 애꿎게 두어 번 토닥였다.

"미안하다. 내가 정말 정신이 없어서 그간 너한테 연락도 못 하고……. 네가 그래도 아직 앤데."

"……아니에요, 저는……."

그의 딸이 이제 막 스물이 되고, 정이선은 25세가 되었다. 그러니 아저씨의 눈에는 정이선도 마냥 어리게 보이는지 몇 번이고 어깨를 쓰다듬었다.

그러다 아저씨는 잠깐 화장실에 갔다 오겠다고 자리를 비웠고, 정이선은 그와 이미 충분히 대화를 나누었으니 됐다고 생각하며 카페를 빠져나왔다. 저녁에 일이 있다면서 자신이 눈에 밟히는지 계속해서 머뭇거리는 그의 행동을 볼 때마다 가슴이 무거워졌기 때문이다. 그러니 차라리 먼저 일어나는 게 좋을 것 같았다.

하지만 정이선이 이제 막 대로변으로 걸음을 옮길 때, 누군가가 그의 앞을 막아섰다.

"얘, 이선아."

아주 조심스러운 목소리는 그다지 낯설지 않았다. 삼촌의 부인이었다. 뒤로는 아저씨의 차가 보였고, 정이선은 아주머니도 함께 왔단 점에 조금 놀랐지만 굳이 삼촌과 함께 자신을 만나지 않은 일엔 의문을 품지 않았다. 애초부터 그런 관계였기 때문이다.

그녀, 강영준의 숙모는 사실 남편이 강영준과 그 여섯 친구를 도와주는 일을 딱히 좋아하지 않았다. 넉넉한 형편도 아니면서, 그리고 딸이 있는데도 조카와 그의 친구들에게 신경을 쓰는 남편을 못마땅해했었다. 직접적으로 드러낸 적은 없지만 조용히 느껴지는 눈치가 있었다.

그렇다 해서 정이선이 그녀를 싫어한 건 아니다. 충분히 이해되는 일이었고, 그래서 그저 제게 먼저 인사해 오는 아주머니가 의아할 뿐이었다.

"오랜만에 뵙네요, 아주머니."

정이선은 그녀에게도 살짝 고개 숙여 인사했지만 어쩐지 아주머니는 복잡한 얼굴로 그를 보았다. 조금 전 아저씨가 그를 볼 때와 같은 표정이었다.

"내가 말 안 하려고 했는데…… 아무래도 찜찜해서……. 그이한테 별다른 이야기 못 들었지?"

"……무슨 이야기요? 아, 예슬이가 대학 들어간다는 소식 들었어요. 축하드려요."

"어, 그게……."

축하를 건넸음에도 아주머니는 떨떠름한 얼굴이었다. 그녀는 정말 많은 생각을 하고 있는지 시선을 몇 번이고 고정하지 못하다가, 결국 한숨과 함께 입을 열었다.

"몇 시간 전에 어떤 사람한테서 전화가 왔어. 너 좀 부르라고."

"……네?"

"불러서 네 안부를 물으래. 그래서 우리는 그냥 네 지인인 줄 알았거든? 그런데…… 우리한테 돈을 보내 줬어."

아주머니가 웅얼거리듯 사천, 이라고 말했다. 이후 그녀는 창백하게 질리는 정이선의 안색에 당황하며 변명처럼 말을 쏟아냈다.

"미안해, 이선아. '2시간'이란 이름으로 돈이 들어와서, 정말 고민 많이 했는데…… 당장 예슬이 등록금이 필요했어. 기숙사비도 줘야 하고, 또 예전에 빌린 대출이……."

정이선은 마저 듣지 못하고 집으로 뛰기 시작했다.

◁ ◆ ▷

숨이 찼다. 숨이 차다 못해 목구멍이 갈가리 찢어질 것만 같았다.

아주머니의 말이 귓가를 어지럽게 맴돌았다. 원망은 전혀 들지 않았다. 그저 이 상황을 만들어 낸 이를 향한 분노가 치솟았다. 정이선은 너무 화가 나서 머리가 깨질지도 모른다고 생각했다. 엄청난 분노와 함께, 그 두 배에 달하는 불안함이 머릿속을 점령했다.

어둠이 새까맣게 내려앉은 거리를 달리며 이선은 숨을 헐떡였다. 자신을 집 밖으로 끌어낼 사람, 그리고 그를 대가로 어마어마한 금액을 지불할 사람은 하나밖에 없었다.

'자꾸 이렇게 저를 지나쳐 가면…… 집에 꼭 무언가를 숨겨 놓은 사람 같잖아요. 그죠?'

정이선은 미친 듯이 뛰었다. 너무 오랜만에 뛴 탓에 자꾸 다리에 힘이 풀려 넘어질 것 같았다. 그래도 끝내 멈추지 않았다.

마침내 정이선은 제가 사는 빌라에 도착했다.

정신없이 계단을 올라가 문손잡이를 붙잡았다. 손이 떨려 몇 번이고 빗나가는 열쇠로 헤매는데, 문이 안에서 열렸다.

현관의 센서 등이 희미하게 빛났다. 당장이라도 끊어질 것 같은 빛 아래에 선 존재가 가만히 이선을 바라보았다. 복도 등은 고장이 났는지 느리게 깜빡, 깜빡, 거렸다. 정이선은 그 모든 순간이 몹시도 느리고 괴이하게 흘러간다고 생각했다.

달빛마저 들어오지 않는 새까만 복도. 버려진 도시 특유의 음울한 밤이 가라앉은 복도를 울리는 고장 난 등의 소리.

잠깐 밝아졌다가 곧 집 안의 존재들이 내쉬는 숨결처럼 빛이 엷어지는 공간에서.

기어코 정이선이 사현의 멱살을 잡아당겼다.

"당신이 왜 여기에 있어."

격분에 젖은 목소리가 파르르 떨렸다. 뛰어온 탓인지 내쉬는 숨이 불규칙하게 흐트러졌다. 그 모습을 하나하나 뜯어보듯 눈동자를 굴린 사현이 천천히 미소를 그려 냈다. 그 얼굴 위로 복도 등의 빛이 잠깐 어렸다가, 다시 깜빡 소리와 함께 사라졌다.

빛의 깜빡임과 함께 사현의 미소한 얼굴이 시야에 잡혔다가.

"정이선 씨 친구들이랑 인사 좀 나눴어요."

다시 어두워지면서.

"과묵한 친구들이네요."

마치 어둠이 제게 말을 거는 것만 같았다.

정이선

8년 전, 1차 대던전이 터졌던 날은 정이선이 친구들과 함께 졸업 여행을 떠난 날이었다.

부모들이 겨우 허락해 고등학교에 입학하기 전, 열일곱 살 1월에 여행을 떠났다. 사실 여행이라 이름 붙이기도 민망한 하루 동안의 서울 나들이였지만 모두 들떴었다.

정이선을 포함한 일곱 명의 친구는 소꿉친구에서 시작해 같은 초등학교, 같은 중학교를 나와 이제는 같은 고등학교에 입학할 예정이었다. 그들은 서로 징글징글하다고 말하면서도 언제나 함께 다녔고, 장난처럼 나중에 성인이 되어 '각성'하게 되면 같이 팀을 이루자고 말했었다.

몇십 년 전, 처음 던전과 각성자가 등장했을 땐 세상이 혼란했지만 사람들은 빠르게 변화에 적응해 갔다. 각성자를 관리하는 각성자 관리 본부가 생기고, 그중에서도 헌터를 담당하는 헌터 협회가 만들어져 나라의 중심을 잡았다.

사람들은 능력이 아예 없는 일반인과 조금이라도 능력이 있으면 등록되는 각성자로 구분되었다. 각성자는 인구의 10퍼센트 정도였고, 그중에서도 또 약 10퍼센트만이 전투계 헌터였다.

각성자는 돈을 많이 벌 수 있었다. 각성 능력은 개인에 따라 발현 시기가 다른데, 과거 미성년 각성자를 착취한 일 때문에 능력 검사를 받는 시기가 스무 살 이후로 지정됐다. 돈 있는 윗분들은 조용히 자식들을 먼저 검사시킨다곤 하지만 사실인지 아닌지 정확히 밝혀진 바는 없었다.

다만 성인이 되기 전에 먼저 능력이 폭발적으로 튀어나와 각성자로 등록되는 경우도 간간이 있었다. 하지만 그런 경우는 상당히 드물었기에, 8세에 S급으로 각성한 HN길드장의 아들 사현이 당시 연일 뉴스에 나오는 건 당연한 일이었다.

20세가 되기 전까지 사람들은 삶의 계획을 두 방향으로 세웠다. 그냥 일반인이라면 어떻게 살아갈지, 10퍼센트의 확률로 각성자가 된다면 어떻게 할지.

사실상 10퍼센트의 각성자 내에서도 급이 엄격하게 나뉘어 실제로 능력으로 돈을 벌려면 최소 C급 이상 정도가 되어야 했다. 각성자여도 F급이 뜨면 그냥 일반인과 마찬가지로 평범한 생활을 하는 이들도 많았다.

청소년기의 소년들은 대부분 각성자가 되어 유명해지는 꿈을 꿨다. 그날 졸업 여행을 갔을 때도 그런 이야기를 했더랬다.

"내가 S급 될지도 모르니까 미리미리 잘 보여. 나중엔 내 팬들이 몰려서 너희랑은 바깥에서 못 만날지도 모른다."

"뭐래. S급이어도 잘생겨야 팬 생겨."

"사현 봤냐. 이제 스무 살이라 아직 던전 데뷔도 안 했는데 벌써 팬 많던데. 그 정도 얼굴 돼야 가능한 거 아님?"

"영준이는 그렇게 되려면 다시 태어나야겠다. 아, S급이면 국가급으로 돈을 번다는데 싹 갈아엎는 건?"

"야!"

"쯧쯧, 어린것들. 돈 많아지면 일단 100평짜리 집부터 사는 거야."

각자 S급이 되면 무엇을 할지에 대해 왁자지껄 떠들었다. 옆에서 들으며 웃기만 하던 이선에게도 불쑥 질문했다.

"이선이 너는 뭐 할 거야?"

"정이선은 각성한다면 힐러 될 것 같지 않냐."

"난 던전에 들어가는 건 좀 별론데…….."

"에이, 정이선! 힐러가 돼서 이롭고 선하게 살아야지!"

"아, 그거 하지 말라고."

정이선이 질색하자 친구들은 웃음을 터트렸다. 정이선의 부모님은 종종 그를 타이를 때마다 습관처럼 그런 소리를 했고, 결국 친구들마저 그것을 외워 따라 하는 것이었다.

"근데 힐러 되면 이름값 하는 거 아니냐."

"부모님 좋아하실 듯. 용인에 현수막 걸린다. '용인의 자랑, 이롭고 선한 정이선 힐러 되다.'"

"야!"

친구들은 이선 놀리기를 재밌어했다. 정이선은 겉으로는

거리감 느껴지게 생겼으면서 실제로 대화해 보면 한없이 순하고 착한 친구였기 때문이다.

이 여섯 명을 제외한 학교 친구 대부분이 정이선이 가진 오묘한 분위기를 조금 어려워했다. 창백하다 싶을 정도로 하얀 피부에 갈색 머리칼, 그리고 색이 많이 옅은 갈색 눈동자는 그를 묘하게 신비롭게 만들었다. 눈꼬리는 순하게 아래로 내려가 있지만 기본적인 표정이 무덤덤한 터라 그의 이미지는 고요한 귀공자와 같았다.

그러나 실상은 전혀 그렇지 않았다. 정이선은 결국 신경질적으로 친구들의 등을 때렸다.

그날은 무척 평범한 날이었다. 언제나 모이는 7명의 친구들이 졸업 여행이란 거창한 이름을 달고 서울로 나가서 똑같은 대화를 하며 노는 날.

그랬기에 그들은 갑자기 동시다발적으로 변하는 주위의 TV 패널에 놀랄 수밖에 없었다.

'용인에 발생했던 B급 던전, 사실 S급 던전으로 밝혀져'

'폭발하듯 커진 S급 던전, 민가 덮쳐 사망자 다수 발생'

'한국 최초 S급 던전, 대한길드는 어떻게 수습할 건가'

그들이 아침에 서울로 출발할 때, 사람이 적은 동네의 산속에서 B급 던전이 발생했다는 속보를 보았었다. B급도 위험한 던전이지만 한국 1위 길드인 대한에서 공격대를 꾸려 진입시킨다고 했으니 다들 안심했다. 게다가 유명한 A급 헌터들이 그 명단에 있었으니 클리어에 대한 신뢰는 더욱 확고했다.

그러나 던전은 S급으로 밝혀졌고, 클리어 골든 타임을 놓친 던전은 폭발과 함께 어마어마하게 커졌다. 뉴스 속보로 피해를 입은 동네가 차례로 나오기 시작했다.

7명의 소년은 한참 동안 멍하니 화면만 보았다.

그날은 이제 갓 17세가 된 소년들이 처음으로 죽음을 겪은 날이었다.

◁　◆　▷

한순간에 많은 것을 잃어버린 소년들은 서로밖에 기댈 곳이 없었다. 친척도 몇 없었고, 어른들은 갑작스럽게 열일곱 살짜리 소년을 맡는 일을 부담스러워했다. S급 던전 수습에 실패한 대한길드는 정예 헌터들을 모두 잃으면서 완전히 몰락했다. 배상금으로 많은 돈을 지불하긴 했지만 무너진 도시를 모두 복구하기엔 무리가 있었다.

국가적으로 구호금이 모이면서 소년들은 시에서 제공하는 빌라에서 겨우겨우 살아갈 수 있었다. 그러나 터전을 잃은 사람들을 향한 구호물자는 처음에만 쏟아졌지, 반년쯤 지나서는 그 관심마저 끊어졌다.

소년들은 성인이 될 때까지만 받을 수 있는 적은 양의 생활비에 의존해 살았다. 함께 살게 된 소년들은 처음 1년 동안은 참 많이 싸우고, 우울해하고, 울었지만 결국 서로밖에 없는 상황을 차츰 받아들였다.

그렇게 스무 살, 그들은 다 함께 각성자 검사를 받으러 갔다. 놀랍게도 7명 전원 각성자였고, 가장 충격적인 일은 바로 정이선에게서 S급 복구 능력이 측정된 것이었다. 복구사 중에서는 최초로 나타난 S급이었다.

그들은 경악했다가 뒤이어 정이선의 능력 측정지를 보며 킬킬거렸다.

"힐러로 이름값 할 줄 알았는데 복구사로 하네."

"일단 이름값은 인정."

"아, 그만하라고."

정이선을 제외한 여섯은 모두 C급, D급 헌터였고, 모두들 앞으로 바뀔 미래에 대한 기대에 부풀었다. 하지만 그 기대는 고작 하루 만에 부서졌다.

"학생들이 갚아야 할 빚입니다."

그들이 사는 빌라로 사람들이 찾아왔다. 그 사람들은 혼신길드 소속이라고 명함을 건네면서 이선의 친구들이 상속한 빚에 대해 이야기했다. 부모님 사후 3개월 내로 상속 포기를 하지 않았기에 그들이 얼마 안 되는 유산과 함께 빚을 상속받았다는 내용이었다.

혼신길드는 사실상 진짜 길드라기보다는 길드라는 이름 뒤에서 대부업을 하는 곳이었다. 길드장은 7명 중 6명의 부모님이 혼신길드에서 돈을 빌렸으며, 학생들이 성인이 되기까지 잠깐의 유예를 주었지만 이제는 그 빚을 갚아야 한다고 이야기했다. 그렇게 듣게 된 액수는 모두 합치니 몇 억이 훌쩍 넘었다. 이제 갓 스무 살이 된 그들에게는 너무나 비현실적인 액수였다.

"그런데 이번에 학생들이 모두 각성자로 나왔더라고."

길드장이 웃는 얼굴로 그들에게 제안했다. 자신의 길드에 들어와서 일하면 갚아야 할 빚의 이자율을 낮춰주겠단 제안이었다. 활동해서 버는 돈은 당연히 모두 혼신이 가져간다는 말에 몇몇 친구들이 정이선을 언급하며 반발했다. 그는 상속 빚이 없었기 때문이다.

그래서 6명의 친구는 수입 압류 대상에서 정이선을 빼 달라고 했지만, 정이선이 돕겠다고 나섰다. 그 후 그들은 나름대로 머리를 굴려 S급 복구사인 정이선은 굳이 혼신에 들어가서 돈을 갚을 필요는 없지 않느냐고 반박했다.

다른 길드에서 모두 정이선을 모셔 갈 텐데 그곳에 들어갈 이유가 없다고 말했고, 그 순간 지금껏 친절하게 웃으며 말하던 길드장의 얼굴색이 바뀌었다. 그의 주위에 있던 사람들이 바로 칼을 들며 협박했다.

혼신과 계약하지 않으면 절대 다른 길드와 계약하지 못하게 방해할 것이라고 경고했고, 또한 유예해 준 지난 3년의 이자도 모두 더하겠노라 협박했다. 유예해 준 것은 단지 선심이었을 뿐이지 그들의 권리가 아니기에, 그것까지 더하면 그들이 갚아야 할 돈의 단위가 바뀐다고 압박했다.

갓 스무 살 된, 조언을 구할 어른이 없는 그들은 결국 계약할 수밖에 없었다. 거짓말과 진실이 교묘하게 섞인 협박을 구분하지 못한 것이다.

사실상 사기 계약이었다.

이후 그들은 4년 동안 혼신길드에서 일했다. 그나마 연락하는 어른인 강영준의 삼촌에게는 괜한 걱정을 끼치고 싶지 않아 이와 관련된 일을 모두 비밀로 했었다.

처음엔 이 현실에 막막해하고 슬퍼했지만, 그들은 꽤 빠르게 걱정에서 벗어났다. 정이선의 능력이 상상 그 이상이었기 때문이다.

손만 대면 무너진 건물을 완벽하게 복구해 내는데, 그 모습이 마치 신의 현신과도 같아 그를 찬양하는 이들이 수두룩했다. 던전을 해결하는 헌터를 경외하는 이들도 많았지만 일반인들이 보는 것은 대개 영상 속 상황에 불과했다. 그러나 정이선은 던전 바깥에서 능력을 선보이는 자였다.

전 세계 최초로 복구 능력에서 S급을 기록한 정이선은 그 존재 자체로 기적이었다. 그가 속했던 '혼신길드'는 아주 작은 길드였는데, 그의 활동이 시작됨과 동시에 혼신은 헌터보다도 복구사 정이선이 있는 길드로 이름을 날렸다. 혹자는 정이선을 걸어 다니는 길드라고 불렀다.

이 정도이니 아무리 복구사가 얼마를 버는지 정확하게 알지 못하는 친구들이라 하더라도 자신들이 사기 계약을 했음은 금방 깨달을 수 있었다.

"그래도 이제 이번 달만 하면 끝이네."

"그 새끼가 몰래 계약 기간 연장하려는 거 잡아서 다행이지, 아니었으면 또 노예 될 뻔했다."

그날은 C급 던전이 발생한 곳을 복구하러 간 날이었다. 정확하겐 아직 던전이 클리어되지 않았는데, 마침 던전이 발생한 위치가 회사 건물 바로 앞이었다. 던전이 발생하면 인근 10미터까지는 폭발에 휩쓸리니 건물이 무너져버린 것이다.

사장은 제발 빠르게, 당장 복구해 달라고 혼신길드에 의뢰했고, 그래서 정이선은 근방에서 던전이 클리어될 때를 기다리기로 했다.

정이선이 혼신길드의 돈줄이 되면서부터 그가 움직이는 모든 길에 길드의 사람들, 더 정확하겐 조폭들이 감시처럼 따라왔다. 심지어 C급 헌터인 길드장마저 따라붙었다. 하지만 이제 정이선과 그 친구들은 더 이상 예전처럼 순진하게 당하지 않았다.

친구들은 언제나 정이선의 주위를 호위하듯 맴돌았고, 때때로 들으란 듯 욕을 하기도 했다. 던전은 거의 진입하지 않아 실제 경험이 얼마 없지만, 그래도 길드장은 나름대로 C급, D급 헌터였다.

"진짜 태식 아저씨가 안 도와줬으면 어쩔 뻔했냐."

"그러니까……."

원태식 아저씨는 혼신길드 복구 팀의 팀장이었다. 그 또한 길드에 빚이 있어 강제 계약을 한 처지였는데, 언제나 정이선과 그 친구들을 안타깝게 여겼다. 감시의 눈을 피하면서 몰래 그들에게 밥을 사 주기도 하고, 따로 외부에서 만나기도 했다.

아저씨는 곧 빚을 다 갚아서 길드를 나간다고 말했다. 그가 한 계약은 정이선과 친구들이 한 계약만큼 악독한 계약은 아니었기에 끝낼 수 있었다고 말하며, 그들에게 귀띔했다. 저번에 잔금을 갚을 때 들어간 방에서 몰래 서류를 하나 보았는데 그 내용이 그들의 연장 계약에 관한 건이라고 했다.

아저씨는 각성자 관리 본부에 권익보호센터가 있으니 그곳에 신고하라 말했고, 그 덕에 겨우겨우 친구들은 끔찍한 계약을 끝낼 수 있게 되었다.

"지금까지 빼돌린 돈이 얼마일까. 진짜 기본 억일 텐데."

"몇십억도 넘을 것 같다. 백억 넘는 거 아냐?"

"와, 진짜……. 다음 달에 당장 서울에서 가장 좋은 곳으로 이사 가자. 가장 비싼 곳이 어디지? 강남 대포동?"

"한 달 만엔 무리일 듯. 거기 집값 장난 아님……."

"야, 넌 여기서 현실을 끼얹고 싶냐."

"야야, 정이선 의견이 먼저여야지. 왜 우리 마음대로 아파트 이야기를 하냐."

마지막 친구의 말에 다들 아, 탄식을 터트렸다. 혼신길드에 빚이 있는 자신들 때문에 S급인 정이선이 제대로 된 보수도 못 받고 고생했으니 그들은 정이선 앞에서 죄인이었다. 그들은 자신들이 한 것이 사기 계약이란 걸 알게 된 3년 전부터 끝없이 정이선에게 미안해했다.

"미안하다……."

한 명을 시작으로 하나둘 정이선에게 사과하기 시작했다. 대화를 경청하고 있던 정이선은 갑작스러운 사과에 헛웃음을 터트리며 고개를 내저었다.

"이번 달이면 끝날 얘기니까 됐고, 다들 다음 달에 이사 갈 곳이나 생각해 봐."

정이선의 가벼운 반응에 친구들은 슬쩍슬쩍 서로의 눈치를 보다 이내 와하하 웃음을 터트리며 당장 새롭게 살 집을 알아보기 시작했다. 마침 던전이 발생한 곳도 용인 근처라서, 이 복구를 마지막으로 집으로 돌아가 다 함께 새집을 알아볼 생각이었다.

그러다 이제 슬슬 던전 클리어가 끝나 간다는 소식이 들려와 다 함께 회사로 다가갔다. 던전 게이트 근처에는 던전에 진입한 공대의 길드원들이 여럿 모여 있었다.

보통 던전은 클리어 99퍼센트 상태에서 사냥을 멈춘다. 던전은 안에 있는 모든 몬스터를 사냥하면 100퍼센트 클리어되며 게이트가 닫혀 버린다. 때문에 일부러 보스 몬스터를 죽인 후에 던전 안 최하위 몬스터만 죽기 직전의 상태로 잡아 두었다.

그리고 그동안 채굴단, 혹은 수거단이 와서 던전 안의 마정석을 뽑아 갔다. 헌터들이 사용하는 무기의 주된 재료였다. 가끔씩 보스 몬스터도 희귀한 아이템을 떨어뜨리긴 하지만 이 던전은 C급이니 아마 보스 몬스터에게서 나올 아이템은 없거나, 있어 봤자 등급이 낮을 터였다.

던전의 난이도에 따라 안에서 채굴할 수 있는 마정석의 양과 질도 달라졌다. 이번 던전에선 특히나 그 수가 적었는지 채굴단이 금방 나왔고, 곧 공대도 빠져나왔다.

던전 안의 모든 몬스터를 잡았기에 게이트가 푸르게 변하며 서서히 크기를 줄여 갔다.

길드에서 나온 사람이 클리어 진행률 측정기를 통해 던전을 완전히 클리어했는지 확인했다. 측정에는 시간이 조금 소요되었으며 게이트가 완전히 사라지기까지도 한두 시간 정도 남아 있었다.

사장이 게이트가 사라지자마자 곧바로 건물을 복구해 주길 바랐기에, 정이선은 미리 와서 건물의 상태를 파악할 생각이었다.

그런데 막 그곳으로 다가갈 즈음 다른 사람들의 목소리가 들렸다. 바깥에서 대기하던 타 길드원들이었다.

"저기 복구는 우리 쪽에서 해?"

"회사 사장이 혼신에 연락했다던데."

"또 정이선이야?"

"매번 자기 혼자만 다 해 처먹네."

그들은 짜증 섞인 욕을 내뱉으며 길바닥의 돌을 찼다. 그러다 마침 앞을 지나가는 정이선을 보고 헉, 놀랐다. 정이선의 친구들은 그들을 노려보았지만 정작 이선은 별다른 반응을 하지 않았다.

정이선의 등장으로 복구사에 대한 입지와 위상이 바뀌었으나, 그를 시기하는 복구사들도 있었다. 그 혼자서 건물을 완벽히 복구해 버리면 다른 복구사들의 일이 줄었기 때문이다.

하지만 정이선은 딱히 그들에게 관심을 기울이지 않았다. 그의 무덤덤한 성정 때문이기도 했고, 또한 다른 이들의 불만에 귀 기울인다 해서 그가 할 수 있는 일은 없었기 때문이다. 남의 불만 때문에 일을 안 할 수도 없었다. 그에겐 해결해야 할 빚이 있었다.

정이선은 친구들과 함께 회사를 둘러보며 자신이 써야 할 능력의 정도를 파악했다. 던전 발생 때문에 무너진 지역 주위에 노란색 안전 끈이 둘려 있어 끈 너머에서만 상태를 볼 수 있었다.

공격대 헌터들은 던전 공략이 끝났으니 모두 돌아갔다. 던전의 게이트를 구경하고 싶어 하는 일반인들이 슬그머니 주위로 다가왔다. 공대 소속 길드원들 몇이 남아 그들을 통제했다.

다만 혼신길드원이 이곳에 있단 이야기가 퍼졌는지 정이선을 보려는 사람들이 차츰 몰려왔다. S급 복구사로 활약하는 이선을 보고자 하는 사람들이 꽤 많았다. 정이선이 건물을 복구하는 모습을 촬영한 영상이 단숨에 조회 수 100만을 넘어가는 수준이었다.

조금 전 정이선의 욕을 하다가 눈앞에서 마주쳤던 다른 길드원은 은근히 눈치를 보며 클리어 측정기를 확인했다. 그는 분명 눈이 마주쳤으면서도 반응 하나 없던 정이선의 행동에 괜한 모멸감과 수치감을 느꼈다. 게다가 현재 주위에 정이선의 복구를 보기 위해 사람들이 몰리는 것도 기분이 나빴다.

그래서 그는 측정이 어서 끝나기만을 빌었다. 빨리 던전 클리어 100퍼센트를 확인하고, 이제 복구하면 된다고 정이선에게 알린 후 장소를 떠날 생각이었다. 정이선의 복구를 볼 마음은 추호도 없었다. 열등감만 들었기 때문이다.

그날은 날이 조금 흐렸다. 비라도 내릴 요량인지 하늘에 구름이 가득 껴서 하늘은 노을조차 없이 어두워져 갔다. 길드원은 측정기를 든 채로 성마르게 주위를 돌아다녔다.

'100%'

드디어 삑 소리와 함께 측정기에 숫자가 떴다. 사내는 재빨리 클리어를 알리기 위해 움직였는데, 그가 두어 걸음쯤 걸었을 때 갑자기 측정기의 숫자가 바뀌었다.

'99%'

사내는 의아한 얼굴이 되었다. 잠깐 측정기를 흔들어 보기도 하고, 두어 걸음 되돌아가 조금 전에 서 있던 자리에서 두리번거리기도 했다. 그래도 숫자는 99퍼센트에서 변하지 않았다.

하지만 이미 던전 게이트는 완전히 사라진 상태였다. 한 시간이 걸려 게이트가 사그라들고 주위에 다른 게이트의 등장을 알리는 이상 현상도 없었다. 사내는 그저 측정기가 고장이 났겠거니 생각했다. 어차피 100퍼센트 완전 클리어를 알리는 소리가 난 터였다.

"이제 복구하시면 됩니다."

사내는 정이선에게 말한 후 황급히 자리를 떠났다. 남은 길드원들이 게이트 근처에 둘러놓았던 안전 끈을 거둬들였고, 정이선과 친구들은 천천히 건물 가까이 다가갔다.

조금씩 어두워지는 시각, 친구들은 킥킥 웃으며 말했다.

"다음 달부터는 BJ 같은 거 할까? 정이선의 복구 실황 중계."

"드론도 사서 하면 조회 수 장난 아니겠다."

"지금까지 정이선 다른 곳에서 인터뷰도 안 했잖아. 우리가 BJ 하면 인터뷰해 줘야 한다, 어?"

"이것들이 아주, 정이선이 돈줄이지."

"그거 정설 아님?"

"맞아. 사실 우리 다 이선 코인 탄 거 아니냐. 우량주임."

강영준이 으르듯 말했지만 다른 친구들은 그건 당연한 말이라고 반응했다. 마치 학계의 정설에 반박하는 자를 보는 눈빛이라 결국 정이선은 웃음을 터트리고야 말았다. 아하하, 맑게 터진 그의 웃음에 친구들은 흘끔흘끔 서로를 쳐다보다 함께 웃었다.

주위에 다른 사람들도 있단 걸 인식한 정이선이 웃음을

갈무리했다. 그리고 그는 한 걸음, 한 걸음 건물로 다가갔다.

마침내 정이선의 손이 잔해에 닿으려는 때.

"어, 저, 저거, 저거 뭐야."

"잠시만, 정이선!"

"야, 안 돼!"

갑자기 앞의 공간이 어그러졌다. 돌풍이 불어오는 것 같더니 이내 대기가 요동치면서 공간이 종이처럼 구겨지기 시작했다. 그것은 몹시도 기이한 광경이었으며 동시에 모두를 충격에 빠뜨렸다.

던전 브레이크였다.

보통 던전은 발생 직전 최소 30분 정도 이러한 전조가 있다. 하지만 이번의 던전 브레이크는 그러지 않았다. 지금껏 사람들이 보아 온 던전 브레이크와 전혀 다른 양상이었다. 1시간 전에 게이트가 클리어된 공간에 그대로 다시 나타난 게이트는 소용돌이처럼 휘몰아치다가…….

기어이 폭발하듯 주위를 삼켰다.

◁　◆　▷

일대에 있던 사람들 모두가 던전에 떨어졌다.

제대로 준비된 공격대 없이 진입한 던전은 일방적인 학살의 장이나 마찬가지였다. 게이트가 열렸을 때 주위에 있던 헌터는 정이선의 친구들과 그들을 감시하기 위해 따라온 혼신의 길드장이 전부였다.

순식간에 많은 사람이 죽었다. 정이선은 정신을 차릴 수가 없었다. 그는 그저 친구들의 손에 붙잡힌 채로 던전 안을 미친 듯이 뛰어다니기만 했다. 그는 복구사로만 일했지, 게이트 가까이에 다가간 적도 몇 없고 하물며 던전 안에 들어간 적은 전무했다.

"조금, 조금만 더 버티면 될 거야."

"던전 사라졌는데 곧바로 던전 또 발생한 건 처음이니까, 그러니까 대형 길드들이 움직일 거야. 공대 들어올 때까지만 버티면 돼."

친구 두 명이 불안해하는 정이선을 달랬다. 정이선은 자신보다 그들이 훨씬 더 두려워하고 있단 걸 어렴풋이 눈치챘지만 그저 굳은 얼굴로 고개만 끄덕였다. 이미 휩쓸린 사람들 80퍼센트는 죽었으며, 두 친구가 정이선을 지키는 동안 다른 넷은 살아남은 사람들을 보호하려 노력했다.

이전에 있었던 던전이 C급이니 이번 던전도 C급이리라 생각했다. 하지만 몬스터를 사냥하기가 너무 벅찼다. 일반인을 지키면서 하는 사냥이라고 해도, 6명의 친구가 실제 던전 진입 경험이 얼마 없다고 하더라도 너무 어려웠다. 사실 도망가는 것도 힘겨운 수준이었다.

혼신길드장은 이미 진작에 몬스터에게 상체가 뜯어 먹혀 죽었다. 혼자 투명화 포션을 먹고 숨어 있다가 들통나서 죽어 버렸다. 그가 가진 포션은 하급이라 그림자까지 없애지는 못했기 때문이다.

친구들은 점점 지쳐갔다. 던전 안에선 바깥과 통신할 수 없어 도움을 요청하지도 못했다. 그저 곧 대형 길드의 공대가 들어올 거라고 믿으며 버텼지만 점점 그 믿음마저도 희박해져 갔다. 두 시간이 흘렀는데도 들어오는 사람이 없었기 때문이다.

게이트만 찾으면 나갈 수 있는데 게이트가 도통 나타나지 않았다. 그러나 친구들은 그 이야기를 하지 않았다. 이미 모두가 두려워하는 상황에서 암담한 현실까지 깨우쳐 좋을 것이 없었다.

"야, 이선아. 정이선. 일단 너는 이곳에 계속 숨어 있어. 아무래도 우리도 가서 도와야겠다."

"그게 무슨 소리야. 바깥에 몬스터 안 보여?"

"보이는데, 지금 우리가 안 도우면 시간차 전멸할지도 모르잖아. ……야야, 얼굴 그렇게 굳히지 마. 그런 일 안 벌어지게 하려고 간다는 거잖아."

"쟤들 우리 없어서 울고 있을 거다."

친구들은 불안해하는 이선을 달래고 나섰다. 현재 던전은 길이 두 갈래로 나뉘어 있었고, 정이선은 왼쪽에 숨어 있었다. 친구들은 오른쪽으로 가 보아야겠다며, 정이선에게 신호할 때까지 절대 나오지 말라고 했다.

불안했지만 정이선은 친구들을 믿을 수밖에 없었다. 그들이 헌터일 뿐만 아니라 7년을 함께 산 친구이기에 당연한 믿음이었다. 어떠한 험난한 상황에서도 그들은 결국 함께 버텨 냈기에 이번에도 그러리라 믿었다.

하지만 현실은 언제나 지나치게 잔인했다.

정이선은 자신이 기대를 품을수록, 일이 잘 해결될 것이라 믿을수록 세상이 그를 비웃는다 여겼다. 절망적인 상황 속에서 희망을 품는 것이 가당키나 하냐는 듯 그를 짓밟았다. 정이선은 대체 무엇이 잘못되었을까 생각해 보았지만 나오는 답은 없었다.

"아니, 아냐. 이건 아니잖아……."

친구들이 간 방향이 너무 조용했다. 분명 이전까지는 계속해서 소란이 들렸던 것 같은데 어느 순간을 기점으로 기이한 정적이 찾아왔다. 정이선은 보스 몬스터를 해결해서 그런 걸지도 모른다고 생각했지만 그러기엔 던전의 울림이 없었다. 친구들이 말하기를 클리어 100퍼센트가 되면 던전 안이 진동한다고 했다.

하지만 던전은 너무 조용했다. 결국 정이선은 조심조심 오른쪽으로 가 보았고, 그곳에서 친구들이 모두 죽어 있는 것을 발견했다.

정이선은 그 현장을 믿을 수 없었다. 팔이 뜯겼거나 다리가 저 멀리 날아간 친구도 있었다. 웅덩이가 생길 정도로 가득한 피에 정이선은 당장이라도 기절할 것 같은 충격에 시달렸다.

"안 돼……."

그때의 정이선은 제정신이 아니었다. 친구들이 아직 죽지 않았단 생각에 사로잡혀 그들을 도와야 한다고 여겼다. 그래서 눈물과 피로 범벅된 손을 움직여 시체의 잔해를 이어 붙이고, 처음으로 시체에 복구 능력을 사용해 보았다.

하지만 복구 능력은 '사물'에 한정해서 발동하는 능력이었다.

각성자 본부는 복구사의 생명체 복구를 엄격하게 금지했다. 실제로 외국에서 다친 생명체에 복구를 사용했다가 이상하게 변한 경우가 있었다. 혹자는 복구 능력을 시체 수습에 이용할 수 있지 않겠느냐 했지만 특히나 인간에겐 능력이 괴이하게 발동된다며 본부 차원에서 금지했다.

그래도 정이선은 능력을 쓸 수밖에 없었다. 자신은 S급이니 어쩌면 다를 수도 있단 얄팍한 기대, 혹은 자만에 빠진 걸지도 모른다.

뼈가 부러지고, 갈비뼈가 으스러지고, 팔과 다리가 뜯긴 친구들의 몸이 복구되었다. 그때 정이선은 희열에 찼으나 곧장 절망으로 곤두박질쳤다.

복구해 낸 그들은 더 이상 인지 가능한 '사람'이 아니었기 때문이다.

그들은 마치 좀비, 혹은 움직이는 시체와 같았다. 정이선은 당황했지만 자세히 살필 틈도 없었다. 물러갔던 몬스터들이 다시 돌아왔기 때문이다.

정이선은 공포에 짓눌려 벽 사이로 숨었다. 친구들을 이끌고 도망치려 했으나 좀비가 된 친구들은 쉽사리 따라 움직여 주지 않았다. 그저 괴기한 소리만 내며 서 있다가 다시금 몬스터의 공격을 받고 쓰러졌다.

다만 그 과정에서 이상한 것이 있었다면…… 그들이 각성 능력을 반쯤 사용했다는 것이다. 몸에 남은 본능이 일부 작용하는 듯했다. 또한 바닥으로 무너진 시체가, 분명히 치명상을 입었는데도 꿈틀거리고 있었다. 정이선이 복구를 걸면서 생긴 기현상이었다.

그들은 영원히 죽지 않는 존재가 되어 버린 것이다.

끔찍하게도 이선은 살고 싶었다. 그의 의지라기보다는 인간의 본능에 가까운 강박이었다. 그는 친구들의 죽음 앞에서 패닉에 빠졌고, 그 죽음을 부인하면서 머릿속이 엉망으로 뒤섞였다. 그래서 그들의 상태를 바깥에서 제대로 확인해야 한다는 강박에 사로잡혀, 그러기 위해서는 당장 현재의 던전을 클리어해야 한다는 결론에 도달했다.

그래서 정이선은 바닥에 흩어진 시체들을 다시 복구했다. 그리고 숨고, 또 몬스터의 습격을 받아 망가지면 복구하고, 복구하고, 복구해서…….

결국 던전을 클리어했다.

100퍼센트 클리어를 알리듯 진동하는 던전 안에서, 조금씩 허물어져 가는 벽을 보면서 그제야 정이선이 정신을 차렸다. 지금껏 혼몽했던 정신이 갑작스레 맑게 개며 눈앞의 현실을 담았다. 충격으로 커진 눈동자가 사정없이 떨렸다.

시체를 몇 번이나 복구했는지는 생각나지도 않았다. 수백 번? 수천 번? 그는 두 손으로 입을 틀어막았다가 이내 지독한 비린내에 기겁하며 손을 뗐다. 손에 덕지덕지 피가 엉겨 있었다. 결국 그는 검붉은 손으로 벽을 짚고 헛구역질했다.

"으욱, 흑, 끄윽……."

하지만 그가 아무리 토하려 들어도 끝내 바깥으로 쏟아내지 못하는 감정들이 있었다. 처음으로 진입한 던전에서 겪은 두려움, 마주한 몬스터를 보고 느낀 공포, 그리고 죽어 버린 친구들의 시체를 보며 압도당했던 충격.

그리고 결국 그들을 복구시킨 자신을 향한 혐오감.

속을 모조리 게워 내고 싶었지만 그 어떠한 것도 토할 수가 없었다. 온갖 감정이 질척하게 목으로 엉겨 붙어 숨조차 쉬기 어려워졌다. 더듬더듬 제 목을 감싸며 기침하다 자신이 숨을 쉬려고 발버둥 치고 있단 사실에 진저리가 났다.

결국 정이선은 벽에 기대 주르륵 무너졌다. 그의 앞에는 기괴한 소리를 내며 방황하는 친구들이 새하얗게 질린 채로 서 있었다. 핏기 하나 없는 얼굴, 흐리멍덩한 눈동자.

"……얘들아, 제발……."

이선은 차마 용서를 구하지도 못했다. 그가 할 수 있는 것이라곤 그들의 이름을 부르며 흐느끼는 것뿐이었다. 돌아오는 답은 없었다. 결국 정이선은 제가 처한 현실과 자신이 벌인 끔찍한 일들을 자각해야 했다.

제 구역질 나는 삶에 숨이 막혀 질식할 것만 같았다.

제안 II

그날로부터 1년, 정이선은 집에 갇혀 지냈다.

2차 대던전은 C급 던전 다음에 B급 던전이 연이어서 나타난 최초 연계던전으로, 세상의 이목을 끌었다. 던전에 휩쓸린 사람 대부분이 일반인이었으며 헌터는 7명이 전부인데 그마저도 C급과 D급이었다.

사태를 파악한 헌터 협회가 급히 길드에 연락해 공격대를 들이려 했지만 게이트가 막혀 버렸다. 이런 경우는 A급 이상 던전에서 간간이 나타났는데, 던전을 클리어하거나 안에 있는 사람이 모조리 전멸한 경우에만 게이트가 다시 열렸다.

추가로 공대가 들어갈 수도 없는 상황이니, 사람들은 당연히 안에 있는 이들이 모두 전멸했으리라 예상했다.

하지만 단 한 명이 살아남아 바깥으로 나왔다.

이선이 나온 때는 비가 내리는 어두운 새벽이었다. 게이트 주위에는 협회 직원 한 명뿐 아무도 없었다. 던전에 휩쓸린 사람은 모두 죽을 게 뻔한 상황이니 아무도 근처에 다가오지 않으려 했던 탓이다. 참사에 대한 애도의 표시기도 했고 협회 측에서 불행을 기사화하지 말라고 경고해 두기도 했다.

그런데 정이선이 나왔고, 그는 놀란 협회 직원에게 생존자는 자신뿐이며 친구들이 마지막까지 몬스터를 상대하다 사망했다고 전했다.

그 이야기가 정이선이 얼굴을 드러내고 한 마지막 말이었다.

그다음 날부터 정이선은 완전히 잠적해 버렸다. 그 어디의 연락도 받지 않았으며 바깥에 나오지도 않았다. 2차 대던전 피해자 합동 장례식에도 참석하지 않아 의아해하는 사람이 많았으며, 몇몇은 화를 내기도 했다. 그들 대부분은 피해자의 지인으로, 유일한 생존자라면 당시의 상황을 들려줘야 하는 거 아니냐고 비난했다.

이선을 동정하는 이들도 적지 않았다. 그가 빚 때문에 혼신길드에서 일한다는 게 알음알음 퍼졌기 때문에, 그 길드를 탈출하기 직전에 모든 친구를 잃은 정이선을 안타깝게 여겼다.

그 모든 의혹과 비난, 동정 속에서 정이선은 몸을 숨겼다.

처음 반년은 집에 틀어박혀서 죽은 사람처럼 살았다. 어떻게 그 시간을 보냈는지도 제대로 기억나지 않았다. 그러다 반년이 지났을 즈음에야 겨우 정신을 차리고 친구들을 어떻게 되돌릴 수 있을지, 어떻게 해야 그들이 편하게 눈감을지 알아보았다.

그렇게 다시 반년을 숨죽여 보냈다. 공식적인 활동은 차마 할 수 없었다. 그들을 복구해 낸 자신이 바깥에서 대단하단 시선을 받을지도 모른다는 게 그에게 끔찍한 기분을 안겼다. 게다가 그날 이후로 제대로 능력을 쓸 수 없었다.

그래서 자신의 존재도, 친구들도 숨기고 죽은 듯 살아왔는데.

"당신 진짜 미쳤어? 사람이 하는 말을 귓등으로 들어?"

정이선은 제게 벌어진 상황을 받아들일 수가 없었다. 지금껏 숨겨 온 친구들의 존재를 들켰다는 사실에 대한 두려움, 그리고 이렇게까지 해서 제 비밀을 파헤친 사현을 향한 분노가 치솟았다.

집 안에 그들과 사현이 함께 있다는 것이 몸서리쳐질 정도로 싫어 그의 손목을 붙잡고 억지로 끌고 나왔다. 사현은 순순히 그를 따라 나와 빌라 뒤의 폐건물로 향했다.

정이선은 주위에 아무도 없단 것을 한 번 확인한 후 사현에게 화를 내려 했다. 근 1년, 아니 그것을 넘는 시간 동안 화라는 것을 거의 내 본 적 없는 정이선이지만 이 순간만큼은 분노로 머릿속이 새하얘지는 것만 같았다. 그래서 사현에게 소리치려는 때, 그가 먼저 입을 열었다.

"아주 단순한 접근을 했을 뿐이에요, 이선 씨."

"……뭐?"

"1년 전, 2차 대던전이 발생한 이후로 잠적했죠. 한순간에 친구들을 잃은 슬픔으로만 설명하기엔 합동 장례식 때도 나오지 않았어요. 그러니 2차 대던전 때 정이선 씨가 밝힌, '친구들은 몬스터를 상대하다 모두 사망했다'는 말 뒤에 어떤 일이 더 있었을지도 모른다고 생각했어요."

사현은 나긋이 걸으며 말하기 시작했다. 바닥에 먼지가 잔뜩 깔린 공간이 그의 존재와 몹시 어울리지 않는 것 같으면서도 짙은 어둠이 자리한 폐건물은 그를 위한 무대처럼 보였다.

"당시 정이선 씨가 게이트에서 나오는 모습을 찍은 영상은 단 하나뿐이고, 화질도 흐릿했지만 이상한 게 조금 보였어요. 비 내리는 새벽이라 그림자는 없었지만, 정이선 씨 뒤로 비를 맞는 인영이 몇 개 있더라고요. 확신할 수는 없지만 투명화 포션을 먹인 존재들이 뒤에 함께 있었을지도 모른단 가설을 세웠죠."

말하던 사현이 잠깐 웃었다. 드물게 그 영상에서 이상한 인영을 발견한 이가 있었는데, 그들마저 귀신인 거 아니냐는 소리만 했다며 우스워했다. 정이선은 창백하게 질린 안색으로 그를 쳐다볼 수밖에 없었다.

"게다가 이선 씨가 케이크를 들고 간 그날요. 알아보니 그 친구들 중 '강영준'이란 사람의 생일이더라고요. 그러니 혼자 사는 정이선 씨가 굳이 집에 케이크를 사서 들어가는 게 이상했고, 그래서 강영준의 친척을 알아내 부탁했을 뿐이에요."

사현은 무엇이 문제냐는 듯 태연한 얼굴로 정이선을 보았고, 정이선은 인상을 구기며 분노가 꾹꾹 눌러 담긴 어조로 말했다.

"대체 이렇게까지 하는 이유가 뭐야. 음습하게 사람 뒤 캐내서 뭐 하려는 속셈인데. 대체 왜 여기까지 와서 집을 뒤져보고……!"

파르르 떨리는 정이선의 목소리에 사현이 놀란 낯을 했다. 그의 분노에 놀랐다기보다는 그가 그런 질문을 한다는 점이 의아한 눈치였다. 사현은 으음, 하며 말의 시작을 길게 늘이다 이내 다시금 알려 준다는 듯, 다정하게 말했다.

"이선 씨를 스카우트하러 왔어요."

"이렇게 개같이 구는데 퍽도 가겠네."

"진짜 개같이 구는 게 뭔지 모르니 그러시는가 본데……."

화난 정이선이 처음으로 험한 말을 내뱉었지만 사현은 전혀 개의치 않았다. 그저 정이선의 이런 반응이 조금 즐겁기라도 한 것처럼 사현이 그린 듯 웃었다.

"계약해 보죠, 우리."

"계약 같은 거 관심 없으니까 제발 그만 따라다니고요. 이제 좀……."

"죽여 줄게요."

"뭐?"

웃음기를 머금은 눈동자가 똑바로 그를 향했다. 분명히 웃고 있는 낯인데도 등골이 오싹할 정도로 선득한 눈동자였다. 굳어 버린 정이선을 향해 사현이 한 걸음, 한 걸음씩 나긋이 다가와 고개 숙이며 속삭였다. 더없이 친절하고 다정한 어조로.

"당신이 데리고 있는 그 시체들, 내가 죽여 줄게요."

순간 정이선은 숨이 덜컥 막혔다. 사현의 말은 헛소리하지 말라고 반응해야 할 정도로 비현실적인 내용이었음에도, 저를 오롯이 보는 눈빛에 숨을 쉴 수가 없었다. 그리고 순간이지만 그의 말을 듣자마자 이미 몬스터에게 몇 번이나 죽었던 친구들을 당신이 영원히 죽일 수 있겠냐는 생각을 해 버린 자신을 향한 혐오감까지 더해 숨통이 꽉 옥죄이는 것만 같았다.

아랫입술을 꾹 깨물었다가 가까스로 숨을 들이켜며 헐떡거린 정이선이 말했다.

"잘 알지도 못하면서 입만 가볍게 놀리는 게 그쪽 습관인가요?"

잔뜩 날이 선 어조였다. 상대의 기분을 나쁘게 하려는 듯한껏 빈정거리는 투였지만 사현은 별다른 반응이 없었다. 외려 흥미롭다는 듯 정이선을 관찰하다 이내 사근사근한 어조로 말했다.

"제가 하나 맞춰 볼까요? 저 시체들, 그러니까 정이선 씨 친구들…… 이미 던전에서 여러 번 죽었을 거예요. B급 던전을 C급 헌터 넷, D급 헌터 둘로 깼으니 당연한 이야기이기도 하네요. 손상된 채로 불멸하는 시체들이 있었으니 가능했겠죠."

"……."

"만약 저들이 죽을 수 있는 상태였다면 던전 안에서 묻든지, 아니면 밖에 나와서 화장을 하든지 했겠죠. 그런데 정이선 씨는 그들을 데리고 나와서 지금까지 함께하고 있으니까……."

말꼬리를 느긋하게 늘인 사현이 정이선을 보며 뇌까렸다.

"저 시체들이 움직이는 이유, 모두 이선 씨의 복구 능력이 깃들어 있어서 그래요."

"그건 나도 아는……!"

"그리고 제 히든 능력이 '무효화'예요."

정이선의 말이 뚝 멎었다. 일순 그는 모든 사고와 동작이 함께 멈춘 사람처럼 멍하니 사현을 보았고, 사현은 그 반응이 즐거운지 눈매를 휘며 웃었다.

"S급은 저마다 히든 능력을 하나씩 더 가지고 있죠. 정이선 씨는 무너진 건물의 잔해가 없더라도, 주위에 자재 일부와 복원도만 있다면 일시적으로 복원도 형상 그대로 건물을 복구할 수 있잖아요. 비록 정이선 씨가 그 건물 안에 있는 동안만 유지되더라도."

사현의 말대로 S급은 히든 능력이 있었다. 보통 복구사는 무너진 건물의 시간을 최대 3일, 짧게는 몇 시간 정도의 과거로 되돌리며, 해당 능력이 발현되려면 주위에 건물의 잔해가 그대로 있어야 한다는 조건이 따랐다. S급의 복구 능력은 그와 유사하되 기간이 조금 더 길었고, 자재끼리의 연결이 매끄럽지 않아도 그것을 부드럽게 잇는 방식으로까지 나아갔다.

그런데 정이선의 히든 능력은 그를 완전히 넘어섰다. 해당 건물이 몇백 년 전에 전소된 것이라 하더라도 무너진 건물의 터 주위에 필요한 자재가 있고, 또 복원도를 이선이 완벽히 기억한다면 그 모습 그대로 건물을 복구해 낼 수 있었다. 사실상 창조에 가까운 능력이었다. 다만 이 능력은 정이선이 건물에 접촉한 상태에서만 유지되며, 그가 건물 밖으로 1센티만 멀어져도 신기루처럼 사라졌다.

예전에 이 히든 능력을 처음 깨달았을 때 문화재청에서 당장 의뢰가 들어왔는데, 히든 능력은 그만큼 페널티가 강력했다. 꼬박 일주일을 앓고 그동안 능력이 50퍼센트 이하로 떨어졌다.

S급 각성자는 저마다 히든 능력이 있지만 티가 나지 않는 이상 대부분 그것을 대외적으로 알리지 않았다. 히든 능력을 공개하는 건 가지고 있는 모든 패를 내보이는 것과 같고,

페널티가 세서 대부분 숨겼다. 그런데 사현이 정이선 앞에서 제 히든 능력을 밝혀 버렸다.

"어둠이 무(無)와 맞닿아서 그런지, 제 히든은 무효화예요. 제가 손을 대면 그곳에 있었던 능력이 5분 동안 사라지죠. 사물이든, 사람이든."

"……5분이 지나면요?"

"능력이 되돌아오지만 그건 살아 있는 사람에 한정돼요. 그런데 이선 씨의 친구들은 죽은 상태니까, 이선 씨가 굳이 다시 복구 능력을 사용하지 않는다면 다시 좀비가 되지 않겠죠? 어차피 죽은 지 1년이 지나서 복구도 안 되겠네요."

정이선은 여전히 날 선 눈빛으로 사현을 보았고, 사현은 꽤 억울하단 어조로 이야기했다.

"이거 굉장한 호의예요. 이선 씨. 페널티가 꽤 크거든요. 24시간 동안 제 능력을 사용하지 못하고, 이후 24시간 동안 능력이 50퍼센트 저하돼요."

"……그건 엄청난 약점인데 뭘 믿고 저한테 말하죠? 제가 그걸 공개하겠다고 오히려 당신을 협박할지도 모르는데."

"그거야 이선 씨와 계약하고 싶으니까요."

"……."

"이렇게만 말하면 경계심 많은 이선 씨는 믿지 않겠죠? 그러니 조금 더 솔직하게 말하자면……."

사현이 빙긋 웃었다.

"이선 씨가 그걸 말하겠다고 나서는 게 빠르겠어요, 제가 막는 게 더 빠르겠어요?"

"……."

"그리고 사실 알려져도 별 상관 없어요. 헌터들이 히든 능력을 감추는 이유는 서로 싸움이 일어날 때를 대비하기 위함인데, 저는 무효화를 쓰지 않아도 상대할 수 있으니 24시간 능력 불능일 일이 없죠."

당연하단 듯한 사현의 말에 정이선은 할 말이 없어졌다. 그는 잠깐 입술을 꾹 다문 채로 생각에 들어갔다. 정말로 사현이 말한 대로 친구들에게 무효화를 걸어서 제 능력을 거둘 수 있다면, 그래서 그들이 사람의 상태로 눈을 감을 수 있다면 더할 나위 없이 좋지만 사현의 호의가 몹시 의심스러웠다.

이렇게 호의를 베풀어 줄 정도면 그가 '계약'을 빙자해서 시킬 일은 대체 얼마나 험난할 것인가? 히든 능력까지 알려 주면서 S급 복구 능력을 원하는데 절대로 일이 만만치는 않을 터였다. 그리고 그의 히든 능력이 진실이라고 믿을 수는 있나? 사현이 거짓말하는 건 아닐까?

그리고 그런 정이선의 생각을 읽어 내기라도 했는지 사현이 상체를 훅 숙여 이선과 얼굴을 가까이 했다. 이선은 제 얼굴에 닿는 숨결에 반사적으로 흠칫했다.

"정이선 씨. 저번에 제가 제안이 아니라 강요나 협박을 하는 것 같다고 했죠?"

답하지 않는 정이선의 시선을 옭아매듯 사현이 그와 눈을 마주했다. 사방이 어두운 폐건물 속에서 주위를 밝히는 것이라곤 다 낡은 창을 통해 들어오는 희미한 달빛뿐이었다. 그것도 고작 상대의 얼굴 외곽을 흐릿하게 구분하는 정도에 그쳤지만, 그 속에서도 정이선은 사현의 새까만 눈동자를 똑바로 볼 수 있었다.

새까만 눈동자가 시리도록 차갑게 저를 응시했다.

"저와 계약하지 않으면, 정이선 씨가 숨기고 있는 시체들을 헌터 협회에 신고해서 의혹이 가득했던 2차 대던전의 진상을 밝힐 거다…… 이게 강요."

"……."

"저를 또다시 무시하고 가버리면, 정이선 씨의 친구들을 훔쳐서 사지를 떼어 놓은 채로 존재만 하게 할 거다. 혹은 어느 정도까지 안 죽고 버틸지 실험이라도 해 볼 거다…… 라고 말하는 게, 협박."

얼굴의 핏기가 모조리 빠져나가는 정이선을 보며 사현이 눈매를 휘어 웃었다. 끝이 날카로운 눈이 유하게 접히며 자아내는 웃음은 정이선이 그를 처음 봤을 때 느낀 감상과 똑같은 느낌을 안겼다. 절대로 벗어나지 못할, 끝이 보이지 않는 수렁 같은.

"그리고 지금 내 손을 잡고, 코드에서 함께 일하기로 하면…… 친구들을 한 명씩, 한 명씩 편히 눈감게 해 주겠다."

사현이 손을 내밀며 미소했다.

"이게 제가 이선 씨한테 하는 제안."

어떻게 할래요? 나직이 덧붙인 말에 정이선은 곧바로 반응하지 못했다. 그저 그의 새까만 눈동자만 멍하니 보았고 사현은 여유롭게 그의 답을 기다렸다. 먹이를 궁지에 몰아넣은 포식자처럼 느긋하고도 여유로운 눈빛, 그리고 선심을 베푼다는 듯 다정한 시선.

지금껏 정이선은 자신이 새까만 바닷속으로 천천히 침잠하고 있다고 생각했다. 그건 단순히 절망의 구렁텅이라거나, 더러운 진창이라고도 표현하지 못할 종류의 개념이었다. 그는 그날 이후로 제 삶에 빛이 들기를 기대한 적 없지만 빛을 가장한 어둠을 맞닥뜨리리라고 상상한 적도 없다.

그러나 정이선은 형용하기 어려운 막막함 속에서 끝내 저열하고도 얄팍한 희망을 찾고야 말았다. 그것은 일견 안도와 닮았지만 또 한편으로는 이기적인 기쁨의 형태를 띠었다. 그는 그것을 인정한 순간 아주 몹시도 자신이 혐오스러워졌으며 또 동시에 후련해졌고, 그래서, 그러니까 결국엔…….

"앞으로 잘 부탁해요, 이선 씨."

사현의 손을 잡고야 말았다. 찰나 정이선은 제 손에 맞닿은 온기에 비참해졌지만 끝내 그 손을 놓지 않았다. 귓가에 떨어지는 그의 웃음소리를 들으며 정이선은 자신이 이제 떨어질 곳이 어디인가 생각했다.

답을 알 수 없는 밤이 흘렀다.

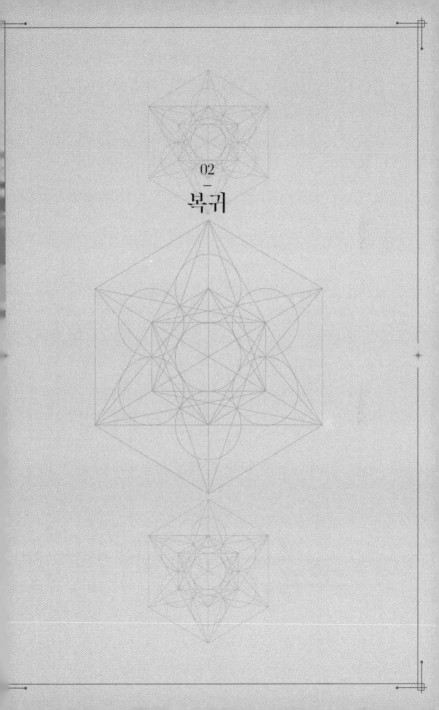

02
—
복귀

그다음 날, 정이선은 사현과 함께 HN길드 사옥으로 향했다.

아침 일찍부터 전화가 왔다. 잠을 설쳐 거의 못 잔 정이선에게 사현은 태연하게 '잘 잤어요?'라고 묻곤, 이선이 답하지 않자 무언가를 뒤적이는 소리를 낸 후 1시간 뒤에 찾아가겠다고 말했다.

그렇게 결코 탈 일 없다고 생각한 사현의 새까만 차 안으로 들어갔을 때, 정이선은 다짜고짜 카드 키를 받았다.

"앞으로 그거 써요."

"……이게 뭔데요?"

"집이요. 저는 바로 옆집에서 사니까 필요한 일 있으면 불러도 돼요."

정이선의 황당하단 표정에도 사현은 아무렇지 않게 아파트 이름과 위치를 알려 줬다. 서울에서 집을 알아보는 사람이라면 누구나 알 정도로 유명한, 그리고 정이선이 한때 친구들과 함께 집값을 듣고 기겁했던 아파트였다. 사현은 그곳의 꼭대기 펜트하우스에 사는데 옆집에 사람이 있는 게 싫어서 그 집도 함께 사 두었다고 말했다.

이 상황에서 집값을 먼저 떠올려 버린 정이선은 묘한 쓸쓸함을 느끼며 현 대화의 문제점을 지적했다.

"제가 왜 그쪽 옆집에 살아야 하는지 모르겠는데요. 이사할 마음 없습니다."

"유감스럽지만 이건 강요예요, 이선 씨. 저는 S급 복구 능력이 100퍼센트 필요한 상황이니까요. 그곳에서 살아서 정신 건강이 좋아질 일은 없다고 보는데, 이선 씨는 어떻게 생각해요?"

정이선은 그쪽 옆집에 산다고 해서 자신의 정신 건강이 좋아질 리는 여전히 없다고 반박하고 싶었지만, 사현이 '강요'라는 단어를 꺼낸 이상 입을 다물 수밖에 없었다. 하지만 불만을 완전히 억누를 수 있는 것도 아니었다.

처음에는 옮겨야 할 집에 친구들도 함께 데려갈 수 있는 건가 생각했지만 사현의 말로 미루어 보아 그건 아닌 듯했다. 그의 목적은 자신이 친구들과 함께 지내지 못하게 막는 것이었다. 시체처럼 움직이는, 그의 표현을 따르자면 손상된 채로 불멸하는 그의 죄책감을 눈앞에서 차단하는 것.

갑작스러운 이사에 대한 반감보다도 집에 남은 친구들 걱정이 멈추지 않았다. 물론 밥을 먹지 않고 생체 활동도 하지 않으니 보호자가 필요 없단 걸 알면서도 마음에 걸렸다.

정이선은 기사와 조수석에 있는 수행비서를 흘끔 본 후 조심히 사현에게 몸을 숙였다. 정말로 이렇게 가까워지고 싫진 않았지만, 사현은 순순히 그에게 고개를 기울였다.

"……친구들은 어떻게 해요. 돌아다니다가 어디 부딪치거나, 책장 밑에 깔리기라도 하면……."

"그래서 죽나요?"

"……."

뭐가 문제냐는 듯한 눈빛에 이선은 차마 말꼬리를 잡지 못했다. 실제 그런 위험들로 죽을 수 있었더라면 진작 죽었을 존재이기 때문이다. 하지만 걱정이 완전히 사라지는 것도 아니라 정이선이 입술을 꾹 다물고 있으니 사현이 그의 생각을 눈치채기라도 했는지 단호하게 경고했다.

"집에는 이선 씨 능력이 100퍼센트로 돌아왔을 때, 그리고 제가 맡기는 일을 해냈을 때만 방문할 수 있어요. 그 외엔 안 돼요."

분명히 자신의 집인데도 멋대로 출입을 막는 사현의 행동이 무척 불만이었으나 이선은 순응할 수밖에 없었다. 그는 앞에서 곱상한 얼굴로 미소하는, 사람 속을 박박 긁는 재주에서도 S급이 분명할 사현을 잠깐 노려보다 물었다.

"……그 일이 뭔데요."

사현이 눈웃음을 지었다.

"그건 조금 이따가 알게 될 거예요."

정이선은 한숨을 삼키며 시선을 돌렸다. 앞으로 이런 사현과 함께 일해야 한다는 현실에 막막해졌고, 언제까지 함께해야 할지도 몰라 답답해졌다. 그의 속은 이렇게 우중충한데 창밖으로 보이는 하늘은 쓸데없이 맑았다.

유감스러운 아침의 시작이었다.

◁ ◆ ▷

TV와 인터넷으로만 보던 HN길드 사옥에 처음으로 들어왔다. 게다가 절대로 함께할 리 없다고 생각한 사람 옆에서.

정이선은 사현이 굳이 제 옆에서 함께 걷는 이유를 도저히 이해할 수 없었다. 수행비서로 보이는 사람과 함께 그의 뒤에서 따라가려고 했는데 사현이 자연스럽게 정이선을 옆으로 불러 결국 그와 함께 걸어야만 했다. 로비에서부터 코드가 사용하는 층까지 올라가는 내내 온갖 시선이 따라붙었다.

그러다 마침내 코드가 사용하는 42층에 도착했다.

정이선은 엘리베이터 문이 열리자마자 보이는 금판에 놀랐다. 'Chord324'가 우아하게 음각으로 새겨져 있었고, 그곳에서 방향을 옆으로 꺾어 대리석 바닥 위를 조금 더 걷고 나서야 사무실 유리문이 보였다. 수행비서가 앞장서 유리문을 열었다.

그리고 눈앞에서 펼쳐지는 풍경에 정이선은 솔직히 감탄

할 수밖에 없었다. 대형 길드는 주먹구구식 중소형과 달리 전문적인 기업의 형태를 갖추었다고 듣긴 했지만, 이 정도일 줄은 몰랐다. 전체적으로 블랙 앤 화이트 인테리어에, 골드로 포인트를 준 내부는 무척 깔끔했으며 데스크 간격도 널찍한 데다 채광마저 적절했다. 게다가 이곳에 들어오기 전 유리문 옆에는 코드 전담 인포 데스크도 따로 있었다.

과거 정이선이 4년 동안 활동했던 혼신길드와는 차원이 다른, 감히 비교할 수조차 없는 모습이었다. 사현과 빼닮은 공간 분위기에 놀라는 티를 내고 싶지 않아 입을 꾹 다물고 있는데 누군가가 그 앞으로 뛰어왔다.

코드 팀원들은 리더 사현이 왔다고 해서 굳이 자리에서 일어나 인사하지 않는 분위기였는데, 그중 딱 한 명이 후다닥 달려왔다.

"우와! 진짜로 데려왔네요. 근데 멀쩡하네? 저는 반쯤 죽어서 오거나 줄에 묶여서……."

"기주혁 헌터."

"예, 예?"

"지금 이선 씨가 코드에 처음 오자마자 듣는 말이 그런 저급하고 유치한 말이어야 할까요?"

"저, 절대 아니죠. 제가 실언했습니다."

사내는 당장 허리까지 굽혀 가며 사과했다. 정이선은 조금 얼떨떨한 기분으로 그의 사과를 받았다. 기주혁이라면 그도 알고 있었다. 코드 소속의 A급 마법 계열 헌터. 마법을 사용하는데 적지 않은 마법 계열 헌터 중에서도 그가 유명한 이유는 다중 속성을 사용하기 때문이었다. 일반적인 마법 계열 헌터는 한 가지 속성에만 특화되었는데, 기주혁은 물과 불 속성 두 가지에서 뛰어났다.

사현은 웃고 있지만 공간에 감도는 분위기는 여전히 서늘한 때, 뒤에 있던 수행비서가 전화를 받고는 그에게 말했다.

"부길드장님 호출입니다."

"무슨 이유로요? 곧 코드 회의 시작한다는 거 모를 리가 없을 텐데."

"이유는 말씀하지 않으셨지만 당장 집무실로 오라고 하십니다."

"그쪽이 이유를 말 안 했는데, 내가 갈 이유도 없죠?"

딱히 답을 원한 질문이 아닌 듯했는데 지금껏 고개 숙이고 있던 기주혁이 냉큼 '맞습니다!' 하고 외쳤다. 사현의 싸늘한 시선이 다시 그에게 꽂혔다.

하지만 결국 사현의 핸드폰이 울렸다. 정이선은 핸드폰 화면 위로 '사윤강'이 뜬 것을 보았다. 사현은 아무렇지도 않게 통화 거절 버튼을 눌렀다. 그러나 곧이어 온 문자를 본 사현의 얼굴에서 미소가 지워졌다. 그러곤 정이선에게 잠깐 기다리라 말하고 로비 쪽으로 이동했다. 찰나였지만 정이선은 액정에서 '병원'이란 글자를 읽은 듯했다.

그리고 사현이 멀어지기만을 기다렸는지 기주혁이 당장 고개를 들며 다짜고짜 정이선에게 두 손을 공손히 내밀었다. 어디로 보나 악수하고 싶단 몸짓이었다. 정이선은 코드에는 악수를 좋아하는 사람들만 모였나 생각하며 그의 손을 잡았다.

　"저 진짜로 복구사님 팬이었거든요."

　"아, 네……."

　"그래서 리더가 이번 레이드에 복구사님 데려오겠다고 할 때 진짜 놀랐어요. 한 달 전쯤부터 복구사님에 대해 알아보는 것 같긴 했는데, 레이드 1차 이후에 영입하겠다고 나서길래 정말로……."

　"기주혁 헌터. 아직 정이선 복구사는 이번 레이드 모릅니다."

　옆에 있던 수행비서의 말에 기주혁이 놀란 눈을 했다. 하지만 그보다 더 놀란 건 정이선이었다. 레이드는 '연계던전'을 뜻한다. 첫 번째 던전만으로 끝나는 게 아니라 그다음 던전이 계속해서 발생하는 상황을 지칭했는데, 1년 전 2차 대던전 이후로 한국에서도 차츰 발생 빈도가 높아지고 있었다.

　그런데 보통 레이드라면 언제나 이슈가 돼서 뉴스에서 집중적으로 다루었다. 하지만 코드가 나설 정도의 레이드가 최근 발생했다는 기사는 못 보았다. 정이선은 오늘 새벽 코드에 관한 최근 기사를 모두 읽었기에 확신했다. 근래에 코드가 들어간 던전이라면 송파구에서 나타난 A급 던전뿐이었다.

"레이드가 이미 열렸나요? 아니면 곧 열린다는 예고?"

"아…… 뭐, 자세한 건 조금 이따가 알게 되실 거예요."

정이선의 질문에 기주혁이 두루뭉술하게 말했다. 정이선은 1시간 전에 사현도 제게 곧 알게 될 것이라고 말했음을 떠올리며 살짝 눈가를 찡그렸다. 모두 같은 시기를 가리키는 듯했다.

그리고 그런 정이선을 보며 기주혁이 씩 웃었다.

"한 가지만 미리 알려 드릴게요. 이번 레이드 성공하면…… 복구사님은 엄청나게 화려한 복귀를 할 거예요. 복귀뿐만이겠어요? 복구사 최초 던전 데뷔지."

기주혁이 기대된다는 듯 어깨를 좌우로 들썩이며 웃다가 사현이 돌아오는 걸 보자마자 당장 정자세를 취했다.

"애새끼 달래느라 시간 버렸네요. 이제 들어가죠."

사현이 자연스럽게 정이선의 옆으로 와서 말했다. 잠깐이지만 정이선은 그가 쓴 '애새끼'라는 단어에, 인터넷에 돌던 부길드장 사윤강과 코드 팀장 사현과의 사이가 좋지 않다는 말이 진짜란 점에 놀랐다. 하지만 그보다도 그를 더 충격에 몰아넣는 건 조금 전 기주혁이 한 말이었다.

던전 데뷔.

그 말은 정이선이 정말로 던전 안에 들어가야 한다는 의미였다.

정이선은 지금껏 던전에 딱 한 번 진입했는데, 그게 2차 대던전이었다. 그런데 다시금 던전에, 그것도 2차 대던전과 같은 연계던전에 들어가야 한다고 생각하니 가슴이 답답해졌다. 막연한 공포와 함께 터무니없는 억울함까지 치솟았다. 대체 복구사가 던전 안에서 할 일이 뭐가 있다고?

정이선은 걱정과 불안이 뒤섞인 얼굴로 사현과 함께 이동했다.

사무실 안에는 반투명 유리창으로 구분된 회의실이 따로 있었다.

사현이 먼저 정이선을 가장 상석 자리에 앉히고 그 자신은 바로 옆자리에 앉았다. 정이선은 자신이 앉은 자리가 어디로 봐도 사현의 자리란 걸 알 수 있어 무척 불편했지만 이동할 수도 없었다.

곧 회의실 안에 헌터 두 명이 더 들어와, 현재 회의실에는 다섯 명의 헌터와 이질적인 복구사 한 명이 있는 상황이 되었다. 그리고 그들의 얼굴을 확인한 정이선은 이들 5명이 코드의 주축이란 걸 눈치챘다.

코드는 약 20명으로 이루어진 특수 정예 팀인데, 그중에서도 사현을 중심으로 한 이 5명이 가장 유명했다. 코드 전원이 던전에 진입한다면 이들 5명이 보스를 담당했고, 가끔은 이렇게 5명만 A급 던전에 진입해 클리어하기도 했다. 이들은 한국에서 가장 강한 팀이었다.

"와, 정말로 스카우트했네. 반가워요, 정이선 복구사."

"꼭 뵙고 싶었습니다."

헌터들이 정이선에게 인사했다. 정이선은 그들이 모두 S급, A급 헌터란 것을 알기에 조금 긴장한 얼굴로 인사를 받았다. 그 또한 S급이지만 이렇게 높은 등급의 헌터와 만나 대화한 적은 없었다.

곧 사현의 수행비서이자 A급 헌터인 신지안이 회의실 참석자들 앞으로 나섰다.

그녀는 격투형 탱커답게 몸집이 좋았다. 경호원 복장처럼 보이는 새까만 투피스 정장을 단정하게 입었음에도 딱 벌어진 어깨나 팔뚝의 근육이 도드라졌다. 고동색 머리를 포니테일 스타일로 높게 묶은 여자는 딱딱한 인상 그대로 사무적이게 회의를 시작했다.

"정이선 복구사는 아직 레이드에 대한 정보를 듣지 못해서, 레이드의 시작부터 간략하게 말씀드리도록 하겠습니다."

회의실 앞에 놓인 TV에 현장 사진이 하나 떴다. 그 현장은 놀랍게도 정이선에게 익숙했는데, 새벽에 그 공간을 본 게 전부지만 분명했다.

"어, 저기…… 구청 별관……."

"맞아요. 이선 씨가 복구한 곳."

당황한 정이선에게 사현이 웃으며 고개를 끄덕였고, 그사이 신지안은 담담하게 설명을 이어 갔다.

"이때 발생했던 A급 던전이 1차 던전이었습니다. 해당 던전은 이곳에 있는 헌터들로 클리어했으며, 보스 방에서 이것을 발견했습니다."

신지안이 데스크 위에 놓여 있던 상자를 열어 정이선에게 건넸다. 상자 안에는 황토색 석판이 들어 있었는데, 정이선이 그 위에 적힌 글자를 읽지 못해 눈을 가늘게 뜨고 있으니 신지안이 TV 화면에 그것을 띄웠다. 상자를 건넨 건 그저 던전 안에서 주웠음을 보여 주려는 의도였단 듯 신지안은 글자의 의미를 곧바로 읊었다.

"고대 이집트어로 '다음은 바그다드의 공중에서 맞닥뜨리게 될 것이다'라고 적혀 있습니다. 그리고 아래에는 숫자가 새겨져 있는데…… 보이십니까?"

"아, 네. '8'이라고 적혀 있네요."

"처음에는 '15'였습니다. 하루가 지날 때마다 숫자가 하나씩 줄어들었죠. 그리고 우리는 그게 2차 던전이 발생하기까지 남은 날짜임을 파악했습니다."

정이선이 과거 겪었던 2차 대던전은 1차 던전이 사라진 후에 곧바로 2차 던전이 생겼다. 하지만 그건 한국에서 나타난 최초 연계던전이자 이례적인 형태였고, 이후에 나타나는 연계던전은 조금씩 시간을 두고 열렸다.

이런 연계던전은 1차를 클리어하고 2차 던전이 열리기 전에 재정비할 시간을 가질 수 있단 장점이 있는 대신, 2차 던전을 클리어하지 못하면 그 피해가 두 배로 오른다는 큰 단점이 있었다. 3차 던전을 클리어하지 못하면 피해는 세 배였다. 다만 뒤에 등장하는 연계던전은 도전 시간도 넉넉하게 주어졌는데, 1차에서 24시간을 준다면 2차에선 48시간, 3차에서 72시간을 주는 식이었다.

그러나 그런 것만으로 안심하기에는 연계던전 공략을 실패했을 시 입는 피해가 정말 어마어마했다. 실제로 외국에선 대도시가 그대로 날아간 적도 있었다.

"……잠시만요. 그런데 연계던전이라면 저 송파구청 앞에 다시 생긴단 소리인데, 저는 구청 별관 복구를 왜……."

정이선은 혼란스러웠다. 그러고 보니 코드가 클리어한 던전이라면 HN길드 복구 팀이 나서야 했는데 그러지 않았다. 게다가 연계던전이란 걸 알았다면 그곳을 굳이 복구할 필요가 없었다. 어차피 다시 파괴될 장소였기 때문이다.

의아해하는 정이선을 보며 사현이 나긋하게 말했다.

"이선 씨의 현재 복구 능력이 어느 정도인지 보려고 했어요. 구청 근처가 모두 파괴됐는데도 구청 별관만 굳이 복구를 의뢰한 이유가 있었죠. 지난 반년 동안 이선 씨가 아주 사소한 피해만 복구해서 정확한 능력이 파악되지 않았거든요."

"태식 아저씨는 분명히 입찰했다고 했는데……."

"헌터 협회랑도 이야기됐어요. 피해도 B급으로 측정됐지만 보상금은 피해도 A급 수준, 그런 일을 소형 업체가 어떻게 따냈겠어요?"

"……."

"다시 무너져도 허무해하지 말라고 일부러 보상금은 피해도 A급에 맞춰서 넣었어요."

사현이 웃으며 하는 말에 정이선은 할 말이 없어졌다. 그의 말이 사실이기도 했으며 또한 썩 기분이 좋지는 않은 깨달음도 함께 얻었기 때문이다.

"……처음부터 저를 끌어내리려는 수였군요."

"그럼요. 저는 이선 씨한테 굉장한 수고를 들였답니다."

"만약 그 일이 다른 복구사한테 갔으면요?"

"글쎄요. 어떻게 됐을 것 같아요?"

"……."

정이선은 자신이 바보 같은 질문을 했음을 시인하며 입을 다물었다. 너무 황당해서 자기도 모르게 나온 말이었다. 어쩐지 끝자리에 앉아 있는 기주혁이 무척 재밌어하는 듯해 조금 더 불편해졌다.

회의실에 앉은 지 1시간도 안 되었는데 벌써부터 지쳤다. 가까스로 한숨을 삼켜 낸 정이선이 물었다.

"그러면 그 연계던전에 복구사가 필요한 이유는 뭔데요?"

사현과의 대화가 끝나기를 기다렸는지 신지안이 자연스럽게 TV 화면을 바꾸었다. 정이선은 화면에서 보이는 익숙한 건물의 모습에 살짝 눈을 가늘게 떴다. 느닷없이 저 건물을 띄운 이유를 알 수 없었기 때문이다.

"이게 저희가 입장한 던전입니다."

"……저 피라미드요?"

"네. 쿠푸왕의 피라미드였습니다. 보통 던전은 특정한 모습을 갖추지 않는 편인데, 이번에 들어갔던 1차 던전은 분명히 피라미드였습니다. 그리고 이렇게 특정 모습, 실존하는 건축물의 형상을 띤 연계던전이 최근에도 발생했죠."

화면이 바뀌며 얼마 전 이탈리아에서 발생한 바티칸 연계던전이 나왔다. 바티칸미술관과 시스티나성당, 성베드로대성당의 모습을 한 던전이 차례로 나타난 총 3차 연계던전이었다. 던전에서 나타나는 구조물은 모습이 좀 더 기괴하긴 했지만 테마는 확실했다.

코드는 해당 정보를 바탕으로 오랜 회의에 들어갔으며, 지금과 같은 결론을 냈다고 했다.

"1차 던전의 보스를 처치한 후 나타난 게 이 석판입니다. 그리고 '바그다드의 공중에서 맞닥뜨리게 될 것이다'라고 적혀 있으니……. 바그다드는 현 이라크의 수도이자 고대 도시 바빌론이 자리했던 곳과 가깝습니다."

"……그렇다면 공중에서 맞닥뜨린다는 말은…….."

소리 없이 화면이 바뀌었다.

"2차 던전은 바빌론의 공중정원이라고 추측할 수 있습니다."

고대 도시 바빌론의 공중정원은 실제로 공중에 존재했던 것이 아니지만, 높이가 105미터에 달해 멀리서 보면 공중에 떠 있는 것처럼 보였다고 하여 그런 이름이 붙었다.

쿠푸왕의 피라미드, 그리고 바빌론의 공중정원. 이 두 가지 건축물에 정이선의 표정이 미묘하게 변했다. 조금 전에 생각했던 던전의 '테마'가 서서히 그의 머릿속을 장악하기 시작했다.

"설마, 이거…… 7대 불가사의인가요?"

"네. 맞습니다."

"우와, 이걸 곧바로 눈치채네."

"이선 복구사 머리 좋나 봐요. 복구사는 대부분 똑똑하다 들었는데, S급이라 머리 굴리는 것도 S급인가?"

너무 당황스러운 상황이라 그도 모르게 떨리는 목소리로 물었는데 신지안은 무척이나 덤덤하게 긍정했고, 테이블에 둘러앉은 다른 헌터들이 감탄했다. 사현은 이 상황이 흡족한 듯 유하게 미소하고 있었다.

"그런데 저희가 진입한 던전은 '무너진' 상태였습니다. 카이로 기자에 있는 쿠푸왕의 피라미드는 아직 보존되어 있지만 던전 안의 피라미드는 무너져 있었죠. 이게 안에서 촬영한 전부지만 대부분이 이런 모습이었다고 보시면 됩니다."

신지안이 화면에 사진을 몇 장 띄웠다. 원래 던전 안에선 현대의 물건을 아예 사용하지 못했다. 전화가 안 되는 건 물론이고 카메라로 사진을 찍어도 새까맣게 나왔으며 녹음을 해도 이상한 소리만 들렸다. 그렇지만 마정석을 가공해 특수 제작한 물건은 던전 안에서 사용할 수 있었는데, 그 예시가 대형 방송사에서 사용하는 던전용 촬영 카메라였다.

그런 마정석 가공품들은 대개 억을 넘나들었지만 신지안은 아무렇지도 않게 핸드폰으로 찍어 화질이 조금 흐리다고 했다. 정이선은 이 회의실에 있는 전원이 그녀와 같은 핸드폰을 가지고 있으리라 예상했다. 하지만 그 사실보다 더 놀라운 건 내부 모습이었다.

"길 곳곳이 무너져 있어 이동이 어려웠고, 그나마 걸을 만한 길 대부분엔 트랩이 설치되어 있었습니다. 그리고 테마를 공유하는 연계던전은 보통 상태가 비슷하다고 합니다."

기주혁이 냉큼 신지안의 말을 이었다.

"그렇다는 말은, 2차 던전인 바빌론의 공중정원 역시 무너진 상태일 거란 뜻. 그곳은 실제로도 과거 페르시아제국과의 전쟁에서 파괴돼서 현재 약간의 유적만 남았을 뿐이라곤 하지만…… 아마 진입한 던전에서는 과거 공중정원의 모습이 재현되어 있되 '무너진' 상태겠죠?"

"무너진 던전 안에서 이동하느라 정말 힘들었지."

다른 헌터가 고개를 절레절레 저으며 질린 목소리를 냈다. 구조물이 대부분 무너져 있어 진입 자체가 어려웠으며 그 때문에 몬스터를 상대하는 데에도 상당히 성가신 부분이 많았다고 했다. 그나마 내부라서, 그림자가 많은 공간이라 사현이 어떻게 해결해 냈다곤 하지만…….

그 한탄을 듣는 정이선의 얼굴이 조금씩 굳어 가기 시작했다. 슬슬 자신이 왜 던전에서 필요한지 눈치채기 시작했다. 그리고 기주혁이 말한 던전 데뷔가 무엇을 의미하는지, 그리고 사현이 친구들에게 무효화를 걸어 주는 때가 언제인지도.

정이선의 얼굴을 본 사현이 입술로 호선을 그리며 웃었다.

"아직까지는 이번 던전이 연계던전이라는 사실이 공식적으로 알려지지 않았어요. 코드에서 먼저 헌터 협회에 알렸고, 협회가 대응 방향을 잡을 때까지만이라도 비밀에 부치자고 했죠. 고대 7대 불가사의 던전이라는 게 규모가 무척 크기도 하고, 연계던전은 2차 던전부터 등급이 한 단계 올라가니까요."

1차 던전, 이집트 쿠푸왕의 피라미드 던전은 A급이었다. 그렇다면 당장 2차부터는 S급 던전이 여섯 개나 연이어 발생한다는 의미였다. 심지어 연계던전은 공략 실패 시 쌓인 차수만큼 피해가 배가 되는데, S급 던전의 피해가 배가 된다면 도시를 넘어 나라 절반이 지워질지도 몰랐다.

이 사실이 대응책 없이 밝혀졌다간 전 국민이 혼란과 두려움에 빠질 테니 협회가 이 일을 비밀에 부친 것이다.

멍한 정이선의 얼굴을 보며 사현이 말했다.

"7차 연계던전에서 1차를 클리어한 상황이니, 이제 여섯 개의 던전이 남았죠."

자신을 똑바로 향하는 새까만 눈동자를 보며 정이선은 깨달음을 얻었다. 죽지 못하는 상태인 제 여섯 친구들, 그리고 남은 여섯 개의 연계던전.

그리고 사현이 원한, A급으로 대체할 수 없는 S급의 복구 능력.

"이선 씨는 던전에 진입해서, 고대 7대 불가사의 건축물을 복구하는 역할을 맡을 거예요."

◁　◆　▷

회의는 두 시간이 넘게 진행되었다.

하지만 사실 정이선은 그가 고대 7대 불가사의 건물을 복원해야 한다는 이야기를 들은 이후부터는 어안이 벙벙해서 거의 한마디도 못 하고 시간을 보냈다. 아무리 자신의 S급 히든 능력이 복원도만 보고 복구하는 능력이라 하더라도, 7대 불가사의는 이름이 가지는 위명이 있었다.

고대에 그것을 어떻게 지었는지 알 수 없어 '불가사의'란 표현이 붙었을 텐데, 제가 그런 일을 당연히 해낼 것이라 보는 사현이 놀라웠다. 하지만 그렇게 반응하는 사람은 사현 뿐만이 아니었다. 회의실 안에 있는 전원이, 코드의 주축인 그들이 모두 정이선이 해낼 것이라 생각했다.

아예 그 자체가 당연한 전제라서 정이선의 굳은 반응에도 개의치 않고 복구한 이후의 계획으로 자연히 주제가 넘어갔다.

"길만 제대로 정리되면 몬스터를 상대하기는 훨씬 쉬우니까, 내부 도면 보면서 작전 세우죠."

"몬스터 기습 대비하기도 유리하겠어요."

통로가 무너져 있으면 이동 가능한 경로가 매우 한정적인데, 그곳에 대부분 함정이 있어서 길만 복구되어 있으면 함정을 피하기도 좋을 거란 분석이었다. 다들 고개를 끄덕이면서 바빌론의 공중정원 도면을 보며 몬스터가 튀어나올 방향에 대해 이야기하는데, 정이선은 눈만 깜빡이다 힘겹게 입을 열었다.

회의실에 있는 코드는 이렇게 대화하는 게 무척 익숙해 보여서, 이방인인 그가 말을 꺼내기가 조금 어려웠지만 현

대화에서 걱정되는 부분은 짚어야만 했다.

"제가 정말로 S급 던전에 들어가서 그 건물을 복구할 수 있다고 보세요? 복구된 상태를 전제로 두고 작전을 짜기엔 위험할 것 같은……."

"당연히 복구해 내죠, 복구사님은! 게다가 복원도 있잖아요? 고대 7대 불가사의라곤 하지만 그건 고대에 어떻게 지었는지 모른단 이야기지 현대에 와선 대부분 분석됐어요. 친절하게 3D 영상까지 있던걸. 지안 헌터님, 그 영상도 있죠?"

기주혁이 신나게 물었고, 신지안은 고개를 끄덕이며 제작 과정을 추론한 다큐멘터리 영상까지 준비해 두었다고 안내했다. 정이선은 자신이 그 영상을 보며 공부해야 한다는 사실에 조금 막막해졌다.

"이선 복구사는 예전에도 전소된 문화재 하나 복원도 보고 복구해 냈지 않아요? 그거랑 똑같은 개념이에요. 뭐, 그건 육백 년 전 건물이고 이번은 이삼천 년 전이란 차이가 있긴 한데……. 복원도는 둘 다 있으니까요."

"저도 그때 영상 봤습니다. 진짜 엄청나던데요."

사현의 맞은편에 앉은 헌터들이 말했다. 해당 영상은 영상이 퍼질 시 각성자가 갖게 될 부담을 고려해 헌터들만 열람할 수 있도록 각성자 본부의 제한을 받다가 결국 삭제 조치되었다. 그 덕에 정이선의 히든 능력은 대외적으로 널리 알려지진 않았지만, 관심 있는 헌터들이라면 그에 대해 알고 있었다.

정이선은 그들이 각각 S급, A급 헌터란 점을 조금 더 부담스럽게 받아들였다. 게다가 그를 향한 전폭적인 신뢰의 눈빛에 기쁘기보다도 외려 낯설고 걱정만 들었다. 그는 과거 4년 동안 혼신길드에서만 일했기 때문에, 사실 그의 친구들을 제외하면 바로 앞에서 그의 능력을 추어올리는 말을 들은 적이 없었다.

이런 낯선 경험을 배제하더라도 자신의 상태라는 문제가 있었다. 그날 이후로는 능력을 제대로 쓴 적도 없으며 어떤 때는 30퍼센트만 복구해도 현기증이 돌았다. 어쩌면 그들을 살리고서 능력에 대한 거부감이 생긴 걸지도 몰랐다. 아니, 아마도 확실히 그럴 것이다.

그런데 사현은 제게 100퍼센트를 원했다. 여섯 개의 던전을 하나씩 성공적으로 클리어할 때마다 친구를 한 명씩 무효화로 눈감게 해 줄 것이다. 자신은 그 능력을 쓰는 일이 때로는 너무도 끔찍하게 여겨지는데, 이젠 그 능력을 제대로 발휘해야 친구들을 보내 줄 수 있었다.

정이선이 입을 꾹 다물고 있으니 옆에서 가만히 지켜보던 사현이 둥글게 웃으며 그를 불렀다.

"이선 씨. 걱정 말아요."

"……네?"

"안 되면 되게 할 테니까."

유감스럽게도 그 말에 정이선은 지금까지 해 온 걱정의 딱 두 배 되는 심란함을 떠안았다.

◁ ◆ ▷

초봄의 해는 일찍 저물었다.

정이선은 노을 지는 바깥의 모습을 보며 솔직히 놀랐다. 그는 아침에 사현의 차를 타고 올 때만 해도 몹시 수상한 일을 맡게 될지도 모른다고 생각했다. 자신을 압박하고 몰아붙이듯 함께 일하자고 했던 사현이니 당연히 좋지 못한 속셈이 있으리라 여겼다.

그런데 정이선은 아침에 코드 사무실에 와서 주축 5인이 함께하는 회의에 참석하고, 연계던전에 대해 알게 되고, 그가 던전에서 해야 할 일에 관한 설명을 들었다.

그 후에는 사현의 맞은편 집무실을 배정받아서 계속 7대 불가사의에 대한 다큐멘터리만 봤다. 잠을 설친 탓에 다큐멘터리를 보다가 그대로 눈을 감을 뻔했지만, 겨우겨우 정신을 차렸다. 사현이 제게 원한 일이 예상치 못하게 정상적이라 긴장이 풀리긴 했으나 그렇다 해서 완전히 경계를 놓을 수도 없었다. 사현을 일 잘하는 코드의 리더로만 보기엔 그가 벌인 일들이 너무 많았다.

하지만 점점 정이선은 혼란스러워졌다.

"이제 퇴근하죠."

퇴근할 시간쯤 되어 사현이 방으로 들어와 테이블을 똑똑 두드렸다. 정이선은 멍하니 화면만 보느라 뒤늦게 그의 방문을 알아챘다. 정이선이 흠칫하며 의자에 푹 기댔던 몸을 일으키자 사현이 소리 없이 웃었다.

"피곤하면 한숨 자지 그랬어요. 졸린 상태에서 억지로 하면 오히려 효율이 떨어질 텐데."

그의 어조는 꽤 나긋한 감이 있었다. 그 행동에 점점 정이선은 아리송해졌다. 불현듯 사현이 일전에 제게 '사람을 잘 챙긴다'고 말했던 것이 떠올랐다가, 그다음으로는 그가 조금 전 말한 '억지로'라는 단어에 대한 의문이 솟았다. 그 단어의 범위를 광범위하게 잡으면 자신도 이곳에 억지로 끌려온 게 아닌가?

하지만 사현은 대답 없는 정이선의 반응에도 개의치 않고 나가자며 걸음을 옮겼다. 게다가 먼저 문을 열어 주며 그에게 고갯짓했고, 그다음으론 친히 엘리베이터 버튼까지 대신 눌러 줬다.

"복원도 보니까 어때요? 할 수 있겠어요?"

"모두 규모가 엄청나더라고요. 아마 한 번에 복구해 내지는 못할 것 같아요. 조금씩 단계별로 복구해야 할 듯한데……."

"그것도 괜찮죠. 못 하겠단 듯이 굴었으면서 이렇게 방법을 생각해 내네요, 이선 씨."

엘리베이터 안에서 사현이 정이선을 보며 빙긋 웃었다. 그 미소를 보며 정이선은 더더욱 미묘한 기분에 시달렸다. 지금은 수행비서 없이 단둘이만 있는 상황인데도 레이드에 대한 이야기만 했다.

사현은…… 사실 나라와 사람들을 생각하는 멀쩡한 헌터였나? 놀랍게도?

비록 과정은 조금, 아니, 매우 많이 과격하더라도 나라에 재앙을 초래할지도 모를 레이드를 해결하기 위해 나서는 사람이었나? 오늘 만난 코드 팀원들의 말을 듣기론 사현이 직접 사람을 스카우트해 온 것도 무척 오랜만이라고 했다.

사현은 지난 일주일 동안 꾸준히 S급 복구 능력을 원한다고 했다. 그리고 오늘 회의실에서 그의 능력이 사용될 장소가 바로 연계던전 안이라고 밝혔다. 잘못하면 대도시 하나가, 어쩌면 나라가 그대로 지워질지도 모를 규모의 S급 던전을 해결하기 위한 작전이었다. 심지어 헌터 협회마저 함께하는 상황이었다.

정이선은 자신이 잠을 못 자서 이런 생각을 한다고 치부하려 했지만, 그렇게 넘기기엔 오늘 들은 레이드에 대한 정보가 자꾸만 머릿속을 떠돌아다녔다. 정이선은 굳이 차 문까지 열어 주는 사현의 행동을 의심스럽게 보았다.

"병원으로 가요."

사현이 운전기사에게 자연스럽게 병원으로 가자고 말했다. 병원의 이름을 말하지 않았는데도 출발하는 걸 보면 아마 이전에도 몇 번 방문한 병원인 듯했다. 정이선은 굳이 사현이 자신을 데리고 병원에 가는 이유가 무엇인지 알 수 없었지만 가만히 앉아 있었다.

그렇게 30분쯤 이동했을 때, 차창 밖으로 서서히 보이는 병원을 발견한 정이선의 눈동자가 살짝 커졌다. 한백병원. 한국에서 가장 크고 뛰어난 병원이었다. 그리고 그 병원은 4년 전부터 HN길드의 길드장이 입원해 있는 곳이었다.

"······길드장님을 뵈러 온 건가요?"

"저에 대해서 알아봤나 봐요."

오늘 새벽 사현에 대해 알아보면서 그런 기사들도 몇 개 읽었다. 사현과 사윤강은 HN길드장의 아들이자 이복형제인데, 그들이 길드장이 입원한 병원에 방문하는 모습이 종종 기사로 다뤄졌다. 기자들은 차기 HN길드장 자리를 놓고 벌이는 두 아들의 치열한 공방이라는 표현을 썼다.

"이미 알고 있다면 조금 더 부탁하기 쉽겠네요."

사현이 입매로 호선을 그리며 웃었고, 정이선은 점점 더 아리송해졌다. 아버지의 병문안에 자신을 함께 데려온 이유가 뭐지? 심지어 '부탁'이라니? 정이선은 묻고 싶은 것이 많았지만 어쩐지 즐거워 보이는 듯한 얼굴에 가만히 입을 다물었다. 이상하게 사현이 저렇게 웃을 때마다 불길해졌기 때문이다.

이윽고 정이선의 모든 의문은 병실 안에서 종지부를 찍었다.

"사실 며칠 전에 길드장님이 죽었어요."

멍해진 정이선의 얼굴을 보며 사현이 미소했다.

"그러니까 복구 능력 좀 걸어 줄래요?"

정이선은 자신이 들은 말을 곧바로 이해하지 못해 잠깐 느릿하게 눈만 깜빡이다가, 겨우겨우 하나씩 상황을 정리해 가기 시작했다.

우선 사현과 함께 한백병원으로 들어왔다. VIP 병실은 아예 병원 별관에 따로 있었는데 그곳으로 들어가자마자 담당 의로 보이는 사람이 사현에게 달려왔다. 그러곤 우는 얼굴로 '부길드장님이 자꾸……'와 같은 이야기를 하려다 사현이 말없이 웃으며 그를 보자 조용히 뒤로 물러났다.

병실 안에 들어가니 길드장은 마치 죽은 사람처럼 침대 위에서 잠들어 있었다. 그의 창백한 피부나 언뜻 보랏빛이 도는 입술이 어쩐지 익숙하다고 생각했지만 병실 안에 있으니 살아 있는 것 같았다. 그런데 사현은 길드장이 죽었다고 한다.

이 상황이 믿기지 않아 반사적으로 사현이 장난을 치는 건가 생각했다. 하지만 그와 자신의 관계에서 장난은 적절한 단어가 아니니, 결국 정이선은 머뭇거리다 말했다.

"복구하면 제 친구들 같은 상태가 될 텐데요."

"네. 그러니까 복구해 달라는 거예요. 제가 언제 살려 달라고 했나요?"

"……"

"그냥 심장만 멈추지 않는 상태가 필요해요. 진짜로 살아나면 오히려 거슬려서 죽일지도 모르니까."

잠깐이나마 사현이 효자 노릇을 하려다 머리가 이상해졌다는 가설을 세웠지만 그건 아닌 듯했다. 조금 착잡해진 눈으로 시체를 보고 있으니 사현이 침대 옆으로 다가가며 말했다.

"사실 한 달 전부터 이선 씨에 대해 알아봤어요. 그때쯤 의사가 길드장이 한 달을 버티기 힘들 거라고 말했거든요. 하지만 제가 모든 준비를 끝마칠 때까지 심장이 멈추지 않게 만들 사람이 필요했어요."

"그건 저 말고 다른 복구사도 가능하지 않나요?"

"한번 실험해 봤는데 A급 복구사는 몸을 움직이게 하는 게 전부더라고요. 심장은 복구하지 못했어요."

정이선은 그가 했다는 '실험'을 굳이 자세히 알고 싶지 않아 질문하지 않았고, 사현도 그것에 대해 말할 생각은 없는지 자연스럽게 화제를 이었다.

"제가 원하는 건 길드장이 다시 일어나는 게 아니라, 심장만 뛰는 상태를 유지하는 거니까 S급을 찾아야 한다고 생각했죠. 다만 저도 정말로 시체의 심장을 복구할 수 있을지에 대해선 확률을 반반으로 뒀었는데…….”

사현이 조용히 정이선을 보았다. 그 시선에 정이선은 사현이 군이 자신의 집 안까지 들어왔던 이유가 제 친구들의 상태를 면밀히 살펴보기 위함이었음을 깨달았다.

이후 사현은 일주일 전에 길드장이 죽었으며, 현재까진 상태를 숨기고 있다고 말했다. 그 말에서 정이선은 아침에 부길드장이 사현에게 전화한 이유를 어렴풋이 눈치챘다. 아마도 사현이 담당의를 매수해 가족 면회조차 막았을 것이다. 게다가 일주일이라면 딱 정이선이 사현과 만난 날로부터 오늘까지의 시간이자, 그가 시간을 돌릴 수 있는 최대 기간이었다.

“그러면 저한테 계약하자고 한 진의는, 레이드가 아니라 길드장님을 복구하는 건가요?”

“아뇨. 둘이 맞물려 있어요.”

사현은 이야기가 조금 길어질 것 같으니 앉으라며 옆자리를 권했지만 정이선은 시체 옆 의자에 앉고픈 마음이 없어 거절했다. 그렇게 사현만이 길드장의 시체 옆에 태연하게 앉아 말을 시작했다.

“4년 전에 길드장의 유언장을 봤어요. 그 유언장엔 자신이 죽으면 HN길드를 사윤강에게 넘긴다는 내용이 있었는데…… 저는 그 애새끼한테 길드 넘길 생각이 없거든요.”

정이선은 사윤강이 그보다 일곱 살 더 많다는 걸 알았지만 잠자코 들었다.

“그래서 코드를 키웠어요. 다음 길드장이 사윤강이 된다면 누구나 의아해할 정도로요. 사실 죽이면 가장 간단하긴 한데, 그건 너무 시시하잖아요.”

“……아, 그런가요?”

“네. 저는 사윤강이 살아 있는 상태로 비참해졌으면 하거든요. 아무리 노력해도 저한테는 안 된다는 걸 친히 알려 주려고 참 긴 판을 짜 왔네요. 겉으로도 뻔히 보이는데 왜 그렇게 현실 부정을 하는지 모르겠어요.”

문득 정이선은 HN길드에서 코드가 만들어진 때가 4년 전이란 걸 떠올렸다. 4년 전에 길드장이 쓰러져 병원에 입원하게 되면서 부길드장 사윤강이 길드장의 권한을 가졌다. 그 이후에 코드가 생겼는데, 이에는 꽤 많은 뒷이야기가 돌았다.

사윤강이 혜안이 있어서 특수 정예 팀을 만들었다고 보기는 힘들었다. 사실 사윤강은 당시 길드의 임원이었던 사현의 직책을 모조리 거뒀다고 한다. 이후 사현에게 일부러 던전도 맡기지 않고 철저히 그를 고립시키려 했는데, 사현이 아예 HN길드를 나가려 하자 그제야 부랴부랴 특수 정예 팀을 만들어 줬다는 비화였다.

그런데 그 특수 정예 팀도 처음엔 사현 혼자였고, 현재 코드를 이루는 주축 헌터는 그가 직접 돌아다니며 스카우트한 것이라고 했다. 당시 정이선은 한창 혼신에 붙잡혀 일하던 때라 HN길드 내에서 어떠한 일이 일어나고 있는지는 전혀 살펴보지 못했었다.

특수 정예 팀, 코드가 만들어지기 이전부터 사윤강과 사현의 불화는 헌터에 대해 관심 있는 사람들이라면 모두 아는 정보였다. 사현은 8세 때 S급으로 각성했는데 사윤강은 20세가 되어서야 능력이 나왔다. 사실 20세는 일반인의 각성 검사 시기이니 그가 늦은 것은 아니지만, HN길드장이 어릴 때부터 사윤강의 각성 검사를 했단 건 이미 암암리에 떠돌아다니는 이야기였다.

그런데 그때 밝혀진 사윤강의 능력이 A급 치유 계열이었다. A급도 분명히 엄청난 능력이지만 대형 길드 HN의 차기 길드장으로 물망에 오르기에는 조금 아쉬운 능력이었다. 현재 길드장이 S급인데 그다음 길드장이 A급, 그것도 전투에서 앞에 나서지 않는 치유 계열이라면 길드가 받는 이미지 타격이 적지 않았다.

그러니까 사윤강은 아주 어린 시절부터 사현과 비교되어 왔을 테고, 그것은 결국……

"열등감 덩어리죠, 사윤강은."

사현이 다리를 꼬며 느긋하게 웃었다. 사윤강과의 일화가 떠오르기라도 했는지 잠깐 고개 숙여 웃음소리를 흘리다가, 이내 깍지 낀 손을 무릎 위로 올리며 여유롭게 말했다. 몹시 온화한 미소가 그의 얼굴에 퍼졌으나 말하는 내용은 전혀 그렇지 않았다.

"성가시게 굴어서 예전부터 치울까 말까 많이 고민했는데요, 열등감으로 가득한 인간을 가장 확실하게 절망시키려면 죽이는 것보단 그 인간이 아등바등 노력한 분야에서 패배시키는 게 좋을 것 같더라고요."

"아, 네……."

"그래서 코드를 키웠는데, 마침 레이드가 나타난 거예요. 그것도 S급 던전에, 고대 7대 불가사의라는 타이틀이 붙을 레이드가."

그쯤 정이선은 깨달았다. 사현은 사윤강을 완벽하게 패배시키기 위해 아주 오랫동안 기다려 왔다. 사윤강이 내던지듯 만들어 준 특수 정예 팀에 코드란 이름을 붙이고 헌터들을 스카우트해 끝내 HN길드를 대표하는 팀으로 만들었다.

지금 이 상태로만 해도 사윤강이 차기 길드장이 되는 일에 의문을 제기하는 이들이 많을 테다. 하지만 사현은 긴 여론 공방을 택하는 것보다 더 강력한 한 방을 노렸다. 그리고 그것이 바로 현재 나타난 7대 던전 레이드였다.

헌터 협회마저 놀라서 공개를 늦추자고 한 던전을, 사현은 기회로 여기고 있었다.

"……이번 레이드를 모두 클리어한 후에 길드장을 죽여 그 유언을 공개시킬 생각이군요."

"네, 맞아요. 이선 씨는 똑똑해서 말이 잘 통하네요."

사현이 눈매를 휘며 웃었다. S급 연계던전은 전 세계 어디에서도 나타난 적이 없다. 그러니 해당 레이드를 코드가 모두 클리어한다면 코드는 한국을 넘어서 전 세계에 위상을 떨칠 터였다. 그리고 그때 HN길드장의 유언장을 공개한다면 모두가 의혹을 제기하며 반발할 게 확실했다.

이야기가 잘 끝난 것이 만족스러운지 사현이 자리에서 일어나 여전히 침대와 멀찍이 서 있는 정이선에게 다가왔다.

"그러니까 이제 시체에 복구 능력을 걸어 줄래요?"

"……이건 제안인가요? 아니면 강요나 협박?"

"글쎄요. 원하시는 방향에 따라 맞춰 드릴게요."

"셋 다 원하지 않습니다. 그런 것 말고……."

정이선의 옅은 갈색 눈동자가 똑바로 사현을 향했다.

"거래였으면 좋겠어요. 제 쓰임이 레이드와, 길드장님을 복구하는 것으로 두 가지니까……. 제가 그쪽에 약점 잡힌 건 하나잖아요."

정이선은 부디 목소리를 떨지 않기를 바라며 끝까지 말을 이었다. 의외란 듯 자신을 내려다보는 사현의 새까만 눈동자를 보고 있으면 자꾸만 어젯밤의 기억이 떠올라 손이 떨리려 했다. 그 손을 뒤로 숨긴 채로 꾹 주먹 쥐고 있으니 사현이 느릿하게 미소 지었다. 이 상황이 꽤 재밌다는 듯한 미소였다.

"원하는 게 뭔가요?"

드디어 바라던 답을 얻어 냈지만 정이선이 말하기 전에, 사현의 손이 먼저 그의 어깨로 다가왔다. 마치 잔뜩 겁먹은 작은 동물을 어루만지듯 달래는 손길이 토닥토닥 어깨 위로 떨어졌다.

"그런데…… 너무 떨지 말아요. 처음에 스카우트하러 갔을 때도 말했잖아요. 이선 씨가 원하는 건 뭐든 맞춰 주겠다고."

사현의 다정한 미소에 이선은 등줄기에 돋은 소름을 가까스로 무시하며 말했다.

"……친구들에게 걸어 주기로 한 무효화요. 그 히든 능력, 제가 원할 때 한 번 더 써 주세요. ……필요한 곳이 있어서요."

어디인지는 지금 말할 생각이 없는지 정이선이 입을 꾹 다물었다. 사현은 의아하단 눈으로 그를 보다가, 이내 선선히 고개를 끄덕였다. 사실 사현에겐 정이선이 원하는 '거래'를 거절할 방법들이 얼마든지 있었지만 굳이 입에 담지는 않았다. 떠는 게 훤히 보이는데도 꾸역꾸역 숨기는 이선의 모습이 조금 우스워 내어 준 호의였다. 마치 적선과 같았다.

그리고 그런 사현의 긍정을 받고 나서야 정이선이 묵묵히 시체의 팔을 붙잡았다. 그 서늘하고 딱딱한, 마른 고목을 붙잡는 듯한 감각이 불쾌하면서도 익숙했다. 다시는 시체에 복구 능력을 쓸 일이 없으리라고 생각했는데…….

불쑥 혐오감과 닮은 자괴감이 솟았지만 정이선은 그 감정을 억눌렀다. 잠깐 속으로 죽은 길드장에게 사과를 하려다 이내 사현과의 거래만 생각하기로 마음을 고쳐먹으며 눈을 꾹 감았다.

고요했던 병실에서 곧 심전도계의 비프음이 울리기 시작했다.

◁ ◆ ▷

그날부터 정이선은 꼼짝없이 사현의 옆집에서 지내야 했다.

당장 이사할 줄은 몰랐기에 집에서 짐을 챙겨 오고 싶다고 말하니 필요한 게 있으면 대신 가져다주겠단 사현의 답이 돌아왔다. 옷만 몇 벌 가져오면 된다고, 잠깐만 집에 들르고 싶다고 했는데 결과적으로 정이선이 들르게 된 곳은 백화점이었다.

"이러면 그곳에 갈 필요 없죠?"

수십 벌의 옷을 떠안은 정이선은 결국 자신이 강제로 격리된 상황이나 마찬가지임을 받아들였다. 이럴 줄 알았더라면 아침에 나오는 길에 친구들에게 인사라도 할 걸 그랬다고 후회했지만 돌아갈 방안은 없었다.

8년 만에 처음으로 다른 공간에서 잠을 잤다.

그것이 너무 낯설어서, 혹은 한때 친구들과 장난스럽게나마 꿈꿨던 집에 있단 점이 죄책감처럼 그를 붙잡아 또다시 잠을 설쳤다. '그날' 이후로는 잠이 지나치게 늘어났는데 최근 이틀은 쉽사리 잠들지 못해 몇 번이고 뒤척여야만 했다.

그래서 다음 날 아침, 전날과 똑같이 사현이 그를 깨워 차에 탔을 때 정이선은 어제보다도 한층 더 피곤한 상태가 되었다. 사현은 그 얼굴을 보며 의아하단 듯 질문했다.

"불면증인가요?"

"……아뇨. 그냥, 조금 잠을 설친 것뿐이에요."

"상태 관리 잘해야죠, 이선 씨. 이제 일주일 남았는데."

일주일. 다음 2차 던전이 발생하기까지 남은 시간이었다. 정이선은 알겠다는 듯 고개를 끄덕였지만 사현의 시선이 가만히 그에게 따라붙었다. 천천히 위에서부터 아래로 훑어보는 시선이었는데 정이선은 마침 어제 그가 사 줬던 옷을 입고 있어 괜히 그 시선이 신경 쓰였다.

사현 때문에 알게 됐는데, 정이선은 가까운 거리에서 초점이 또렷한 눈동자를 마주하는 게 무척 부담스러웠다. 1년 동안 안개 낀 것처럼 흐릿한 눈동자만 보아서 그런지, 그리고 바깥에선 고개를 숙이고 다녀서 그런지 더욱 시선이 의식됐다.

"……왜 자꾸 보세요?"

정이선이 괜히 옆머리를 매만지며 시선을 돌리는데 불쑥 사현의 손이 다가왔다. 그 손은 정이선의 손목을 잡아채 위로 솟은 둥근 뼈를 문질렀다. 갑작스러운 접촉치고는 꽤 부드러운 손짓이었으나 외려 그 점에 기분이 미묘해졌다. 겨울처럼 생겼으면서 사현의 손은 늘 온기를 품고 있었기 때문이다.

초점이 확실한 눈동자도, 피부에 닿는 온기도 모두 낯설었다. 사현이란 존재는 분명히 꺼려졌지만 그럼에도 그가 '살아 있는' 존재란 점이 정이선을 멈칫하게 했다. 정확히 표현하기는 어려운, 그리움과 씁쓸함이 뒤엉킨 얼룩 같은 감정이었다.

"품이 큰 옷을 입어 몰랐는데, 이선 씨 많이 말랐네요."

나직이 말한 사현이 아침 식사는 했는지 질문했다. 이선은 집 냉장고에 음식 재료가 꽉 채워진 걸 보긴 했지만 따로 요리해 먹지 않았다. 요리에 재주가 없어서라기 보다는 입맛이 없었기 때문이다. 그는 잠깐 침묵하다가 대충 과일을 먹었다고 얼버무렸고, 사현은 그 답에 눈매를 휘며 웃었다.

사현의 얼굴은 세공사가 정성 들여 빚어 놓은 듯 섬세하게 아름다운 외모를 자랑했지만, 정이선은 그가 미소할 때마다 싸한 불안감을 가졌다. 그가 저렇게 웃을 때마다 멀쩡한 말을 하는 걸 본 적이 없다.

"하긴. 시체들이랑 1년을 살았으니 식사를 제대로 했을 리가 없네요."

정이선이 살짝 눈가를 찡그렸지만 사현은 개의치 않았다. 그저 잠깐 손목시계를 확인하는가 싶더니 기함할 만한 말을 태연하게 내놓았다.

"앞으로 함께 식사하죠."

"왜요?"

"그렇게까지 싫은 표정 지을 일인가요?"

"……."

부정하지 않는 정이선의 반응에 사현이 나직이 웃었다.

"의식주가 인간의 기본 생활 요소라고 하잖아요? 옷이랑 집은 됐으니, 이제 식사도 챙기는 것뿐이에요. 누누이 말했지만 저는 이선 씨의 능력이 필요한 상황이니까요."

그의 능력이 100퍼센트로 돌아올 때까지 챙기겠단 의사를 밝히며 사현이 앞으로의 일정을 조정했다. 그러곤 좋아하는 음식과 싫어하는 음식까지 물었고, 정이선이 딱히 호불호가 없다고 답하자 우선 영양 위주로 식단을 만들겠다고 했다. 그의 행동에 정이선은 조금, 아니, 솔직히 많이 불편해졌다.

일전에 사현이 직접 케어할 생각이라고 말하긴 했지만 이럴 줄은 몰랐다. 아무리 생각해도 그는 그의 존재가 자신에게 정신적인 피곤함을 안겨 준다는 걸 모르는 듯했다. 아니, 더 정확하겐 신경 쓰지 않는 것이다.

떨떠름한 반응의 정이선을 보며 사현이 둥글게 웃었다. 그러곤 여전히 잡고 있던 손목의 손등을 가볍게 토닥였다.

"우리는 한배를 탄 사이잖아요?"

정이선은 그가 말한 '한배'가 어제의 일을 가리킨단 것을 눈치챘다. 길드장의 죽음과 그 시체를 복구한 일. 사현의 계획이 완성될 때까지는 절대로 대외에 알려져선 안 되는 일이었다.

그리고 그때쯤 정이선은 사현이 굳이 자신에게 옆집을 주고, 아침저녁으로 함께 출퇴근하며 심지어 식사까지 함께하는 일이 일종의 감시임을 깨달았다.

정말로 귀찮고 피곤한 일에 얽혔다고 생각하며 정이선은 작게 고개를 끄덕였다.

◁ ◆ ▷

그날 정이선은 HN길드 건물이 아닌 웬 공장 부지로 출근했다. 그는 차가 서울을 빠져나가는 모습에 의아해했으나 사현은 별다른 말을 하지 않았고, 그렇게 차에서 내렸을 땐 이미 도착해 있는 코드 팀원 두 명을 보게 되었다.

오래전 버려진 듯 낡은 공장 주위에는 아무것도 없었다. 완전히 인적이 끊긴 듯한 주위를 둘러보며 정이선이 어리둥절해하고 있으니 사현이 친절한 목소리로 말했다.

"이선 씨 오늘부터 잘 자게 해 주려고요."

무슨 뜬금없는 소리를 하냐는 표정의 정이선을 이끌고 사현이 공장 앞으로 다가갔다.

초봄 특유의 선선한 바람이 불어오고 햇살은 쨍한 날이었다. 벤치에 앉아 있던 신지안이 정이선에게 눈짓으로 인사한 후, 사현에게 다가가 헌터 협회에서 연락이 왔다는 이야기를 전했다. 그 둘이 이야기하는 동안 다른 헌터가 정이선에게 다가왔다.

"이선 복구사. 아침은 든든하게 먹었습니까?"

덥수룩한 머리에 동그란 안경을 쓴, 서글서글하게 웃는 인상의 그는 코드 소속의 A급 힐러 나건우였다. 치유 계열의 헌터를 흔히 힐러라고 불렀는데 그중에서도 조금씩 분야가 달랐다. HN의 부길드장 사윤강이 포션 제작에 유능하다면 나건우는 버프에 특화되었다.

치유 계열이니만큼 떨어진 체력도 어느 정도 회복시킬 수 있지만. 나건우는 헤이스트 버프의 일인자로 유명했다. 버프를 받은 대상자의 이동 속도는 일정 시간 동안 월등하게 빨라지는데, 이 능력은 그림자로 이동하는 사현을 더욱 강력하게 만들었다. 사실상 코드의 주축을 이루는 4인의 헌터는 모두 사현과 함께했을 때 가장 합이 좋은 구성이었다.

정이선은 제게 친근하게 말을 걸어오는 나건우에게 어색하게 고개를 끄덕여 보였다. 그는 5인방 중에서 나이가 가장 많은 사람이었다.

"네. 적당히 먹고 왔습니다."

"허어, 적당히로는 안 될 텐데……."

"……네?"

"리더가 아무 말도 안 해 줬나 보네. 오늘 이선 복구사 능력 테스트할 거예요."

상상하지도 못한 말에 이선의 표정이 변했다. 그가 복구사로서의 능력을 테스트 받은 적은 처음 각성자 검사를 했을 때뿐이었다. 그것도 본부에서 무너뜨린 모형을 복구하는 정도에 그쳤는데…….

"저번에 구청 별관 복구할 때 봤는데, 또 보나요?"

"에이, 한 번으로 되겠어요. 그리고 아주 세세하게 확인할 거예요. 이선 복구사는 지금까지 던전 밖에서만 복구하면서 지냈을 테니 낯설겠지만, 던전 진입을 위해선 많은 준비가 필요하거든요. 게다가 리더가 이선 복구사 능력을 최대한으로 활용하고픈 눈치라……."

느릿하게 눈을 깜빡이는 정이선을 보며 나건우가 가만히 그의 어깨를 토닥였다.

"고생 좀 할 거예요."

……그렇게까지 안타까운 표정으로 해야 하는 말인가? 고민하는 정이선에게 사현의 부름이 닿았다. 사현이 가까이 오라는 듯 손짓했고, 정이선이 그의 옆에 설 때쯤 말했다.

"신지안 헌터."

"알겠습니다."

사현의 부름이 신호이기라도 한지 신지안이 공장을 향해 걸어갔다. 그녀는 몸을 푸는 듯 걸으면서 상체를 좌우로 한 번씩 틀었다가, 이내 걸음에 속도를 더했다. 가볍게 달리는 모습이었지만 주위로 들리는 바람 소리가 얼마나 그녀가 빠른지 알려 주었다. 그러다 마침내 신지안이 오른발로 세게 땅을 박차면서 공중으로 떠올랐다.

허공에 있는 계단을 밟기라도 하듯 순식간에 공중을 달려 올라가더니 이내 한 번 더 오른쪽 발로 허공을 세게 박찼다. 그와 동시에 신지안이 상체를 숙이며 몸을 둥글게 말았고, 그 모습에 정이선이 흠칫하며 놀라는 찰나.

그대로 한 바퀴 돈 신지안이 다리를 내뻗어 공장의 꼭대기를 내리찍었다.

높게 묶은 그녀의 머리칼이 사정없이 흩날리는 것과 동시에 커다란 공장이 콰과과광, 굉음을 내며 무너져 내렸다. 순간 폭발하듯 먼지바람이 일대에 훅 몰아쳐 정이선은 한쪽 팔을 들어 눈을 가려야만 했다.

콜록콜록 기침한 정이선이 팔을 내렸을 땐, 공장 하나가 완벽하게 파괴된 모습을 볼 수 있었다. 세 개의 건물이 연결된 공장은 건물 한 개의 크기만 해도 엄청났다. 그런데 그 건물 하나가 신지안의 발차기 한 번에 허물어졌다. 평소 헌터의 모습을 담은 영상을 찾아본 적 없었던 이선의 눈동자가 충격으로 물들었다. 처음으로 본 A급 헌터의 위력이었다.

사현이 빙긋 웃으며 말했다.

"이선 씨. 이제 저 건물을 복구해 볼래요?"

정이선은 어안이 벙벙했지만 겨우 충격을 갈무리하며 공장, 아니 폐허로 걸어갔다. 공장을 부수고 돌아오는 신지안에게서는 땀 한 방울 찾을 수 없었다. 그녀의 모습에 정이선은 다시금 놀랐다.

폐허 앞에 선 이선은 잠깐 심호흡했다. 방금 막 무너진 탓인지 아직도 허공에서 먼지가 부유하고 있었다. 이 건물은 며칠 전에 복구한 구청 별관보다 훨씬 커서 더 넓은 범위에 능력을 써야 했다. 그래도 무너진 지 오래되지 않았으니 차라리 다행이었다. 되돌려야 할 시간이 짧을수록 부담이 덜했다.

그래서 정이선은 약 한 시간 전으로 생각하며 공장을 복구했다. 이 일을 잘해야 친구들을 편히 눈감게 해 줄 수 있다고 되뇌며 최대한 집중했다. 바닥에 널린 무너진 잔해들이 허공으로 떠올랐다.

하지만 40퍼센트 복구가 한계였다.

이전에 복구했던 별관과 현재 복구하는 공장의 크기 차이를 생각하면 40퍼센트라는 복구율은 정이선이 무척이나 노력했단 걸 증명했지만, 그래도 조금 아쉬워졌다. 그가 두통으로 살짝 비틀거리고 있으니 어느덧 옆에 다가온 사현이 그를 붙잡으며 나긋하게 물었다.

"쓰러질 것 같나요?"

"아뇨, 그 정도는 아닌데……."

그리고 정이선의 말이 끝나는 순간 다시 공장이 무너졌다. 어느 틈에 하늘로 날아오른 신지안이 다시금 공장을 발로 차서 무너뜨린 것이다.

멍한 표정의 정이선을 보며 사현이 다정하게 미소했다.

"그러면 한 번 더 복구해 볼래요?"

◁　◆　▷

4시간.

4시간 내내 정이선은 사현에게 시달려야 했다. 사현은 정이선이 기껏 복구해 놓은 건물을 부수고 다시 복구시켰고, 그다음에 또 부수고, 부수고, 부쉈다. 결국 정이선의 체력이 다해 쓰러질 즈음에는 나건우를 불러서 체력을 회복시켰다.

정이선은 그제야 나건우가 이곳에 함께한 이유를 깨달았다.

정이선은 사현이 괘씸하긴 했지만 그가 굉장히 면밀하게 능력을 분석한다는 점은 부인할 수 없었다. 사현은 정이선이 복구할 지역 범위를 지정할 수 있는지, 또 얼마나 빨리 복구해 낼 수 있는지, 되돌릴 시간을 얼마나 촘촘하게 생각할 수 있는지 등을 확인했다.

범위를 확인하는 방법은 이런 식이었다. 정이선이 겨우 복구한 공장을 차례로 가리키며 왼쪽이 1번 라인, 중간이 2번 라인, 오른쪽이 3번 라인이라고 이름 붙였다. 그 이후에 신지안을 시켜 모든 공장을 무너뜨리곤 2번 라인만 복구해 보라고 시켰다.

지금껏 정이선은 복구 능력을 쓸 때 범위를 나눠 생각해 본 적이 한 번도 없었다. 늘 무너진 건물을 통째로 복구한다고만 접근했기에 사현의 말이 놀라운 한편, 대체 왜 이렇게까지 해야 하는가에 대한 의문이 반감처럼 솟았다. 그래서 다시 세밀하게 복구해 보라며 건물을 무너뜨리려는 사현의 팔을 붙잡고 따지듯 이유를 묻자, 그가 무척 당연하단 어조로 답했다.

"이선 씨가 단계별로 복구하겠다고 했잖아요."

"그게 무슨 상관인데요?"

"그러면 범위를 생각해야죠. 히든 능력으로 연습하면 가장 좋겠지만 그건 페널티가 일주일이나 가니, 일주일 뒤에 던전에 진입해야 하는 현재 상황으론 안 되죠. 그러니 지금은 기존 복구 능력을 이용해서 범위 조절 감각을 익히는 거예요."

그 답에 이선은 할 말이 없어졌다. 바빌론의 공중정원 규모를 보며 초반부터 차근차근 복원해야겠다 생각하긴 했지만, 정확한 범위에 대해서는 고려하지 않았었다. 그런데 사현은 그 점을 집으며 감각을 미리 익혀 두지 않으면 던전 안에서 능력을 낭비하다 일찍 쓰러질 것이라고 말했다.

"계속 치료해 주면 좋겠지만 던전 안에서 힐러의 마나는 귀한 편이라."

"……그러면 얼마나 빨리 복구할 수 있는지 확인하는 이유도 던전 때문인가요?"

"그렇죠. 바깥에서야 이선 씨의 복구를 모두가 얌전히 기다리겠지만, 던전 안에서 몬스터들이 가만히 기다려 줄 것 같진 않으니까요. 게다가 단계별로 복구한다면 중간중간 이동이 필요할 테니 빨리 복구하는 훈련을 해야죠."

자신이 그의 안전을 담당하긴 하겠지만, 변수는 줄일수록 좋다는 답에 정이선은 기분이 묘해졌다. 사현이 이상한 사람인 줄만 알았는데 의외로 이런 면에선 멀쩡했다. 아니, 뛰어난 헌터였다. 그가 어째서 S급 1위라고 손꼽히는지 알 정도로.

힘들여 복구한 건물이 계속 무너져 은근히 억울했지만,

그가 능력을 빚는 일에 뛰어나단 것은 깔끔히 인정했다. 그리고 그런 정이선의 표정을 보고 사현은 눈매를 휘며 미소했고, 그와 동시에 다시금 공장이 무너졌다.

"이제 이해됐으면 더 빨리 복구해 볼래요?"

……이때 처음으로 정이선은 아는 것과 분한 것은 별개라는 걸 깨달았다. 인정하더라도 억울한 마음은 막을 수가 없었다.

그렇게 또 2시간을 더 시달렸다.

나건우가 밥은 먹고 하자며 도시락을 사 왔다. 정이선은 참 오랜만에 도시락 하나를 깨끗이 해치웠다. 평소에는 한 그릇도 제대로 먹지 않던 그였기에 스스로 놀랐다.

이후 사현은 소화할 겸 걸어야 한다며 정이선을 이끌었다. 오늘 지켜보니 정이선의 체력이 꽤 약한 것 같다며 틈틈이 운동해야 한단 소리를 했는데, 정이선은 6시간 내내 일하면 누구나 힘들어한다고 말해 주고 싶었다. 그러나 말할 기력이 없어서 가만히 입만 다물었다.

나건우는 정이선이 딱 지쳐 쓰러질 즈음에 치유 스킬을 걸어 줬다. 사현이 정이선의 한계가 어디까지인지 알아봐야 한다고 해서 그런 상황이 벌어졌는데, 세 번쯤 받고 나니 정이선은 육체가 아니라 정신적으로 지쳤다.

"산책을 꼭 공장 안에서 해야 하나요?"

"공장 외부만 봤으니 처음 보는 내부가 신기하지 않나요?"

정이선은 사현이 던지는 말장난에 아예 답하지 않는 선택지를 골랐다. 다만 반감을 품을 정신은 없어 휩쓸리듯 내부가 신기하긴 하다고 여겼다. 이렇게 정이선이 체념하다시피 긍정할 때 사현이 말했다.

"이선 씨, 건물은 하나의 구조물이죠?"

"……그렇죠?"

"그러면 이선 씨가 이곳에 서 있는데, 저 멀리에 있는 기둥이 무너지는 게 보인다면 어떻게 할래요?"

느닷없는 질문에 정이선의 눈동자가 의아함으로 물들었다. 그는 사현의 질문을 곱씹으며 답을 골랐고, 그사이 사현이 말을 덧붙였다.

"무너진 기둥이 있는 곳까지 달려가서 복구할래요? 그런데 그사이에 건물 천장도 무너지면 어떻게 하죠?"

"……지금, 제가 이곳의 벽을 짚어서 능력을 쓰면 멀리에서 무너지는 기둥이 복구될지도 모른다는 이야기를 하는 건가요?"

"네, 정확해요."

이선 씨는 이해력이 참 좋아서 이야기하기 편하다는 사현의 말이 한쪽 귀로 들어왔다가 다른 귀로 빠져나갔다. 단 한 번도 그런 생각을 해 본 적 없기에 정이선의 얼굴에 의문과 미묘함이 동시에 자리했다. 해 본 적이 없으니 확신할 수는 없지만 어쩐지 영 가능성이 없는 이야기도 아니다 싶었다.

"복구는 복구사가 가진 이미지가 능력에 가장 많이 반영된다고 하던데, 맞나요?"

"……네. 단순히 시간을 되돌려서 복구하는 것보다, 건물의 사진을 보고 눈에 익혀 두면 복구가 더 수월해요."

정이선은 예전에 한창 활동했던 때를 떠올리며 답했다. 혼신길드는 복구사에 대해 아는 게 없어서 사진을 주지 않았지만, 다른 길드의 복구사들은 일할 때 모두 건물의 사진과 도면을 확인했었다.

그리고 그런 정이선의 답이 흡족스러운 듯 사현이 미소했다.

"그러면 지금 곧바로 실험해 볼까요?"

무슨 실험을? 정이선이 되묻기도 전에 사현이 눈앞에서 사라졌다. 놀란 정이선은 시선을 돌리자마자 어느새 기둥이 있는 곳까지 이동한 사현이 그것을 부수는 모습을 목격했다. 정말 황당하고도 급박한 실험이었다.

당장 기둥에 금이 쩌저적 가면서 천장이 흔들리려 해서 정이선은 재빨리 바로 옆으로 뛰어가 벽을 짚었다. 그리고 곧바로 손 아래로 힘을 쏟아부었는데 꽤 놀라운 광경이 펼쳐졌다.

약간의 시간 차는 있지만 정말 사현이 세운 가설대로 기둥이 복구되기 시작한 것이다.

"성공이네요."

어느새 정이선의 뒤로 이동해 온 사현이 산뜻하게 말했다. 인기척도 없이 다가온 그 때문에 흠칫하고 놀랐지만 가까스로 입술을 꽉 물어 소리를 내지 않았다. 그저 굳이 꼭 이렇게 놀라게 해야겠냐는 시선을 사현에게 날렸지만 사현은 말없이 웃었다.

그러나 그것도 잠깐이었다. 다시 사현이 시야에서 사라졌고, 이번엔 공장 2층에 있는 난간을 무너뜨리기 시작했다. 더 빨리 해 보라는 속삭임이 귓가를 울렸다. 분명히 사현이 말한 게 맞는데 그는 주위에 없으니 환청인 것 같았다.

저번에도 한번 사현이 그림자로 이동하는 것을 보긴 했지만 지금처럼 빠르지는 않았다. 사현은 마치 신기루처럼 나타났다가 사라졌고, 정이선이 겨우 난간을 복구하면 그다음엔 곧바로 계단을 무너뜨렸다. 공장 안의 전등은 고장 나서 빛이라곤 창문으로 들어오는 햇빛이 유일했다. 하지만 그마저도 일부분이라, 그림자로 가득한 공간은 곧 사현의 영역이나 마찬가지였다.

정이선은 정신이 없었다. 벽에 붙어서 능력만 쏟아 내다가, 무너지는 공간과 더 가까울수록 능력이 더 빨리 발동된다는 점을 눈치채고 반사적으로 몸을 이동했다. 그리고 그럴 때면 사현이 어느덧 뒤에서 나타나 그쪽의 기둥을 무너뜨리려 들었다.

어느새 그의 손에 들린 새까만 단검은 주위로 검은 아지랑이 비슷한 연기를 뿜고 있었는데, 마치 그가 어둠을 쥔 것만 같았다. 사현은 그 팔뚝 길이만 한 단검을 자유자재로 사용했으며, 분명 가볍게 내려쳤을 뿐인데 마치 폭탄이라도 터진 것처럼 기둥이 무너지고 2층 바닥이 허물어졌다. 정이선은 사현이 이곳에서 자신과 함께 죽고 싶어 하는 건 아닌지 진지하게 고민했다.

하지만 그런 고민도 사치였다. 정이선은 최대한 빠르게 능력을 쓰기 위해 집중해야만 했고, 그때쯤부터 사현은 아예 천장의 패널을 하나씩 아래로 떨어뜨리기 시작했다. 닫힌 창문턱에서 나타나 가볍게 위로 도약하며 천장을 부수는 것이었다.

쾅, 쾅, 쾅. 채 정이선이 복구해 내지 못한 패널이 굉음을 내며 바닥으로 떨어졌다. 점점 그는 조급해졌다. 천장에 붙어 있다가 바닥에 떨어져 버리는 패널은 분리되는 순간부터 건물과 연결된 구조물로 보기 힘들어 복구가 어려워진다. 인식의 문제였으며, 정이선이 능력을 100퍼센트 쓸 수 있다면 복구가 가능할지도 모르지만 지금은 아니었다.

결국 정이선은 천장 패널의 정확한 이미지를 머릿속으로 그렸다. 단순히 건물 전체를 복구한다는 생각이 아니라 구조물 하나에 집중했다. 자신이 손을 대고 있는 벽에서 바닥으로 떨어지는 패널까지 능력이 향할 최소한의 경로.

끼기긱, 끽.

낡은 공장의 패널은 하나가 떨어지자 그 옆의 것들이 연쇄적으로 떨어지려고 했다. 그건 정이선의 바로 위에 있는 패널도 마찬가지였다. 하지만 그의 시선은 여전히 중심부에서 떨어지는 패널에 고정되어 있었다.

충격을 받은 패널에 금이 가고, 결국 그것이 조각나며 바닥으로 떨어지려는 때.

찰나였다. 정이선은 자신의 몸이 휙 옆으로 휩쓸려 가는 것을 느꼈다. 순식간에 그의 앞으로 이동해 온 사현이 그를 덮쳐 안듯 붙잡고 당장 뒤로 밀어낸 것이다. 정이선은 뒤로 훅 밀려나며 바닥에 엉덩방아를 찧었고, 사현은 그 위에서 으르듯 말했다.

"대상의 균열이 어디까지 이어지는지 똑바로 봐야죠, 정이선 씨."

정이선은 조금 커진 눈으로 사현을 보았다. 그것은 자신이 위험해질 뻔한 상황에 대한 놀라움보다도 이렇게 구해 내듯 자신을 밀친 사현을 향한 의아함이었다. 그는 잠깐 눈가를 찡그리다 검지로 천장을 가리켰다.

"똑바로 봤어요."

천장이 완벽히 복구되어 있었다.

정이선의 행동을 따라 시선을 위로 올린 사현의 얼굴에 헛웃음이 번졌다. 정이선은 지금껏 본 사현의 웃음 중에서 가장 덜 작위적인 웃음이라고 생각했다.

다만 그 생각을 끝으로 정이선은 뒤로 풀썩 쓰러져야만 했다. 단시간에 너무 집중한 탓에 현기증이 돌았기 때문이다. 사현이 이름을 불렀지만 정이선은 제대로 답도 못 하고 입만 벙긋거렸다. 기력이 없기도 했고, 조금 더 솔직하게 말하자면 답하기 싫었다.

　반나절 내내 사람을 혹사시키는데 이 정도면 파업이 옳다고 생각하며 정이선은 완전히 몸의 힘을 놓아 버렸다. 그대로 그는 기절하듯 잠에 빠졌다.

　이틀간 잠을 설친 결과였다.

◁　◆　▷

　정이선이 능력 테스트란 명목하에 사현에게 시달린 그날, 헌터 협회가 7대 불가사의 레이드를 공식 발표했다.

　약 보름 전에 서울 송파구에서 나타난 A급 던전이 레이드의 1차 던전이라고 밝혔다. 코드가 클리어한 해당 던전의 보스 방에서 고대 이집트어가 적힌 석판을 획득했으며, 그 문구를 해석하느라 발표가 늦어졌단 내용이었다.

　'다음은 바그다드의 공중에서 맞닥뜨리게 될 것이다.'

'다음'이란 문구에서 연계던전을 추론했고, 바그다드와 공중을 엮어 고대 도시 바빌론의 공중정원을 가리킨다고 해석했다. 2차 던전까지 클리어한 후에야 좀 더 정확하게 레이드의 형태가 밝혀지겠지만 현재로서는 고대 7대 불가사의 건축물일 확률이 가장 높다고 알렸다.

연계던전이 7차까지 가는 경우는 이례적이다 못해 세계 최초였다. 그 때문에 사람들은 두려워했으나 헌터 협회는 차분히 공략 방향을 내놓으며 진정시켰다. S급 던전에는 한국의 대형 3대 길드만 진입할 수 있으며 최우선 입장 권한은 HN길드의 Chord324에게 주어진다고 발표했다. 이는 처음으로 레이드를 발견한 코드에 내주는 독점 입장권이었다.

하지만 먼저 진입한 코드가 공략에 실패한다면 입장 권한은 2위 길드인 태신으로 넘어가기로 했다. 태신길드가 실패하면 대형 3위인 낙원길드가 입장하고, 그곳도 실패하면 다시 코드로 돌아오는 형식이었다.

정이선은 독점 입찰에 놀랐다. 이 정도 규모의 던전이라면 국가에서 지원하는 보상금도 엄청나고, 안에서 얻을 마정석과 아이템도 상당히 많을 것이기 때문이다. 던전 입찰에 대해서 잘 모르는 정이선이라 할지라도 7대 레이드 전체 독점 진입권을 한 길드에게 준다는 게 신기했다.

"요즘 뉴스랑 인터넷이 7대 던전이랑 코드로 시끌시끌하다니까요."

우연히 정이선과 함께 엘리베이터에 탄 기주혁이 말했다. 요즘 정이선은 매일같이 사현의 감독하에 훈련 중이었는데, 오전에는 길드 사옥에 와서 고대 7대 불가사의 건축물 영상을 보고 오후에는 다른 장소로 이동해서 훈련을 했다. 처음에는 공장이었지만 익숙하지 않은 다양한 건물에 능력을 쓰는 게 능력 계발에 좋다며 번번이 장소가 바뀌었다.

훈련 때문에 정신이 없어서 이선은 소식을 살필 틈도 없이 지냈다. 오후에 훈련을 끝낸 후 저녁까지 먹고 나면 졸음이 엄청나게 쏟아져서, 사현이 말한 그대로 잠도 잘 자게 되었다. 이렇듯 지난 나흘간 정이선의 일과는 복원도 공부와 훈련이 전부라 요즘 소식을 전혀 알지 못했다. 애초에 인터넷을 자주 하지 않는 편이기도 했다.

정이선은 함께 엘리베이터에 탄 사현과 신지안을 흘끔 보았다. 둘은 분명히 이 상황에 대해 알고 있을 텐데도 제게 말하지 않은 이유가 무엇일까 생각하다가, 굳이 알려 줄 필요가 없기도 하단 결론을 내렸다. 바깥이 들썩이든 말든 자신은 던전 안에 들어가서 건물을 복구하기만 하면 되니 차라리 훈련에 집중하는 게 옳았다.

그래도 기주혁을 통해 듣는 이야기가 내심 신기하기도 해서 정이선은 솔직하게 관심을 보였다.

"7대 던전을 독점하면 다른 대형 길드에서 견제하지 않나요?"

"당연히 하죠. 헌협에 항의하고 난리 났을걸요?"

실제로 한국 3위인 낙원길드는 공식적으로 헌터 협회와 코드의 유착을 비판했다며 고개를 절레절레 저었다. 기주혁은 정이선의 팬이기도 하고 그와 동갑이란 이유로 말을 자주 걸었는데, 정이선은 그런 그를 볼 때마다 미묘하게 씁쓸해졌다.

"그런데 우리가 가장 먼저 발견하기도 했고, 클리어 확률이 가장 높기도 하고…… 또, 헌협 방송사에 이번 레이드 송출권을 독점으로 내주기로 딜했거든요. 코드의 레이드 영상은 모두 헌협이 찍는 거죠."

기주혁이 엄지와 검지로 동그라미를 만들며 웃었다. 현재 전 세계 사람들이 관심을 갖는 레이드인 만큼 송출권을 독점하면 엄청난 수익은 보장된 것이나 마찬가지였다. 여기에서도 또 이런 이해관계가 작용하는구나 싶어진 정이선은 말없이 고개를 끄덕였다.

"우리가 먼저 송출권 이야기 꺼냈고, 이후에 부길드장님이 로비 좀 넣었을 거예요."

"……부길드장님이요?"

"네. 뭐, 코드가 성공하면 HN길드의 입지가 높아지는 거고, 실패하면 코드의 위상을 꺾을 수 있으니까요."

기주혁이 별거 아니라는 듯 가볍게 답했다. 아마도 사윤강이 특수 정예 팀인 코드를 견제하는 일이 적잖이 있었는지 기주혁은 부길드장을 언급할 때 꽤 질린단 기색을 보였다.

사현의 말에 따르면 사윤강은 자신이 길드장이 되리라고 굳게 믿고 있다고 했다. 어쩌면 길드장에게 미리 언질을 받았을지도 모른다고 말하며, 그러니 길드장이 쓰러져 부길드장인 그가 모든 권한을 대리하는 순간부터 날뛰는 거라고 표현했었는데…….

그 생각을 하는 순간 엘리베이터의 문이 열리며 사윤강이 보였다.

"……."

정이선은 사윤강을 매체로만 접했지 실제로는 지금 처음 보았다. 새까만 머리칼을 깔끔히 뒤로 넘기고 테 없는 안경을 썼는데 인상이 무척 고집스러워 보였다. 정이선은 이것이 자신이 들은 이야기 때문에 생긴 편견인가 잠깐 생각했다.

사윤강은 엘리베이터 안에 있는 인원 넷을, 정확하게는 사현을 보고 살짝 눈가를 찡그렸다. 사현은 태블릿으로 무언가를 확인하는지 사윤강에게 시선조차 주지 않았다. 사윤강이 엘리베이터에 타자 기주혁이 짧게 인사했다.

"안녕하십니까."

기주혁의 옆에 서 있던 정이선은 얼떨결에 함께 시선을 받게 되어 고개만 숙여 인사했다. 사윤강은 정이선의 얼굴이 낯설다는 듯 고개를 살짝 기울인 채로 눈을 좁히다 이내 아, 소리와 함께 알은체를 했다.

"이번에 코드에 들어온 복구사."

"네, 맞습니다."

"대체 왜 코드에 복구사가 필요한지 모르겠지만……."

정이선은 제 앞에서 꽤 비꼬듯 내뱉어진 말에 별다른 반응을 하지 않았다. 자신부터도 그런 생각을 했었고, 또 제 능력의 활용 방안을 모르는 것이 의아했기 때문이다. 자신의 히든 능력이 대외적으로 널리 퍼진 건 아니지만 길드 내 사람들은 모두 알 줄 알았다.

"그렇지만 뭐, 반갑습니다."

"아, 네……."

사윤강이 손을 내밀었고, 정이선은 떨떠름한 얼굴로 손을 내뻗었다.

"사현이 HN 복구사를 쓰기 싫다고 따로 복구사를 구했나 본데, 애가 아직 반항기를……."

하지만 그 손이 닿기 직전, 사현의 태블릿이 손 사이를 막았다. 사현이 시선을 살짝 아래로 내린 상태로 중얼거렸다.

"그렇게 생각이 짧으면 말하기 부끄럽지 않나……."

"뭐야?!"

"아, 들렸어요? 늙어서 뇌세포가 많이 죽은 것 같길래 청력도 같이 퇴화한 줄 알았는데. 다행이네요."

사현이 눈매를 휘며 웃었다. 사윤강의 얼굴은 단박에 일그러졌지만 사실 이 상황에서 가장 불편한 사람은 정이선이었다. 그는 여전히 제 앞을 막고 있는 태블릿에서 슬쩍 손을 거둬 아래로 내렸다. 그 모습을 흘끔 본 사현의 미소가 짙어졌다.

"헌터 실적도 낮으면서 경영 공부한 머리만 믿고 부길드장 자리에 앉아 있는데…… 이렇게 생각이 단순해서 어떡해요? 매번 임원과 주주들한테 '길드란 효율적으로 인재를 활용하는 장이다'라는 소리를 하면서, 정작 본인 머리가 효율적으로 못 돌아가니 유감이네……."

"너, 너……!"

"입 잘못 놀려서 길드 주가 떨어질까 봐 나까지 걱정되네요. 앞으로 엄한 데 시비 걸기 전에 3초만 생각해 줄래요? 아, 3초는 너무 짧네요. 우리 길드 1주 가격으로 계산하면, 한 보름쯤 생각하고 말하는 게 좋겠어요."

물 흐르듯 이어지는 사현의 말에 사윤강이 이를 악물었다. 그의 주먹이 바들바들 떨렸는데 당장이라도 한 대 때리고 싶지만 현재 엘리베이터 안에 함께하는 이들이 그의 충동을 막는 듯했다.

사윤강은 사현을 노려보며 딱딱하게 굳은 목소리로 뇌까렸다.

"네가 병원에서 이상한 수작 부린 거, 내가 모를 줄 알아?"

"무슨 이상한 수작이요?"

"갑자기 아버지 응급 수술에 들어간다며 면회도 막혔는데, 너는 만났다는 거 분명히 알아. 네가 아버지한테 무슨 수를……!"

돌연 사현이 웃음을 터트렸다. 정말 우스운 소리를 다 듣겠다는 듯 사윤강을 내리깔아 본 그가 나긋한 목소리로 말했다.

"나보다는 그쪽이 수작을 부리고 싶겠지. 길드장이 죽어야 길드를 먹을 텐데 아직까지 죽지 않고 있으니, 속이 타들어 가죠?"

굳어 가는 사윤강의 어깨를 사현이 톡톡 두드렸다.

"수술이 끝난 후에 길드장의 심장박동이 오히려 안정적으로 돌아왔다는데……. 나한테 괜한 트집 잡지 말고, 길드장한테 가서 어서 죽어 달라고 생떼도 부리지 말고요. 응?"

달래듯 이어진 말이 끝날 즈음 마침 엘리베이터가 42층에 도착했다. 문이 열리기까지 정이선은 아주 오랜 시간이 걸린다고 생각했다. 분명히 사현과 사윤강의 신경전인데 왜 자신이 불편한 건지 알 수 없었다.

그 공기를 못 이긴 정이선이 먼저 바깥으로 나가고, 그다음으로 기주혁과 신지안이 차례로 나왔다. 마지막으로 나온 사현이 여전히 자신을 노려보는 사윤강에게 싱긋 웃어 보였다.

"아, 그리고……."

그러다 할 말이 생각났는지 문이 닫히기 직전 사현이 버튼을 누르며 말했다.

"앞으로 엘리베이터에 제가 있으면 타지 말죠. 난 그쪽 타고 있으면 안 타는데. 피차 기분 더럽게 굴지 말잔 소리예요."

답을 들은 생각은 없는지 말이 끝나자마자 사현이 걸음을 옮겼다. 정이선은 굳이 그가 제 어깨를 잡고 이동하는 이유를 알 수 없었지만 어쩔 도리가 없어 그의 곁에서 걸었다.

◁ ◆ ▷

2차 던전이 발생하는 날이 다가왔다.

정이선은 꼬박 일주일을 정신없이 보냈다. 지금껏 그는 복구 작업을 아주 단순한 관점으로만 접근했기 때문에 사현의 집요하리만큼 세밀한 분석과 실험에 나날이 피곤해졌다. 겨우 적응했다 싶으면 그다음 날 당장 응용 심화 과정으로 들어갔다.

그러나 그 과정의 정신적 스트레스와 별개로 정이선은 자신이 굉장히 건강한 생활 패턴을 갖게 되었음을 부인할 수 없었다. 사현과 함께 아침을 먹고, 길드로 출근해서 코드 사람들과 함께 회의하고, 점심을 먹은 후엔 서울 외곽 폐건물이 있는 곳으로 향해 훈련했다. 사현이 이렇게 각성자를 전담 마크한 경우는 최초라 코드 4인방은 신기하게 구경했다.

그러다 정이선이 지쳐 쓰러질 즈음에 다 함께 저녁을 먹었고, 이후엔 집으로 돌아가서 깊은 잠에 빠졌다. 정이선은 이러한 생활이 몹시 낯선 한편 이상한 죄책감이 들기도 했다. 밤마다 저를 좀먹어 오는 감정은 부러 피곤함으로 억눌러 잠을 청했다. 이 일을 잘 해내야만, 2차 던전에서 성공해야만 사현에게서 '대가'를 받아 낼 수 있다고 강박처럼 되뇌었다.

지난 일주일 동안 정이선과 가장 대화를 많이 한 사람은 당연히 사현이었고, 그다음은 기주혁이었다. 그는 틈틈이 정이선의 복구 훈련을 구경하러 와선 멀리서 손뼉을 쳤다. 그러다 언제 한번은 지친 채로 물을 마시는 정이선의 옆에서 혼잣말처럼 중얼거렸다.

"사실 걱정했는데, 이렇게 정신없으면 볼 틈이 없겠네요."

"뭐를요?"

"아, 별거 아니에요."

말을 얼버무리며 시선을 피하는 기주혁을 의아하게 보자, 그는 괜한 말을 꺼냈다며 한참 자책하다 겨우겨우 입을 열었다.

"그냥, 요즘 사람들이 한창 레이드 때문에 걱정이 많거든요. 사실 전 국민이 공포 빠졌다고 봐야 하니까…… 그런 때면 사람들은 좀 더 소식에 공격적으로 과격하게 반응하는 경향이 있잖아요?"

"뭐…… 그렇죠."

"다들 헌터를 경외한다고 하지만 가장 쉽게 탓하기도 해요. 던전이 코앞인데 뭐 하냐, 밥 먹을 시간이 있냐…… 뭐 이런 식이죠."

짧은 머리칼을 마구 헤집은 기주혁이 어색하게 웃었다. 정이선은 그 행동에서 어렴풋이 이유를 눈치챘다. 며칠 전에 자신이 코드에 스카우트되었단 기사가 속보로 뜨는 것은 보았다. 하지만 당장 사현과 이동해야 해서 자세히 읽지 못했는데, 아마도 특수 정예 팀에 헌터가 아닌 복구사가 영입된 점에 대한 의혹이 나왔을 터였다.

정이선의 히든 능력이 널리 알려지지 않기도 했고, 또한 복구사라면 당연히 던전 이후의 피해 수습 역으로 생각하니 의문이 드는 건 당연했다. 정이선 자신도 그랬고, HN의 부길드장마저 그랬다. 게다가 1년을 넘게 잠적하다 갑자기 돌아왔으니 나올 이야기가 예상되었다.

"괜찮아요. 별로 신경 안 씁니다."

정이선은 가볍게 답했다. 기주혁이 괜히 이야기했다며 지나치게 자책하기에 그에게 신경 써 줘서 고맙단 인사까지 전했다. 다른 사람들이 뭐라고 하든 정이선은 해결해야 할 문제가 있었다.

과거에는 그것이 친구들의 빚이었다면, 현재는 친구들의 죽음이라는 차이점만이 때때로 그를 공허하게 만들 뿐이었다.

그렇게 시간은 흘러 2차 던전이 발생하는 당일.

이미 모든 시민이 대피한 던전 발생 지역 인근에선 사람을 찾을 수 없었다. 방송국 카메라만이 곳곳에 줄지어 있었는데, 코드가 던전에 진입하는 모습까지만이라도 잡기 위한 필사의 노력이었다.

Chord324 소속 헌터 전원은 구청 인근에서 대기 중이었다. 1시간 전에 던전 브레이크의 전조가 생긴 참이었다.

그 전조는 대개 지진과 폭풍의 형태였다. 땅이 갑자기 흔들리고 공간 전체에 바람이 이상하게 불었다. 왼쪽으로 불었다가 돌연 반대쪽으로 불고, 느닷없이 소용돌이처럼 휘몰아치는 등 이상 현상이 끝없이 나타났다. 일반인의 눈에도 보일 정도로 음산한 기운이 넘실대는 것은 당연했다.

그러다 허공에 균열이 가면 본격적으로 게이트가 나타나는 것이다. 종이가 구겨지듯 꾸깃꾸깃 공간이 접혀 들면서 가운데가 뻥 뚫리는 경우가 있고, 유리처럼 깨지는 경우가 있었다. 이번 S급 던전은 후자인 듯했다.

정이선의 시선이 구청 앞에 생기는 공간의 균열에 고정되었다. 쇠구슬이 유리 위로 떨어진 듯 허공에 수십, 수백 개의 실금이 가 있었다.

"이선 복구사, 긴장했어요?"

"……아뇨. 괜찮습니다."

"솔직하게 말한다 해서 욕할 사람 여기 아무도 없는데."

정이선보다 약 한 뼘쯤 키가 작은 여자가 다가와 말을 걸었다. 끝이 둥글게 말린 단발머리가 인상적인 그녀는 전체적인 인상이 순한 양 같았다. 하지만 그녀는 코드의 주축 5인방이자 HN에 있는 또 다른 S급 헌터 한아린이었다.

그녀가 허리춤에 찬 봉은 50센티쯤으로 보이지만 실제로 사용할 때는 길이가 자유자재로 바뀌었다. 게다가 봉이라고 하기엔 어폐가 있는 것이, 실제로 저것을 던전 안에서 사용할 땐 양 끝에서 검날이 튀어나왔다. 마법 계열 헌터로 땅을 움직이는 '어스퀘이크'라는 능력도 있지만 그녀는 직접 뛰어다니는 것을 더 선호했다. 이유는 타격감이 좋아서라고 했다.

한아린은 후드 집업의 모자를 쓴 채로 가만히 선 정이선을 물끄러미 올려다보았다. 집업 주머니 속에 넣은 두 손이 미세하게 떨리는 게 그녀의 눈에 보였다.

"걱정 마요. 코드가 왜 한국 최정예 팀인지 보게 될 테니까."

"……."

"아, 물론 그 전에 이선 복구사의 기적부터 보겠네."

가련한 어린 동생을 대하는 듯 한아린이 그의 등을 두어 번 토닥였다. 정이선은 그 응원의 행동에 반응하지도 못하고 그저 입술만 꾹 깨물었다.

정이선은 한 가지를 간과했다.

지난 일주일 내내 던전 안에서 복구할 방안을 연구하며 훈련하긴 했지만, 근본적인 문제를 까먹고 있었다. 그는 던전 게이트에 모종의 공포를 느꼈다. 그건 2차 대던전 때 게이트에 휩쓸리면서 겪은 충격적인 경험에 기인한 트라우마였다.

게이트가 발생하려는 공간을 보고 있을수록 현기증이 났다. 하필이면 '그날'처럼 날이 흐렸다. 하늘엔 먹구름이 가득했고 햇빛 한 점 찾을 수 없었다.

블랙홀처럼 생긴 게이트로 빨려 들어가 다시금 모든 것을 잃을 것만 같았다. 머릿속에선 이명이 들리고 긴장감인지 공포감인지 모를 감정으로 배가 울렁거렸다. 주위에 널린 카메라 또한 그의 상태를 부추겼다. 정이선은 후드를 꾹 쥐고 고개를 숙였지만 시선에서 자유로워지는 느낌을 전혀 받지 못했다.

점점 그 숨이 간헐적으로 끊기려고 들 때, 돌연 손등에 온기가 닿았다. 어느새 옆으로 다가온 사현이 그를 부르며 손을 잡은 것이다. 더 정확하게는 이미 몇 번 불렀지만 제가 대답하지 못한 상황인 듯했다.

"무슨 문제예요, 이선 씨. 혹시 못 하겠어요?"

사현의 질문에 정이선이 입을 꾹 다물며 고개를 내저었다. 어조는 다정했지만 자신을 똑바로 보는 새까만 눈동자는 한없이 서늘했다. 정이선은 자신이 그와 맺은 계약을 떠올리며 할 수 있다고 말했다. 지금 던전을 포기하면 여섯 친구를 모두 보내 줄 수 없었다.

정이선이 겨우 자세를 바로 잡자, 게이트가 발생했다. 균열이 생겼던 허공이 마침내 쩌적 쩍 아래로 떨어지기 시작한 것이다. 공간이 조각나면서 새까만 게이트의 모습이 나타났다.

그와 동시에 근처에 대기했던 헌터 협회 사람이 던전을 측정했다. 네모난 기계 끝의 안테나가 스산한 공기에 반응하듯 흔들렸다. 모든 카메라가 직원과 코드의 모습을 함께 촬영했다.

"오후 3시 36분, 레이드 2차 던전 발생했습니다. 던전 난이도 S급. 폭발까지 남은 시간은…… 40시간입니다."

간략한 브리핑이 끝나자 사현과 정이선을 선두로 코드 전원이 게이트를 향해 걸었다. 초봄의 서늘한 바람이 일대를 휩쓸고 지나가며 모든 이들의 옷자락을 흩날리게 만들었다. S급 던전에 진입하는 그들의 걸음엔 한 치의 망설임도 없었다.

게이트에 진입하는 순간엔 공간이 왜곡되는 느낌이 들었다. 일순 주위의 공기가 뒤틀리면서 몸이 쑥 빨려 들어갔고,

흐릿했던 하늘이 마치 진흙처럼 뭉개지며 완전히 새까맣게 변했다.

던전 안의 하늘은 대개 검붉었다. 사방이 어두웠으며 때때로 음침하고 기괴한 소리가 들려왔다. 사현의 뒤에 선 기주혁이 마법사들이 쓰는 무기인 로드를 들며 말했다.

"4시간 안에 클리어하죠."

퍽 장난스러운 소리와 동시에 그의 로드 끝에서 수십 개의 불이 발사되며 허공에 떠올랐다. 공간을 밝히는 불빛이었다.

정이선은 검붉은 하늘을 잠깐 낯선 눈으로 올려다보다 천천히 앞으로 걸음을 내디뎠다. 기주혁이 밝힌 공간을 확인하기 위함이었다. 그 과정 동안 코드 전원은 사현의 명령에 따라 뒤에서 가만히 대기했다.

코드의 헌터들은 정이선의 쓰임에 대해 미리 듣긴 했지만, 실제로 그것이 가능할지는 의문을 품고 있었다. 다만 리더인 사현과 코드의 주축인 4인방이 모두 정이선을 주시하기에 다들 입을 다물고 정이선을 지켜보았다.

정이선은 무너진 공간을 확인했다. 대부분의 구조물이 허물어져 원형을 알아보기는 어렵지만 바빌론의 공중정원이란 것을 확신했다. 그리고 사현 또한 그것을 확인했는지 나직한 목소리로 그에게 물었다.

"할 수 있겠어요?"

예, 아니오로 답하는 대신 이선은 한 발자국 더 나아가며
말했다.

"입구부터 1층까지 복구 들어갈게요."

이선의 손이 무너진 벽에 닿았다. 진입로의 기둥이 무너
져 길을 막고 있으니 우선 기둥을 치우고, 이후 정원까지 올
라가는 계단을 복구하면서 연쇄적으로 1층을 복구할 생각이
었다. 그의 머릿속에 지난 일주일 동안 질리도록 보았던 공
중정원의 복원도가 떠올랐다.

동시에 진입로를 막고 있던 기둥이 허공으로 떠올랐다.
뿐만 아니라 기둥의 뒤에 쓰러져 있던 모든 잔해가 차례로
허공에 떠올랐다. 쿠구구, 거대한 진동음이 울려 퍼졌다. 수
백, 수천 개의 잔해가 모두 떠오르는 데에는 오랜 시간이 걸
리지 않았다. 다른 이들은 그것들이 원래 어느 위치에 있었
는지 가늠조차 못 했지만 정이선의 머리는 빠르게 잔해가
돌아가야 할 위치를 그렸다.

일렁이는 불빛 아래 정이선의 옅은 갈색 눈동자가 선명한
이채를 품었다.

아주 미세한 금가루가 잔해 사이로 퍼지는 것 같은 기이
한 광경 끝에, 허공에 뜬 모든 잔해가 위치를 찾아가기 시작
했다. 뻥 뚫려 있던 바닥 위로 수십 개의 벽돌이 날아와 퍼
즐을 맞추듯 서로 맞물렸다.

순식간에 생성된 바닥이 쭈우욱 앞으로 뻗어 갔다. 그것은

어느 순간 자연스러운 형태로 넓게 퍼져 나가며 커다란 계단을 만들기 시작했다. 차곡차곡 계단이 쌓이면서 양옆에 난간이 만들어지고 그 위로 기둥이 쿵, 쿵 소리와 함께 세워졌다.

그다음으로는 사람 키의 다섯 배는 족히 될 만한 입구가 만들어지기 시작했다. 그 광경을 지켜보는 코드 헌터들의 고개가 절로 뒤로 젖혔다. 먼저 커다란 기둥이 세워지는가 싶더니 허공에 떠 있던 온갖 잔해가 자연히 연결되고, 마치 넝쿨이 얽혀 가듯 재빠르게 조각이 빈틈을 메웠다.

그렇게 웅장한 입구가 만들어진 후에는 1층이 만들어졌다. 복구보다는 오히려 창조에 가까웠다. 허공의 잔해들이 날아다니면서 내는 바람 소리가 시끄러웠다. 게다가 그 바람은 잠깐 시계 방향으로 돌다가, 정이선이 살짝 눈을 가늘게 뜨는 것과 동시에 반시계 방향으로 흐름을 바꿨다.

그때의 정이선은 그 순간의 모든 흐름을 휘어잡는 존재처럼 보였다.

쿵, 쿵, 쿵. 1층의 기둥이 우르르 세워지고 최종적으로 쾅– 커다란 울림과 함께 천장이 올라왔다. 그때 정이선이 벽에 대고 있던 손을 뗐다. 능력 시전이 끝난 것이다.

동시에 일순 엄청난 바람이 사방으로 퍼졌다. 그 바람에 정이선이 쓴 후드가 뒤로 훅 넘어갔지만, 그는 신경 쓸 틈이 없었다. 그저 눈을 깜빡이며 눈앞에 나타난 공중정원을 보다가 천천히 고개를 뒤로 돌렸다.

"……."

새하얀 얼굴 위로 희미한 불빛이 일렁였다. 조금 전 정이선의 복구가 끝나면서 일대에 퍼졌던 바람 때문에 불길이 약해졌다가, 이내 엄청난 기세로 불타올랐다. 불을 띄운 기주혁이 흥분의 함성을 내지르면서 마나가 요동친 것이다.

"와아!"

"허……."

너 나 할 것 없이 헌터들이 손뼉을 치며 감탄사를 터트렸다. 그들은 공격해서 부수는 헌터였기에 건물이 복구되는 과정이 너무나 신기했다. 저마다 환호성에 가까운 감탄을 내뱉으며 이선을 보았고, 그는 그 환호가 너무도 생소해 느리게 눈을 깜빡였다.

천천히 그들을 훑어보던 정이선의 눈동자가 선두에 있는 사람에게 멈췄다. 허공에서 색이 옅은 갈색 눈동자와 새까만 눈동자가 마주했다. 곧 상대의 얼굴에 부드럽게 미소가 퍼졌다.

"잘했어요."

사현의 계획이 성공한 순간이자, 방송을 지켜보는 모든 이들이 충격을 받은 기적적인 순간이었다.

하지만 정이선은 사현의 미소를 보자마자 잠깐 비틀거렸다. 너무 긴장한 탓이기도 했고 순식간에 집중하면서 나타난 현기증 때문이었다. 정이선이 휘청이자 당장 사현이 다가와 그를 붙잡았다.

"정이선 씨 괜찮아요?"

제 팔을 꽉 잡은 사현의 악력을 느끼며 이선은 가까스로 고개를 끄덕였다. 일주일 동안 훈련하면서 정이선이 비틀거릴 때마다 사현은 그의 이름을 정확히 부르며 상태를 확인했는데, 이때 답을 못 하면 나건우에게 힐을 시켰다.

이제 1층을 복구했는데 벌써부터 쓰러질 수는 없었다. 정이선은 괜찮다며 사현을 밀어냈다. 오랜만에 능력을 사용해서 시야가 흔들렸지만 그는 이를 사리물며 정신을 차렸다. 아마 내일부터 일주일을 꼬박 앓겠지만 오늘 모든 힘을 쏟아부어서라도 이 던전을 끝내야 했다.

현재 던전은 1층의 70퍼센트가 복구된 상태였다. 이전보다는, 아니, 이전과는 비교도 안 될 정도로 길이 다듬어져 있었다. 사현은 그것을 확인한 후 정이선을 뒤에 있는 나건우에게 보냈다. 나건우는 대단하다는 듯 정이선에게 엄지를 들어 보이곤 힘들면 언제든지 말하라고 조용히 속삭였다.

사현이 앞으로 나서며 말했다.

"전원, 진입합니다."

◁　◆　▷

제2차 던전, 바빌론의 공중정원 던전 공략은 순식간에 1층 섬멸에 성공했다.

발을 딛기도 어려웠던 던전의 길이 정이선의 복구 능력으로 말끔히 닦이면서 코드 전원이 수월하게 진입했다. 때때로 아래에서 트랩이 솟아오르려는 듯 바닥이 들썩거렸지만 정이선이 바닥을 모두 깔아 둔 것이 뜻밖의 예방책이 되었다. 원래라면 뚫려 있던 구멍으로 곧장 몬스터가 튀어나와 공격했을 텐데, 두어 차례 바닥이 들썩거린 이후 바닥을 깨면서 나타나니 자연히 대비할 수 있었다.

코드 전원은 아주 순조롭게 1층의 몬스터를 섬멸했다. 정이선은 사현과 계약하기로 한 날 코드의 던전 공략 영상을 몇 개 찾아보긴 했지만 눈앞에서 직접 보니 느낌이 무척 달랐다. 아예 영상을 떠올리지도 못했다.

코드는 전원 A급 이상의 헌터로 이루어진 정예 팀이었다. 사현과 한아린이 S급으로 코드를 대표했으며 두 사람은 보스 방 이전까지는 거의 앞에 나서지 않았다. 코드의 주축 5인을 제외한 15명은 3팀으로 산개해서 앞과 좌우에서 달려드는 몬스터를 상대했다. 사현을 중심으로 한 5명과 정이선은 뒤에서 따라가다가 문제가 생기면 간간이 서포트하는 정도로만 참여했다.

사실 정이선은 S급 던전이란 점에 꽤 걱정하고 있었다. 그러나 그의 걱정이 무색할 정도로 코드는 무척이나 순조롭게, 차근차근 단계를 밟아 갔다. 상성이 좋은 다섯 명의 헌터들을 조합한 각 팀은 미리 합을 맞췄는지 모든 공격이 깔끔했다.

배경이 정원이라 그런지 나타나는 몬스터는 대부분 식물 형태였다. 검붉은 진흙을 질척하게 묻힌 채로 기어 와 뿌리를 내뻗으며 공격하는 모습이 괴이했다. 게다가 S급 던전인 만큼 몬스터들도 '지성'이 있었다.

그들은 예리하게 마법사나 힐러를 먼저 노렸는데 그럴 때면 기주혁과 한아린이 나섰다. 기주혁은 로드를 치켜들어 사방에 물로 된 소용돌이를 만들었고, 한아린이 몬스터들의 발이 묶인 틈을 타 봉을 꺼내며 앞으로 달려갔다. 순식간에 5미터 정도로 길어진 봉으로 바닥을 거세게 휩쓸며 공격했다.

그렇게 한아린이 몬스터들의 다리 부분을 베어 시간을 벌자마자 나머지 팀원들이 공격을 퍼부었다. 그리고 기주혁이 때를 노려 마치 번개처럼 불을 내리찍었다. 일련의 과정에 정이선은 무척 놀랐지만 한아린은 인상을 구기며 기주혁의 등을 쳤다.

"야, 내가 물로 몬스터 젖게 한 후에 화 속성 마법 쓰면 데미지 떨어진다고 몇 번을 말해!"

"젖은 장작을 태울 만큼 집요한 불길이라고 해 주십쇼."

"타? 저게 타? 네 마나가 타는 게 아니고? 뇌세포는 진작에 전소됐네?"

헌터 협회의 방송 카메라가 뒤에 있단 걸 의식했는지 목소리는 작았지만 신랄한 말이 몇 번 더 이어졌다. 정이선은 한아린을 처음 보았을 때 느낀 순한 양 같다는 감상을 조용히 폐기하기로 했다.

그런 생각을 하는 것도 잠깐이었다.

눈앞에 있는 거대한 문에서 끝없이 스산한 기운이 흘러나왔다. 그 상태를 확인한 헌터들이 하나둘 입을 다물어 침묵했다.

현재 공격대는 2층과 3층의 몬스터를 차근차근 섬멸하며 옥상까지 올라왔다. 정이선은 1층 계단의 끝에서 2층의 내부와 3층까지 올라갈 계단을 복구하고, 3층에서도 앞서 했던 행위를 반복했다. 다만 엄청난 기력이 소모되는 히든 능력을 연달아 사용했으니 아무리 나건우의 치유를 받아도 점점 복구 능력이 떨어지는 것은 당연한 일이었다.

그래서 옥상에 도착할 즈음엔 30퍼센트 정도만 겨우 복구해 냈는데, 옥상에는 고개를 한참 뒤로 젖혀서 봐야 할 정도로 웅장한 문이 있었다. 보스 방의 입구였다.

문 앞으로 사현이 다가갔다. 그의 나긋한 걸음 뒤로 4인방이 자연히 따라붙었다. 미리 헌터들끼리 얘기가 되었는지 나건우가 아닌 다른 헌터가 정이선의 손을 이끌었다. 그는 몬스터를 상대할 능력이 없으니 공격대가 보호해야 할 대상이었다.

코트 주머니에 양손을 꽂은 채로 가만히 문을 올려다본 사현이 가볍게 문을 발로 찼다. 그다지 위협적인 몸짓이 아니었는데도 엄청난 굉음이 울려 퍼지며 문이 열렸다.

넓은 내부의 중앙에는 아주 커다란 나무가 있었고, 어디서 들려오는지 모를 물소리가 공간을 고요히 울렸다. 문이 열리자마자 공격 태세를 갖췄던 헌터들의 표정에 묘한 안도가 떠올랐다. 곧장 몬스터가 달려오지 않기도 했고 또한 내부가 어두운 덕이었다. 유일하게 햇빛이 내려오는 곳은 나무 위였고, 그 외에 내부를 밝히는 불빛은 없었다. 이는 곧 사현의 영역이나 마찬가지란 의미였다.

"헤이스트 버프 들어갑니다."

나건우는 보스 방에 들어오기 전부터 꾸준히 공대원 전원에게 버프를 걸었다. 하지만 간혹 보스 방에 진입하자마자 모든 축복이 해제되는 경우가 있어서 가장 마나가 많이 소요되는 버프는 진입 후에 진행했다. 게다가 그 버프들은 동시 적용 대상이 소수로 한정적이기에 그를 제외한 주축 4인에게만 사용했다.

끝이 둥글게 말린 로드에서 색색의 빛이 나오며 허공에 마법진이 생겼다가 4인에게 흡수되듯 사라졌다. 특히나 사현에게는 더 많은 버프가 들어갔는데, 그것이 끝까지 진행되기 전에 방이 쿠르르 진동하기 시작했다.

돌연 뒤에서 돌풍이 불어왔다. 문가에 서 있던 코드 전원이 떠밀리듯 보스 방 안으로 입장했고 이내 쿵, 소리와 함께 문이 닫혔다. 그리고 그와 동시에 양옆 벽의 틈에서 이끼가 자라나기 시작했다. 바닥에서 넝쿨이 올라와 순식간에 방 전체를 메꾸려 들었다. 공포 영화의 한 장면 같았다.

"**어리석은 인간들아. 감히 짐의 정원을 침범하다니⋯⋯.**"

음침한 목소리가 공간을 울렸다. 귀로 듣는 건지, 머릿속에서 울려 퍼지는 건지 확신할 수 없었다.

우선 신지안이 옆으로 달려가 벽에 콰앙, 주먹을 꽂았다. 너클을 낀 손은 한층 더 강한 공격력을 자랑했다. 주위의 공기가 울릴 정도로 거센 공격이었음에도 벽은 잠깐 흔들릴 뿐 전혀 금이 가지 않았다. 벽을 메운 식물들이 충격을 흡수하는 듯했다.

그 상태를 확인한 기주혁이 물러나라고 외치면서 전방에 화염 마법을 쏘았다. 하지만 식물들은 불에도 전혀 타지 않았다. 화 속성 공격 저항력이 있는 모양이었다.

곧 양옆에서 마수가 튀어나오기 시작했다. 벽에서 자라난 넝쿨들이 마수의 모습을 갖추고 헌터들에게 달려들었고 바닥에서도 뿌리가 튀어나와 문가에 있는 헌터들의 발을 잡으려 들었다. 헌터들이 주춤거리며 걸음을 안쪽으로 옮겼다.

그리고 그때, 사현이 나직이 웃었다.

"재밌게 구네."

헌터들이 조금씩 당황한 상황에서 떨어진 그의 웃음은 모두의 시선을 끌었다. 정이선 또한 현재 상황에 놀라서 커진 눈으로 그를 보았는데, 그의 주위로는 바닥의 뿌리가 접근하지 못하고 있는 걸 확인할 수 있었다. 발치에서 새까만 기운이 넘실대듯 원형을 그리며 뿌리의 접근을 차단했다.

"바닥의 뿌리는 무시하고, 전원 벽면에 붙으세요."

사현의 명령에 따라 헌터들이 일사불란하게 움직였다. 사현은 앞으로 두어 발자국 나섰고, 그와 동시에 내부에 자리한 그림자가 한층 어두워졌다. 사현이 일대를 자신의 영역으로 설정하면서 나타나는 현상이었다. 바닥의 그림자가 마치 파도처럼 넘실거리는 듯싶더니 이윽고 달려오는 모든 몬스터들을 뒤로 밀어내며 한군데로 모으기 시작했다.

그리고 그때쯤 정이선은 눈치챘다. 양옆에서 튀어나오던 몬스터들과 바닥에서 솟아난 뿌리들. 사방에서 뻗어 나온 뿌리는 꿈틀거리며 자연스럽게 사람들을 안쪽으로 밀어 넣고 있었는데, 그 방향이 중앙의 '나무'가 있는 곳이었다. 아마도 그곳에 커다란 함정이 있는 듯했다.

바닥에서 소용돌이치듯 그림자가 움직였다. 사현의 능력 중 하나로, 본체의 힘을 그림자로 이동시켜서 물리력을 싣는 것이었다. 이동시킨 만큼 본체의 힘이 떨어져 전담 탱커인 신지안이 옆에 함께하는데, 지금 사현의 모습을 봐서는 탱커가 전혀 필요 없어 보였다. 수십 마리의 몬스터를 이동시키면서도 그는 여전히 한 치의 흐트러짐도 없는 자세로 서 있었다.

그림자가 대상을 덮치는 아주 기이한 상황이었다. 속절없이 그림자에 휩쓸린 몬스터들이 중앙으로 이동했다. 거대한 나무가 있는 중앙엔 햇빛이 내려왔지만 그 주위는 모두 어둠이니 충분히 몬스터들을 떠밀 수 있었다. 그러다 마침내 모든 몬스터가 중앙에 모였을 때.

거대한 진동과 함께 중앙에 있는 나무의 뿌리가 위로 솟아올라 몬스터를 공격했다. 기척을 느끼면 반사적으로 쏟아내는 공격인 듯했다. 여러 갈래의 뿌리가 솟아올라 몬스터를 꿰뚫고 아래로 내려쳤다. 만약 사람들이 저곳으로 갔더라면 그대로 어마어마한 공격에 휩쓸렸을 터였다.

바닥에 흩뿌려진 몬스터들의 피가 뿌리의 중심까지 닿을 즈음에야 겨우 공격이 멈추고, 마침내 그 나무가 일어나기 시작했다. 커다란 뿌리가 손처럼 바닥을 짚고, 몸체에 있던 흠이 벌어지며 노성이 터졌다.

"감히……!"

지금껏 풍경처럼 정체를 숨기고 있던 보스 몬스터였다.

몬스터의 포효에 공기가 찌르르 울렸다. 그것도 일종의 공격이었는지 특별한 저항 능력이 없는 정이선이 비틀거리며 무너졌다. 머리가 깨질 것만 같았다. 하지만 그의 고통은 오래가지 않았다. 코드 전원이 순식간에 보스 몬스터에게 달려들며 공격을 퍼부었기 때문이다.

이미 보스 몬스터가 하위 몬스터의 절반을 처리해서 훨씬 더 수월했다. 탱커들이 빠르게 보스 몬스터에게 달려들어 어그로를 끌고, 이후 마법사들이 원거리 공격을 퍼부었다. 한아린은 기다란 봉을 휘두르며 땅에서 솟는 뿌리들을 공격하고 그 몸체를 옆으로 떠밀었다. 코드 전원이 자연스럽게 보스 몬스터를 그림자가 있는 영역으로 이끌고 있었다.

그리고 마침내 보스 몬스터가 중앙의 햇빛 범위에서 벗어났을 때, 사현이 순식간에 몬스터의 뒤로 이동해 가장 큰 뿌리를 단검으로 내려쳤다. 일순 새까만 검 주위로 연기가 폭발하듯 일렁이면서 뿌리가 깔끔하게 잘렸다. 그 찰나, 정이선은 사현의 손이 몬스터에 닿는 것을 보았다. 스치는 듯한 접촉이었다.

사현은 그림자 속을 빠르게 이동하며 몬스터의 뿌리를 베었다. 원거리 헌터들이 멀리에서 몬스터를 공격하며 꾸준히 어그로를 끌고, 근거리 헌터는 뿌리가 그들에게 닿지 못하도록 주위에서 엄호했다. 사현을 향해 내리꽂히려는 뿌리는 신지안과 한아린이 막아 냈다.

뿌리의 위력이 어마어마해 다들 보스 몬스터 가까이 접근하지 못했지만 사현만이 뿌리 사이로 이동하며 공격할 수 있었다. 가뿐하게 뿌리 위에 서기까지 했다.

정이선은 일주일 동안 사현과 함께 훈련하면서 그림자 속의 그가 몹시 빠르게 이동한단 걸 알았지만, 헤이스트 버프까지 걸린 그는 눈으로 따라잡기 힘든 속도를 자랑했다. 몬스터가 몸부림치며 잠깐 햇빛 아래로 향했지만 대체 언제 봤는지 사현은 그 그림자 뒤로 이동하며 몬스터를 공격해 진로를 막았다.

하지만 공격할수록 점점 몬스터의 저항력이 높아지는지 더는 한 번에 뿌리가 베이지 않았다. 게다가 베였던 단면에서 뿌리가 새로 자라기까지 했다.

이선은 힐러들과 함께 뒤쪽에 있었다. 그는 초조한 눈으로 지금 모습을 모두 눈에 담았다. 트라우마에 기인한 불안감이 던전에 진입하기 전부터 시작해서 지금까지 꾸준히 그를 따라다녔다. 막상 던전에 진입한 후에는 코드의 엄청난 실력을 보며 안도했는데, 보스 몬스터를 상대하는 데 시간이 걸리자 점점 속이 울렁이기 시작했다.

조금 전 보스 몬스터의 포효 공격을 받으면서 어지러워진 머리가 제대로 된 생각을 방해했다. 시야가 조각조각 깨지는데 그 사이로 보이는 사현의 모습에, 뿌리 사이로 빠르게 이동하는 그 모습에 심장이 선득해졌다. 뿌리가 공격하려 들면 당장 사라지긴 하지만 시선이 따라가지 못해서 그런지 마치 그가 꼭 공격당한 것만 같았다. 잔상일 뿐인데도 숨이 막혔다.

저 뿌리를 잡을 수만 있으면 좋을 텐데.

순간 정이선은 벼락같은 깨달음을 얻었다. 보스 몬스터가 땅에서 일어나면서 바닥에 금이 가고 대리석 타일이 무너진 상태였다. 정이선은 문가에 서 있었지만, 그는 멀리에서도 망가진 구조물을 복구하는 법을 지난 훈련을 통해 습득했다.

당연한 수순처럼 정이선이 몸을 숙이며 바닥에 손을 짚었다. 땅이 어마어마하게 진동하고 있어서 손이 덜덜덜 사정없이 떨렸다. 갑작스러운 정이선의 행동에 주위에 있던 헌터들이 당황하며 그에게 상태를 물었지만 정이선은 답할 틈이 없었다. 그는 당장 바닥을 복구하는 일에 집중했다.

보스 몬스터의 뿌리는 엉망이 된 바닥 위로 끝없이 솟아올랐다. 그렇다면 그 바닥이 다시 복구된다면, 그래서 뿌리가 나오는 일에 잠깐이나마 제동을 걸어 시간을 번다면…….

바닥을 보는 정이선의 눈동자가 또렷하게 빛났다. 두려움과 걱정, 트라우마가 뒤섞이며 한없이 떨렸던 눈동자가 정확하게 대상을 응시했다. 이 공간 전체를 복구하는 것이 아니라 나무의 뿌리가 부순 위치만을 복구해야 했다. 가장 짧은 경로를 머릿속으로 그리고, 그다음으로는 나무뿌리가 위로 솟았다가 잠깐 아래로 내려간 순간을 노렸다.

마침내 콰앙 소리와 함께 뿌리가 바닥에 처박히자마자 당장 복구 능력을 사용했다. 바닥에 나뒹굴던 타일의 잔해가 순식간에 날아오며 아래에 붙기 시작했다. 정이선은 완벽한 복구를 하기보다 뿌리가 나오지 못하게 붙드는 방향으로 힘을 집중했다. 뿌리가 위로 솟으려 들면 그 위로 조각을 덮어 억눌렀다.

움직임이 막힌 보스 몬스터가 포효했다. 정이선은 머리가 깨질 것만 같아 비틀거리면서도 끝끝내 바닥을 짚은 손을 놓지 않았다.

"이건……."

몬스터 근처에 있던 헌터들이 상황을 눈치챘다. 그들은 잠깐 정이선을 보았다가 곧장 고개를 돌려 함께 몬스터의 움직임을 차단했다. 바닥의 복구로 모든 뿌리를 내리누른 것은 아니었기에 더 많은 협력이 필요했다.

종내 겨우 세 개 남짓한 뿌리만 지상에 남겨진 순간, 보스 몬스터의 뒤에서 나타난 사현이 지그재그로 몸통을 베었다. 짧은 순간 쏟아진 공격에 몸체가 여러 개의 조각으로 베이며 붕 떨어졌다가 다시 연결되려 들었다. 지금껏 꾸준히 그들을 성가시게 한 회복 능력이었다.

하지만 몸체가 채 연결되기 전에, 사현의 새까만 검이 중앙을 내리꽂았다. 지극히 짧은 순간에 핵의 위치를 파악해 낸 것이다.

콰앙, 엄청난 굉음과 함께 핵이 꿰뚫리며 부서졌다.

일순 시간이 느리게 흐르는 것만 같았다. 사현이 검을 꽂은 곳이 뻥 뚫렸다. 서서히 바닥의 뿌리가 움직임을 멈추더니 몸체가 앞으로 기울었다. 이윽고 요란한 소리와 함께 보스 몬스터가 무너지듯 쓰러졌다.

"……."

사위가 정적에 휩싸였다. 헌터들은 일제히 움직임을 멈추고 바닥에 쓰러진 보스 몬스터를 보다가, 그 앞에 있는 사현을 보았다. 사현은 피를 털어 내듯 단검을 두어 바퀴 가볍게 돌린 후 그것을 쥔 손을 펼쳤다. 이내 새까만 단검이 연기처럼 흩어지며 사라졌다. 그것은 일종의 신호였다.

전투가 끝났다는 리더의 선언.

"와……."

"하아……."

헌터들이 탄식에 가까운 환호를 터트렸다. 다들 수고했다는 듯 서로의 어깨를 두드리고, 몇몇은 박수를 쳤다. 정이선은 그 모습을 멍하니 눈에 담았다.

7대 레이드의 2차 S급 던전을 클리어한 순간이었다.

곧 문가에서 지켜보고 있던 힐러들이 우르르 부상자에게로 다가가 회복 마법을 걸었다. 보스 몬스터의 사체 주위로 사람이 가득 모였지만 사현은 반대로 멀리 떨어진 정이선에게 다가왔다.

정이선은 여전히 바닥에 주저앉은 채였고, 사현은 무릎을 굽혀 그와 눈높이를 맞췄다.

"마지막까지 수고 많았어요, 이선 씨."

사현이 눈을 휘며 미소했다. 그 웃음은 언제나와 같이 작위적인 감이 없잖아 있었지만 정이선은 그가 지금 꽤 흡족한 상태라는 걸 알아챘다. 사현은 정이선의 어깨를 토닥이다 곧 손을 내밀었다. 악수하자는 듯한 손짓이었다.

정이선은 양손으로 바닥을 짚은 상태였기에 제 중심을 흐트러트리고 싶지 않았지만, 자신을 빤히 쳐다보는 사현의 눈빛에 결국 마지못해 그의 손을 잡았다. 손에서 전해지는 온기가 여전히 낯설었다. 던전을 클리어한 이 상황에서는 더더욱.

1년 전에 던전을 클리어한 상황에서 그가 잡은 것이라곤 차가운 친구들의 손뿐이었다. 그마저도 그들의 피에 젖은 손으로 그들을 잡는 게 끔찍해 몇 번이고 놓쳤었다. 그런데 지금 사현의 손에서는 피 한 방울 찾을 수 없다. 더불어 그의 손은 살아 있는 사람 특유의 온기마저 담고 있었다. 정이선은 그것에 못내 서러워졌다.

곧 보스 몬스터의 앞에 있던 신지안이 아이템이 나왔다고 알렸다. 등급 높은 아이템뿐만 아니라 다음 던전의 단서를 담은 목판도 함께 나왔다고 했다. 사현은 자리에서 일어나며 다시금 정이선의 어깨를 토닥였다.

"이제 푹 쉬어요."

그는 뒤따라온 나건우에게 정이선의 상태를 봐 달라고 말한 후 이동했다. 나건우는 우선 정이선이 편히 앉을 수 있도록 그를 뒤로 이동시켜 등을 벽에 기대게 했다.

"진짜로 대단했습니다, 이선 복구사. 어떻게 그때 복구 능력을 쓸 생각을 다 했대."

나건우는 연신 감탄사를 내뱉으며 이선에게 치유 스킬을 썼다. 하지만 정이선이 현재 피곤한 이유는 육체적인 문제가 아닌 정신력의 소모 때문이었다. 히든 능력을 남발하면서 생긴 후유증이었다. 그래서 나건우의 치유를 받을수록 몸은 가뿐해지되 정신은 도리어 부유했다. 그 이상한 감각 속에서 정이선은 몽롱하게 중얼거렸다.

"……그, 사현…… 헌터 말이에요. 악수를 되게…… 좋아하네요."

잠에 빠질 것처럼 정신이 가물가물했다. 코드에서도 그의 팬이었다는 사람들이 악수를 청한 적은 몇 번 있지만 유독 사현은 악수를 자주 했다. 뿐만 아니라 종종 손을 잡았고, 여전히 손목이 많이 가늘다는 시답잖은 말을 하며 붙잡기도 했다. 거친 손짓은 아니었지만, 그 다정한 척하는 접촉이 정이선은 싫었다. 자꾸만 불쑥불쑥 덮치는 온기가 불편했다.

"손…… 잡는 걸, 왜 그렇게 좋아하지."

짜증나게. 겨우 중얼거림을 삼킨 정이선이 비스듬하게 고개를 기울였다. 어째선지 나건우가 무척이나 난감하고 복잡한 표정으로 그를 보고 있었다. 그는 정이선의 말에서 무언가를 눈치챈 듯 입술만 달싹거리다 이내 하하, 어색한 웃음만 흘렸다.

"아, 그게요…… 리더가 상대와 닿으면…… 그러니까, 그게…… 아닙니다."

몇 번이나 말을 더듬던 나건우는 결국 입을 다물었다. 정이선은 의아하단 듯 그를 보았지만 나건우는 갑자기 덥다는 소리를 하며 손등으로 이마를 닦았다. 지극히 어색했다.

"……뭔데요?"

"아무, 아무것도 아닙니다. 아니에요. 하하, 하."

이젠 식은땀까지 흘렸다. 그 반응에 정이선은 묻고 싶은 게 많았지만 이미 정신이 희미하게 멀어지고 있었다. 입을 열 기력조차 없어져 그는 잠깐 들었던 손을 바닥으로 툭 떨구며 완전히 눈을 감았다.

정이선 HN 코드 영입 소식 갓 퍼졌을 때

제목: 코드에 복구사 영입 기사 봄?

https://news.dohae.com/article/23886781
[도해일보] Chord324, S급 복구사 스카우트?

이거 오늘 떴는데 아직 모르는 사람 많은거 같아서 올려봄ㅇㅇ 7대 던전 레이드 발표 뜨면서 지금 공포 분위기잖아ㅠ 해외 뉴스까지 싹다 한국 레이드로 도배됨
우리같은 머글들이야 코드가 잘하겠지 믿는 수밖에 없지만ㅠ 갑자기 코드 신규 멤버 영입했다길래 보니까 복구사?;; 심지어 1년 전에 잠적 탄 복구사임...... 사현이 직접 스카웃했다는데 좀?? 잉???? 스럽다 ... 헌터도 아닌 복구사를 왜 이 시점에???

나만 의아해? ㅎ 아니면 오이 먹으며 글삭

댓글

길드도 장사판이지 뭐ㅋ S급 던전은 피해 범위도 크니까 미리 복구사 준비해놓나봄ㅎㅎ 던전 클리어 보상금+복구보상금 한 번에 잡네ㅋㅋ 누구는 무서워 죽겠는데 HN은 돈 벌 생각~

└난독 자제좀ㅠ 코드가 복구사 영입했어요~

└윗댓이 난독 같은데ㅋㅋ 코드는 HN 아님?

└어...에첸이긴 한데... 코드가 에첸 소속이라고 보기엔 힘들지않나...

└조직도상에선 에첸이긴 한데요, , , 에첸이 아닌 조직이거든요..,,.

└슈뢰딩거의 코드

정E선 그렇게 안 봤는데 돈 겁나 봤네 실망ㅋㅋ

└우리 이선 복구사 예전에 문화재 복구때 무료로 했어요. 돈 때문에 그런거 아닐꺼에요. 전 믿습니다.

└돈 때문이 아니기는ㅋ 지인한테 HN스카웃 비용 들었는데 진짜 억 소리 남;

└진짜 억이긴 함

솔찌 여기서 욕하는 애들 중 코드 스카웃 들어오면 거절할 애 있냐ㅋ 고급척ㄴㄴ

└ㅋㅋㅋㅋㅋㅋㅋㅋㅋㅋㅋㅋ 돈 생각 없었어도 nnn억 통장에 찍히면 충성할듯 ^^7

└(짤: 나를 돈으로 사려고 하다니! 라고 꾸짖기에는 너무나 많은 돈이었다)

사현이 직접 스카웃 했다던데 이거 ㅈㄴ오랜만 아님?

└ㅇㅇ2년 만임 초반 1년에 쫙 스카웃 돌고 그 뒤 1년은 한두 명

들이가 20명 딱 끝났었음

└헌터들 들어가고 싶어서 눈물인 팀인데 저길 복구사가 들어가네..

└최근에 자꾸 용인에 차 몰고 갔다던데 정성이다ㄷㄷ ㅈㅇㅅ이 그만한 인재야?

└1년 잠적 타긴 했는데 그래도 S급이잖아

└HN에 복구사 A급 꽤 있는 걸로 알고 잇는데 왜 굳이??? S급〉〉〉〉A급 10명인건 아는데 굳이 사현이 절절매면서 스카웃한 이유 모르겠음

근데 코드... 던전 진입하는 헌터 팀 아냐? 복구사 왜 필요?

└ㄱㄴㄱ 코드가 맡은 던전 수습은 HN이 하지 않나

└건물 부수고 복구해서 다시 부수려고?? 스트레스가 좀 쌓여서???

└;;; 나 갑자기 ㄹㅇ 무서운 생각함... 윤강이 사무실 부수고 복구하려는거 아님? ㅋㅋㅋㅋ 윤강이한테는 '복구됐는데 뭐가 문제죠^^?' 이럴지도 모름

└설마 그래도 부길드장 방에ㄷㄷ

└사현 또라이라 쌉가능;

이 시점에 복구사 영입한다고 시간 버린 사현도 의아하지만.. 잠적 탄 복구사가 S급 연계던전 복구건 생기자 나오는것도 솔직히... ㅎ.. 좋게는 안 보임

└222

└333333

ㄴ최근에 계속 점심 이후에 에첸 사옥에서 ㅅㅎ이랑 탱 힐 + ㅈㅇ
ㅅ 나가는 거 본 사람들 좀 된다던데ㅎ 우리만 두렵나봐ㅎㅎ^^;
여긴 놀러 가네
ㄴ놀러 가는거 확실함? 뇌피셜 난발ㄴㄴ 코드가 지금까지 해온 게
있는데 괜한 루머로 공포심 조장말자^^
ㄴ기레기보다 이런 루머가 더 해악함ㅉ
ㄴ이시국에 계속 돌아다니는데 의심 드는 건 당연하지 않냐ㅋㅋ
우리 다 뒤질듯ㅅㅂ

백화점에서 옷 사는 모습 봤단 글도 있는데 이래도 루머? ㅋㅋㅋ
ㄴ이야 외국은 #PrayForKorea 하고 난리났는데 여긴 쇼핑하네
ㄴ[블라인드 처리된 댓글입니다.]
ㄴ얘들아ㅠ 니들만 뒤지는거 아니고 실패하면 쟤들도 같이 뒤
져ㅠㅠ; 코드 낫인간으로 보이는건 아는데 실패하면 쟤들이 1차로
뒤진다고~~

근데 어차피 7대 레이드라 계속 던전 발생해서 저 위치 복구 안 하
지 않아??? 왜 복구사 패는지 나만 이해 안 돼...?
ㄴ사실 나도..222
ㄴ33헌협도 저쪽 복구하겠다고 말 안 했는데
ㄴㅋㅋ 2차 대던전 의혹 때 잠수 타던 애가 갑자기 지금 나왔는데
이상하게 보이는거 당연하지 않아?? 입막음 좀 하지마;

ㅈㅇㅅ 너무하다. 반년 전에 시장 건물 무너져서 난리 난 적 있잖

음. 그때 ㅈㅇㅅ 진짜 간절했는데 끝까지 안 왔더라. 그래서 결국 사망자까지 나왔잖아ㅋ... 난 2선 거름. 4현 무슨 생각인지 모르겠다.

└각성자한테 사고 수습 맡겨놨네 아주ㅋ

└응~ 프로불편러~

└윗댓들 왜 이래? 나도 그 사건 피해자 지인인데 지금도 지인은 그때만 생각하면 손발이 떨리고 눈물이 난다더라; ㅈㅇㅅ 왔으면 한 번에 해결됐을 텐데

└ㅋㅋ눈이 떨리고 손에서 발이 나오진 않음?

└출아법이냐ㅋㅋㅋㅋㅋㅋㅋ

└복구사 기본 전제 모르냐; 잔해 아래에 사람 없어야 한다고;;; 건물 무너져서 사람들 다 바닥에 있는데 그때 복구하면 그 사람이 벽에 끼일지 기둥에 끼일지 어케암? 생각 없네ㅉㅉ

└복구사 머리채 그만 잡아라~~~~~

└이건 부실시공이 문제인데 이러니까 시공사는 개꿀 빠네ㅋ 건물 무너져도 지들 욕먹는게 아니고 복구사 욕하니까 개꿀 ㅇㅈ?

└복구사가 아주 동네북이네ㅋㅋ 북구사 아님?

이선아 한때 니 팬이었는데 걱정된다 잡혀 있으면 당근을 흔들어

└왜 걱정됨? HN 가면 인생성공 아님?

└근데 코드잖음ㅇㅅㅇ

└게다가 사현 전담마크ㅋ

└ㅋㅋㅋㅋㅋㅋㅋㅋㅋㅋㅋㅋㅋㅋㅋㅋㅋㅋ 코드까지는 괜찮은데 사현픽;;;

└사현 S급 헌터 1위잖아 그래도

└사또 인성도 1위임 아래글 보셈

사또 인성모음 1 https://www.hunters.kr/20200323
사또 인성모음 2 https://www.hunters.kr/20223011
사또 인성모음 3 https://www.hunters.kr/20352380

.

.

.

2차 던전 클리어 영상

댓글

07:23 07:23 07:23 07:23 07:23
이 땅에 구원자가 강림한 순간
ㄴ와 진짜 저 부분 오지게 돌려봄
ㄴ이게 진짜 새땅이지;;;
ㄴ신지지 만들어질듯 재림예수 정이선
ㄴ이선아 니가 절 두 번 해도 난 기쁘게 천당 갈 수 있다

정이선 코드 영입 논란 종식 영상
ㄴ씨ㅇㅈ 1년 잠적 탄 애 왜 사현이 데려오나 했는데 이 수준일 줄
은?;;
ㄴ사현이 삼고초려할 만햇다
ㄴ앞으로 멀리서 이선이 보이면 무릎 꿇어야함

┗저기서 복구사 쓸 생각한 사현도 천재인듯ㄷㄷ

08:40 "정이선 씨 괜찮아요?"

"정이선 씨 괜찮아요?"

"정이선 씨 괜찮아요?"

"정이선 씨 괜찮아요?"

┗저거 사또 맞아? ㅈㅇㅅ 챙기는 쟤 누구임?

┗복구사 능력으로 인성 복구도 되는거여ㅛ음?

┗타방송사 진입 영상 앵글에선 입장 전에 손도 잡던데???
https://wetube.com/WEdfgDas

┗쟤 누구냐?????

ㅈㅇㅅ 욕하던 애들 어디감?ㅎㅎ

┗지금 칼 글삭 들어갔던데ㅋㅋㅋ 얘들아 추하다~

┗초반에 입장할 때 이선이 긴장하는 모습 오지게 스샷 올리면서
[복구사 데리고 던전 왜 들어가?] [얘 이렇게 긴장하는데 다 망치
는 거 아냐???] 같은 소리 해대더니ㅋㅋㅋㅋㅋㅋㅋ 얘하다 추들아
~~~~

┗근데 글삭도 좀 웃기지 않냐 회개해서 죄를 뉘우치는 중생 같음

┗표현 도른자야ㅋㅋㅋㅋㅋㅋㅋㅋㅋㅋㅋㅋㅋㅋㅋㅋㅋㅋㅋㅋㅋㅋ

┗영상을 보자 아 내가 우매했습니다! 이마를 탁! 치고 글삭댓삭
들어간듯

다른 길드 개빡치겠네ㅋㅋㅋㅋㅋ 코드가 독점입찰해서 실패하기

만 노리고 있었을 텐데 갑자기 치트키 들고옴

└코드 자체도 잘하는데 거기서 정이선을 더한다? = 무적

└7대 던전 올클에 돈 걸어본다

└분명 S급 던전인데 정이선 등장하면서 하향패치됨ㄷㄷ

└영자님 쟤들 핵 써요;

던전: 길이 무너져 있으면 진입이 어렵겠지?

정이선: ㅋ

던전: 그러면... 기둥이 갑자기 무너지면...!

정이선: ㅋ

던전: 보스방 중앙까지 순순히 유인해서 함정에...!!!

사현: ㅋ

던전: 아ㅅㅂ 안 해요

└ㅋㅋㅋㅋㅋㅋㅋㅋㅋㅋㅋㅋㅋㅋㅋㅋㅋㅋㅋㅋㅋㅋㅋㅋㅋ
ㅋㅋㅋㅋㅋㅋㅋㅋㅋㅋㅋㅋㅋㅋㅋ함정이 있었는데요 없었습니다

└댕꿀ㅋㅋㅋㅋ 몬스터들마저 멈칫하는 거 봣냐고

└방 무너뜨리면서 최종보스처럼 나서려 했는데 갑자기 방 멀쩡
해짐

└보스몹: 머쓱 ;;

└몹쓱타드 릴레이 ... 저희가 방을 잘못 찾아왔네요;;;;

└사현: ^^어딜 가

이 정도면 정이선의 러브하우스 아니냐

└따라따라 따~ 따라다라 따라~

└모두의 걱정을 자아낸 무너진 던전, 그게 새롭게 바뀌었다는

데?!

└새롭게 인테리어된 내부를 보고 놀라는 몬스터들!

└몬스터: 이게 정말.. 내 집...?

└코드: 월세는 죽음이랍니다 ~^^~

코드 합 ㄹㅇㄹ 잘맞네 한오공 봉술 오졋다bb

└기주기주 이번에도 깨발랄해ㅋㅋㅋㅋ ㄱㅇㅇ

└기주 귀엽지만 4시간 클리어하자고 말한 건 좀 에바 아닌가 했는데ㅎ 이게 되네...

└이 모든건 정트키 덕분

이선님 제 통장도 복구시켜주새여

└님 복구시킬 돈 있었음?

└애초부터 없는걸 어케해요 님아ㅠ;

└마이너스 될수도 있어 조심해

└사탄이 윗댓을 좋아합니다

정이선 팬카페 곧 나올듯

└이미 만들어짐 썬캐쳐 (https://cafe.hunts.com/jaerimEsun)

└ㅋㅌㅋㅋㅔㅌㅋㅋㅋㅋㅋㅌㅌㅋㅌㅌㅋㅋㅋㅋㅋㅋ 아 카페 사이트 무슨 종교단체처럼 만들어놨다고ㅜ '재림예수 정이선 오셨네' 누가 붙였는데 ㅋㅋㅋㅋㅋ

└양재샤넬체 도른자들아ㅋㅋㅋㅋㅋㅋ

└ㅎㅎ 근데 보면 볼수록 중독되지 않음? 가입할거 같지 않아??

└캐쳐님 여기서 이러지 마세요;

└칫

└ㅁㅊㅋㅋㅋㅋㅋㅋㅋㅋㅋㅋ

야 갑자기 썬칩 주문량 폭주 이유 뭐냐

└ㅋㅋㅋㅋㅋㅋㅋㅋㅋㅋㅋㅋㅋㅋㅋㅋㅋㅋㅋㅋㅋㅋㅋㅋ

ㅋㅋㅋㅋㅅㅂ 정이Isun 효과

이면

2차 던전을 클리어한 소식이 하루 종일 뉴스에 나왔다.

한국뿐만 아니라 전 세계가 고대 7대 불가사의 던전, 이른바 7대 레이드를 지켜보았고 코드는 그 첫 공개 진입을 성공적으로 해냈다. S급 던전을 4시간 만에 클리어한 기적적인 경우였다.

해당 방송의 시청률은 역대 최고 기록을 경신했고, 사이트에 올라온 영상은 순식간에 몇천만 뷰를 넘겼다. HN길드는 축제 분위기였으며 부길드장 사윤강은 공식 인터뷰를 통해 기쁨을 표현하기도 했다. 특수 정예 팀 코드를 향한 지원을 아끼지 않겠다는 발표도 이어졌다.

2차 던전 클리어의 주역은 단연 정이선이었다.

코드 소속 헌터들도 훌륭하게 던전을 공략했지만 이번 레이드에서 새롭게 나타난 복구사에게 모두의 이목이 쏠렸다. 많은 사람이 그가 해낸 복구에 경이로워했으며, 그의 존재를 궁금해했다. HN길드로 인터뷰 문의가 끝없이 쇄도했으며 몇몇 용감한 기자들은 코드의 헌터들을 붙잡고 정이선에 대해 묻기도 했다. 물론 돌아오는 답은 없었다.

현재 모든 이들에게서 경외를 이끌어 낸 정이선은, 해당 소식에 대해 전혀 아는 바가 없었다. 왜냐하면 그는 던전을 클리어한 날부터 계속 쓰러져 있었기 때문이다. 내리 이틀 동안 정신을 차리지 못했고 고열이 들끓었다. 치유 스킬을 받아 잠깐 괜찮아지더라도 순식간에 다시 몸살을 앓았다.

생각보다 히든 능력의 페널티가 강력했다. 몇 번이나 연이어 사용하기도 했고 복구 규모가 커서 후유증이 더욱 심했다. 정이선은 기절하듯 쓰러져 잠만 잤고 그러다 사흘 차에 겨우 정신을 차렸다.

그는 넓은 집에 홀로 있었다. 두어 시간마다 간병인이 침실로 들어와서 상태를 확인하고 회복 포션을 권하긴 했지만 '혼자' 있다는 감각을 지우진 못했다. 낮에 정신을 차려 반나절 동안 멍하게 앉아 있다가, 눕고, 뒤척이기를 반복했다. 새삼스럽게 그가 머무는 공간이 몹시 낯설어졌기 때문이다. 아니, 그건 단순하게 낯설다는 단어로만 표현하기에는 어려운…… 외로움, 혹은 상실감이었다.

한 2년 전쯤 그가 처음으로 히든 능력을 사용하고 앓았을 때 여섯 친구가 호들갑을 떨면서 그를 간호했었다. 그가 몇 시간 동안 복구해 낸 문화재에 감탄하고, 영상을 몇 번이고 돌려보며 정이선이 인간문화재라는 소리를 장난스럽게 했었다. 세계 유네스코에서 러브콜이 쏟아질 거란 말도 나왔었다. 그러다 다른 친구 한 명이 '애가 아픈데 조용히 좀 간호하자'며 소리를 지르면 겨우 잠깐 조용해졌다가, 그러는 네가 더 시끄럽다는 소리를 해 대며 웃었다.

이선은 너무 시끄러워 죽 숟가락을 던지며 나가라고 했었다. 하지만 친구들은 숟가락 들 힘이 있는 것 보니 멀쩡하다며 옆을 지켰다. 그건 그들 식의 간호였다. 열일곱 때부터 서로밖에 없었던 친구들이 아픔을 위로하는 방법. 고집스럽게 서로를 혼자 두지 않으려는 서툰 배려.

"……."

정이선은 침대 헤드에 기대앉아 가만히 해가 지는 모습을 보았다. 이 집은 창문으로 보이는 전경도 좋아서 노을이 지는 모습이 한눈에 들어왔다. 그러나 정이선은 그 모습을 볼수록, 하루가 저물어 가는 걸 볼수록 쓸쓸해져 몸을 웅크려야만 했다. 분명히 방의 온도는 적절한데도, 심지어 고열 때문에 더운 상태면서도 자꾸만 한기가 들었다.

외로움에 익숙해졌다고 생각했으나, 지금은 그 익숙한 기분이 저를 비참하게 만들었다. 외로워서 서러웠고, 그들이 그리워서 슬펐으며, 감히 자신이 그들을 그리워한단 사실에 끔찍해졌다. 습관처럼 자기혐오가 차올라 그의 목을 짓눌렀다. 그는 반항조차 않고 가만히 잠식되어 갔다.

문이 열리는 소리가 들려 이선은 고개를 들었다. 달칵, 소리와 함께 들어온 이는 침대에 앉아 있는 이선을 가만히 내려다보다 나직이 말했다.

"생각 이상으로 꽤 고집스러운 면이 있었네요, 이선 씨."

어느덧 밤이 깊은 시각이었다. 방의 불을 켜며 안으로 들어온 사현의 시선이 잠깐 침대 옆 협탁 위에 놓인 그릇으로 향했다.

"죽도 거부하고, 상태 회복 포션도 먹지 않고……."

"……."

"다른 음식이 먹고 싶은 건가요?"

이선은 답하지 않았다. 사현은 커다란 침대에 걸터앉아 그를 빤히 보았다. 몇 시간 전에 간병인에게서 일어났단 연락을 받았다. 그런데 정신을 차린 이후부터 회복 포션도, 식사도 모두 거부한다며…… 그를 만나고 싶단 말만 반복한단 소식을 들었다.

당시 사현은 3차 던전 회의 건으로 헌터 협회에 있었기 때문에 연락에 반응하지 않았다. 그런데 저녁이 지나도록 움직이지 않는단 간병인의 말에 결국 이곳으로 왔다. 사현은 자신을 가만히 보는 정이선의 시선을 똑바로 받았다.

"내가 직접 떠먹여 줘야 먹을 건가요?"

"……언제, 해 주실 건데요?"

조금 엇나간 답이 돌아왔다. 사현의 의아하단 표정에 정이선은 몇 번이고 막히려는 목구멍을 겨우겨우 열어 말했다.

"……제 친구요. 이제 던전 하나 클리어했으니, 계약한 대로 무효화 걸어 주셔야죠."

"상태 낫고 가도 충분해요."

"아뇨."

잔뜩 오른 열 때문에 말하기 힘들어 하면서도 꾸역꾸역 말을 이었다.

"그쪽 무효화가 실제로 친구들한테 효과가 있는지 아직 모르잖아요. 눈으로 봐야겠어요."

"효과가 없으면 다음 던전에선 빠지기라도 할 기세네요."

"⋯⋯당연한 거 아닌가요?"

정이선의 황당하단 반응에 사현이 나직이 웃음을 터트렸다. 그는 무척 우습다는 듯 잠깐 고개를 숙이고 웃었는데, 그에 정이선은 조금 불편해졌다.

"이선 씨가 뭔가 착각하는 것 같지만⋯⋯."

성과급이라고 쳐요. 나지막이 사현이 속삭이듯 덧붙였고 그쯤에야 정이선은 사현이 '제안' 외에도 말했던 강요와 협박을 떠올렸다. 굳어 가는 이선의 얼굴을 보며 사현이 걱정 말라는 듯, 퍽 흔쾌한 얼굴로 협탁을 톡톡 두드렸다.

"일단 죽부터 먹고 나서, 그리고 포션도 먹은 후에 출발하죠."

◁　◆　▷

열흘 만에 오는 집은 무척 낯설었다.

8년을 살아오면서 이렇게 오래 집을 비운 적이 없었다. 고등학생 때 떠난 수학여행도 겨우 이틀이었고, 성인이 된 후로는 혼신길드에 붙잡혀 일하느라 여행 같은 걸 생각할 수가 없었다.

그래서 7년이나 이 적막한 도시에 살았다. 사람들이 하나둘 떠나 더는 돌아오지 않는 버려진 도시에서 함께 살았다. 언젠가는 이 지긋지긋한 집을 떠나자는 얘기를 습관처럼 했었다.

하지만 결국 그들은 떠나지 못했다.

정이선은 이 도시를 홀로 떠났다가 열흘 만에 돌아오는 자신의 상황에 조금 쓸쓸해졌다. 겨우 열흘 동안 넓은 집에서 지내다가 돌아온 것뿐인데, 8년을 살았던 집으로 돌아왔는데 그새 집이 좁고 허름하게 느껴졌다. 이렇게 느끼는 자신이 참 추하다고 생각했다.

정이선은 집으로 들어와 한참을 가만히 있었다. 친구들은 오랜만에 돌아온 이선을 쳐다보지도 않고 여전히 기괴한 소리를 내며 집을 배회하고 있었다.

"누구한테 가장 먼저 걸어 줄까요?"

사현의 질문에 이선은 잠깐 고민하다가 조용히 걸어가 누군가의 팔을 붙잡았다. 서늘한 고목을 만지듯 딱딱한 감각이, 온기라곤 전혀 찾을 수 없는 그의 몸이 새삼스럽게 낯설었다.

"……영준이요. 강영준. 며칠 전에 생일이었는데…….."

"죽은 사람은 보통 기일을 챙기지 않나요? 뭐, 지금은 죽

은 상태로 보기 어렵긴 하지만, 생일을 챙기는 것도 참······
이선 씨답네요."

조롱하는 어조가 아닌, 객관적인 사실을 읊는 듯한 담담
한 그의 어조에 정이선은 침묵했다. 이젠 사현의 화법에 어
느 정도 익숙해진 참이었다.

곧 사현이 강영준의 가슴팍에 손끝을 가까이 했다. 새까
만 연기 같은 기운이 그의 손가락 사이로 퍼지는가 싶더니
이내 휘몰아치듯 영준의 몸 전체를 감쌌다. 정이선의 눈동
자가 그 모든 과정을 눈에 담았다.

지난 1년 동안 시체를 움직이게 하던 복구 능력이 사라지
는 데는 오랜 시간이 걸리지 않았다. 오히려 허무할 정도로
짧았다.

고작 몇 초 만에 강영준의 몸이 바닥에 허물어졌다. 곁에
서 지켜보던 정이선이 놀라며 옆에 주저앉아 영준의 상태를
살폈다. 그는 언제나 흐리멍덩한 눈을 반쯤 내리뜨고 있었
는데, 지금은 눈꺼풀이 닫혀 있었다. 게다가 더는 공허하게
들끓는 소리를 내지도 않았고, 비척거리며 일어나 걸으려
들지도 않았다.

정이선은 그의 코끝에 손을 가져다 댔다가, 가슴께를 눌
러 보고, 고개를 숙여 귀를 가까이 하기까지 했다. 그 모든
행동의 끝에 이선의 얼굴 위로 슬픔을 닮은 허탈함이 흐릿
하게 번졌다. 정말로 그가 죽은 것이다.

"이미 강영준은 사망 처리된 상태예요. 이제 와서 정상적인 장례 절차를 밟을 수는 없으니 따로 화장터로 옮길 생각인데, 어때요?"

위에서 사현이 나긋하게 물었다. 무효화로 해결해 낼 것을 당연히 예상했단 듯 여유로운 어조였다. 정이선은 강영준의 몸을, 그러니까…… 1년 만에 드디어 온전하게 죽은 그를 몇 번 고쳐 안다가 고개를 끄덕였다.

"그러면 지금 당장……."

"잠깐만……. 마지막으로 인사하게 해 주세요."

사현은 정이선을 물끄러미 내려다보다, 답하지 않고 돌아서 집을 나갔다. 조용히 문이 닫혔지만 멀어지지 않는 발걸음 소리에 그가 문밖에 서 있단 걸 알아챘다. 도망가지 못하도록 막는 것일 수도 있고, 또 어쩌면…… 집 안에서 극단적인 선택을 할까 봐 감시하는 것일 수도 있었다.

정이선은 나직이 실소했다. 웃지 않을 수 없었다.

왜냐면 정이선은 죽을 수 없는 몸이었기 때문이었다.

이제 남은 친구 다섯 명을 모두 편히 눈감게 할 때까지 죽으면 안 된다는 단순한 접근을 넘어서…… 그는 스스로를 해할 수 없었다. S급 복구 능력의 조건, '동종 생명체에 위해를 가하지 못한다'는 룰이 자신의 생명에도 적용됐다.

S급은 능력이 어마어마한 만큼 능력 조건이 따랐다. 사현의 경우는 그림자 스킬을 사용할 때 손이 어둠과 닿아야 한

다는 것이 발동 조건이었고, 그래서 그는 햇빛 아래에서 대부분 코트 주머니에 손을 넣고 다녔다. 반면 정이선은 상시 적용되는 조건으로 능력이 발현된 순간부터 동종 생명체를 공격할 수 없었다.

성인이 되어 능력 측정을 한 후에야 제약을 깨달은 것은 퍽 당연한 일이기도 했다. 정이선의 성격상 동종 생명체, 즉 사람을 해하려 들 일이 없었기 때문이다. 그의 능력은 실제로 18세 때 발현되었다는데, 20세 때 각성 검사를 받고서야 조건을 알았다.

S급 헌터들 중에는 귀찮은 조건이 달린 이들도 더러 있어 정이선은 자신의 조건이 편하다 여겼다. 다만 친구들만이 그의 능력으로 무생물체인 건물은 복구하는데 생물체인 인간은 해하지 못한다며, '이롭고 선하게 살아야 하는 정이선의 숙명'이라 말하며 웃었다.

정이선이 그 조건의 불편함을 느낀 건 오직 친구들과 베개 싸움을 할 때뿐이었다. 베개로 상대를 치려고 하면 갑자기 허공에 막이 생긴 것처럼 베개가 튕겨 나가면서 주저앉았다. 그 이상한 상황에 정이선은 얼이 빠지고, 친구들은 배를 잡으며 폭소했다. 영상으로 찍어야 한다며 한 번만 더 해보라고 그를 놀리기도 했었다.

결국 그 능력 조건은 가장 끔찍한 방법으로 그에게 절망을 안겼다.

수십, 수백, 수천 번을 시도했다. 그날 친구들을 모두 잃은 이후로, 아니, 자신이 그들을 그렇게 만들어 버린 이후로 스스로가 너무도 끔찍해서 몇 번이고 자살을 시도했다. 칼로 손목을 베어 보려고 했고, 심장을 찌르려 들기도 했고, 창문을 열고 뛰어내리려고도 했다. 옥상에도 가 보았다.

하지만 그 조건이 번번이 정이선의 발목을 붙잡았다. 아주 우스운 꼴이었다. 스스로를 찌르려던 칼이 떨리고, 억지로 하려고 들면 마치 투명한 막에 막히듯 칼이 튕겨 나가며 바닥에 나뒹굴었다. 떨어지려고 했을 때도 그랬다. 스스로의 의지에 반하듯 발이 떨어지지 않았고 뒤로 떠밀리기까지 했다.

정이선은 그 상황이 같잖고 역겨웠다. 스스로가 어떻게든 살려고 하는 것만 같아서. 능력의 조건 때문이라는 구차한 핑계를 대며 살려는 듯해 지긋지긋했다. 한편으론 친구들은 죽지 않는 존재로 만들어 버렸으면서 자신만 죽음으로 회피하려는 것이 역겹기도 했다.

그랬기에 그가 사현의 히든 능력을 듣고서 저열하게도 기뻐지는 것은 당연한 일이었다. 지금껏 그를 끔찍하게 삶에 묶어 둔 능력의 조건, 번번이 그의 시도를 비웃는 잔인한 제약. 그것은 모두 복구 능력에 따르는 요소였다. 그러니…….

'……친구들에게 걸어 주기로 한 무효화요, 그 히든 능력, 제가 원할 때 한 번 더 써 주세요. ……필요한 곳이 있어서요.'

무효화로 능력이 사라질 수 있는 시간은 5분. 누군가에게는 짧을 5분이었지만 정이선에게는 간절히 바라 왔던 일을 해낼 수 있는 시간이자 기회였다.

"……미안해, 영준아."

정이선은 친구의 손에 이마를 묻었다. 열로 들끓는 이마에 서늘한 손이 닿으며 기이한 안도감을 주었다. 이제야 눈을 감은 친구를 향한 사과, 죄책감, 그리움. 그리고…… 부러움. 그 모든 것이 뒤섞여 정이선은 한참 동안 머뭇거리다 조용히 읊조렸다.

"다른 애들 다 보내고 나면……."

따라갈게.

차마 정이선은 마지막 말을 소리 내어 덧붙이지 못했다. 그들이 싫어할지도 모른단 생각이 불쑥 들었기 때문이다. 죽지 못하는 존재가 된 그들을 몇 번이고 복구시켜 던전을 클리어한 자신이, 끔찍한 방법으로 살아남은 자신이 감히 뒤를 따르겠다고 해도 될까. 그들과 다시 만날 수는 있을까, 그들은 자신을 용서해 줄까…….

답을 알 수 없는 의문 속에서 정이선은 바라고 또 바랐다. 자신을 끝까지 용서하지 않아도 괜찮으니 부디 따라만 가게 해 달라고.

그는 친구의 멈춘 심장에 고개를 기대며 희망을 품었다.

절망과 맞닿은, 아주 더러운 희망이었다.

03
—
균열

다시 이틀이 흘렀다.

정이선은 닷새 내도록 앓았다. 사흘 차에 잠깐 깨서 집에 다녀온 건 오기였단 듯, 그날 밤에 화장하는 모습까지 지켜보고 다시 쓰러졌다. 그러다 엿새째가 되어 겨우 정신을 차렸다.

열도 많이 내렸고 어느 정도 걸을 수 있는 상태가 되었다. 정이선은 그런 자신의 상태를 확인하자마자 HN길드로 향했다. 간병인은 완전히 회복되려면 좀 더 쉬어야 한다고 했지만 그는 괜찮다며 고집을 부렸다. 사현에게는 자신의 상태가 다 나았다 말해 달라고 부탁하기까지 했다. 그 간병인이 제 말을 들어줬을지는 모르겠지만, 정이선은 결국 사옥에 도착했다.

2차 던전, 바빌론의 공중정원 던전을 클리어한 후 얻은 목판에는 또 15라는 숫자가 적혀 있다고 했었다. 그 숫자는 1차 때 얻은 석판과 같이 하루가 지날수록 1씩 줄어들었다. 그러니 이미 닷새를 앓으며 보낸 정이선은 남은 열흘 동안 빠듯하게 준비에 들어가야만 했다.

게다가 오늘 마침 목판의 글자가 해석되어 다음 던전을

얼추 추론했다고 했다. 그렇다면 오늘부터 복원도를 외울 각오로 들여다봐야만 했다. 머릿속에 복원도를 많이 집어넣을수록 복구 또한 더 세세하게 해낼 수 있었고, 실제로 정이선은 2차 던전에도 공중정원의 도면을 거의 모두 외우고 들어갔었다.

3차 던전도 잘 해결해야만 그다음 친구를 보내 줄 수 있단 생각에 바쁘게 사옥으로 향했는데, 건물로 들어오자마자 정이선은 제게 꽂히는 시선을 느꼈다.

"……?"

1층 로비에서부터 흘끔흘끔 저를 향하는 시선이 있었다. 사현과 함께하기로 하면서 어느 정도는 시선을 각오하긴 했지만 이렇게 한 번에 쏠리는 시선은 당황스러웠다. 게다가 지난 1년 동안 강박적으로 사람의 시선을 피해 왔으니 더욱 그랬다.

이선은 흠칫하며 후드를 쓰고 엘리베이터로 향했다. 하지만 엘리베이터를 기다리는 동안에도 계속 시선이 느껴졌고, 심지어 엘리베이터에 함께 탄 사람들도 그를 흘끔흘끔 보았다. 그러다 누군가 그에게 말을 걸려는 때, 엘리베이터가 42층에 도착하면서 문이 열렸다.

"이선 씨."

그리고 문 앞에 사현이 있었다. 말을 걸려던 자가 흠칫 뒤로 물러났고, 이선은 고개를 숙인 채로 엘리베이터에서 빠져나왔다.

사현은 잠깐 동안 말이 없었다. 간병인에게서 연락을 받았는지 가만히 이선을 내려다보다 한숨처럼 말했다.

"이선 씨. 정말로 고집 센 거 알죠?"

"……제가 잘 복구할수록 좋은 거 아닌가요? 100퍼센트의 복구 능력이 필요하다고 누누이 말한 건 그쪽이잖아요."

일부러 코드의 회의 시각에 맞춰서 부랴부랴 왔는데 타박하는 듯한 사현의 말에 살짝 억울해졌다. 늘 잘해야 한다는 은근한 부담과 압박을 줬으면서 자신의 행동을 '고집'이라 부르는 게 황당했다. 다만 사현이 효율을 중시한단 것도 알기에 이선은 그 시선을 피하며 말했다.

"이제 몸도 다 나았어요."

사현은 답하지 않았다. 그 침묵이 외려 신경 쓰여 후드만 매만지고 있으니 그가 나직한 한숨과 함께 걸음을 옮겼다. 어쩐지 이미 거짓말이라는 걸 눈치챘지만 한 번쯤 속아 넘어가 주겠단 기색이었다.

정이선이 사현과 함께 코드의 사무실로 들어왔을 때, 그는 또다시 이상한 상황에 놓였다. 사무실 안의 헌터들은 사현이 오더라도 자리에서 일어나 인사하지 않는데, 정이선을 보자마자 모두 일어나 그에게 인사했다.

그쯤 되자 정이선은 사람들이 이러한 반응을 보이는 게 2차 던전 때문임을 어렴풋이 예측할 수 있었다. 지난 시간 동안 변화의 원인으로 꼽을 만한 건 그 사건뿐이니 당연하기도 했다. 한껏 부담을 안은 이선은 회의실로 들어섰다.

"와. 히어로 오셨다."

회의실 안에는 주축 4인방이 앉아 있었다. 그중 기주혁이 손뼉을 치며 정이선을 반겼고, 한아린과 나건우도 저마다 한마디씩 하며 박수했다. 대부분 많이 아픈가 싶어 걱정했다는 내용이었다.

"이제는 괜찮습니다."

정이선이 어색하게 답하며 자리에 앉았다. 이후 사현까지 앉고 나서야 어수선했던 분위기가 사그라들었다. 신지안이 일어섰다.

"의뢰했던 목판의 해석 결과가 나왔습니다."

회의실 앞에 있는 TV가 켜지며 2차 던전에서 획득한 목판 사진이 나타났다.

"고대 그리스어로, '크로노스의 언덕에서 네 죄를 심판받으리라'라는 내용이라 합니다."

현재 레이드는 한국뿐만 아니라 전 세계가 관심을 기울이고 있는 연계던전이었다. 문구를 해석하는 것과 동시에 수많은 전문가가 다음 던전을 유추했고, 그 내용을 신지안이 담담히 브리핑했다.

"크로노스의 언덕은 펠로폰네소스반도 북서쪽의 그리스 엘리스 지방에 있는 언덕을 가리킵니다. 그곳엔 고대 그리스 신을 모시는 신전이 많으며 대표적으로는 제우스 신전, 헤라 신전, 펠롭스 신전이 있습니다."

그 말을 들은 정이선의 표정이 미묘하게 변했다. 레이드의 테마가 고대 7대 불가사의임이 확실하다면, 이미 그리스라는 위치가 나온 순간부터 다음 던전은 정해진 것이었다. 그리고 그의 예상대로 신지안이 마지막 문구를 해석했다.

"이 신들 중 '심판'과 관련 있는 신은 제우스입니다. 제우스는 신들과 인간들의 잘못을 벼락으로 응징했으므로 문구에서 나온 심판의 주체는 제우스를 가리킨다고 추측할 수 있습니다."

삑, 소리와 함께 화면이 바뀌었다.

"따라서 다음 3차 던전은 올림피아의 제우스상을 테마로 한 던전이라 유추됩니다."

정이선의 시야에 현재 그리스 아테네에 있는 제우스 신전의 잔해와 예상 복원도가 함께 잡혔다. 제우스 신전은 단층이라 바빌론의 공중정원보다는 복구하기 나을지 몰라도 기둥이 104개나 되는, 로마 시대의 가장 큰 건축물이었다. 테오도시우스 2세 때 로마 제국의 이교도 박해에 따라 신전이 파괴되었다.

정확하게 고대 7대 불가사의로 꼽히는 대상은 신전이 아니라 '제우스 신상'인데, 이 신상은 수 차례 지진과 하천 범람을 겪으며 완전히 사라졌다. 높이가 13미터에 달하는 신상의 복원도를 보며 정이선이 조용히 한숨을 삼켰다. 불가사의는 신상이라 하더라도 실제로 그가 복구해 내야 할 건 신전 전체일 터였다.

하지만 던전의 정체에 한숨이 나오는 사람은 그뿐이 아닌 듯했다. 기주혁과 나건우가 동시에 한숨을 내쉬며 고개를 절레절레 내저었다. 지난 두 번의 경험으로 인해서 단순히 무너진 던전의 상태만이 문제가 아님을 눈치챘기 때문이다.

"번개로 내리찍으면 리더 그림자 흔 능력 쓰기에 문제 있지 않을까요?"

"맞아요. 너무 밝아서 이동 되려나……."

"와, 이젠 하다 하다 제우스랑 싸우네."

한아린이 책상을 쾅 치며 신경질을 냈다. 1차 던전인 쿠푸왕의 피라미드에선 미라 몬스터들과 싸웠다 했고, 2차 공중정원 던전에선 식물형 몬스터와 싸웠다. 그러니 3차 던전에서 상대해야 할 몬스터의 형태는 뻔했다.

"제사라도 좀 지내는 건 어때요? 저기 제우스 제단이라면서요."

"제사? 네 장례식?"

기주혁의 말에 한아린이 차게 일갈했다. 식물 몬스터도 상대하기 꽤 까다로웠는데 보스 몬스터가 아예 신의 권능을 쓸지도 모른단 점이 골치를 앓게 했다. 게다가 정말 신화 속

제우스처럼 번개를 쓴다면 사현의 능력에 큰 걸림돌이 되었다. 정이선이 슬쩍 손을 들며 의견을 냈다.

"제가 신상을 복구하지 않으면요……?"

"보스 몬스터는 복구 능력과 상관이 없을 거예요. 던전 지형 자체가 무너져 있는 게 문제니까……. 만약 제우스 신상이 보스 몬스터고, 그래서 번개를 내리꽂는 스킬을 쓴다면 신전은 복구하는 게 좋죠. 길이 험하면 피하다가 잘못될 확률이 높으니까요."

나긋이 답한 사현이 잠깐 고민하는 듯 검지 끝으로 책상을 톡톡 두드렸다.

"차라리 복구를 대충 하되 여러 번 하는 게 낫겠네요. 어차피 완벽하게 복구해 봤자 번개 때문에 다시 부서질 테니까."

"아. 그러게요. 예전에 진입했던 던전에서 보스 몬스터가 공격한 위치에 그 기운이 그대로 남았던 적 있잖습니까."

나건우가 냉큼 동의했다. 어쩌면 이번 던전도 제우스가 번개를 내리꽂은 위치에 몇 분 동안 잔류 전기가 흐를지 모른다며, 차라리 땅을 새로 덮는 게 더 효율적이라고 말했다. 다른 헌터들도 동의하는지 각자 마법 계열 보스 몬스터와 상대했던 경험을 이야기하며 찬성했다.

"처음 진입해서는 히든 능력으로 신전 복구하고, 그다음엔 기존 복구 능력으로 번개가 꽂힌 위치의 시간을 되돌리면 잔류하는 전기가 없어지겠네요."

사현이 간략히 정리하며 정이선에게 복구 방향을 설명했다. 정이선은 가만히 경청하며 자신이 사현에게 갖는 호불호와는 별개로 그가 능력 분석 면에선 상당히 뛰어나단 걸 다시 한번 인정했다. 어쩌면 자신보다도 더 복구 능력에 대한 이해도가 높을지도 몰랐다.

이번 제우스 신전의 복원도는 굳이 자세한 부분까지 외울 필요 없다고 말한 사현이 곧 자리에서 일어섰다.

"한아린 헌터. 따로 이야기 좀 하죠."

"정말……?"

"네."

"내 보석……."

한아린이 슬픈 어조로 답하며 터덜터덜 사현을 따라 나갔다. 정이선은 그 대화의 흐름을 전혀 이해하지 못했지만 회의실에 있는 다른 헌터들은 저마다 웃기만 했다. 심지어 신지안마저 잠깐 안타깝단 눈빛을 날렸으니, 그가 의아해지는 것은 당연한 일이었다.

"왜 갑자기 보석이라고 말씀하신 거예요?"

"아, 복구사님은 잘 모르는구나."

앞자리에 있는 기주혁이 무언가를 말하려다 갑자기 입을 다물더니 킥킥 웃었다.

"능력은 나중에 직접 보는 게 낫겠고……. 일단, 누님 히든 능력 발동 조건이 광물이거든요."

"광물요?"

"네. 제사를 지내듯 땅에 광물을 박아야 히든 능력을 사용할 수 있어요. 품질이 좋을수록 효과가 좋아서, 아마 이번 3차 던전에서 비싼 보석 좀 써야 할걸요? 컬렉션 깨지겠네."

한아린은 타격감이 좋다는 이유로 늘어나는 봉을 사용하지만 실제 그녀의 능력은 S급 마법 계열이었다. '어스퀘이크'라는 이름 그대로 지진을 일으키는 능력인데, 히든 능력의 조건이 꽤 까다로운 듯했다. 땅을 움직이는 능력인 만큼 땅에서 나는, 가치가 높은 광물을 바쳐야만 히든 능력을 쓸 수 있는 모양이었다. 정이선은 문득 그녀가 조금 전 '제사'라는 단어에 민감하게 반응했던 이유를 어렴풋이 이해했다.

S급들은 모두 능력과 조건이 다르고 그 조건은 스스로 공개하지도, 서로 캐묻지도 않았다. 약점이 될지도 모를 정보니 암묵적으로 비밀에 부치는데, 사현은 8세 때부터 헌터가 되어 능력 발동 조건이 알려진 경우고 한아린은 아예 광물을 땅에 박아 넣는, 즉 눈에 띄는 행동이 조건이라 알려진 듯했다.

"그러면 이번 3차 던전에서는 한아린 헌터의 히든 능력을 쓰는 건가요?"

"그렇겠죠? 복구사님 아직 안 봤으면…… 절대 영상으로 미리 보지 마세요. 영상도 어차피 몇 개 없긴 한데, 무조건

직접 봐요. 장난 아니니까."

기주혁이 거듭 강조했고 옆에 있는 나건우마저 고개를 끄덕이며 동조했다. 정이선이 알겠다고 고갯짓한 후에야 기주혁이 킬킬거리며 자리에서 일어섰다. 의자 뒤에 걸어 놓은 가방을 메는 그의 모습에 정이선이 의아하게 질문했다.

"어디 가세요?"

"저요? 저 학교 가요. 교수님한테 사유서 제출해야 하거든요. 연구실에 가도 워낙 만나기 어려운 분이라 수업 있을 때 가서 결석 사유서를……."

정이선의 표정이 점점 미묘하게 변했고, 그 변화의 의미를 눈치챈 기주혁이 황당하단 듯 말했다.

"저 대학생인데, 몰랐어요? 와, 나한테 이렇게 관심이 없을 줄이야……."

충격을 받은 듯한 기주혁의 반응에 정이선은 아무런 말도 하지 못했다. 자신과 동갑이란 것은 알았지만 그가 대학에 다니는 줄은 몰랐다. 사실 그의 이름과 나이, 헌터로서의 정보만 안다고 봐도 무방했다.

"저 상처받았으니까 학교 같이 가요. 저는 복구사님 어느 중학교, 고등학교 나왔는지도 아는데! 저에 대해서도 좀 알아주세요!"

서운한 티를 팍팍 내는 기주혁의 말에 옆에서 듣던 나건우가 심드렁히 반응했다.

"팬보다는 스토커 같지 않냐, 그건."

"아, 형!"

둘의 대화에 정이선은 애매한 표정만 지었다. '스토커'라는 단어를 들은 그가 가장 먼저 떠올린 사람은 따로 있었기 때문이다. 정이선은 잠깐 머뭇거리다 고개를 끄덕였다. 근 열흘 동안 오직 사현의 감시하에서만 움직였으니 자신의 의지로도 움직이고 싶었다.

"정말로 기주혁 헌터가 괜찮다면 같이 가요. 대학은 처음이니까 궁금하기도 하고……."

하지만 정이선이 결심한 이유는 단순히 사현에 대한 반감뿐만은 아니었다. 그는 한때 대학 진학을 생각하긴 했지만 당장 스무 살부터 빚을 해결해야 해 대학을 갈 상황이 못 되었다. 지난 4년 동안 정신없이 사느라 대학 근처에도 간 적이 없다.

그래서 반쯤 충동적으로 가자고 말했다. 기주혁이 장난으로 그런 제안을 했을 수도 있다고 여겼는데 기주혁은 당장 화색이 되어 무르기 없다며 정이선의 팔을 잡아 이끌었다.

◁ ◆ ▷

정이선은 기주혁과 함께 대학교로 가는 길에 놀라운 정보를 듣게 되었다.

"……미대생이에요?"

"그게 그렇게 충격받을 일이에요? 저 완전 미대생처럼 생겼는데?"

"……."

"와. 복구사님 그렇게 안 봤는데 침묵으로 엄청난 표현을 하시네."

회화 전공이라는 기주혁의 말에 정이선은 어떤 반응을 보여야 할지 감을 잡지 못했다. 마법 계열 중에서도 드문, 다중 속성 동시 캐스팅을 해내는 A급 헌터면서 대학을 다닌단 것도 신기한데 심지어 미대생이라니. 기주혁은 정이선보다 키가 조금 작긴 하지만 몸 선이 얇은 편도 아니었고, 살짝 그을린 피부나 활달한 인상 때문에 미술 계열과 전혀 연관 짓지 못했다.

"그러면 무슨 학과일 것 같았는데요?"

"……체육 쪽?"

"와, 저 힘체민 쓰레기인데. 고등학생 때 내내 실기 준비하느라 체력 쓰레기, 그리고 헌터 생활에서도 원거리 계열이니까 여전히 몸은 종이 인형 수준이죠. 마법사면서 힘까지 센 사람은 한아린 누나뿐일걸요?"

그 누나는 마법 계열 헌터면서 왜 그렇게 봉을 들고 뛰어다니는지 모르겠다는 기주혁의 중얼거림에 정이선은 어색하게 시선을 돌렸다. 출발할 때까지는 어쩌면 그가 자신을 속이는 것일지도 모른다고 생각했는데, 실제로 도착한 대학교는 정말로 미술로 유명한 광익대학이었다.

HN길드 소속 헌터에겐 전용 차량이 제공되며, 신청하면 기사가 운전도 해 주었다. 그렇게 편히 기주혁과 함께 대학교에 도착한 정이선은 내심 감탄하며 주위를 둘러보았다.

넓은 정문과 그 뒤로 쭉 이어진 가로수 길엔 초봄을 맞아 한창 꽃이 피고 있었다. 정이선은 지난 1년 동안 외출을 극도로 꺼렸고, 또 코드에 영입된 이후엔 차를 타고 길드 사옥이나 폐건물에 가는 게 전부였으니 이렇게 잘 관리된 길을 보는 게 낯설었다.

기주혁은 꽤 급한 상황인지 정이선에게 서둘러야 한다며 헐레벌떡 뛰기 시작했다. 그래서 구경을 멈추고 정이선도 따라 뛰어갔는데, 체력이 없다는 말이 사실인지 겨우 몇 분 뛰고 기주혁이 헉헉거렸다. 정이선의 체력도 딱히 좋지 않은 편인데 그보다 더한 듯했다. 그는 옆의 나무를 붙잡고 양심적으로 대학교는 모두 평지에 있어야만 한다고 고래고래 소리를 질렀다.

이럴 거면 차로 강의관 앞까지 가지 그랬냐고 말하자, 자신의 체력이 너무 쓰레기라 신지안이 차량 기사에게 정문까지만 운행해 주라고 언질을 줬다며 서러워했다. 문득 정이선은 그가 공중정원 던전 안에서 계단을 오를수록 힘들어했던 것을 떠올리며 가만히 고개를 끄덕였다. 그 무덤덤해 보이는 신지안마저 신경 쓸 정도면 기주혁의 체력은 마이너스라고 봐야 했다.

그렇게 겨우겨우 강의실에 도착해 교수님에게 사유서를 제출하는 일에 성공했다. 그마저도 이미 수업이 끝나 교수님은 저 멀리 가고 있었고, 기주혁이 비장한 얼굴로 정이선에게 사유서를 넘기며 쓰러져 대신 교수님을 붙잡고 제출해야 했다.

나이가 지긋한 교수는 사유서를 보며 살짝 눈을 찌푸렸다.

"어, 그래. 사유가…… 레이드? 기주혁?"

"허억, 헉. 교수님. 저 왔습니다."

거의 녹아 가는 걸음으로 기어 온 기주혁이 헉헉거리며 교수에게 인사했다. 교수와도 친분이 꽤 있는지 둘은 친근하게 대화를 나눴다.

"뉴스 봐서 나도 알지……. 레이드면 한 학기 통으로 빠지는 거 아니냐? 그냥 휴학하지 그래."

"저 올해 졸업할 겁니다!"

"이거 참, 사유가 이러니 출석 일수 모자란다고 깔 수도 없고……. 졸업 작품 방향은 정했냐?"

"저야 뭐, 언제나 영감이 가득한 장소를 다니지 않습니까."

기주혁이 어깨를 으쓱이며 당당히 말하자 교수는 별 우스운 소리를 다 듣겠다는 듯 그의 어깨를 툭 쳤다. 그러다 옆에서 가만히 있는 정이선을 흘끔 보고는 기주혁에게 눈짓했다.

"이 학생 혹시⋯⋯."

"맞습니다. 이 시대의 히어로, 걸어 다니는 문화재, 세계 유네스코."

"어유, 내가 팬입니다. 우리 손주 놈이 영상 보고 얼마나 좋아하던지."

기주혁의 말에 정이선이 대체 무슨 소리냐고 반응하기도 전에 교수가 먼저 인사를 해 왔다. 들고 있던 짐을 모두 옆으로 치운 뒤 정이선에게 두 손을 내밀면서까지 악수를 청했고, 정이선은 무척 어색하게 그와 손을 잡았다. 이후에 교수는 사인이라도 받아야 한다며 허둥지둥하다가, 다음 수업에 들어가셔야 한다고 찾아온 조교 때문에 아쉬워하며 떠났다.

잠깐이지만 정이선은 '학생'이라고 불린 것이 낯설어서 멍하게 있다가 결국 후드를 푹 눌러썼다. HN길드에서야 모두 헌터이니 자신을 알아봤다고 생각했지만 평범한 일반인마저 자신을 안다니 굉장히 부담스러워졌다. 현재 사람들이 레이드에 갖는 관심을 생각하면 당연한 일이기도 했지만 막상 이런 상황을 맞닥뜨리니 무척 민망했다. 또 한편으로는

'그' 능력으로 사람들의 감탄을 받는다는 게 불편하기도 했다.

하지만 기주혁은 정이선과 함께 학교에 온 게 마냥 신나는지 그를 이끌고 작업실로 향했다. 예전에 그렸던 그림을 보여 주겠다고 했는데, 그즈음 정이선은 차라리 돌아가겠다고 말할까 고민했다. 그런데 막상 들어온 작업실에서 전혀 상상치도 못한 일이 벌어졌다.

기주혁을 확인한 학생들이 오오, 소리를 내며 일어나더니 하나둘 물통을 들고 그에게 다가온 것이다.

"기주혁 헌터님, 물 좀 주세요."

"바깥에 개수대 있잖아!"

"거참, A급 물 좀 받읍시다! A급 물로 붓 씻으면 그림도 더 잘 그려진다더라!"

"그거 허위사실유포죄로 잡혀간다. 어?"

"아아, A급 물이 없어서 그림 못 그린다. 과제 못 한다. 이렇게 F를 받는다……."

"과제하기 싫은 거면서 이렇게 내 핑계를? 내 물 받으면 성적 A 받냐? 어? 나도 못 받는데?!"

코드 소속의 A급 헌터 기주혁도 학교에선 동기, 혹은 선후배 중 하나일 뿐인지 학생들이 우르르 몰려와 그에게 장난을 걸었다. 한참 왁왁대던 기주혁은 결국 의자 위에 올라서서 소리쳤다.

"그래그래. 회화과의 물 셔틀 왔습니다."

그 말에 학생들이 웃음을 터트리며 기주혁의 앞에 일렬로 섰다. 사소한 마법은 로드가 없어도 사용 가능한지 기주혁의 손끝에 커다란 물방울이 뿅뿅 생겼다. 학생들은 마치 배급받듯 그것을 하나씩 물통에 받아 갔다. 그 모든 행위가 끝난 후에 기주혁은 자신처럼 부려 먹히는 헌터는 또 없을 거라며 흑흑 우는 소리를 냈다.

"사실대로 말해 봐. 나 셔틀로 유명하지."

"그게 무슨 소리야. 우리 기주가 얼마나 인기쟁이인데."

"맞아. A급 헌터고."

"코드 소속이고."

"물도 떠 주고."

마지막 말에 다시금 기주혁이 와악 소리치며 누구냐고 자수하라고 외쳤다. 일련의 과정을 정이선은 무척 낯선 눈으로 쳐다보았다. 그러다 학생들의 시선이 하나둘 멀찍이 서 있는 정이선에게 향했다. 누구 한 명이 '어, 저 사람……' 이라고 말하는 순간 다들 헉 소리를 내며 정이선을 보았다.

그 시선에 정이선이 당황하며 한 걸음 뒤로 물러나는 사이, 학생들이 저마다 다급히 종이를 찾기 시작했다. 사인이라도 받아야 한다며 술렁였는데 그때 기주혁이 냉큼 의자에서 뛰어내렸다. 그러곤 이선을 이끌고 도망치듯 작업실 밖으로 나갔다. 그가 시선을 부담스러워한다는 걸 눈치챘기 때문이다.

"에이, 참. 제 예술혼을 보여 주려고 들어간 건데 쪽팔린 모습만 보였네요."

"……아뇨, 재밌었어요. 친구들이랑 되게 친하네요."

"저 괴롭힘 당했는데?"

기주혁이 억울하단 듯 눈을 크게 뜨다가, 이내 실소하며 고개를 내저었다.

"쟤들 불쌍한 애들이에요. 작업실에 갇힌 원혼이라서 가끔 환기 좀 시켜 주는 거죠."

기주혁은 사유서도 냈으니 학교를 맘껏 구경시켜 줄 수 있다며 건물 바깥으로 걸음을 옮겼다. 정이선이 대학교가 처음이라 궁금하다고 했으니 자신이 아는 모든 걸 알려 줄 생각이었다. 사실 그도 결석이 잦아서 성실한 학생은 아니었지만 구경하기 좋은 장소는 기가 막히게 잘 알고 있었다.

정이선은 그를 따라 학교를 걸어 다니며 주위를 신기하게 둘러보았다. 광익대학교는 아름다운 대학로로도 유명했다. 강의관 사이사이를 다니는 학생들의 품에 들린 책이나, 도서관 앞에서 학생들이 모여 떠드는 모습을 보며 이선이 물었다. 기주혁이 대학을 다닌다고 했던 순간부터 가진 의문이었다.

"그런데 보통 능력 C급 이상이면 일반인 생활 안 하지 않나요?"

한국에선 20세 1월 1일부터 능력 검사를 받을 수 있었다. 그때를 기점으로 인생이 바뀐다는 말이 과장이 아니었으며, 사람들은 저마다 자신이 각성자일 때와 아닐 때의 인생 계획을 각각 세우곤 했다.

능력이 F급이면 대부분 각성자 활동을 하지 않았고, D급이어도 헌터 활동 확률은 반반이었다. 헌터 활동은 높은 수익을 보장하지만 그만큼 목숨을 잃을 확률이 아주 높기 때문이다. 하지만 C급 이상만 되어도 대부분 헌터 활동을 하는데, A급인 기주혁이 대학교를 다닌다는 게 의아했다.

간혹 길드 경영에 관심이 있는 헌터들이 별도로 관련 공부를 한다는 건 알았지만 미대는 예상 밖이었다. 그리고 이런 정이선의 의문에 기주혁이 킥킥 웃으며 말했다.

"일단 제가 고등학교 3년 내내 미대 입시 준비만 했어요. 1월 1일 각성자 검사? 실기 시험 준비하느라 바빠서 2월 말에야 검사받았죠."

사람들은 저마다 자신이 각성자일 경우를 가정한다지만, 당장 실기 시험이 코앞인 상황에선 그런 생각을 할 틈도 없었다며 기주혁이 한탄하듯 이야기했다.

"그런데 갑자기 제가 A급 마법 계열 헌터라는 거예요. 솔직히 하루아침에 인생이 바뀌는 상황이 믿기겠어요? 게다가 3년 동안 고생이란 고생은 다 하면서 입시까지 끝마쳤는데, 갑자기 헌터? 실감 안 나기도 하고, 고생한 게 아까워서 대학 왔어요. 그런데……."

"……그런데?"

"막상 미대 오니까, 오…… 과제 하다가 죽겠더라고요. 과제를 냈는데 또 과제가 생겨. 전 분명 밤새워서 과제 끝냈거든요? 그럼 이제 잠을 잘 수 있어야 하잖아? 근데 또 과제가 나오는 거야!"

갑자기 기주혁이 울분을 토했다. 교수님들이 저마다 다자기 수업 한 개만 듣는 줄 안다며 바닥을 쿵쿵 구르는데, 정이선은 매우 떨떠름한 눈으로 그를 볼 수밖에 없었다.

"과제 하다 죽는 것보단 던전에서 죽는 게 더 멋져서 당장 헌터로 방향 틀었죠. 게다가 던전에서 죽으면 국가에서 사망 수당도 줘요."

동기들이 가장 부러워하는 지점이라며 기주혁이 장난스럽게 웃었다. 작업실에서 죽는 건 산재 처리가 안 된다는 말에 정이선이 탄식하자 기주혁은 그 반응이 뭐가 그리 웃기는지 배를 잡고 폭소했다.

두 사람은 한 시간 넘도록 대학로를 산책했다. 모자를 쓰지 않은 기주혁을 알아보는 시선이 간간이 모였지만 불쑥 다가오는 사람은 없었다.

꽃샘추위 탓에 바람이 꽤 싸늘해서 이선은 몇 번쯤 몸을 움츠렸다. 겉옷을 한 벌 더 챙겼으면 좋았겠지만 급하게 나오느라 그러지 못했다. 하지만 그런 추위를 감수해도 좋을 정도로 이선은 이 외출이 꽤 마음에 들었다. 3차 던전에서는 신전을 세세하게 복구할 필요가 없다고 해서 여유가 생겼고, 때마침 주혁이 학교에 간다기에 따라나섰다. 어쩌면 자신을 감시하듯 구는 사현을 향한 반감, 어쩌면 학교에 대한 호기심. 그리고 또 조금은, 아주 조금은…… 부러움이 이유로 있었다.

"점심 뭐 먹을래요? 오늘 학식에 함박스테이크 나온다는데, 여기 밥은 진짜 맛있거든요. 괜찮으면 그거 먹을래요? 제가 쏠게요."

슬슬 점심시간이 되자 주혁이 배고프다며 호들갑을 떨었다. 마침 근처를 지나가는 학생들도 학식 이야기를 했다. 이선은 그 모습을 잠깐 조용히 응시했다.

대학을 다니고, 교수님과 친근하게 대화하고, 동기 선후배와 장난을 치면서 보내는 시간에 무척이나 익숙해 보이는 기주혁. 이런 삶이 너무도 당연한 듯 즐거워 보이는 그를 보고 있을수록 이선은 조금 씁쓸해졌다. 처음엔 자신이 경험하지 못한 대학 생활에 대한 부러움이라 생각했지만 감정의 뚜껑을 열어 보았을 때 그가 마주한 것은 오히려 자조에 가까웠다.

자신은 대학을 다니더라도 기주혁처럼 생활하지 못했겠지만, 친구들은 그처럼 대학 생활을 했을 것만 같았다. 추측보단 확신에 가까웠다. 자신은 조용한 성격에 그다지 사교

적이지도 않지만 친구들은 정반대였기 때문이다.

만약 친구들이 빚이 없었더라면, 그리고…… 죽지 않았더라면. 그들은 기주혁처럼 생활했을까.

"아, 맞다. 그런데 복구사님은 가고 싶었던 학과 있어요? 20세 때 S급 복구 능력 뜨고 곧바로 일한 건 알지만, 고등학생 때 지망했던 학과가 있었어요?"

"음……."

"그러고 보니 복구사면 일반인 생활이랑도 병행 가능했겠어요. 헌터도 아니니까 위험할 일도 덜하고. 그 쓰레기 같은 길드만 아니었으면 복구사님도 학교에 다녔을 텐데……."

기주혁이 푸념처럼 늘어놓은 말에 정이선은 조금 신기한 기분이 들었다. 그가 사기 계약 때문에 혼신길드에 붙잡힌 일이 꽤 알려졌단 건 알았지만, 다른 헌터도 그 길드를 욕하니 신기했다. 비록 그 길드는 2차 대던전에 휩쓸리면서 길드원 대부분이 사망해 해체되었지만…….

정이선은 새삼스럽게 옛날을 떠올리며 고민하는 소리를 냈지만 생각나는 것은 없었다.

"저는 딱히…… 가고 싶었던 곳은 없었어요. 그냥 성적 맞춰서 가려고 했는데."

"그래요?"

"네. 아, 친구들이 미대가 어울린다고 하긴 했어요."

"와, 그거 저주인데. 누가 그런 말 했어요? 그거 완전 복구사님 인생 망치려고! 내가 혼내 줘야 해, 어?"

미대생으로서 참을 수 없다며 화내는 기주혁을 보다 순간 웃음이 터졌다. 그의 분노가 웃기기도 했고, 자신에게 미대를 추천했던 친구들이라면…… 그들밖에 없었기 때문이다. 정이선에게 친구는 오직 그들뿐이었다.

정이선이 아하하, 맑게 웃자 앞에 서 있던 기주혁이 조금 놀란 눈을 했다.

"오…… 복구사님 웃는 거 처음 봐요."

만난 지 열흘이 넘었는데 한 번도 웃지를 않길래 신지안 헌터 같은 사람인가 했다는 기주혁의 말에 외려 정이선이 어색해졌다. 그래서 손등으로 입을 가리며 아예 화제를 돌리려고 했는데 꽤 익숙한 목소리가 옆에서 들려왔다. 이곳에서 들을 거라곤 상상도 못 한 목소리였다.

"그러게요. 이선 씨는 그 몸으로 돌아다니는 게 즐거운가 봐요. 아픈 걸 즐기는 성격인 줄은 몰랐는데."

사현이 다가오고 있었다. 한아린과의 이야기를 끝내고, 건물 안에 정이선이 없자 곧바로 찾아온 눈치였다. 이선은 저도 모르게 흠칫했다가 가까스로 놀란 티를 숨기며 그를 보았다. 만나자마자 비꼬듯 던지는 그의 말에 살짝 기분이 상했다.

"괜찮아져서 돌아다닌다는 게 뭐가 문제인가요?"

"안 괜찮은 게 첫 번째 문제고, 말도 없이 돌아다닌 게 두 번째 문제죠."

"제가 어디 가는지 일일이 보고해야……."

분명히 정이선은 사현에게 항변하고픈 것들이 있었다. 그러나 그 말이 채 끝을 맺기도 전에 몸이 허물어졌다. 갑자기 현기증이 돌 듯 눈앞이 핑 도는가 싶더니 무릎에 힘이 풀리면서 그대로 앞으로 쓰러지려 든 것이다. 한 시간 넘게 바깥을 걸었더니 결국 몸이 버티지 못했다.

그리고 그런 정이선의 몸을 사현이 가볍게 받았다. 한 걸음 성큼 앞으로 다가와 정이선의 팔을 붙잡으며 자신에게 기대게 했다.

"이 상태를 괜찮다고 말하는 거 보면, 많이 안 괜찮은 상태 맞네요."

정이선은 제 머리 위에서 떨어지는 사현의 말에 반박하고 싶었지만 순식간에 두통이 찾아와 말할 수가 없었다. 사현은 그런 정이선의 이마에 손을 얹곤 잠깐 말없이 기주혁을 응시했다. 웃음기가 지워진 새까만 눈동자에 기주혁이 당장 정자세를 취했다.

"기주혁 헌터, 바로 옆에 있는 사람이 이 지경으로 아픈데, 그렇게 눈치가 없으면 눈은 왜 달고 있죠? 장식인가요?"

"죄, 죄송합니다……."

"내가 네 명한테만 정이선 씨 페널티 일주일 간다고 언질했는데, 그걸 기억 못 하면…… 머리가 무슨 쓸모인가 싶은데."

"이제 괜찮아졌다고 하셔서……."

"아, 그래서 본인 잘못은 없다?"

"아닙니다, 죄송합니다……."

사현의 싸늘한 목소리에 기주혁이 쩔쩔매며 고개를 숙였다. 정이선은 갑작스럽게 나빠진 자신의 상태가 황당하기도 하고 억울하기도 했지만, 일단 기주혁은 죄가 없었다. 그래서 자신이 따라온 거라고 겨우겨우 말했는데 사현에게서 반응이 없어 그 팔을 두드리며 몸을 일으키려 했다. 하지만 그보다 사현이 더 빨랐다. 이선을 차로 이끈 사현은 뒷좌석에 그를 기대 앉히며 나직이 한숨처럼 말했다.

"이선 씨, 페널티로 앓는 일은 단순한 감기 몸살이랑 달라요."

문이 닫히고 사현이 반대편으로 돌아와 앉기까지, 그 잠깐의 시간 동안 정이선은 굉장히 복잡한 기분이었다. 머리가 아파서 생각이 잘 굴러가지 않았지만 그래도 자꾸만 자신을 묵직하게 누르는 것이 있어, 결국 사현이 옆자리에 앉자마자 말했다. 속에서 계속 찝찝하게 굴러다니는 감정을 그대로 두는 것보단 깔끔히 말하는 게 나았다.

"……죄송합니다. 아침에 열이 떨어져서 괜찮은 줄 알았어요."

정이선은 자신을 감시하듯 구는 사현 때문에, 그래서 그에 대한 반감으로 충동적으로 외출했단 걸 인정했다. 어쩌면 그간 느꼈던 강압적인 태도에 대한 반발심일지도 몰랐다. 그래도 그땐 몸이 괜찮다는 믿음이 있었는데 겨우 한두 시간 찬 바람을 맞은 것 가지고 다시 열이 오르니 사현에게 불만을 표할 처지가 못 되었다.

게다가 오히려 사현은 그에게 간병인을 붙여 주고, 지금도 자신의 상태를 확인하러 왔으니 더욱 그랬다. 정이선은 이틀 전에도 그가 제 고집대로 친구를 보내 준 일을 떠올리며 사과했다.

"이선 씨한테 사과받으려고 여기까지 온 건 아닌데."

하지만 사현의 답은 단조로웠고, 그 점에 정이선은 조금 더 마음이 불편해졌다. 차가 출발해서 학교를 벗어날 때까지도 정이선은 할 말을 찾지 못해 입을 꾹 다물었다.

"집에서 더 쉬지 그랬어요."

"……3차 던전 브리핑 들으려고……."

"어차피 상태 나아지면 알려 줄 생각이었어요."

"곧바로 복원도 외우려고 했어요. 결국엔 세세하게 복구하지 않는 방향으로 정해졌지만……. 마음만 앞서서 제가 고집을 부렸어요."

다시금 정이선이 사과하며 기주혁은 잘못이 없다고 말하자 사현이 나직이 웃었다.

"이제야 고집부린 거 순순히 인정하네요."

딱히 분위기를 싸늘하게 만들 생각은 없었단 듯 가벼운

어조였다. 사현은 정이선에게 회복 포션을 건넸고, 정이선은 이것까지 챙겨 온 그를 보며 점점 더 할 말이 없어졌다. 손보다 작은 크기의 투명한 통을 가만히 들여다보다 뚜껑을 열고 한입에 마셨다.

사실 페널티로 인한 몸살은 포션으로도 낫지 않고 겨우 두어 시간만 괜찮아지는 정도였지만, 현재 몸 상태로 봐선 마시는 게 나았다. 포션이면서 마치 한약처럼 써 살짝 인상을 찌푸리고 있는데 정이선의 시야에 손이 잡혔다. 사현이 그에게 손을 내민 건데, 그 의미를 해석하지 못한 정이선이 눈만 깜빡이자 그가 친절히 말했다.

"손."

"……벌인가요?"

"이게 왜 벌이죠?"

"…….'

"열 재려는 거니까 일단 손 줘요."

정이선의 침묵에 사현이 잠깐 황당하단 시선을 날리고는 다시 손을 내밀며 잡으라고 재촉했다. 대체 왜 손으로 열을 재는지 알 수 없었으며, 조금 전에 이마에 손을 댔으니 충분하지 않냔 반감이 불쑥 솟았지만 결국 정이선은 그의 손을 잡았다. 이미 한 차례 반감을 보였다가 조금 전의 사고가 벌어졌으니 사감을 억눌렀다.

이번엔 자신의 손에도 열이 도는 탓인지 사현의 손이 꽤 미지근하게 느껴졌다. 그러나 결국 살아 있는 사람의 온기란 사실은 그대로라서 정이선은 다시금 불편해졌다.

"돌아다닐 일 없다고 생각해서 마킹해 두지 않은 시점에 냉큼 빠져나갈 줄은 몰랐네요."

"……마킹요?"

혼잣말 같은 아주 작은 읊조림이었지만 정이선은 이상한 단어를 들어 버렸다. 정이선이 의아하게 사현을 보자 그가 눈매를 휘며 웃었다. 정이선은 사현이 저렇게 예쁘게 웃을 때마다 긍정적인 답을 한 적이 없단 걸 지난 경험으로 깨우친 참이었다.

"이선 씨가 알아야 할 건 아니고."

결국 더 묻지 않았지만, 2차 던전을 갓 클리어했을 때 나건우가 했던 말이 어렴풋하게 떠올랐다. 왜 사현이 악수를 그렇게 좋아하는지 모르겠다는 말을 짜증처럼 내뱉었을 때 나건우는 몹시 난감한 표정을 지으며 답을 피했었다.

'아, 그게요……. 리더가 상대와 닿으면…… 그러니까, 그게…… 아닙니다.'

문득 정이선은 사현과의 첫 만남 때부터 그가 악수를 고집했단 걸 떠올렸다. 정이선의 시선이 묘한 의심을 품고 그와 마주 잡은 손으로 향할 즈음 사현이 물었다.

"바깥에 돌아다니니까 좋았어요?"

"……네?"

"웃었잖아요. 소리 내서 웃던데."

평온한 사현의 말에 정이선은 조금 당황했다. 그날 이후로 웃는 일이 거의 없었다곤 하지만 기주혁도, 사현도 웃음을 콕 집어 말하니 의아했다. 설마 자신이 계속 인상을 찌푸린 채로 다니기라도 하나? 정이선이 미묘한 혼란에 빠질 즈음 사현이 나긋하게 말했다.

"지난 1년 동안은 두문불출해서 외출을 싫어하는 줄 알았는데. 게다가 이사한 집에서도 돌아다니지 않는다기에 가만히 있는 걸 좋아하나 했어요."

이선은 어쩐지 굉장히 무기력한 사람 취급을 받는 느낌이 들었다. 게다가 폐건물에서 능력을 훈련할 때마다 사현이 자신을 이끌고 산책해야 한다며 걸었던 게 어쩌면 생존을 위한 최소한의 운동인가 싶어져서 더욱 그랬다.

실제로 정이선은 꽤 정적인 성격이긴 하지만 외출을 아예 싫어하는 편은 아니었다. 지난 1년 동안은 잠적 때문이었고, 최근 집 안 침실에만 있었던 건 바깥에 있는 간병인을 의식해서였다. 아니, 사실 조금 더 솔직하게 말하자면……

"……집은 너무 넓어서요."

"그게 무슨 문제가 되나요?"

"예전에 살았던 곳은 좁고, 또 일곱 명이 함께 지내서……."

불쑥 튀어 나간 말의 꼬리를 가까스로 흐렸다. 사현에게 이런 말을 할 생각이 없었는데 머리가 아픈 탓인지, 아니면 그의 오해에 해명이라도 하고 싶었는지. 평소라면 삼켰을 말이 툭 튀어나왔다.

정이선은 머뭇거리다 넓은 집이 처음이라 낯선 것뿐이라고 부러 말을 덧붙였다. 퍽 변명 같은 말에 사현은 가만히 그를 보다 담담히 반응했다.

"아, 외로워서."

꽤 건조한 답변이었다. 마치 상태를 진찰하듯 사현이 정이선을 쭉 훑어보다 느닷없는 말을 했다.

"그러고 보니 최근 닷새 동안은 집에서 죽만 먹었겠네요. 점심은 밖에서 먹고 들어가죠."

"같이요?"

"네. 이선 씨가 외로움을 탄다는데 케어해야죠."

훈련으로 회복되는 능력은 70퍼센트가 한계인 것 같으니, 그다음은 정신적으로 케어해야 한다는 사현의 나긋한 말에 정이선은 무슨 표정을 지어야 할지 알 수 없어졌다. 그저 자신이 반사적으로 인상을 찡그리지 않았기만을 바라며 침묵했다.

훈련하는 동안 함께 식사하기는 했지만 그때는 자신의 영양 부족 때문이었다면, 이번에는 외로움에 초점이 맞춰져 있단 점이 묘하게 불편했다. 저번엔 그래도 일이라 생각하고 먹었는데 이제는 체할지도 몰랐다.

이렇게까지 관리할 줄은 몰라서 부담스러운 기분으로 있

는데 사현이 먹고 싶은 음식이 있는지 질문했다. 정이선은 딱히 없다고 답하려다가 불쑥 기주혁이 제안했던 학식이 떠올라 망설이다 말했다.

"……함박스테이크요."

"씹을 수 있겠어요?"

"그 정도로 힘이 없지는 않은데요……."

과보호라고 봐야 할지, 조롱이라고 봐야 할지 모를 말에 정이선이 떨떠름하게 답했다. 게다가 그냥 스테이크도 아니고 햄버그스테이크면 부드러우니 먹는 데에 문제가 없었다.

다만 문제는 예상치 못한 곳에서 발생했다.

"……."

정이선은 사현과 함께 인근에 있는 레스토랑으로 왔다. 사현이 아예 식당을 빌리기에 군이 그럴 필요가 없다고 말했는데, 그는 능력 페널티가 알려져서 딱히 좋을 게 없다고 깔끔히 답했다. 외로움을 타는 이선 씨에게는 유감이라는 말을 덧붙여서 정이선은 확실히 그가 자신을 놀리고 있다고 생각했다.

그래도 이미 레스토랑을 빌렸으니 최대한 식사를 빨리 끝마치고 가야겠다고 생각했다. 그런데 레스토랑에 도착할 즈음부터 다시 머리가 아팠고, 잡으란 듯 손을 내미는 사현의 부축을 거절한 뒤 혼자 힘으로 테이블에 앉았다. 얼른 먹고 집에 돌아가서 잘 생각이었다.

그러나 그의 앞에 스테이크가 나오고, 정이선이 그것을 나이프로 썰었을 때 문제가 발생했다.

"……."

"……."

기껏 자른 스테이크가 복구되어 다시 원형으로 돌아간 것이다. 정이선은 처음으로 자신의 페널티에 능력을 제어하지 못하는 증상도 있음을 깨달았다. 어쩌면 히든 능력을 단기간에 여러 번 사용하면서 생긴 문제일지도 몰랐다. 복구 능력이 꼭 접촉을 필요로 하지 않는 걸 알긴 했지만, 이런 상황에서 보게 될 줄은 상상도 못 했다.

다시 썰어도 스테이크는 계속 붙어 버렸다. 세 번쯤 반복하자 정이선은 민망해져 포크와 나이프를 내려놓았다.

가만히 그릇을 응시하던 사현이 천천히 시선을 올려 정이선에게 미소해 보였다.

"이선 씨, 정말 손 많이 가네요."

정이선은 제 입술 앞으로 다가오는 포크를 거부하고 싶었다. 입맛이 없어져서 안 먹고 싶다고도 말했지만 자신을 빤히 보는 시선에 못 이겨, 결국 입을 열어 받아먹어야만 했다.

조금, 아니, 많이 체할 것 같은 기분이었다.

이후 정이선은 사흘을 쉬었다. 이틀이면 페널티 기간인 일주일을 채우지만 불안해서 일부러 하루 더 쉬었다. 닷새 차에 있었던 일 때문에 도저히 바깥에 나갈 수가 없어 집 안에서 포션도 꼬박꼬박 챙겨 먹으며 휴식을 취했다.

다만 간병인이 내주는 식사에 문제가 있었다. 이제 슬슬 나아 가니 기력을 챙겨야 한다며 고기반찬이 나왔는데, 간병인이 그것들을 작게 조각내어 여러 그릇에 나눠서 준 것이다. 정이선이 그릇을 가만히 보고 있자 그녀는 사현의 말을 따를 뿐이라며, 이유는 모르겠다고 앞에서 어리둥절해했다. 정이선은 젓가락을 쥔 채로 식탁을 노려보다 결국 한 그릇씩 따로 쥐고 먹었다.

8일 차 저녁엔 혼자서 사과를 잘라 봤다. 서툰 칼질로 사과를 조각내고, 그것이 복구되지 않는 모습을 확인한 후에야 정이선은 코드에 출근할 수 있었다.

3차 던전 발생까지 일주일 남은 시점, 코드 전원은 던전 준비로 일정이 빠듯했다. 다음에 진입할 던전이 올림피아의 제우스 신전으로 밝혀졌고, 보스 몬스터도 제우스의 능력을 쓸 확률이 높으니 철저히 대비해야 했다. S급 던전에 신의 권능을 쓰는 몬스터를 상대하는 일은 만만히 볼 게 아니었다.

게다가 신전을 테마로 한 던전이라면 하위 몬스터도 상대하기 까다로울 게 분명했다. 현재 가장 확률이 높은 몬스터의 형태는 신관이나 천사였는데, 후자일 경우 몬스터가 날아다니기까지 한다면 아주 최악이었다.

그래서 이번 던전에는 아이템을 많이 챙겨야 한다고 했다. 아이템은 던전에서 구할 수 있는 물건으로, 주로 헌터들이 사용했다. 하급 아이템이 민간 장터를 통해 흔히 거래된다면 상급 아이템은 공식적인 경매를 통해 유통됐다.

해당 경매는 각성자 관리 본부 산하의 경매 부서가 전담했는데, 정이선은 한 번도 그런 경매장에 간 적이 없었다. 던전 안에 진입하는 헌터가 아니니 관심이 없었고, 이번 레이드에 진입하더라도 자신은 전투 계열이 아니니 코드 헌터들이 경매장에 간단 소식에 별로 귀 기울이지 않았다. 그런데 뜻밖에 일정이 잡혔다.

"오늘 경매장은 이선 씨도 함께 가요."

"무슨 이유로요……?"

"2차 던전 때 보스 몬스터가 포효하니까 타격받았잖아요. 이선 씨는 전투 계열 헌터가 아니라서 그런지 공격 저항력이 전혀 없는 것 같으니, 대비할 아이템을 사야죠."

사현이 나긋하게 이유를 설명했다. 그가 공격받지 않도록 지키는 일은 자신이 담당하겠지만, 간접적인 광범위 공격은 모두 막아 낼 수 없으니 아이템이 필요하단 소리였다. 그래서 오늘 경매장에 나건우, 신지안과 함께 가자며 정이선을 이끌었다.

이선은 사현의 옆방에서 신전 복원도를 보고 있다가 얼떨결에 경매 팀에 합류하게 되었다. 사현의 행동이 당황스럽긴 했지만 그보다도 자신이 보스 몬스터의 포효 공격에 타격을 받는 걸 그가 눈여겨봤다는 점이 내심 놀라웠다.

경매가 열리는 장소는 널따란 호텔의 메인홀이었다. 호텔 전체가 각성자 관리 본부의 재산으로 경매가 열리는 날엔 오직 경매만을 위한 장소로 이용한다고 했다. 본부가 개최하는 경매는 한 달에 한 번 정기적으로 행해지며, 이때는 정말 값비싼 아이템만 거래했다.

사람들이 한가득 호텔로 몰렸다. 주차장에서부터 시작된 인파에 안이 무척 복잡할 거라 예상했는데, 사현을 선두로 걸어가자 마치 모세의 기적처럼 사람들이 비켜, 걷기가 편했다.

복도에 있던 헌터들이 사현을 보고 슬금슬금 옆으로 피하며 길을 냈고, 사현의 뒤를 걷던 정이선의 얼굴이 의아함으로 물들었다. 아무리 사현이 S급이라지만 다른 헌터들이 그 앞에서 눈치를 보며 길을 피하는 게 이상했다.

그리고 그런 정이선의 의문을 눈치챈 듯, 옆에 있던 나건우가 허허 웃으며 말했다.

"이선 복구사는 리더 경매장 사건 모르나 보네."

"……그게 뭔데요?"

"4년 전에 코드 갓 만들어졌을 때 말이에요. 그때 사윤강이, 그러니까 부길드장이 리더한테 팀만 만들어 주고 아무런 지원도 안 했거든요. HN길드 소속 헌터도 배정 안 해 주고, 아이템도 지급 안 하고, 던전 진입 권한도 안 따 줬죠."

정말 유치한 수작이었다는 듯 나건우가 고개를 절레절레 내저었다. 정이선은 대체 왜 사현이 그렇게 공을 들여서 사윤강을 패배시킬 판을 만드는지 어렴풋이 이해하며 그 이야기를 경청했다.

"그래서 리더가 직접 움직였어요. 먼저 나랑 지안 헌터 스카우트하고, 그다음에 아이템도 직접 샀는데…… 아무래도 그때 분위기란 게 있잖아요? HN길드에서 갑자기 임원 자리 잃고, 아무런 지원도 못 받는, 이름만 정예 팀인 코드 리더. 게다가 그때쯤 한창 길드장이 쓰러져서 사윤강한테 길드 넘어간다고 다들 사윤강 눈치 보던 시기거든요."

사현이 S급 헌터긴 하지만, 사윤강이 HN길드를 장악한다면 그가 한국 1위 길드이자 세계에서도 다섯 손가락 안에 꼽는 길드의 실세가 되는 것이었다. 대형 길드일수록 기업의 형태를 띠니 길드장이 갖는 영향력이 무척 강력했다.

"그러니까 리더가 입찰할 때 몇몇이 장난처럼 시비를 건 거예요. 근데 리더 인성에, 아니, 성격에 그걸 참겠나? 당장 경매장이 그림자 영역 됐어요. 전등 순식간에 깨 버리고, 영역 설정하고, 헌터들 던지고……. 입 열면, 아니 입찰하려고 번호표만 들어도 다 벽에 처박혔다니까. 당시 경매사가 얼마나 떨던지. 리더 혼자 중앙에 앉아서 여유롭게 아이템 사고, 경매사는 '다른 분은 없…… 없겠죠?' 하고 황급히 낙찰을 끝냈죠."

"본부가 주관하는 경매장에서 그래도 되나요?"

"어유, S급 제재가 되겠어요. 이후에 자제 권고는 내려왔는데 이미 리더는 원하는 아이템 다 얻었으니 상관없었죠. 그때 사람이 그림자에 번쩍 들려서 벽으로 내던져지는데, 옆에서 보다가…… 내가 정말로 줄 잘 섰다 생각했지."

나건우가 껄껄 웃었다. 사현이 한바탕 난리를 친 이후부터 경매장에서 헌터 능력 사용을 자제하란 공고문이 붙기 시작했다고. 그 이전에도 경매장에서 몇 번 사고는 있었지만 공고가 붙을 정도의 사건은 리더가 일으켰다며 즐거워했다.

조금 서먹한 얼굴로 그 이야기를 경청하던 정이선이 문득 물었다.

"그런데 사현 헌터는 별다른 아이템을 사용 안 하던데요?"

"아, 그때 산 아이템 대부분 우리 거였어요. 내가 사용하는 로드 최상급이라니까."

신지안의 너클과 기주혁의 로드도 사현이 직접 낙찰 받은 거라며 나건우가 웃었다. 그때의 악명 탓인지 코드 헌터들도 경매장에서 무척 순조롭게 아이템을 얻는다는데, 그 말에 정이선은 어째서 코드가 그토록 단합이 잘 되는지 새삼 이해했다. 방법이 그릇된 면은 조금, 아니, 꽤 많이 있지만……

나건우는 사현이 경매장에 온 게 2년 만이라며, 그래도 헌터들 사이에선 여전히 그때의 사건이 회자될 것 같다고 말했다.

그 이야기를 듣다 보니 어느새 메인홀에 도착했다. 그들 넷은 제일 앞자리에 일렬로 앉았고, 사현은 당연하단 듯 제 옆에 이선을 앉혔다.

나건우와 신지안은 오늘 경매에 나올 아이템이 정리된 팸플릿을 들여다보면서 사현에게 괜찮은 아이템을 미리 알렸다. 오늘 살 아이템은 정이선을 지키는 종류의 물건이기 때문에 탱커인 신지안과 힐러인 나건우의 의견이 필요한 듯 사현이 경청했다.

그렇게 경매가 시작되어 둘이 말한 아이템이 나오자마자 사현이 입찰을 시작했다.

"이번 '하늘의 눈물' 아이템은 600만부터 시작하겠습니다!"

"6천."

경매사가 놀라고, 경매장에 앉아 있던 헌터들이 놀라고, 옆에 있던 정이선이 놀랐다. 이번 아이템은 바람 데미지 저항력을 높여 주는 B급으로 책정된 수호 아이템인데, 사현이 A급 수준의 가격을 불렀다. 하지만 정이선의 충격과 별개로 신지안과 나건우는 무척 익숙한지 팸플릿만 들여다보고 있었다.

당황한 표정의 정이선에게 사현은 유하게 미소했다.

"저 시간 오래 끄는 거 별로 안 좋아해서요. 구하는 방법이 가장 간단한데 굳이 시간 낭비할 필요는 없죠."

"그, 런가요……."

"네. 제가 가장 시간 많이 들인 일이 이선 씨 스카우트인데."

평온한 어조로 말한 사현이 이 뒤에도 일이 있으니 빠르게 끝낼 생각이라고 밝혔다. 3차 던전 공략을 앞두고 있는 상황이니 경매에 오랜 시간을 버릴 의사가 없단 소리였다.

그 이후에도 사현의 기행은 세 번쯤 더 이어졌다. 나건우와 신지안이 말한 아이템이 나오면 경매 시작가의 열 배를 불렀고, 그 위 금액을 부르는 헌터는 없었다. 순식간에 값이 높아지기도 했거니와 감히 사현의 입찰을 막으려는 자가 없었기 때문이다. 다들 아이템을 향해 눈을 빛내다가도 사현이 번호표를 들면 모두 눈치를 보며 입을 다물었다.

그런데 다섯 번째 물건을 입찰하려는 때, 사현은 어김없이 열 배를 부르고 이제 직원은 체념한 얼굴로 곧바로 낙찰을 결정 내리려 할 때 누군가가 판을 들었다.

"7,700."

뒤에서 들리는 목소리에 정이선의 시선이 획 그곳으로 향했다. 사현이 말한 가격에서 10퍼센트를 올려 부른 사내의 얼굴이 꽤 익숙했다. 정이선은 빤히 그를 보다가 옆에서 나건우가 탄식할 때쯤에야 그 존재를 알아챘다.

"아, 저거 또 시비 거네……."

한국 3위 대형 길드인 낙원의 차기 길드장 천형원이었다. 최근 낙원길드는 길드장 승계가 이루어지는 중인데, 아마 한두 달 내로 그가 모든 임원의 동의를 받고 길드장이 될 상황이었다.

S급 헌터인 그도 오늘 경매에 참석했었는지 뒷자리에서 무척이나 불편한 얼굴로 사현을 노려보고 있었는데, 나건우의 반응으로 봐선 예전부터 간간이 사현과 마찰이 있었던 눈치였다.

"여기가 그쪽 독점하는 장인가? 누구는 돈 없는 줄 알아? 다들 물건 사러 왔는데 그쪽 돈지랄만 구경해야겠냐고."

공격적인 말에 순식간에 경매장 분위기가 싸늘해졌다. 사현은 가만히 그를 보다가 나직이 탄식했다.

"아…… 저급한 단어를 사용하고 싶진 않지만, 그쪽 수준으로 이해시켜 주려면 어쩔 수 없네요."

"뭐?"

"그쪽은 제 돈지랄 말고 다른 지랄이 보고 싶은 건가요?"

사현이 산뜻하게 물었고, 천형원의 얼굴이 순식간에 붉게 물들었다. 분노로 얼굴을 일그러뜨린 그가 부들부들 떨자 주위에서 새빨간 기운이 일렁였다. 심상치 않은 분위기에 헌터들이 흠칫하며 눈치를 살폈고 나건우가 조용히 속삭였다.

"리더. 그런데 저 물건 꼭…… 안 사도 되긴 합니다만. 이미 앞에 산 네 개로도 충분해요."

"그래요?"

"예. 게다가 저거 화 속성 데미지 저항이라, 이번 3차 던전에 필요 없어요. 그리고 까먹고 있었는데, 2차 던전에서 보스 몬스터가 떨어뜨린 화 속성 저항 아이템이 저거보다 등급 더 높습니다."

사현이 빤히 나건우를 응시하자 그가 머쓱한 얼굴로 뒷머리를 긁적였다. 최근 육아를 하느라 기억력이 떨어졌단 이야기가 변명처럼 붙었는데, 사현은 딱히 그를 책할 생각이 없는지 잠깐 아이템과 천형원을 번갈아 쳐다보았다.

"화 속성 저항이면 저 인간한테도 필요 없는 물건일 텐데……."

천형원은 화 속성 마법 헌터였다. S급인 그는 해당 속성의 저항력이 뛰어난데 굳이 이 아이템을 입찰하려 든 건 정말로 사현을 저격한 시비였다. 사현은 고개를 비스듬히 기울이며 말했다.

"최근에 천형원, 건물 하나 샀지 않나요?"

"아아, 맞습니다. 남대문 쪽에 35억짜리 상가 건물 사서 시끌시끌했죠. 길드장 승계 시즌엔 대부분 몸 사리는데……."

그 이야기를 들은 사현이 눈매를 휘며 웃었다. 정이선이 볼 때마다 불안해지는 그 미소였다.

"1억."

돌연 사현이 번호표를 들고 입찰가를 높였다. 뒤에서 달려들 기세로 사현을 노려보던 천형원은 갑자기 그가 경매를 시작하자 헛웃음을 터트렸다. 그러곤 질세라 판을 들며 2억을 불렀다. 주위 헌터들은 충격에 놀라다 못해 이젠 아예 숨도 쉬지 못하는 상황이 되었다.

그렇게 둘의 공방이 끝없이 이어졌다. 700으로 시작한 아이템이 순식간에 10억을 뛰어넘고, 20억으로 가면서 점점 천형원이 망설이는 시간이 길어졌다. 그리고 그럴 때면 사현도 부러 고민하는 듯 가격을 조금만 올렸다. 25억부터 망설이면 25억 2천으로 조금 올리는 수준이었다. 그러면 천형원은 이겼단 듯 당장 25억 5천을 부르고, 그렇게 서서히 올려서……

"……35억."

천형원이 판을 바들바들 떨며 35억을 말하고, 그때 사현이 박수했다.

"끝났네요. 가져가세요."

"뭐, 뭐……?"

"저는 포기할게요. 그러니 천형원 헌터가 아이템 받아 가세요. 아, 설마 이렇게 많은 헌터들이 지켜보고 있는데 이제 와서 입찰을 철회하진 않겠죠? 이 정도 돈도 없는 건 아닐 테고."

사현이 웃으며 하는 말에 그제야 천형원은 덫에 빠진 것을 알아차렸다. 금액이 높아질수록 고민하는 척 말을 망설이고, 옆에 있는 수행비서와 계속 이야기하기에 가용액을 계산하는가 했는데 모두 그를 이끌어 들이려는 수법이었다.

하지만 많은 헌터들이 지켜보고 있어 결국 천형원은 부들부들 떨면서 앞으로 나가 금액을 치르고 아이템을 받을 수밖에 없었다. 3위 길드의 차기 길드장인 만큼 큰 출혈은 아니었지만, 입찰 시작가에서 500배나 되는 금액에 아이템이 낙찰된 상황이었다. 게다가 화 속성 S급 헌터인 그에게는 하등 쓸모없는 아이템이었다.

일련의 상황에 정이선은 얼이 빠졌다. 자신이 4년 동안 시달렸었던 빚의 절반쯤 되는 금액이 이곳에서 순식간에 거래되었다고 생각하니 이상하게 허탈해졌다. 그사이 나건우와 신지안은 경매가 끝났으니 돌아가자며 일어서고 있었고, 사현은 웃으며 연단에 있는 천형원에게 다가갔다.

"아직까지 차기 길드장으로서 마땅한 실적을 못 올려 고민이 많은 모양인데, 이렇게나마 각성자 본부에 보탬을 주니…… 우리 사회에 아주 큰 귀감이 됩니다."

경매를 주관한 각성자 관리 본부는 거래 금액의 일정 퍼센트를 수수료로 가져가는데, 이번 아이템은 아예 본부에서 제작한 물건이라 모든 금액이 본부로 갈 상황이었다. 천형원이 눈이 튀어나오도록 사현을 노려보았지만 사현은 언제나처럼 나긋한 미소로 응수했다.

"너……. 레이드에서 한 번만 실패해 봐. 내가 아주 코를 납작하게 해 줄 거니까 꼭….."

"저런. 레이드를 그쪽 열등감 해소할 수단으로 보면 어떻게 해요. 국민들의 목숨이 걸린 일인데. 낙원길드의 길드장 되실 분의 언행이 그렇게 가벼워서야."

분노한 천형원의 주위로 아지랑이가 피어올랐고, 그 때문에 흔들리는 옷깃을 사현이 친절히 정리해 주었다.

"그리고 그쪽은 진입 2순위 아니고, 3순위."

눈매를 휘며 웃은 사현이 곧 정이선을 이끌고 경매장 바깥으로 나갔다. 정이선은 문득 홀에 들어올 때 나건우가 했던 이야기를 떠올리며 조용히 그를 따라 걸었다.

◁　◆　▷

3차 던전에 진입하는 날이 다가왔다.

아침부터 하늘에 먹구름이 낀다 싶더니 정오쯤부터 비가 추적추적 내리기 시작했다. 던전 브레이크 발생 전조가 나타나면 현장으로 이동하기로 해서, 정이선은 길드 건물 안에서 가만히 비가 내리는 모습을 봤다.

전면 유리창에 빗줄기가 투둑 툭 부딪치며 흔적을 남겼다. 빗물이 주르륵 떨어지는 것을 물끄러미 보는 동안 코드 헌터들은 긴급회의에 들어갔다. 정이선은 멍하게 창 앞에 서 있다가 기주혁에게 이끌려 회의 테이블에 앉았다.

기주혁은 한숨을 푹푹 내쉬었고, 나건우도 어쩌냐며 걱정을 표했다. 그들의 표정에 정이선이 의아해하니 기주혁이 상황을 설명했다.

"종종 바깥 날씨랑 던전 날씨가 동기화되는 경우가 있거든요. 지금 내리는 비가 이틀 뒤까지 안 그친다는데, 이러면 우리가 던전 진입했을 때 비가 내리고 있을지도 몰라요."

"그게 무슨 문제가…… 아."

질문하려던 정이선이 무언가를 깨닫고 탄식했다. 이번 3차 던전에서 상대할 보스 몬스터는 제우스로 기정사실화된 상태였다. 번개를 사용하는 제우스는 비가 내리는 날 더욱 강력할 것이 뻔했다.

"지금까지 1차, 2차 던전 브레이크 발생한 시각 생각하면 저녁 전에 열릴 텐데, 그러면 여전히 비가 올 테고……. 그렇다고 진입을 늦추는 건 클리어 시간 버리는 꼴이에요. 3차는 아마 60시간 제한일 텐데."

비가 내리면 보통 날이 흐리니 사현이 그림자 능력을 사용할 범위가 넓어져 유리할 수도 있겠지만, 반대로 제우스가 쓸 번개의 위력도 높아질 테고 벼락이 꽂히는 순간 주변이 밝아져서 사현의 이동이 어려울 거라며 기주혁이 고개를 절레절레 내저었다.

정이선은 기주혁뿐만 아니라 한아린도 손끝을 딱딱 튕기는 것을 보고 그녀도 생각이 많은 상태란 걸 확인했다. 2차 던전에 진입할 땐 그녀의 얼굴에 여유가 가득했기에 정이선은 차츰 걱정이 들기 시작했다.

"제 수 속성 스킬은 좀 강해지겠지만, 이게 또 상대할 게 번개라서…… 상성 최악이에요."

"너는 걱정만 늘어놓을 거면 입 닫아라. 괜히 이선 복구사 불안하게 만들지 말고."

기주혁의 한탄에 한아린이 일갈했다. 기주혁도 그 말에 깨달음을 얻었는지 잠깐 입을 꾹 다물었다가 사과했다. 그러곤 분위기를 환기하려는 듯 부러 가벼운 목소리로 정이선에게 물었다.

"복구사님은 혹시 별다른 문제 없죠?"

"무슨 문제요?"

"비 오는 날 능력 사용이 어렵냔 질문이에요. 뭐, 복구니까…… 혹시 잔해가 무거워서 못 든다든지? 음, 아니면 비

내리는 날 피곤해서? 뭐 안 좋은 기억이나….”

“기주혁 헌터. 시끄럽네요.”

갑자기 사현이 싸늘한 목소리로 기주혁의 말을 끊었다. 평소보다도 훨씬 더 차가운 목소리라 기주혁이 흠칫하며 입을 다물었다.

그 상황 속에서 정이선은 느릿느릿 눈을 깜빡이다 자신을 향한 시선을 느끼고 사현과 눈을 마주했다. 초점이 또렷한 새까만 눈동자, 안개 낀 것처럼 희뿌옇지 않은…… 살아 있는 사람의 눈동자. 그 눈동자는 한참 동안 정이선을 응시했고, 정이선은 아무 말도 하지 않았다.

정이선은 그 어떠한 표정도 짓고 있지 않았다. 비 내리는 창문을 뒤로 둔 그의 얼굴은 조금 창백했고, 색소가 옅은 눈동자는 그저 천천히 깜빡이고 있을 뿐이었다. 그 모습은 멀쩡한 상태라기보다는 모든 감정이 뒤엉켜 형체도 알아볼 수 없이 짓뭉개진 상태와 유사했다.

사현은 정이선을 가까이로 부르려는 듯 손을 들다가, 곧 핸드폰을 확인하고 자리에서 일어섰다. 던전 브레이크 발생 전조가 나타났음을 알리는 문자였다.

“출발합니다.”

사현의 명령에 따라 대기 중이던 모든 헌터들이 자리에서 일어섰다. 정이선도 주섬주섬 나갈 준비를 하다가 사현이 그에게 다가와 이름을 부를 즈음에 담담히 말했다. 그가 굳이 기주혁의 말을 끊은 이유를 어렴풋이 눈치챘다.

"복구는 문제없이 해낼게요."

비가 내리는 날은, 정이선이 모든 친구를 잃은 날이었다.

◁ ◆ ▷

던전에 진입했다.

S급 난이도 던전, 제한 시간은 60시간이었으며 기주혁의 예상대로 던전 안에는 비가 내리고 있었다. 검붉은 하늘에서 장대비가 주룩주룩 쏟아졌고 간간이 서늘한 바람이 일대를 휩쓸고 지나갔다. 안의 상태를 확인한 헌터들은 리더의 눈치를 보며 한숨을 삼켰다.

이번 던전도 앞선 던전과 마찬가지로 진입로부터 무너져 있었다. 신전으로 다가가는 길이 모두 허물어져 있고, 신전 역시 기둥이 무너져 길이 막힌 상태였다. 옆으로 보이는 들판은 피처럼 검붉어서, 사람이 멀쩡히 걸을 수 있는 땅이 아니라 한 발자국 내디디면 당장이라도 발을 묶을 함정처럼 보였다.

정이선은 그 상태를 확인한 후 앞으로 나섰다. 복구에 많은 힘을 쓰지 않기로 미리 이야기하긴 했지만, 옆의 들판 상태를 보니 바닥은 제대로 복구해야 할 듯싶었다. 게다가 신전 안에서 전투가 이뤄질 테니 헌터들의 움직임을 제약할 만한 것들은 모두 정리해야 했다.

집업의 후드를 눌러쓴 채로 상태를 모두 확인한 정이선이 곧바로 복구에 들어갔다. 우선 앞의 진입로를 다듬되, 옆 난간은 복구하지 않았다. 허공에 붕 떠오른 잔해들 중 바닥 벽돌만 우르르 날아와 차곡차곡 쌓이고, 이후 신전의 계단이 올라갔다. 계단은 아주 낮아서 순식간에 복구가 가능했는데, 그것도 걸을 수 있는 정도로만 맞췄다.

이후엔 쓰러진 채로 신전 앞을 막고 있는 기둥을 세웠다. 높이가 약 11미터인 기둥은 들어 올리는 데만 해도 시간이 꽤 소요되었다. 공중정원에선 기둥 조각을 모두 허공에 띄운 후 차례차례 쌓았다면 이번엔 쓰러진 기둥의 형태를 먼저 바로잡고 원래 자리에 되돌리는 방향으로 진행했다.

기울어진 기둥이 쿠구구 웅장한 소리를 내며 일어서 마침내 쿵, 소리와 함께 제자리를 찾았다. 그다음 바닥을 복구했는데, 기둥 재건보다 훨씬 빨리 이루어졌다.

살짝 미간을 좁힌 채로 앞을 빤히 보던 정이선은 흘끔 고개를 돌려 사현을 쳐다보았다. 사현도 복구된 상태를 훑어보곤 고개를 끄덕여 보였다. 이만하면 되었다는 신호였다.

"수고했어요."

그 말에 정이선이 벽에 대고 있던 손을 거뒀다. 주축 5인방은 후방을 지키기로 했기에 다른 헌터들이 먼저 들어가며 정이선에게 고개 숙여 인사했다. 몇몇은 박수하며 이번에도 대단하단 감탄을 전했다. 정이선은 그저 말없이 고개를 끄덕였다. 비가 오는 날, 복구 능력을 써서 누군가의 감탄을 받는 게 끔찍해 불현듯 토기가 치밀었지만 꾸역꾸역 눌렀다.

그런데 신전으로 올라가는 길부터 문제가 발생했다.

3차 던전의 기본 몬스터가 날아다니는 천사, 타락한 천사형 몬스터인 것이다. 모두가 우려한 최악의 상황이었다. 2차 던전에서는 바닥에서 몬스터가 복구된 바닥을 두드리고 올라왔기 때문에 대비가 되었는데, 신전 뒤편에서 갑자기 날아오는 몬스터를 상대하기란 쉽지 않았다. 게다가 옆의 수상한 들판으로 빠지지 않아야 하니 행동 범위도 제약되었다.

"이런 미친······!"

"안으로 들어가서 해, 이 자식아!"

기주혁이 험한 말을 내뱉으며 로드를 높이 쳐들었다. 날아오는 몬스터를 불로 공격해 상대하려는 듯했는데, 그가 캐스팅하는 속도보다 몬스터가 날아드는 게 더 빨라 한아린이 다급히 봉을 길게 늘여 기주혁을 안쪽으로 밀어 버렸다. 봉에 옆구리를 맞고 바닥을 구른 기주혁이 몬스터가 된 기분이라며 쿨럭거렸지만 다른 헌터들도 그를 챙겨 줄 상황이 못 되었다.

하늘에서 날아오는 몬스터면 그림자로도 붙잡기 까다로 웠다. 게다가 몬스터들이 약한 대상에게 먼저 달려드는지 자꾸 정이선에게 날아와 사현이 바로 옆에서 몬스터를 처리해야 했다. 엄청난 기세로 날아오는 몬스터를 일격에 죽이 긴 했지만, 일련의 상황이 썩 마음에 들지 않는 듯 사현의 인상이 미미하게 찌푸려졌다.

신전 안에 들어갈 때까지 탱커들이 원거리형 딜러를 바로 옆에서 보호하고, 그들이 공격을 캐스팅할 때까지 몬스터들을 상대하면서 이동했다.

"아니, 비도 오는데 쟤네는 대체 왜 잘 날아?! 사기 아니야?!"

기주혁이 로드를 든 채로 씩씩거렸다. 비가 내리는 상황인 만큼 화 속성 마법의 공격력이 떨어져 수 속성 마법만 사용했는데, 그 물길을 뚫고 몬스터가 날아오니 상당히 성가셨다.

그렇게 가까스로 신전에 도착해 그 안을 한차례 복구하고 진입했을 때는 기이한 적막이 찾아왔다. 기둥에는 언제부터 있었을지 모를 횃불이 타오르고 있었는데, 횃불이 타는 소리 외에는 어떠한 소리도 들리지 않았다.

신전에 들어오기 전까지만 해도 천사형 몬스터들이 끝없이 날아들더니 막상 신전 안에 들어오자 하위 몬스터들의 공격도 끊겼다. 마치 신의 영역에 접근할 수 없단 듯 바깥에서만 날아다녔다.

공간 전체에 깔린 위압감이 상당했다. 높이가 10미터에 달하는 기둥과 그 위에 삼각 형태로 자리한 천장이 장엄했다. 헌터들은 저마다 한숨과 감탄을 함께 터트리며 걸었다. 신전 바깥에 있는 몬스터가 언제 날아들지 모르니 경계는 늦추지 않았다.

"리더. 차라리 저 횃불들 모두 끌까요?"

앞에 선 헌터 한 명이 질문했다. 횃불을 끄면 공간이 어두워질 테니 꺼낸 말이었다. 기주혁이 냉큼 긍정하며 자기가 물로 꺼 보겠다고 했지만 사현의 시선은 오직 앞을 향해 있었다.

"전원 정지."

돌연 사현이 명령을 내렸다. 당장 헌터들이 걸음을 멈추며 의아하게 그를 볼 때쯤, 사현의 옆에 있던 정이선이 탄식했다.

"……신상이 없어……."

신전 끝에 앉아 있어야 할 제우스상이 없었다. 그 신상이 고대 7대 불가사의 중 하나였으며, 현재 던전의 보스 몬스터로 예상되는 상황이었다. 지난 일주일 내내 신전의 복원도를 본 정이선은 분명히 알고 있었다. 이 길의 끝에 자리한 거대한 의자, 보석과 흑단을 박아 금으로 장식한 목조 의자에 제우스가 앉아 왕홀을 들고 있는 게 신상의 원형이다.

그리고 그 신상이 없다는 건······.

"숙여!"

한아린이 다급히 외쳤다. 저 멀리서, 아니, 먼 곳에서 순식간에 가까이 다가온 울림이 있었다. 기둥 사이에 돌연 제우스상이 나타난 것이다. 원래 신전 안의 제우스는 앉아 있는 '좌상'으로 13미터 높이였지만 현재 신상은 서 있어 18미터는 되어 보였다. 황금으로 장식된 왕홀을 휘두르며 다가오는 제우스상의 눈이 검붉었다.

예상했던 대로 제우스상이 3차 던전의 보스 몬스터였다.

보스 몬스터가 신전 기둥의 높이와 맞먹게 긴 왕홀을 휘두르자 기둥이 콰과광, 폭발음을 내며 무너지려 들었다. 정이선은 번개가 내리꽂힌 바닥만 복구할 생각이었는데 갑자기 기둥까지 무너지니 충격을 받았다. 보스 몬스터의 등장과 함께 공기가 옥죄듯 긴장되면서 몸이 떨렸다.

이윽고 기둥이 쓰러지며 혼란이 초래됐다. 당황한 헌터들이 우르르 흩어지며 소란스러워졌고, 사현이 정이선의 팔을 잡아 자신의 뒤쪽으로 이끌었다. 그러곤 곧장 한아린을 불렀다. 그 부름에 한아린이 앞으로 나섰다가, 잠깐 정이선을 돌아보았다.

정이선은 그녀가 갑자기 자신을 쳐다보는 이유를 알 수 없어 의아하게 그 시선을 마주하니 그녀가 어색하게 웃었다.

"내가 이선 복구사 좋아하는 거 알죠?"

뜬금없는 말에 정이선의 표정이 점점 더 아리송해질 즈음, 한아린이 들고 있던 봉을 한 바퀴 휙 휘둘렀다. 그러곤 그대로 땅에 꽉 내리꽂았는데, 그와 동시에 땅 전체가 콰과광 진동하기 시작했다. 흩어지던 헌터들도 잠시 놀랐으나 곧 당연하단 듯 한아린이 선 곳을 확인했다.

온몸이 떨릴 정도로 땅이 거세게 울렸다. 약 50미터 정도 떨어져 있던 보스 몬스터가 한아린을 발견하고 쿵, 쿵 소리를 내며 달려오는 것과 동시에 그녀의 주위 땅이 쩌저적 갈라졌다. 정이선이 복구해 놓은 바닥이 여러 갈래로 조각나다가 마침내.

한아린이 서 있는 땅이 쿠구구, 솟아올랐다. 근처에 있던 정이선이 비틀거리자 사현이 단단히 그를 붙잡아 정이선은 끝까지 그 광경을 볼 수 있었다. 단순히 땅이 흔들리는 것을 넘어서 한아린이 선 위치를 기준으로 반경 2미터의 땅이 솟았다. 그리고 그것은 순식간에 위로 뻗어 이윽고 기둥만큼 높이 올랐다.

제우스상과 정확히 똑같은 눈높이에 오른 한아린이 봉을 휙휙 휘두르며 씩 웃었다.

"나 깔아 보는 거 싫으니까, 눈높이 맞추고 싸웁시다."

S급 헌터 한아린이 그녀의 고유 능력인 어스퀘이크를 선보이는 순간이었다.

일련의 상황에 정이선은 경악했다. 땅이 지진 난 것처럼 흔들리는 것쯤이야 한아린의 능력을 듣는 순간부터 예상했다. 그런데 아예 그 땅이 위로 솟아올라서 한아린의 의지대로 움직일 줄은 몰랐다. 그녀는 마치 구름을 탄 것처럼 땅을 움직였다.

게다가 한아린이 땅을 일으키면서 신전 안에 거대한 그림자가 생겼다. 그녀는 솟아오른 땅 위에서 봉으로 보스 몬스터의 얼굴을 공격하고, 몬스터가 왕홀로 내려치려 들 즈음엔 재빨리 옆으로 피해 기둥에 비스듬하게 착지했다. 횃대를 붙잡고 선 한아린이 사현에게 소리쳤다.

"횃불 꺼?!"

"아뇨. 보스 몬스터 단일 그림자로 갑니다. 방향 옆으로 돌려 주세요."

사현의 여유로운 답에 한아린이 알겠다고 외치며 다시 보스 몬스터에게 달려들었다. 어깨에 착지하기도 하고, 가슴팍에서부터 달려 올라가기도 했다. 한아린이 봉으로 신상의 어깨나 목을 내려칠 때마다 엄청난 파공음이 퍼졌다.

다만 목조로 만들어 상아를 덧입힌 신상은 던전의 보스 몬스터가 되면서 몸체가 강화되었는지 봉에 맞아도 쉽게 부서지지 않았다. 돌기둥마저 부수는 한아린의 공격이 번번이 막혔다. 다만 몇 번쯤 반복적으로 때리니 타격이 가는 듯했는데, 점점 보스 몬스터도 한아린의 공격을 파악하며 그녀를 잡으려 들었다.

몸집이 거대해 움직임이 둔했지만 신상이 휙, 크게 움직일 때마다 한아린이 아래로 떨어질 뻔했다. 가까스로 땅을 이동시켜 그 위로 착지한 한아린이 하하 웃으며 욕설을 뱉었다. 정이선은 그녀가 웃으면서 욕하는 상황에 조금 서먹해졌다.

그사이 사현은 헌터들에게 신상의 아래쪽 움직임을 묶으라 명령했다. 잠깐 혼비백산했던 헌터들이 당장 대열을 갖추고 각 팀으로 나뉘어 신상의 앞과 좌우를 담당해 공격하기 시작했다. 그것을 확인한 사현이 정이선을 잡아 이끌고 뒤로 향했다.

"신지안 헌터, 나건우 헌터."

"네."

"알겠습니다."

이미 말해 둔 바가 있는지 신지안과 나건우가 고개를 끄덕였다. 신지안이 사현의 앞으로 와서 서고, 그의 뒤로는 나건우가 서서 정이선을 옆에 붙잡아 두었다. 이 배치에 정이선은 사현이 무슨 능력을 쓰려고 하는지 알아차렸다.

사현의 그림자 흔 능력 중 하나인 그림자 빙의를 사용하려는 것이다. 지금까지는 그의 물리력 일부만 그림자로 이동시켰는데 이번에는 물리력 전부를 이동시킬 속셈이었다. 일어난 제우스 신상의 높이가 18미터에 달하고 움직임이 거세니, 아예 신상의 그림자에 모든 힘을 옮겨 움직임을 차단한다. 그 생각으로 사현은 한아린에게 신상의 그림자가 제대로 보이도록, 또 길게 이어지도록 옆으로 돌리라고 말한 것이다.

완전히 빙의한 동안 사현의 몸은 제어가 불가능했다. 그러니 탱커인 신지안이 그의 바로 앞에서 몸을 지키고, 나건우는 뒤에서 혹시 모를 상황에 대비해 힐을 준비해 두는 역할이었다.

한아린의 공격을 따라 신상이 점점 옆으로 돌고, 그림자가 완전히 사현의 시야에 잡혔을 때 그가 말했다.

"제가 빙의한 동안 이선 씨 다치면······."

말끝을 흐린 사현이 조용히 웃었다. 뒷말은 굳이 하지 않겠단 의미였고, 그 웃음에 신지안과 나건우는 고개를 굳게 끄덕였다.

코트 주머니에 두 손을 꽂아 넣은 사현의 눈이 곧 감겼다. 그리고 머지않아 제우스상의 뒤에 드리운 그림자가 한층 더 어두워지는가 싶더니, 그림자가 일어나기 시작했다. 원래 그림자는 대상의 뒤로 드리워지는 그늘이었지만 사현이 완전 빙의한 이상 그것은 사현의 또 다른 몸이었다. 게다가 신상이 갖는 그림자의 면적만큼 그가 물리력을 행사할 수 있는 범위도 넓어지고 힘도 더 강해졌다.

신전에 들어오기까지의 고전이 거짓말이었던 것처럼 모

두가 단합해서 승세를 쥐어 갔다. 정이선은 이 모든 상황이 너무 충격적이고 놀라웠다. 정신없이 시선을 돌려도 모두의 공격을 다 볼 수 없는 지경이었다.

나건우는 이러한 상황에 빠르게 적응했는지 퍽 아쉬운 어조로 중얼거렸다.

"아린 헌터 아직 히든 안 쓰네. 명장면 보나 했더니만."

"땅 솟아오르게 한 게 히든 능력 아닌가요?"

"으응? 저건 그냥 어스퀘이크 대표 스킬 중 하나예요. 히든 능력은 따로 있는데, 뭐, 지금 상황 봐선 안 써도 될 것 같네."

그래도 아깝단 듯 나건우가 쩝 소리를 냈다. 하지만 한아린의 히든 능력 페널티가 워낙 귀찮은 종류니 이해는 된다며, 아마 리더와도 이야기가 됐을 거라고 말했다. 상황 봐서 쓸 필요가 없으면 굳이 안 써도 된다고 했을 거라는데 정이선은 멍하니 고개만 끄덕였다. 그는 지금 한아린이 땅을 구름처럼 타고 다니는 것만으로도 충분히 놀라웠기 때문이다.

조금씩, 아주 조금씩 정이선의 얼굴에 안도가 퍼졌다.

여전히 신전 바깥에선 비가 내리치고 있었다. 하지만 신전 깊은 안쪽에 있는 그에게 더는 비가 가까이 다가오지 못했다. 빗소리도, 비 내리는 날 특유의 한기도. 모든 친구를 잃었던 날 그를 에워쌌던 어떠한 것도 그 주위에 없었다. 코드의 헌터들이 신상의 발을 붙잡으며 나는 소란스러운 소리와 솟아오른 땅과 기둥 사이를 오가며 사현에게 무어라 외치는 한아린의 목소리만 들렸다.

그 소란이 정이선에게 안도감을 주었다. 던전에 들어오는 것만으로도 숨이 막혔던 그이지만 코드의 모습을 보며, 그는 더 이상 던전을 두렵게만 여기지 않게 될지도 모른다고 생각했다.

그러나 그때, 제우스상이 왕홀을 높이 치켜들었다.

"너희를– 심판하리라–."

아래의 헌터들에게 발이 묶이고, 그림자에 몸체가 억압당하고, 몸체 위를 빠르게 뛰어다니는 한아린에게 공격당하는 때. 보스 몬스터가 왕홀을 들어 아래로 쿵, 내리찍었다.

"으아악!"

"허억!"

헌터들이 비명을 터뜨렸다. 갑자기 지진이 난 것처럼 땅이 흔들렸고, 솟아오른 땅 위에 있던 한아린도 잠깐 비틀거리며 바닥을 짚어 몸을 숙였다. 그러나 이상 현상은 그뿐만이 아니었다. 신전 안의 공기가, 아니, 아예 던전의 대기 전체가 찌르르 진동했다. 순간 숨을 쉬기 어려울 정도로 훅 압박이 느껴지더니…….

콰르릉! 천장이 꿰뚫리며 벼락이 내리꽂혔다.

일순 시야가 새하얗게 명멸했다. 헌터들의 고함이 천둥소

리에 파묻혔다. 삐이이- 이명이 들릴 정도로 엄청난 소리가
공간을 울리면서 동시에 엄청난 열기가 덮쳐 왔다.

정이선은 자신의 시야가 돌아오는 과정이 무척이나 느리
다고 생각했다.

"……."

한아린이 솟아오르게 했던 땅이 조각조각 부서졌다. 바닥
으로 나뒹군 한아린이 꿈틀거렸지만 일어나지 못했다. 언제
나 쥐고 있던 봉은 저 멀리 날아간 채였고, 신상의 발치에서
몬스터의 움직임을 차단하던 헌터들도 저마다 충격에 빠져
있었다.

벼락이 내리꽂힐 때 공격 범위에 있던 헌터들은 옷이 타
들어 가며 화상을 입었다. 힐러들이 다급히 스킬을 쏟아부
었지만 상처가 너무 컸다. 그리고 보스 몬스터는 그들이 다
시 일어설 때까지 기다려 주지 않았다.

쿠웅, 보스 몬스터가 앞으로 걸어오기 시작했다. 바닥에
있는 사람들을 밟으려는 몸짓이었고 다소 뒤늦게 신상의 그
림자가 움직였다. 조금 전 번개 때문에 신전 전체가 새하얗
게 물들면서 잠깐 그림자가 힘을 잃은 듯했다. 다시 그림자
의 권능을 되찾은 사현이 신상을 뒤로 잡아 이끌었다.

앞으로 움직이려는 신상과 뒤로 잡아 이끄는 그림자가 팽
팽히 맞서 싸웠다. 정이선은 그림자가 길어지는 모습을 멍
하니 보았다. 모든 건 찰나에 일어났다.

비, 가 들이치고 있었다.

뻥 뚫린 천장에서 폭우처럼 빗줄기가 쏟아졌다. 추적추적 젖어 가는 바닥과 눅눅하게 울리는 사람들의 비명이 마치 환청처럼 정이선의 귓가를 맴돌았다.

신지안과 나건우, 정이선은 뒤로 한참 물러나 있어 공격의 직접적인 범위에 있지 않았지만 간접적인 여파는 있었다. 앞에서 두 손을 교차로 들어 공격을 막은 신지안의 앞에 푸른 막이 방패처럼 생기며 여파를 막았지만 손이 새빨갛게 타올랐다. 뒤에 있던 나건우가 허억 숨을 들이켜며 신상을 삿대질했다.

"저, 저 미친⋯⋯!"

그 외침을 듣기라도 한 듯 제우스상의 검붉은 눈동자가 똑바로 그들을 향했다. 정이선은 그 시선에 숨을 쉬지 못했다.

보스 몬스터가 왕홀로 그들의 위를 내려쳤다. 콰앙, 거센 파공음과 함께 쏟아진 공격에 앞에 서 있던 신지안이 다급히 왕홀의 윗부분 고리를 움켜쥐어 공격을 막았다. 그녀의 몸보다도 훨씬 큰 고리였다.

하지만 보스 몬스터는 바로 왕홀을 옆으로 움직이며 신지안을 내던졌다. 벽으로 처박힌 그녀가 쿨럭, 피를 토했다.

일련의 상황을 정이선은 멍하게 보았다. 어느 순간부턴가 이 던전은 전혀 다른 모습임에도 그에게 과거의 던전처럼 보이기 시작했다. 그가 최초로 들어간 던전, 2차 대던전. 그의 모든 것을 앗아 간, 끔찍하게 잔인한 던전.

정이선의 눈앞에는 사현의 몸이 있었다. 그림자에 완전히 빙의해 제어력이 없는 몸이 그의 앞에 있었고, 보스 몬스터의 공격은 그 몸을 향했다. 왕홀이 위로 올라가면서 아래로 내리꽂히는 과정이 몹시도 느리게 정이선의 머리로 들어왔다. 시야에 담겼음에도 인식이 느렸다.

아.

눈앞에 있는 사람이 죽을지도 모른다.

"안 돼!"

악을 지르며 앞으로 달려간 정이선이 사현의 몸을 밀치듯 끌어안았다. 그러니까, 그건 충격 같은 두려움에 휩싸여 저지른 행동이었다. 절대로 죽을 리 없다고 생각한 사람이, 이대로 본체가 산산조각 나서 죽어 버릴지도 모른단 생각에 그는 제정신이 아니었다.

그리고 그때는 마침 사현이 빙의를 풀고 원래 몸으로 돌아온 순간이었다. 그는 신상의 공격이 신지안에게 내리꽂히는 모습을 발견하자마자 돌아오려고 했다. 그림자에 완전히 빙의하면 돌아오는 데 짧게는 1초, 길게는 3초가 걸렸다.

무척이나 아슬아슬한 상황이었다. 빠르게 돌아간다면 가까스로 피할 터였고, 아니라면 어느 정도의 부상을 각오해야 했다. 그런데 그가 본체로 돌아와서 왕홀이 어디까지 왔는지 확인하려는 때 곧장 몸이 떠밀리며 옆으로 넘어졌다.

"……!"

당장 상황을 파악한 사현이 무섭도록 표정을 굳히며 정이 선을 살폈다. 며칠 전에 사서 정이선에게 착용시켜 둔 수호형 아이템이 모두 발동해 그나마 상처는 없었지만, 만약 정이선이 조금만 몸을 덜 틀었더라면 왕홀에 맞아 잘못됐을지도 모를 상황이었다. 아무리 상급 아이템을 네 개나 둘렀다지만 상대는 S급 던전의 보스였다.

원래 자리에 가만히 서 있었더라면 정이선은 공격에 휩쓸리지 않았다. 그런데 그는 굳이 자신에게 뛰어와 몸을 밀쳤고, 사현은 그 점에 분노했다.

"정이선 씨 미쳤어요?! 당신 방금 진짜로 죽을 뻔한……."

하지만 사현의 말은 채 끝을 맺지 못했다. 그를 붙잡은 정이선의 눈에서 눈물이 후드득 떨어지고 있었기 때문이다.

"죽지 마, 제발. 끄윽, 흑. 내가, 내가 잘못했으니까 제발……."

정이선이 사현을 붙잡고 울음을 터트렸다. 눈 한가득 차오른 눈물로 시야조차 멀쩡하지 않은 듯했는데 그는 고집스레 사현의 팔을 붙잡고 엉엉 울었다. 마치 상대가 살아 있는지 확인하려는 듯 몇 번이고 팔을 고쳐 쥐며 온기를 더듬었다.

다시 일어나 보스 몬스터를 막아 내고 있던 신지안도, 그 옆에서 버프를 걸어 주고 있던 나건우도 일순 당황해서 정이선을 쳐다보았다. 사현의 앞에서 무너지듯 오열하는 정이선은 절대로 멀쩡해 보이지 않았다.

억지로 이어 붙여 온 삶이 끝내 무너진 사람처럼. 아니, 처음부터 그 삶에 목이 졸려 온 사람처럼 정이선이 흐느꼈다. 비가 내리는 날 다시금 던전 안에서 누군가를 잃을지도 모른다는, 또다시 눈앞에서 사람이 죽어 버릴지도 모른다는 두려움이 그를 압도했다.

당장에라도 죽게 할 것처럼 숨통을 꺽꺽 막으면서도 끝내 숨을 이어 가게 하는, 제 기만 같은 삶에.

"제발 나만 두고 죽지 마……."

정이선은 망가진 채로 울었다. 사현의 굳은 시선이 제 품에 매달려 우는 정이선을 천천히 훑었다.

그리고 그때쯤 신전이 무너지기 시작했다. 현재 신전은 정이선의 히든 능력으로 복구된 상태였기에 그가 제정신을 차리지 못하게 되면서 능력이 끊어지기 시작한 것이다.

바닥이 썩어 들어가듯 사라지고, 진입 때 그가 세워 둔 기둥이 다시 끼이익 소리와 함께 옆으로 기울어지며 무너졌다. 그러한 현상은 보스 몬스터가 나타나며 부순 기둥들과 연결되면서 더 큰 붕괴를 초래했다.

그때쯤 바깥에 있던 천사형 몬스터들이 다시 날아들기 시작했다. 헌터들 모두가 우왕좌왕하며 사현을 바라보았다. 사현은 제 품에서 울다 쓰러진 정이선을 가만히 내려다보다, 결국 한숨과 함께 그의 어깨를 감싸 잡으며 말했다.

"……던전 공략 포기합니다. 다들 귀환석 사용하세요."

◁ ◆ ▷

Chord324가 한국 7대 레이드, 3차 던전 공략에 실패했다.

16시 던전 발생과 동시에 입장했지만 6시간 만에 퇴장했으며, 해당 과정은 모두 헌터 협회 방송사를 통해 송출되었다. 신전까지 진입한 그들이 귀환석을 사용해 게이트 앞으로 이동하고, 그곳에서 바깥으로 걸어 나가는 모습이 끝까지 촬영되었다.

함께 진입했던 협회의 카메라맨은 상급 투명화 포션을 먹어 몬스터의 위협은 피했으나 신전이 무너지면서 위험해질 뻔했다. 그 과정도 고스란히 영상에 담겼으니, 해당 영상을 본 대중의 반응은 절망적이었다.

한국 1위 길드 소속이자 최정예 팀이라 불리는 코드가, 그것도 S급 헌터가 둘이나 있는 공격대가 던전 공략에 실패했다. 진입 2순위인 태신길드가 코드의 공략 영상을 철저히 분석한 후 진입하겠다고 발표했지만 들끓는 여론을 잠재우진 못했다.

공포에 빠진 사람들은 던전의 난이도에 두려워하면서도

한편으론 실패한 공격대를 비난했다. 정확하게는 마지막에 코드의 리더, 사현의 입에서 '포기'란 단어가 나오게 한 원인을 원망했다.

사현은 우선 쓰러진 정이선을 집에 데려다 놓은 후에 HN 길드 사옥으로 돌아왔다. 자정에 가까운 시각이었지만 실패한 요인을 분석하기 위해 코드의 모든 헌터가 대기하고 있었다.

코드가 3차 던전 공략에 실패하면서 진입 권한이 다른 길드로 넘어가게 되었지만, 그들 모두도 실패하면 다시 3차 던전에 진입해야 했고, 아니더라도 4차 던전 때 우선 진입 권한은 코드가 가지고 있었다. 다만 다른 길드가 3차 던전을 클리어한 후 4차 던전에서 코드가 나선다면 여론이 썩 호의적이지는 않을 터였다.

"오셨습니까."

사현이 코드 사무실에 도착하자 헌터들이 하나둘 인사했다. 그들의 얼굴엔 모두 수심이 가득했지만 사현은 태연한 얼굴로 회의를 시작했다. 마침 헌터 협회와 전화를 끝내고 온 신지안이 사무실 중앙의 TV를 켜며 이야기했다.

"태신길드는 새벽 6시에 진입한다고 합니다."

"대기 오래 타네……. 8시간이나 버리는 거 아닙니까?"

나건우가 한숨을 푹 내쉬었다. 던전 폭발까지 주어진 60 시간 중 6시간은 코드가 이미 사용했고, 이후 태신길드가 8

시간을 준비 시간으로 사용하면 총 14시간이 사라졌다. 코드의 공략이 타 길드에 비해 상당히 빠른 점을 고려하면 태신길드는 최소 10시간 이상을 공략에 사용할 테고, 성공하면 좋겠지만 실패할 시에는 남은 시간이 빠듯했다.

3차 던전인 만큼 폭발하면 일반 S급 던전의 3배에 달할 피해가 발생했다. 과거 1차 대던전에서 S급 던전이 폭발해 용인시 절반가량이 날아간 것을 고려하면, 이번에 3차에서 폭발하면 서울이 지워질지도 몰랐다.

나건우가 답답하단 듯 머리를 박박 긁으며 TV 화면을 보았다. 현재 뉴스에서는 태신길드가 곧 던전 진입 시각을 밝힐 것이며 공략 방향도 의논 중이라는 속보가 나오고 있었다.

"태신이 클리어할까요?"

"글쎄요."

한 헌터의 질문에 사현이 답했다. 그의 새까만 눈동자가 가만히 화면에 고정되었다가 검지로 책상을 톡톡 두드렸다.

"태신 공대의 중심인 S급 헌터가 뇌전 계열이에요. 3차 던전 보스 몬스터랑 속성이 같아서 오히려 데미지가 안 들어갈 텐데……. 게다가 태신은 원거리보다 근거리 딜러 비율이 높아서 진입 때부터 비행 몬스터 때문에 고전할 거예요. 보스 몬스터 속성에 따라 하위 몬스터의 속성 저항력이 높아져서 태신길드장 뇌전 스킬이 별로 안 먹힐 테니까."

사현의 냉정한 분석에 헌터들이 고개를 끄덕였다. 이후 하나둘 의견을 내며 진입 3순위인 낙원도 그다지 가능성이 없다고 평가했다. 낙원 공대는 그나마 원거리형 마법 계열 헌터가 많지만 제우스 신상이 모든 속성에 높은 저항력을 가져서 웬만한 마법으로는 상대하기 까다로울 거란 내용이었다.

자연히 코드 전원은 재진입의 가능성을 염두에 두고 이번 진입의 실패 요인을 분석하기 시작했다. 설령 다른 길드가 클리어해내더라도 현재 문제의 원인을 파악하는 일은 중요했다. 모두가 3차 던전 공략 영상을 보며 저마다 겪었던 문제를 이야기했다. 카메라에 채 담기지 않은 상황이 많았다.

마지막에 정이선이 능력을 유지하지 못해 신전이 무너지면서 최종적으로 포기를 결정하긴 했지만, 이미 제우스가 벼락을 내리꽂은 순간부터 결론이 난 상황이었다.

"벼락의 패턴을 파악하기 전에 성급하게 처리하려 한 게 실책이라면 실책이죠."

사현이 깔끔하게 정리했다. 아마도 보스 몬스터에게 데미지가 일정 수준 이상 들어가면 벼락 스킬이 발동되는 듯한데, 그 부분을 파악하지 못하고 처음부터 모두 몬스터의 주위로 몰린 탓에 피해가 컸다. 사현이 그 부분을 인정하자 코드 헌터들이 아쉬운 얼굴로 고개를 숙였다.

그러다 갑자기 TV에서 속보가 떴다. 진입 3순위인 낙원길드의 차기 길드장, 천형원이 돌연 기자회견을 연 것이다. 새벽에 느닷없이 기자들을 소집한 그는 연단에 서서 시민들의 불안과 두려움에 공감하는 듯 현 사태에 우려를 표하더니, 마지막으론 주먹을 굳게 쥐며 외쳤다.

"코드가 실패한 던전을 꼭 클리어해내겠습니다."

그 말에 나건우가 혀를 쯧쯧 찼다.

"저게 또 헛소리네……"

잠깐 헌터들이 소리 죽여 웃었다. 천형원이 길드장 승계가 확정되기 전부터 사현의 실적을 뛰어넘으려고 아등바등했던 건 헌터들 대부분이 아는 사실이었다. 천형원이 10년 넘게 쌓은 실적보다 코드가 4년간 쌓은 실적이 더 높으니 당연한 일이었다. 코드는 한국의 최정예 팀인 동시에 타 공대에게 언제나 견제받는 집단이었다.

사현의 시선이 무미건조하게 화면에서 거둬지며 옆의 신지안에게 향했다.

"한아린 헌터는요?"

"24층 회복실에 있습니다. 새벽쯤에는 정신 차리실 거라고 합니다."

고개를 끄덕인 사현이 상태를 보러 가려는 듯 자리에서 일어섰고, 나건우가 뒤를 따랐다.

한아린은 보스 몬스터의 벼락을 그대로 맞았다. S급 헌터의 저항력으로도 견디지 못해 결국 기절했고, 현재는 HN길드의 헌터 전용 회복실에 있었다. 그리고 그곳에는 한아린뿐만 아니라 기주혁도 함께 있었다. 그도 보스 몬스터가 번개 공격을 썼을 때 바로 근처에 있다가 피해를 봤는데, 손에 경미한 화상을 입어 회복실에서 치료받는 중이었다.

그는 사현이 오는 걸 확인하자마자 자리에서 벌떡 일어났고, 나건우가 앉으라며 다급히 손짓했다.

"다쳤는데 몸조심해야지."

"손 다친 건데요, 뭐. 금방 회복돼서 오늘 중으로 로드 잡을 수 있대요."

기주혁이 살이 까져 붉어진 손을 쥐었다 폈다 하며 웃었다. 그도 조금만 위치를 잘못 잡았으면 제우스상에 손을 짓밟힐 뻔했다. 사현은 그의 손 상태를 확인한 뒤 한아린이 있다는 병실로 움직였다. 다행히도 한아린에게는 큰 상처가 없으며, 그나마 있는 상처도 빠른 회복 속도를 보인다고 했다.

사현은 유리창 너머로 한아린의 상태를 보며 나직이 말했다.

"빠르면 내일 오전, 아니면 저녁 중에 재진입할 텐데 그때까지 재정비해 두라고 하세요."

"헉, 태신은 메인 딜러가 뇌전 계열이니 그렇다고 쳐도 낙원도 실패할까요?"

"낙원 쪽 공대는 최근에 헌터들 영입 좀 했다던데……."

재진입을 준비하란 말에 기주혁과 나건우가 차례로 반응했다. 둘 다 딱히 낙원길드를 좋아하지는 않았지만 최근 A급 헌터를 대거 영입했단 기사는 보았다. 사현이 최정예 팀인 코드를 이끌자 그를 따라 낙원도 공격적으로 헌터 스카우트에 들어간 것이다.

사현은 그들의 말에 입매를 둥글게 하며 미소했다.

"아무리 A급이어도 제대로 합 맞춰 본 적이 없는데 공대라고 부를 수가 있나요? 오합지졸이 클리어할 거란 소리는 어디 가서 하지 마세요. 코드 소속이 그 정도 분석력밖에 없다는 소리 들을 생각 없으니까."

"예, 옙……."

나건우와 기주혁이 동시에 머쓱하게 반응했다. 그들은 서로 어색히 눈치를 주고받았고 사현은 볼일이 끝났단 듯 복도로 움직였다. 이제 다시 코드 회의실로 올라가서 영상을 마저 분석할 예정이었다.

그런데 뒤에서 따라오던 기주혁이 머뭇거리다가 조심히 물었다.

"저, 그런데…… 복구사님은 괜찮으실까요? 지금 반응 장난 아니던데……."

"무슨 소리죠?"

"아, 그게, 그러니까……. 내일이나 모레 재진입하실 수 있는 상태인지 좀 걱정돼서요. 인터넷 잘 안 보시는 것 같긴 하던데, 그래도 혹시 모르니 아예 못 보도록 잠깐 핸드폰 뺏어 두시는 게……."

사현의 의아하단 시선에 기주혁이 한껏 부자연스럽게 웃으며 여론이 너무 흉흉하다고 조심히 알렸다. 코드의 3차 던전 공략 실패 영상이 실시간으로 송출되고, 이후 마지막으로 신전이 무너지던 장면이 편집되어 돌아다니면서 반응이 나빠졌다고 중얼거렸다.

"복구사님 안 그래도 불안정한데, 혹시나 그런 거 보면……."

기주혁은 자신에게 가만히 내리꽂히는 시선에 점점 말꼬리를 흐렸다. 사현은 '불안정……' 이란 말을 나직이 뇌까리는가 싶더니 이내 다시 걷기 시작했다.

그런데 복도 끝에서 HN길드의 헌터들이 나누는 이야기가 들려왔다. 회복실이 있는 24층 끝엔 간이 휴게실이 마련되어 있어 종종 헌터들끼리 조용히 이야기를 나눌 때 모이곤 했는데, 마침 그들이 코드의 3차 던전 공략 실패를 주제로 이야기했다.

"이번에 진입 권한 넘어가서 어떻게 해? 4차 때는 다시 코드가 들어간다지만……."

"3차 때 다른 길드가 클리어하고서 4차 때 코드가 진입하면 반응 최악이겠죠. 입장 순번 취소하라고 난리일걸요. 던전 폭발하면 도시가 지워질 텐데, 누가 공략 시간 버리는 거 좋아하겠어."

"복구사 데리고 들어갈 때부터 조마조마했어."

HN길드에선 코드를 제외한 공격대를 1급, 2급, 3급으로 나누어 운영했다. 던전의 난이도가 B급 이상이면 1급 공격대가 갔고, C급이면 2급이, D급은 3급이 전담했다. 2급, 3급 공대라고 해도 다른 웬만한 길드의 1급 공대 수준이었으며, 한국 1위 길드란 이름이 갖는 위명이 있었다.

현재 간이 휴게실에 모여 떠드는 이들은 2급 공대원들이었다. 그들은 한숨을 푹푹 내쉬며 저마다 이번 던전 실패에 대한 걱정을 늘어놓았다. 사실상 걱정을 빙자한 조롱이나 마찬가지였다.

"2차 때까지만 해도 복구사 활용한다고 치트 키니, 뭐니, 시끌시끌하던데. 결국 이 꼴 났지."

"솔직히 굳이 길 복구할 필요도 없지 않나? 조금 어렵긴 하겠지만 영 불가능해 보이진 않던데. 그것도 일부러 쇼하는 거 아니에요?"

"그치? 나만 그런 생각 하는 줄 알았네. 헌협이랑도 말 됐을지 누가 알아. 복구 쇼 해서 조회 수 높이고, 코드는 뒷돈 받고."

"복구사, 그, 정이선? 일반인들은 아주 히어로처럼 떠받들고 난리 났던데 정작 복구사들은 이상하다더라고요. 이번에 신전 복구도 덜 됐다고, 능력 부족해 보인다면서."

"짐짝이지 뭐. 이번에 영상 보니 제정신도 아닌 것 같던데? 그런 애 데리고 어떻게 던전 깨냐……."

휴게실에서 나누는 대화는 그대로 고요한 복도를 울렸다. HN의 부길드장 사윤강과 코드의 리더 사현이 꾸준히 보이는 갈등 때문에 길드 내에도 보이지 않는 라인이 있었다. 사윤강 라인의 헌터들은 코드가 기록을 세울 때면 같은 길드라며 뿌듯해하다가, 코드가 실패하면 당장 등을 돌려 비난하곤 했다.

그들의 이야기에 기주혁이 당장 발끈하면서 나서려 했지만 나건우가 황급히 그의 팔을 잡아당기며 사현을 가리켰다. 기주혁은 사현의 등을 보다가 옆으로 시선을 돌려 창문을 보았다. 그곳에 사현의 옆모습이 어렴풋하게 비쳤는데, 그 얼굴에 떠오른 미소를 보고 기주혁은 얌전히 화를 죽였다.

곧 사현이 그들에게 걸어가며 나긋하게 물었다.

"내가 스카우트해 왔는데, 무슨 불만 있나요?"

그 목소리에 테이블 주위에 앉아 있던 헌터들이 흠칫 놀랐다. 특히나 제일 앞에 있던 공대장은 어깨를 파르르 떨기까지 했는데, 어느새 그 뒤로 다가온 사현이 다정한 어조로 말했다.

"불만이 있는 것 같은데, 말해 보세요."

"아, 아니. 그게……."

"같은 HN길드 소속으로서 다양한 의견을 듣고 싶으니까, 제 공격대 구성에 문제가 있다면 이야기해 봐요."

당장 헌터 전원이 기립해서 사현의 앞에서 고개를 숙였다. 하지만 사현은 그들의 인사만 받고 물러날 생각이 없는지 가만히 서 있었고, 헌터들끼리 서로 눈치를 보던 와중 공대장이 눈을 질끈 감고 말했다.

"사, 사현 헌터가 스카우트한 행동을 비난하려는 건 아닙니다. 그렇지만 솔직히 레이드에, 그것도 S급 던전에 비전투 계열 각성자를 데리고 들어가는 게 무리예요. 그, 그러니까 부담이 많다는 소리입니다. 협회 카메라맨마저도 전투 계열 헌터인데, 호신조차 못 하는 각성자라뇨……."

"계속해 보세요."

"게다가 결정적으로 이번 공략 실, 실패 원인 모두 정이선 때문 아닙니까. 복구도 완벽하게 못 하는 것 같고, 제정신도 아닌 듯한데 지금이라도 제명하는 게……."

"아……."

"저도 조금 전에 들은 거지만, 부길드장님이 4차 던전 때는 코드가 아니라 HN길드 1급 공대를 진입시키는 방향도 고려하고 있다고 하셨습니다."

사현의 나직한 탄식에 그가 용기라도 얻은 듯 좀 더 큰 목소리로 말했다. 그 말이 끝날 때까지 사현은 가만히 경청했고 점점 뒤에 서 있던 기주혁의 표정이 사정없이 찌푸려질 때쯤, 사현이 웃었다.

"이석민 헌터."

"예?"

"그쪽 공대, 올해 1월 14일에 C급 던전 1차 공략 실패했죠."

"……예? 그, 그렇습니다……."

"2월 10일에도 공략 실패. 그리고 21일엔 실패할 뻔했다가 가까스로 다른 공대 합류해서 클리어. 하지만 일주일 뒤 또 실패."

웃는 얼굴의 사현이 이석민의 실적을 줄줄 읊었다. 그가 HN길드에 들어와서 2급 공대의 대장이 된 순간부터의 이력이 끝없이 나왔다. 그리고 마침내.

"종합해서 던전 1차 공략 성공률 41.3퍼센트."

"……."

"이제 정이선 씨로 해 볼까요? 아, 이선 씨는 지금까지 세 번 던전 진입했는데 한 번 실패했네요. 그러면 성공률은 66.6퍼센트. 과거 2차 대던전은 실제 공략을 목적으로 들어간 던전이 아니니 해당 던전을 논외로 두면, 현재까지 두 번 S급 던전 진입해서 한 번 실패. 성공률 50퍼센트."

창백하게 굳어 가는 이석민의 얼굴을 보며 사현이 다정하게 뇌까렸다.

"50퍼센트로 이렇게 욕먹는 거 보면 성공률 60퍼센트 밑은 싹 정리해야겠네요. 그죠? HN길드가 지금까지 너무 기회를 여러 번 줬네요."

"그, 그게⋯⋯."

"한 번 실패했다고 제정신 아니란 소리까지 듣는 세상인데, HN길드가 세상의 흐름에 발을 못 맞추고 있었네요. 한국의 1위 길드란 곳이 도태되어선 안 되는데 말이죠. 부길드장께선 길드의 이미지를 아주 중요시하니 안건 올려 봐야겠어요."

마치 사형 선고 같은 말에 이석민뿐만 아니라 뒤에 함께 서 있던 모든 헌터들의 얼굴이 새하얗게 질렸다. 갑작스러운 상황에 그들은 말을 더듬다가 결국 한 헌터가 억울하단 듯 외쳤다.

"하지만 지금 레이드가 잘못되면 얼마나 큰 피해를 입는데요! 이상한 사람이 공대에 있으면 제명시켜야⋯⋯!"

하지만 그의 말은 끝까지 이어지지 못했다. 지금껏 웃고 있던 사현이 어느새 웃음기를 싹 지운 얼굴로 그를 응시했기 때문이다. 언제나 웃는 얼굴이 두렵게 느껴졌던 사람이지만 지금은 더한 공포를 안겼다.

사현은 그의 말이 개인만의 생각인지 확인하려는 듯 앞의 헌터들을 한 명씩, 한 명씩 바라보다 이내 입꼬리를 올렸다. 그들의 표정이 이미 답을 드러내고 있었다.

"일반인들은 현 상황이 두려우니 한 번의 실패를 크게 받아들일 수 있다고 쳐요. 공포에 질려서 던전 실패의 원인과 정확한 전후 관계를 파악하지 못할 수도 있겠지. 그런데 그쪽은?"

"그……."

"여기 지금 다 헌터들 아닌가? 아, 내가 나도 모르는 새에 일반 회사를 걷고 있었나요? 아니면 그쪽들이 어느새 길드를 그만두고 일반인 생활로 돌아갔나? 차라리 그게 맞겠네요. 내가 지금 헌터랑 대화하는 기분이 전혀 안 드는데."

"……."

"생각은 자유죠. 그런데 그걸 함부로 내뱉지는 말아야지."

전혀 격양된 어조가 아님에도, 하물며 인상을 찌푸린 채로 하는 말이 아님에도 다들 사현의 눈치를 보며 입을 다물었다. 사현은 바로 앞에 있는 이석민의 어깨를 다정하게 토닥였다.

"이렇게 입 놀릴 시간에 훈련이나 하세요. 그렇게 가볍게 입 털어서 남 실패한 거 비난할 시간에 그 안타깝게 저조한 성공률을 조금이라도 높이는 게 본인 인생에 도움 될 것 같지 않아요?"

결국 이석민이 고개를 떨궜다. 사현은 가만히 그를 내려다보다 곧 문자 알림에 핸드폰을 확인했다. 정이선에게 붙여 놓은 간병인이 그가 일어났다고 알린 것이다. 사현은 잠깐 말없이 그 화면을 응시하다 이내 방향을 돌려 걸어갔다.

복도에 싸늘한 정적이 남았다.

◁ ◆ ▷

정이선이 눈을 뜬 시각은 새벽 3시였다.

일어나고도 정신이 들지 않아 그저 침대에 멍하니 앉아만 있었다. 중간에 한 번 간병인이 들어와서 상태를 확인하고 간 것 같은데 그마저도 기억이 가물가물했다. 그렇게 눈만 느리게 깜빡이다가 목이 타는 듯한 갈증을 느끼고 일어섰다.

히든 능력을 쓰긴 했지만 건물의 일부만 복구해서 그런지 페널티가 이전만큼 심하지는 않았다. 하지만 비교 대상이 이전일 뿐, 고열과 두통이 존재하는 건 변함없어 부엌으로 가는 길에 몇 번이나 휘청거렸다. 간병인은 언제 돌아간 건지 보이지 않았다.

"하……."

가까스로 정수기에서 물을 따라 마신 정이선이 비틀거리다 테이블에 기댔다. 우습게도 차가운 대리석 테이블에 팔이 닿자 그제야 조금씩 정신이 들었다. 정이선은 그 상태로 또 한참을 있다가 뒤늦게 나직한 탄식과 함께 핸드폰을 찾기 시작했다.

그리고 마침 그때 사현이 찾아왔다.

"이선 씨."

나직한 목소리에 정이선의 시선이 한 박자 느리게 그곳으로 향했다. 고열로 앓고 있기 때문인지, 아니면 울다가 쓰러졌기 때문인지 정이선의 눈가가 살짝 젖어 있었다. 그러나 옅은 갈색 눈동자는 오히려 버석할 정도로 건조했다. 마치 다 시들어 버린 식물 위에 물이 맺힌 듯 괴리감이 있었다. 그의 눈동자는 대개 그러한 모양새였다. 생명력이 사라진, 아니, 그대로 박제되어 버린 듯한.

정이선은 그 상태로 천천히 눈을 깜빡이다 축 가라앉은 목소리로 말했다.

"……죄송합니다."

그 사과에 사현의 표정이 살짝 미묘해졌다. 그는 잠깐 말없이 정이선을 응시하다 가까이 다가와 물었다.

"뭐 하고 있었어요?"

"……아, 방금 정신이 들어서요. 상황 보려고 지금 핸드폰 찾고 있는데, 어디에 있는지 모르겠어서……."

정이선이 중얼거리며 전등 스위치가 있는 장소로 이동했다. 부엌의 간이 등만 켜 놔서 집이 온통 어두웠다. 거실 전체의 불을 켜기 위해 움직이려는데 문득 사현의 시선이 정이선의 뒤편으로 향하는가 싶더니, 갑자기 쿵 소리가 났다. 딱 핸드폰이 떨어질 때 날 법한 소리였다.

그 소리에 정이선이 가만히 있다가 고개를 돌려 사현을 보았고, 사현은 여느 때와 같은 미소를 보였다.

"없어요."

"……저 아직 아무런 말도 안 했는데."

"없다니까요."

"……."

정이선은 잠깐 황당하단 표정을 지었다. 아마도 집 안이 온통 어두우니 능력을 이용해서 핸드폰을 어딘가로 날려 버린 듯했다. 소리가 들려오긴 했지만 머리가 아파서 정확한 위치가 가늠되지 않았다. 부서지진 않았겠지. 어렴풋하게 생각한 정이선은 결국 고민할 기력마저 없어져 대충 몸을 늘어뜨렸다.

소파에 털썩, 쓰러지듯 주저앉은 정이선이 한숨을 삼키고 있으니 사현이 그 앞으로 다가왔다. 이미 집이 어두운데도 제 앞으로 지는 그림자가 선명했다. 덧대어진 어둠을 가만히 바라보던 정이선이 이내 차분히 질문했다.

"태신길드가 진입했나요?"

"새벽 6시에 진입할 계획이래요. 지금은 새벽 3시고."

꽤 담담한 목소리로 질문하는 정이선의 행동에 사현이 의외란 듯 그를 내려다보다 곧 현재까지의 상황을 설명했다. 태신이 진입하긴 할 거지만 실패할 확률이 높다며 그 이유도 짤막하게 덧붙였다. 정이선은 조용히 경청하다 이내 고개를 푹 숙이고 사과했다.

"……죄송합니다. 제가, 그러니까, 갑자기 이상하게 행동해서…… 저 때문에 실패를…….'"

"갑자기, 라고 표현하기엔 어폐가 있네요. 1년이나 시체들이랑 살았으니 이번 이상 행동을 돌발 사고라고 표현할 수는 없겠죠."

"……."

"뭐, 그 부분을 비난하려는 건 아니에요. 사실을 말하는 것뿐이니까. 그리고 공략 실패한 원인에서 이선 씨의 이상 행동이 차지하는 비중은 그다지 높지 않으니 딱히 과하게 책임감 느낄 필요도 없고요. 굳이 수치로 따져도 20퍼센트 미만."

단조롭게 말한 사현이 정이선의 상태를 쭉 훑어보았다. 분명히 열이 들끓고 있단 게 티가 나는데, 머리칼이 땀에 젖은 상태면서도 정이선은 꾸역꾸역 이야기를 듣고 있었다.

"재진입 고려하고 있지만 이선 씨는 상태 봐서 들어가죠. 이번 페널티가 언제까지 갈지 모르고, 또 그런 일이 일어나면 안 되니까."

"드, 들어갈 수 있어요."

"글쎄요. 그 이야기는 나중에 하죠."

퍽 건조한 답변에 정이선의 표정이 아연해졌다. 심장이 철렁 내려앉는 듯 얼굴이 창백하게 질렸는데 아마도 3차 던전에서 성과를 내지 못하면 친구에게 무효화를 걸어 줄 수 없다고 걱정하는 듯했다.

사현은 굳이 그의 불안에 답하지 않으며 품에서 포션을 꺼내 건넸다.

"마셔요."

정이선은 사현에게 말하고픈 것이 있는 눈치였지만, 자신을 가만히 내려다보는 시선에 결국 포션을 받아 마셨다. 평소에 먹던 포션과는 케이스가 조금 달랐고 심지어 훨씬 쓰기까지 했다. 두통 때문에 몽롱한 상태인데도 쓴맛이 확 느껴져 정이선의 인상이 살짝 구겨졌다.

손등으로 입가를 가린 채로 복잡한 표정을 짓고 있으니 사현이 관찰하듯 그를 보다, 이내 흡족한 표정으로 부엌으로 이동했다가 돌아왔다. 그림자 능력을 이용해서 곧바로 물을 가져온 것이다.

사실 사현이 정이선에게 먹인 포션은 단순한 회복 포션이 아니라 수면제까지 포함된 포션이었다. 마시면 최소 12시간에 최장 하루까지 기절하듯 잔다고 하니 일부러 그 약으로 구해 왔다. 은근히 고집이 있는 정이선이 회의에 참석하겠다고 꾸역꾸역 오는 일을 막을 심산이었다.

게다가 이상 행동을 보인 지 몇 시간이 채 되지 않았으니 차라리 재우는 게 낫다고 생각했다. 그리고 사현의 계획대로 그가 물을 가지고 돌아왔을 땐 정이선의 초점이 훨씬 흐려진 상태였다.

그런 속셈을 모르는 정이선은 순식간에 가물가물해진 눈을 겨우 떠서 사현이 내미는 물을 받아 마셨다. 이상할 정도로 졸음이 쏟아지면서 의식이 아른아른해져, 물을 마시다 컵을 놓칠 뻔하기까지 했다. 사현이 아래에서 유리잔을 받쳐 주는 모습을 멍하니 보던 정이선이 중얼거렸다.

"……저 궁금한 거 있는데, 질문해도 돼요?"

"이미 질문인 건 알죠?"

"그림자 속으로, 막, 이동하잖아요. 그거 어떻게 해요?"

느닷없는 말에 사현의 표정이 미묘해졌다. 이선은 진지한 얼굴로 예전부터 품었던 의문이라며 줄줄 말을 늘어놓기 시작했다.

"훈련할 때 보니까 유리창 너머로도 이동하고 그러던데……. 앞에 장애물 있어도 상관없어요? 그냥 눈에 보이는 어둠이기만 하면 돼요?"

"그런 편이죠. 그런데 갑자기 이건 왜 궁금하죠?"

"그쪽은 매번 제 능력 분석하면서 왜 저는 물으면 안 돼요?"

살짝 억울하다는 듯 정이선이 눈썹을 휙 휘는데 그마저도 의식이 가물가물한지 금세 표정이 풀렸다. 사현은 그를 가만히 내려다보다 포션에 알코올이 들었는가 잠깐 생각했다. 하지만 성분을 제대로 확인하고 가져왔으니 그럴 리는 없는데. 그렇다면 잠투정인가? 사현의 새까만 눈동자가 정이선의 상태를 확인하듯 훑었다.

"어느 정도로 멀리 있는지도 상관없어요? 눈에 보이는 곳에 어둠이, 그림자가 있기만 하면 돼요?"

"네. 이선 씨가 이렇게 탐구욕이 많은 사람일 줄은 몰랐는데……."

"그러면 여기서 저기, 저 먼 곳도 돼요?"

정이선이 손을 들어 베란다 바깥을 가리켰다. 펜트하우스에 사는 만큼 도시의 웬만한 전경이 모두 보였고, 아마도 정이선이 가리키는 곳은 그가 볼 수 있는 가장 먼 위치의 건물일 듯했다.

사현이 거리를 가늠하느라 잠깐 답하지 않는 사이 정이선은 그 침묵을 긍정이라 받아들였는지 짧게 탄식했다.

"완전 사기네……."

"……."

"망원경으로 보는 곳도 이동 돼요? 여기서 용인까지 가요? 그래서 막 그렇게 나타났던 건가?"

"……이선 씨, 이만 잘래요?"

"전체 망원경을 이용하면, 와, 달도 가겠네요?"

"하."

결국 사현이 황당하단 듯 헛웃음을 터트렸다. 아무리 그가 S급이라지만 너무 먼 거리는 이동이 불가능했다. 몇 번쯤 나누어 이동해야 했고, 그 거리를 대충 가늠해서 알려 주려고 했는데 정이선이 하는 말들이 너무 우스웠다. 사현이 어이없다는 시선으로 그를 내려다보며 말했다.

"이선 씨, 잠투정이 엄청난 편이네요."

"엄청난 건 그쪽의 사기적인 순간 이동 능력이에요."

"하……."

한숨과 닮은 실소를 내뱉은 사현이 손으로 이마를 짚었다. 회의실에서 실패 요인을 분석해 낼 때도 전혀 머리가 아프지 않았는데 지금은 조금 피곤해졌다. 부정적인 느낌보다는 오히려 우스운 방향으로 느끼는 피곤함이었다.

결국 사현이 정이선의 옆자리에 앉으며 그를 소파 헤드에 기대게 했다. 일단 잠들게 해서 옮길 생각이었다. 그사이에도 정이선의 질문은 느릿느릿 이어지고 있었다. 분명히 잠이 쏟아지는 눈치인데, 일부러 다른 생각을 하려는 건지 시답잖은 이야기가 계속 쏟아졌다.

"그러면 망원경으로 외국까지 보면 외국으로도 막 이동해요?"

"그렇게 들어가면 범죄예요, 이선 씨."

"……."

타이르는 듯한 사현의 어조에 정이선의 표정이 이상해졌다. 마치 그쪽이 그 단어에 자각이 있는지 몰랐다는 놀라움을 담은 눈빛이라, 사현은 잠깐 말없이 그를 보았다. 그렇게 한참 시선이 오가다 결국 사현이 먼저 입을 열었다.

"한 나라의 S급 헌터가 별도의 절차 없이 다른 나라에 들어가면 위협으로 판단돼서 엄격한 편이에요. 뭐, 그래도 다른 나라에서 협조 요청이 들어와 파견처럼 다녀온 적은 있어요."

"……그래요? ……부럽네."

"외국 가고 싶어요?"

"예전에…… 친구들이랑 졸업 여행을 간 적이 있어요."

사현이 이끄는 대로 소파에 깊숙이 등을 기댄 정이선이 몽롱한 어조로 중얼거렸다. 소파는 무척 넓고 커서 충분히 누울 수 있는 크기였지만, 정이선은 정말 고집스럽게도 아예 눕는 것만큼은 피했다. 결국 사현은 때를 기다리기로 하고 그 옆에서 정이선이 하는 말을 들었다.

"8년 전인가……. 막 중학교 졸업해서, 졸업 여행이랍시고 친구들 다 같이 서울에 갔거든요. 용인에 살면서 서울 가는 게 무슨 여행이라고. 그래도 시간은 오래 걸리니 여행인가. 아무튼, 그땐 그게 신났어요. 다들 아닌 척하면서 들뜨고……."

정이선은 말하면서 간간이 그때를 떠올리는 듯 옅은 실소를 흘렸다. 흐릿해진 초점으로 겨우겨우 그곳을 그려 내고 있는지 시선이 아득했다. 사현은 그의 '8년 전'이란 표현에, 그때가 어떤 사건이 일어났던 때인지 예측했다.

"중학교 졸업 여행은 서울에 왔으니까, 고등학교 졸업하면 해외로 여행 가자고 이야기했었어요. 그러다가 1차 대던전이 터졌는데……."

잠깐 정이선의 말이 없어졌다. 무언가가 그의 목을 꾹 짓누르기라도 하는 듯 가만히 헤드에 고개를 기댄 채로 있다가, 이내 꾸역꾸역 숨을 삼켜 내며 다른 말을 꺼냈다. 1차 대던전에 대한, 그러니까 그의 부모님을 잃은 사건에 대한 이야기는 하고 싶지 않은지 화제가 바뀌었다.

"스무 살에 S급 복구 능력 검사받고서, 이러면 정말로 해외를 갈 수도 있겠단 말이 나왔어요. 고등학교 졸업하면 진짜 다 같이 가자고……. 그래서 그렇게 여행 갈 나라 후보도 세우고, 그랬는데……."

"기억나요?"

"네. 기억, 기억나는데. 그때…… 혼신길드가 찾아온 것도 기억나요. 다 같이 거실에 모여서 대화하는데, 그때 들이닥쳐서. 진짜…… 개자식들이……."

사현이 가만히 정이선을 보았다. 정이선은 조용한 성격에 말도 순하게 하는 편이라, 그가 일부러 과격한 단어를 사용할 때면 꼭 어색한 기운이 함께 따라 나왔다. 그 존재와 전혀 어울리지 않는 괴리감 같은 것이 아주 선명했다. 그러나 그만큼 그가 억지로 그런 단어를 쓸 때 느껴지는 분노와 억울함, 서러움이 있어서.

"정말⋯⋯."

이내 정이선이 두 손으로 얼굴을 덮었다. 뒷말을 채 이을 수가 없는지, 아니, 하고픈 말이 있음에도 너무 많아서, 그리고 그것에 지독한 감정들이 뒤엉켜 있어 꺼낼 수가 없는지 그가 침묵했다. 손 아래로 보이는 입술이 몇 번쯤 떨리다 꾹 다물렸다.

사현은 그를 보며 미묘한 답답함을 느꼈다. 그러니까, 이건 아주 단순한 피곤함이었다. 그는 지금껏 누군가의 감정 따위를 달래 본 적이 없기에, 정확하게는 그가 그렇게 행동할 필요가 없었기에 지금 상황이 답답했다.

몇 년 전의 일에 얽매인 정이선이 언뜻 미련하단 생각도 들었다가, 결국 그 답답함이 정이선의 문제가 자신이 통제 가능한 범위 밖에 있어 나타난 감정임을 깨달았다. 정이선이 누군가를 너무 싫어해서 현재 능력을 사용하는 데 문제가 있다면 그 상대를 처리해 줄 수 있고, 돈이 문제라면 더욱 쉽게 해결할 수 있었다. 그런데 정이선의 문제는 그런 종류가 아니었다.

사현은 본인이 통제하지 못하는 상황을 몹시 싫어했다. 그는 살짝 눈가를 찡그렸다가 이내 차분하게 말했다.

"이선 씨한테 사기 계약 들이민 혼신길드 사람들은 대부분 죽었어요. 2차 대던전에 휩쓸려서 대부분 죽었는데, 그 장소에 없었던 혼신 소속들 찾아내서 처리해 줄까요? 지금은 혼신이 해체됐다고 해도 찾아내기 쉬워요."

"……."

"복수를 하고 싶은 게 아니에요? 3차 던전 진입 기회 놓쳐서, 친구 한 명 못 죽게 해 줄까 봐 걱정되는 거예요? 그러면 이번 7대 레이드 한정이 아니라 이후의 다른 일에서라도 성과 내면 친구들한테 무효화 걸어 줄까요? 내가 다른 기회도 주겠다고 하면 지금 안 울래요?"

전혀 비꼬는 어조는 아니었으나 뒤로 갈수록 점점 다그치는 감이 없잖아 있었다. 사현이 '친구'라는 단어를 입에 담는 순간부터 정이선이 황당하단 듯 그를 보았기 때문이다. 비록 눈물이 볼을 타고 흐르지는 않았지만 발개진 눈가나 젖어 든 속눈썹이 그가 조금 전 손으로 가린 게 무엇인지 드러냈다.

오히려 사현의 말에 눈물이 사라졌는지 정이선이 어이없다는 표정을 했고, 사현은 되레 더 답답하다는 표정으로 말했다.

"정이선 씨 울 때마다 내가 뭘 해야 할지 모르겠어요."

그 말에 잠깐 정이선이 멈칫했다. 처음에는 사현의 입에서 모르겠다는 표현이 나왔다는 점에 놀랐으나, 그다음으로는 그의 말에 항의하고 싶어졌다.

"저 한 번밖에 안 울었어요."

"조금 전에는요."

"……."

"그리고 한 번 운 걸로 히든 능력 유지 못 시켜서 신전 다 무너뜨렸는데, 그렇게 여파가 큰 행동이면 대비책이라도 내놓고 행동해요."

사현의 말을 들으며 정이선은 점점 체념했다. 사현이 원래 이런 인간이라는 걸 잠깐 망각하고 그도 모르게 과거의 이야기를 했다. 갑자기 졸음이 쏟아져 제정신이 아니었던 게 확실했다.

어쩐지 몹시 피곤해진 정이선은 결국 소파에 완전히 고개를 기대며 눈을 감았다. 그리고 그제야 사현의 말이 멎었다. 아마도 4차 던전에서 또 건물이 무너지면 코드 헌터들도 대응할 방향을 정해야 하니 올 것 같으면 미리 신호를 하거나, 아니면 그 이상 행동을 해결할 방책이라도 말하란 이야기를 했던 것 같다. 정이선은 그 말들을 대충 흘려들었다.

다만 또 무언가 하고픈 이야기가 있는지 정이선이 입술을 달싹거렸는데, 그 모습을 본 사현이 아예 그의 눈을 손으로 덮어 버렸다.

"……뭐 하는 짓이에요?"

"눈 뜨지 말고 자요, 이제."

차분한 듯하면서도 단호한 그 어조에 정이선은 황당해졌지만 손을 쳐 낼 힘도 없었다. 당장에라도 잠들 것만 같아 그저 멍하니 제 얼굴에 올라온 손의 무게를 느꼈다. 얼굴에

도 열이 도는지 사현의 손이 미지근하게 느껴졌지만 그럼에
도 그 미적지근한 온기에마저 정이선은 찰나 서러워졌다.

정이선은 살아 있는 모든 것 앞에 약해지고 두려워졌다.
결국 그는 아득한 정신 속에서 다소 충동적으로 중얼거렸
다.

"……안 죽으면 돼요."

끊어질 듯 희미한 목소리로.

"눈앞에서 안 죽고 살아 있는 게, 대비책이라면…… 대비
책이겠네요."

정이선은 그 말을 끝으로 입을 다물었고, 사현은 가만히
그를 바라보다 나직이 말했다. 다른 헌터들이라면 모르겠지
만, 3차 던전에서 굳이 자신을 구하려 했던 그가 떠올라 하
는 말이었다.

"이선 씨. S급은 잘 안 죽어요."

S급 헌터는 데미지 저항력이 다른 헌터보다 월등히 뛰어
났다. 게다가 위급한 상황엔 생존 본능에 따라 더 강한 저항
력과 회복력을 보여 쉽게 죽지 않았다. 가장 위험한 던전을
다니는 S급이면서도 지금까지 전 세계에서 사망한 S급이 상
당히 드무니 이미 증명된 이야기였다. 실수로라도 죽지 않
는 게 S급이었다.

이 모든 이야기를 하기엔 정이선이 잠들고 있으니 그저
사현은 천천히 손을 치워 내며, S급은 못 죽는 수준이라는

말만 조용하게 읊조렸다. 언뜻 투정 부리는 아이를 달래듯 나긋하고도 부드러운 어조였다.

아마도 정이선은 그 말에 옅게 웃었던 것 같다.

꼭 자조와 닮은 웃음이었다.

◁　◆　▷

정이선이 다시 눈을 떴을 땐 밤 8시였다.

그는 어두운 창밖을 확인하고서 자신이 동이 트기 전의 새벽에 깨어났다고 생각했다. 하지만 탁상시계는 분명히 8시를 가리켰고, 그 시각까지 해가 안 떴다고 현실을 부인하기엔 무리가 있었다. 게다가 시계는 디지털이기까지 해서 친절히 오후를 뜻하는 P.M.을 표시하고 있으니, 정이선은 잠깐 멍해질 수밖에 없었다.

17시간을 자고 일어났다. 아무리 히든 능력의 페널티로 앓는다고 하더라도 이렇게 오랜 시간을 쭉 잔 적이 없었다. 정이선은 새벽에 마셨던 포션이 평소에 마시던 것과 달랐음을 떠올리며 나직이 한숨을 삼켰다. 아마도, 아니, 분명히 단순한 회복 포션이 아니었을 것이다.

결국 정이선은 체념하며 침실 바깥으로 나갔다. 거실에는 간병인이 있었는데, 정이선이 핸드폰을 찾자 그녀는 무척 난감한 낯빛으로 답했다.

"아, 그게…… 핸드폰 주지 말라고 하셔서요."

그 말에 정이선은 잠깐 묘한 표정을 지었다가, 이내 어렴풋이 이유를 눈치챘다. 2차 던전을 클리어한 이후에 바뀌었던 주위의 반응들을 생각하면 퍽 당연한 일이었다. 3차 던전에서 실패한 상황이 그대로 공개되었을 테니 여론이 좋지 않을 터였다. 정이선은 짧게 숨을 터트리며 물었다.

"지금 사현 헌터는 어디에 있는지 아시나요?"

"조금 전에 뉴스 보니까 코드는 계속 회의 중이라고……."

고개를 끄덕인 정이선은 곧 빠르게 준비하고 HN길드 건물로 향했다. 간병인이 당황하며 그를 말렸지만 꾸역꾸역 바깥으로 나왔다. 아주 오래 잔 덕인지 오히려 몸이 개운했다. 설령 그렇지 않더라도 정이선은 회의실로 가야만 했다. 3차 던전에 재진입할 계획이란 사현의 말을 들은 이상 가만히 있을 수 없었다.

지난 며칠간 사현의 분석력이 상당하단 걸 직접 확인했다. 그런 그가 태신길드는 현 3차 던전과 상성이 좋지 않아 실패할 가능성이 크다고 했고, 또 재진입을 대기한다 했으니 3순위인 낙원길드도 실패할 게 확실했다.

그렇게 기어코 정이선이 HN길드 건물에 도착해서 엘리베이터를 탔을 때, 그는 내심 사현이 자신을 돌려보내지 않을까 우려했다. 초조한 눈으로 엘리베이터 층수가 올라가는 것을 보는데 24층에서 엘리베이터가 멈추고 익숙한 얼굴이 탔다. 툴툴거리는 목소리가 공간을 울렸다.

"포션 주제에 한약 맛은 왜 나고 난리야? 맛없어 죽겠네."

한아린이었다. 그녀는 인상을 한껏 구기고 있다가 엘리베이터 안에 있는 정이선을 보고 놀란 눈을 했다. 정이선은 24층이 헌터 전용 회복실이란 걸 떠올리며 꽤 어색한 표정으로 그녀에게 인사했다. 그녀가 벼락에 맞았으니 우선 안부를 묻고, 이후 사과를 하려고 했다. 그런데 다짜고짜 한아린이 그의 팔을 붙잡고 외쳤다.

"이선 복구사! 괜찮아요? 그때 안 다쳤어요? 많이 놀랐을 텐데."

"네? 아, 네, 네……. 저는 다친 곳 없는데 오히려 한아린 헌터가……."

"하하, 뭐, 쪽팔리게 한 방에 기절하긴 했는데 괜찮아요. S급이 괜히 S급이겠어요. 제우스 새끼가 진짜 갑자기 벼락 꽂아서, 하, 참. 내가 살다 살다 피뢰침 역할을 다 해 보고."

무언가를 말하려던 한아린이 입을 합 다물었는데, 정이선은 그녀가 분명히 욕을 삼켰다고 예상했다. 그는 잠깐 입술을 달싹거렸다. 한아린은 그때 곧바로 기절해서 신전이 무너지는 모습을 못 봤겠지만, 정신을 차린 후엔 분명 영상을 확인했을 터였다. 어떻게 사과를 할지 방향을 고민하고 있는데 마치 그런 생각이 훤히 보인다는 듯 한아린이 툭 말했다.

"미리 말하지만, 헌터들 던전 공략하다가 포기하는 경우 꽤 많아요. 이선 복구사가 헌터 쪽을 전혀 모르는 것 같아서 말하는데, 오히려 한 번에 클리어해 내는 게 드문 일이에요."

게이트가 완전히 닫혀서 못 나오는 게 아닌 이상, 던전의 20퍼센트 정도는 재진입에서 클리어된다고 설명했다. 던전 난이도가 높으면 아예 보스 방에 진입하기 전에 바깥에서 휴식을 취하고 들어가는 경우도 있다고 말하며 한아린이 단호한 표정을 했다.

"그러니까! 혹시나 이선 복구사가 다 잘못했다고 사과하지 마요. 지금 사람들이 좀 예민한 반응 보이는 건 S급 던전이라 그런 거지……. 그리고 보니 그것도 이상해. S급 던전이 더 깨기 어려운 건 당연하지 않나? 지금까지 코드가 엄청난 원 클리어를 자랑했을 뿐이지, 코드도 재진입한 경우 몇 번 있어요."

"……그런가요?"

"네. 재진입은 전혀 이상한 거 아니에요. 오히려 포기하고 나갈 때를 알고, 공략 방향을 다시 세워서 준비하는 게 더 중요하죠. 공략 실패할 거 뻔히 보이는데 안에서 시간 끄는 게 훨씬 머저리, 아니, 부족한 행동이지."

정이선은 가만히 그 말을 경청했다. 한아린의 이야기는

그를 조금은 안심시키면서도 약간 부담스럽게도 만들었다. 일부러 더 단호하게 말하는 게 티가 나서, 정이선은 혹시나 자신이 너무 풀 죽은 표정을 짓고 있었나 고민했다.

"……이렇게까지 달래 주지 않으셔도 괜찮아요. 그렇지만 감사합니다. 많이 편해졌어요."

"아, 이게 달래는 게 아닌데……."

잠깐 한아린은 복잡한 표정을 짓다가 결국 뒷덜미를 긁적이며 간단히 설명했다. 코드가 벼락 패턴을 파악하기 전에 빠르게 클리어하려다가 결국 일을 그르친 거라며, 또한 생각 이상으로 벼락의 데미지가 커서 퇴장한 거라고 말했다.

"간단히 말하면…… 그냥 내가 너무 제우스 때리는 데에 심취해서 벼락을 못 피한 거예요. 제우스를 본뜬 몬스터인 만큼 벼락 스킬에 주의했어야 했는데 때리다 보니 너무 타격감이 좋아서……."

"아……."

"그러니까 내가 미안해해야죠. 이선 복구사는 각성자라지만 던전 진입 경험도 몇 번 없는데 괜히 충격적인 장면을 보게 했으니……."

클리어가 코앞에 있다고 자만한 탓에 결국 실패했다며 한아린이 진심으로 미안한 표정을 지었다. 정이선은 그녀의 사과에 당황해서 아니라고 손사래를 쳤고, 그사이 엘리베이터는 42층에 도착해 문이 열렸다.

엘리베이터 앞에는 당연하단 듯 사현이 서 있었다. 간병인의 연락을 받았는지 그는 조금 골이 아프단 표정으로 정이선을 쳐다보았다. 무엇을 말하려는지 예상할 수 있는 눈빛이라 정이선이 냉큼 입을 열었다.

"이번엔 실수 안 할게요. 능력 제어도 제대로 할게요. 진짜예요."

"그건 일단 차치하더라도, 3차 던전 재진입할 때면 여전히 이선 씨 페널티 기간이에요."

"포션 챙겨서 들어갈게요. 2시간마다 마시면 돼요."

정이선의 답에 사현이 황당하단 표정을 짓고 있으니 한아린도 옆에서 사현에게 동조했다. 지금 여기에 온 게 재진입에 합류하려고 온 거였냐며, 그 몸 상태로 가능하겠냐고 마구 걱정을 늘어놓았다.

하지만 정말로 간절해 보이는 정이선의 표정에 결국 한아린이 그의 등에 두 손을 얹었다.

"일단 회의실 들어가서 이야기합시다. 나도 환자고, 이선 복구사도 환자니까 앉아서 해야지."

한아린이 자연스럽게 정이선을 밀어 사무실로 이동하게 했는데, 그녀는 분명 정이선보다 한 뼘 정도 작은 키인데도 정이선을 마치 솜 인형처럼 밀었다. 엄청난 힘에 정이선이 떠밀려 가듯 걷자 뒤에서 사현이 나직한 탄식과 함께 따라와 정이선의 팔을 붙잡아 이끌었다.

"그렇게 밀다가 부러지겠네요."

"아, 헌터들이랑만 있다 보니 힘 조절이 안 됐네."

한아린이 주의를 끈 탓에 다행히 정이선은 코드의 회의실에 들어올 수 있었다. 그곳에는 언제나 회의에 참여하던 헌터들이 모두 있었는데, 기주혁이 가장 먼저 놀라서 정이선을 반겼다. 그다음으로 나건우도 그에게 상태를 물었고, 신지안마저 안부를 건넸다. 정이선은 무척 어색한 기분으로 고개를 끄덕이며 의자에 앉았다.

여태까지 계속 회의 중이었는지 모두가 자리에 앉자 멈춰 있던 TV 화면이 다시 움직였다. 정이선은 아직 확인하지 못한 태신길드의 공략 영상이었다.

"……태신길드 공략 끝났나요?"

"네. 3시간 전에, 그러니까 오후 6시에 포기하고 퇴장했어요. 공략에 12시간 썼죠. 그쪽 길드장님이 최대한 노력해 본 것 같은데, 똑같은 뇌전 속성 몬스터라 딜이 거의 안 먹혔어요. 게다가 벼락 꽂히면서 계속 던전 무너지니까 공대원들도 우왕좌왕하고. 안 그래도 길 험해서 피하기 어려운데 벼락 때문에 더 박살 나니까 혼란스러웠죠."

진입로부터 무척 고전하더라는 기주혁의 말에 정이선이 느리게 고개를 끄덕였고, 나건우는 TV 위의 시계를 가리키며 알렸다. 오후 9시였다.

"이제 폭발까지 남은 시간은 31시간이에요. 아, 지안 헌터. 낙원은 언제 들어간다고 했었지?"

"자정에 입장합니다."

"태신보다 대기는 짧네. 태신은 대기한다고 8시간 날렸거든요. 이제 관건은 천형원이 얼마나 빨리 포기하느냐인데……. 그 새끼 이상하게 집착하고 있어서……."

나건우가 질린다는 듯 고개를 내저었다.

"이번에도 태신 실패 뜨자마자 자기가 꼭 해낼 테니 걱정하지 말라고, 대피하지 않아도 된단 소리 지껄였어요. 그 새끼 참 기자회견 좋아해……."

A급 이상 던전은 폭발까지 12시간 이하로 남으면 폭발 범위 전체에 대피령이 떨어졌다. 던전 발생지는 송파구고, 던전은 S급에 레이드 3차이니 폭발하면 서울이 날아갈 상황이었다. 낙원길드가 입장할 때는 폭발까지 28시간밖에 남지 않은 시점이고, 이미 서울 사람들은 하나둘 대피하고 있다고 나건우가 말했다.

정이선은 그 모든 이야기를 경청했다. 자신이 거의 하루를 자는 동안 아주 많은 일이 일어났다. 이미 코드는 던전 공략 실패 원인을 상세하게 분석했고, 태신길드의 공략 영상과 그들의 경험을 비교하며 패턴을 확인하는 중이라고 했다.

그리고 그 과정에서 놀라운 것을 하나 알아냈다며 한아린이 책상을 쾅 두드렸다.

"보스 몬스터 벼락이, 눈에서 가장 가까운 상대한테 꽂혀요. 우리는 벼락 한 번에 실패했는데 태신은 그래도 메인 딜러가 뇌전이라 몇 번쯤 공방 오갔거든요. 그때 패턴 보이더라고요. 보스 몬스터와 가장 가까이, 또 높이 있는 대상에게 공격이 향해요."

던전에서 한아린은 어스퀘이크 능력으로 땅을 높이 솟게 해서 보스 몬스터와 가장 가까운 거리에 있었다. 그녀가 상체를 담당하고 코드의 나머지 전원은 하체를 담당해 발을 묶었다. 그렇게 모두가 몰려 있었던 탓에 한아린이 공격을 맞으면서 전원이 피해를 입은 것이다.

"감히 신과 눈높이를 맞먹으려 들었다고 천벌 내리는 건지, 뭔지."

태신 공대에서도 비행 마법을 쓰던 헌터가 공격을 맞았다며 한아린이 고개를 내저었다. 그러곤 또 하나 알아낸 게 있다며 이야기했는데, 보스 몬스터가 왕홀을 드는 순간부터 벼락 스킬의 캐스팅이 시작된다는 것이다. 그때 눈에서 가장 가까이 있는 상대가 움직이면 캐스팅 시간이 조금 길어지고, 태신 공대의 비행 마법사가 날아다닐 때 제우스의 시선이 그를 따라갔다고 했다.

아예 시야에서 사라져 버리면 곧장 다른 상대로 지정되니 사현의 능력은 사용하기가 어렵다고 말한 한아린이 깔끔히 결론을 내렸다. 헌터가 아닌 정이선이 이해하기 쉽도록 간단히 표현했다.

"누구 한 명이 위에서 계속 어그로 끌어야 한단 소리예요. 그리고 그건 제가 해야 하고."

"아, 그 땅 타고서……."

최대한 땅을 길게 뽑아서 이동할 거긴 한데, 바닥은 어쩔 수 없이 일부 무너진다며 한아린이 슬쩍 정이선의 눈치를 살폈다. 어차피 정이선이 던전을 복구하는 근본적인 이유는 진입을 편하게 하기 위함이라, 전투 과정에서 건물이 무너지는 건 어쩔 수 없었다. 정이선은 괜찮다는 듯 고개를 끄덕였고 그에 한아린이 한결 편해진 낯으로 웃었다.

이후 정이선은 태신의 공략 영상을 가만히 들여다보다 무언가 이상한 점을 발견했다. 코드가 진입했을 때와 확연한 차이가 하나 있었다.

"왜 태신길드는 신전 안에서도 천사형 몬스터가 날아다녀요?"

"아, 그게 아직 난제예요. 우리 때는 저 몬스터가 안까지 안 날아왔는데……. 그리고 이것도 애매한 게, 그, 복구사님 정신 잃어서 신전 무너질 때쯤엔 다시 몬스터가 날아와서……. 기준을 모르겠어요. 일단 가장 큰 차이점이라면 복구사님의 존재 유무인데."

기주혁이 그때를 말하는 것이 몹시 염려스러운 눈치로 어색하게 말했다. 하지만 정이선은 그저 객관적인 의문만 가진 채 영상을 확인했다. 3차 던전의 몬스터는 날개 달린 천사형 몬스터인데, 긴 창을 들고 공격하는 기세가 무척 매서웠다.

진입할 때 그 몬스터 때문에 고전하다 신전 안에 들어가선 더 날아들지 않아 다행이라 여겼는데 태신 공대의 영상에선 신전 안까지 몬스터가 끈질기게 따라붙었다.

"복구사님이 신전 들어가기 전에 한 번 더 복구했잖아요. 그때 뭔가가 복구돼서 천사형 몬스터가 안으로 들어오지 못한 거 아닌가?"

"뭐 복구했는지 기억나요?"

갑자기 자신을 향한 질문에 정이선이 느리게 눈을 깜빡였다. 제일 처음에 던전의 시작부터 신전의 입구까지 길을 다듬고, 그다음에 신전에 도착해서 한 번 더 히든 능력을 사용했었다. 안쪽에 있는 무너진 기둥들을 마저 세우고, 바닥을 복구했는데…….

"기둥이나 바닥을 가장 많이 복구하긴 했는데, 그것들은 이미 전투 과정에 무너졌었으니 단서가 아닐 것 같아요."

정이선은 천천히 자신이 복구해 냈던 것들을 떠올렸다. 머릿속으로 복원도를 그리면서 복원했다. 올림피아의 제우스 신전은 웅장하되 매우 직관적인 구조라 외우기가 쉬웠다. 직사각형을 그리듯 세워진 기둥과 그 정중앙에 있는 제우스 신상, 의자, 그리고 받침대.

원래 제우스상은 보석과 흑단, 상아로 장식한 금 의자에 앉아 두 발을 금으로 된 받침대에 올린 상태였다. 거대한 의자와 받침대는 예배를 올리는 사람들의 눈높이에 신상의 발이 위치하게 했다.

……눈높이.

"……제우스상이 7대 불가사의인 만큼 의자랑 받침대를 복구했던 것 같아요."

정이선은 자신이 조금 전에 떠올린 모든 정보를 말했다. 그의 입에서 나온 '눈높이'라는 정보에 사현의 표정이 점점 미묘해졌고, 그러다 따로 태블릿을 들여다보던 신지안이 당장 TV 화면을 바꿔 띄우며 말했다.

"이 영상을 확대하면 보입니다."

신지안이 띄운 영상은 태신길드의 공략 영상이었다. 카메라맨은 한 명만 들어가서 앵글이 한정적이기에 최대한 영상을 자세히 분석해야 했는데, 그중 신지안은 제우스상의 '의자'를 확대했다. 태신길드의 영상 속 의자에는 사선으로 금이 가 있었고 받침대는 아예 두 동강이 나서 허물어진 상태였다. 무너진 던전 그대로의 모습이었다.

그다음으로는 코드의 공략 영상이 떴다. 신지안이 사진을 쭉 확대하자 보이는 의자와 받침대는 완벽한 모습을 갖추고 있었다. 그리고 정이선이 정신을 놓쳐 히든 능력이 사라질 때쯤엔 그것들의 형태도 점점 부서져 갔다.

그 영상을 보자마자 기주혁이 허, 한숨을 터트렸다.

"와, 이거 게임으로 치면 버그 뜬 거 아닌가."

"신전의 허점이지, 허점. 신의 영역이니 천사들은 감히 직접 들어올 수 없다, 뭐 이런 거."

옆에서 나건우가 말을 얹다 아차, 하며 정이선을 바라보았다. 얼떨결에 던전의 숨은 공략법을 알게 되긴 했지만 그 방법을 행하는 데에 한 가지 큰 문제가 있었다.

"그런데…… 이선 복구사 들어갈 수 있어요? 페널티 기간이지 않나."

"할 수 있어요."

"이선 씨."

"이번에는 실수 안 할게요."

사현의 시선이 고요히 정이선에게 꽂혔다. 레이드 4차 던전 때는 함께할 생각이었지만, 3차 던전 재진입 때는 정이선의 페널티가 끝나지 않은 기간이니 동행을 고려하지 않았다. 그의 불안정한 상태에 대한 우려보다 객관적이고 확실한 위험 요소를 안고 던전에 들어가기엔 시간이 아슬아슬하단 문제 때문이었다.

그러나 정이선의 능력이 생각 이상의 효과를 보이는 지점이 나타났다. 고민하는 사현에게 정이선은 절대로 그때와 같은 일을 벌이지 않겠다고 애원하듯 말했다. 사실 그의 말은 그다지 신뢰가 가지 않았지만, 모든 상황을 계산해도 정이선이 있어야 더 효율적이란 결론이 나왔다.

"……그렇게 해요."

결국 사현이 고개를 끄덕였고, 주위에 있던 헌터들도 다행이라며 박수했다. 정이선의 얼굴에 어렴풋하게 한 겹 안도가 퍼졌다.

◁　◆　▷

서울에 비상 대피령이 떨어졌다.

S급 던전이 폭발하기까지 12시간 남은 시점에도 여전히 던전을 공략해 내지 못했다. 천형원을 메인 딜러로 한 낙원 길드의 공격대는 자정에 진입해 12시간 넘게 공략을 시도하고 있지만 아무리 해도 가망성이 없어 보였다.

"저것들은 안 될 것 같으면 빨리 나와야지, 왜 시간 질질 끌어 가지고."

"회복 포션 잔뜩 챙겨 가서 버티고는 있는데, 그러면 뭐해. 깨질 못하는데……."

"돈 낭비만 왕창 하네요."

"저러다 지들 목숨도 낭비하면 정신 차리나."

낙원길드의 공략 영상은 실시간으로 송출되었기 때문에 코드의 헌터들도 저마다 영상을 보며 고개를 절레절레 내저었다. 태신 공대는 메인 딜러와 보스 몬스터의 상성이 같아서 데미지가 적었지만 그래도 그곳은 나름대로 전략적으로 던전을 공략하려 했다.

그러나 낙원 공대는 전혀 그렇지 않았다. 이미 클리어하지 못할 상황이 뻔히 보이는데도 꾸역꾸역 회복 포션을 먹으면서 안에서 시간을 끌었다.

코드는 사무실 중앙의 커다란 TV로 공략 영상을 보며 분석하고 있었는데, 매번 비슷한 패턴 속에 갇히니 태신 공대 영상에서 더 나아가 얻을 만한 정보도 없었다. 헌터들은 책상을 딱딱 두드리며 답답함을 드러냈다.

다만 정이선이 함께 영상을 분석하면서 한 가지 추가로 알아낸 정보는 있었다.

"원래 제우스 신상이 왼손으로는 왕홀을 쥐고, 오른손으로는 니케 조각상을 받치고 있었어요. 그 조각상이 딱 저 몬스터처럼 날개를 가졌는데……."

실제로 정이선이 마주한 보스 몬스터는 오직 왕홀만 쥐고 있었다. 태신과 낙원의 공략 영상에서도 제우스의 손에는 니케 조각상이 보이지 않았다. 정이선이 말한 기존 신상과의 차이점을 들은 사현의 표정이 미묘해졌다.

"니케……."

니케는 승리의 여신으로, 그게 하위 몬스터라면 유독 성가셨던 이유가 설명되었다. 하위부터가 신을 모티브로 한 몬스터라면 상대하기 까다로운 게 당연했다. 게다가 아무리 죽여도 계속해서 신전 뒤편에서 날아와 진입을 방해하고, 신전 안에서도 헌터들을 공격하며 계속 주의를 흩트리니……

어차피 정이선이 제우스의 의자를 복구해 내면 신전 안에서 천사형 몬스터를 상대할 일은 없겠지만, 사현은 무언가를 생각하는 듯 가만히 화면을 응시했다. 다른 길드의 공략 영상을 들여다본 그는 곧 자리에서 일어서며 헌터들을 불렀다.

"기주혁 헌터. 신지안 헌터. 얘기 좀 하죠."

"예……?"

신지안은 말없이 자리에서 일어섰으나 기주혁은 불안에 가득 찬 눈으로 사현을 올려다보았다. 그 시선에 사현이 미소하며 나긋하게 답했다.

"저번에 젖은 장작도 태울 만큼 집요한 불길이라고 말한 적 있죠?"

"예, 예……?"

"이번에 제대로 해 봐요."

그 말이 사형 선고처럼 들리는지 기주혁이 아연한 표정을 지었다. 하지만 그는 결국 털레털레 사현을 따라 바깥으로 나갈 수밖에 없었고, 정이선은 그들의 뒷모습을 바라보다 나건우에게 물었다.

"비는 언제쯤 그칠까요?"

"글쎄요. 거의 던전 폭발할 때쯤에 비 그칠 것 같던데⋯⋯."

비가 내려서 제우스의 공격력이 강해졌는데, 던전이 폭발할 즈음에야 비가 그친단 소식은 꽤 억울한 일이었다. 던전 폭발이란 일대를 폐허로 만들고도 던전 게이트를 여전히 유지하면서, 점점 피해를 키우는 일이었다. 후일 맑을 때 진입하면 상대적으로 쉽게 클리어할 수 있을지는 몰라도 피해는 막을 수 없었다. 폭발 자체를 막는 게 중요했다.

코드가 재진입 의사를 밝혔기 때문에 폭발까지 6시간이 남으면 헌터 협회가 직접 들어가 낙원길드에게 퇴장을 권고하기로 했다. 다만 데리고 나오는 데도 시간이 걸릴 거라, 코드가 재진입할 때는 거의 네다섯 시간이 남은 상황일 터였다.

나건우는 볼펜으로 책상을 툭툭 두드리며 한숨을 내쉬었다.

"최악의 상황이 아니기만을 빌어야죠, 뭐. 낙원이 빨리 나와야 할 텐데⋯⋯."

◁　◆　▷

유감스럽게도 상황은 최악으로 흘렀다.

던전 폭발까지 6시간 남은 시점, 여전히 낙원길드는 던전 안에서 고전했다. 공략에만 22시간을 사용하고 있는 상황이었다. 영상을 보는 사람들 일부는 그들의 끈질긴 시도에 감동했지만 대부분이 답답해하며 빨리 나오라고 성화였다. 하지만 바깥의 소식이 던전 안으로 들어갈 리는 만무했고, 결국 협회의 헌터들이 직접 나섰다.

코드는 협회가 던전에 들어간 후에야 재진입을 공식 발표했다. 하지만 코드가 재진입할 즈음엔 폭발까지 네다섯 시간이 남았고, 첫 번째 진입 때 공략에서 사용한 시간이 6시간이었으니 아슬하다 못해 매우 위험한 상황이었다.

서울에 떨어진 비상 대피령 때문에 전국이 들썩였다. 전 국민이 두려움에 떨었고 전 세계 사람이 한국을 위해 기도했다.

하지만 그 상황 속에서도 코드는 무척 차분했다. 사현의 존재가 애초에 어수선한 분위기를 차단했고, 헌터 전원도 침착하게 던전 공략 방향을 세웠다. HN길드의 다른 헌터들마저도 대피령에 따라 서울을 떠난 상황에 코드만 사옥에 남아 있었다.

"신전 진입까지 최소 한 시간, 최대 두 시간 내로 끝냅니다."

이번엔 진입 시작부터 사현이 나서기로 했다. 원래 코드의 주축 5인방은 보스 방에 도착할 때까지 후방에서 서포트만 했지만 이번에는 아예 초반부터 선두에 서기로 했다.

길드 건물을 나서기 전, 한아린은 비장한 얼굴로 어떤 상자를 챙겨서 허리춤에 매단 주머니 속에 넣었다. 손바닥 크기만 한 상자를 조심조심 넣고서 어쩐지 슬픈 얼굴을 하기에 정이선이 의아해하자 한아린이 씁쓸하게 중얼거렸다.

"내 죗값을 치를 때가 된 거죠……."

"와, 저거 스카우트 때 받은 거라던데."

뒤에 있던 기주혁이 키득거리며 말했다. 정이선은 그녀의 히든 능력 발동 조건이 땅에 광물을 박아 넣는 것이었음을 떠올리며 가까스로 고개를 끄덕였다. 아마도 저 상자 안에는 값비싼 광물이 들어 있는 듯했다.

"원래 한아린 누나 소형 길드에 있었거든요. 거의 대표 격에 걸어 다니는 길드 수준이었는데, 리더가 찾아가서 저 보석 내밀고 스카우트했어요. 이 일화도 나름 유명한데."

"그래요? 저는 처음 듣는데……."

"와. 복구사님 진짜 헌터 쪽에 관심 없었구나. 간단하게 말하면, 뭐, 처음엔 누나가 리더 스카우트 거절했거든요. '멀리 안 간다' 소리 하며 책상에 다리 올리고 있다가 리더가 상자 내밀자마자 기립했죠. 게다가 경매장 갔으니 복구사님도 봤죠? 리더 돈 진짜 많거든요."

HN길드는 사현이 활약하기 전부터도 한국 3대 길드였고, 그 길드장의 아들인 사현은 돈이 차고 넘친다는 이야기였다. 게다가 사현이 스무 살에 1차 대던전 클리어로 던전 데뷔를 하면서 HN길드를 한국 1위로 올렸으니, 그 주역이 어마어마한 보상금을 받는 일도 당연하다며…….

"그러니 히든 능력 조건이 광물, 즉 보석인 한아린 누나 스카우트하기 간단했죠. 저 보석 내밀고, 그다음에 다른 보석 진열 박스 줄줄이 보이면서 함께하면 얻게 될 것들이라고 해서 끝! 결판났어요."

"과거 이야기 그만해라. 조금 눈물 나니까."

"멀리 안 나가던 누님은 그렇게 그 자리에서 계약서를 쓰고…… 지금까지 그 보석을 애지중지 아꼈는데……."

옆에서 말을 보태던 기주혁이 결국 한아린에게 등을 맞았다. 히든 능력의 대가로 보석을 바치면 보석이 그대로 사라져 버린다는 말을 얼핏 들었다. 정이선은 그녀의 능력이 무엇일지 점점 궁금해졌다. 그리고 한편으론 폭발까지 반나절밖에 남지 않은 시점에서 여유롭게 대화하는 그들이 신기하기도 했다.

문득 정이선은 클리어 골든 타임을 놓친 S급 던전이 폭발하면서 자신이 살던 도시가 날아갔던 1차 대던전 당시를 떠올렸다. TV 화면으로 그 장면을 보던 순간이 불현듯 떠오르며 속이 울렁였지만 꾸역꾸역 그런 감정을 눌렀다. 지금 그런 감정에 발목이 붙잡혀선 안 되었다.

이번에 자신이 잘해 내야만 그런 폭발이 다시 일어나지

않을 터였다. 이미 서울에 대피령이 내려서 인명 피해는 적다고 하더라도, 정이선은 폐허 자체를 다시 보고 싶지 않았다. 그리고 이번 3차 던전을 클리어해야만 친구를 또 보내 줄 수 있었다.

그렇게 그가 마음을 가다듬을 즈음 앞에 있던 신지안이 헌터 협회의 연락이 왔다고 알렸다.

"이제 곧 낙원길드 나온다고 합니다."

그 말이 신호인 듯 길드 건물에서 대기하던 헌터들이 우르르 바깥으로 움직였다. 사옥에서 던전 발생지까지 차로 10분쯤 이동해야 했다. 대피령이 떨어지기 이전엔 코드가 HN길드 건물을 나오는 순간부터 그들을 촬영하는 방송사 카메라가 따라붙었는데 오늘은 아무도 없었다.

고요한 거리 위로 빗방울이 떨어졌다. 그 빗소리만이 도시의 유일한 소음이라, 정이선은 잠깐 건물 로비에 서서 유리창 바깥을 바라보았다. 자정쯤의 밤하늘은 비가 와서 별하나, 달빛 한 점 못 찾을 정도로 흐렸다. 정이선이 새까만 하늘을 한차례 훑어보다 시선을 내렸을 때 건물 입구에서 가만히 자신을 보는 사현과 눈이 마주쳤다.

그제야 정이선이 조금 당황하며 빨리 이동했다. 잠깐 창밖을 쳐다본 행동이 던전에 집중하지 못하는 모습처럼 보일까 봐 걱정되었다.

"죄송합니다. 비가 정말 안 그치려는지 확인하려고 했던 건데……."

"이선 씨. 코드 소속 헌터들은 모두 A급 이상이에요."

"……네? 아, 네……. 알고 있어요."

"지난 4년 동안 던전에 수없이 많이 진입했지만 한 번도 사망자가 없었어요. 단 한 번도."

사현의 새까만 눈동자가 오롯이 정이선을 향했다. 정이선은 그 눈에, 초점이 또렷한 그 눈동자에 다시금 시선이 빼앗겼다. 그건 그의 의지로 어떻게 할 수 없는 행위였다.

"한아린 헌터도 보세요. S급 던전의 보스 몬스터한테 공격을 받고도, 벼락을 맞고도 저렇게 살아 있어요."

"……."

"정이선 씨 눈앞에서 죽을 사람 없어요."

나긋한 목소리가 담담히 귓가로 떨어졌다. 아주 객관적인 사실을 알려 준다는 듯 사현은 지금껏 코드 소속이 중상을 입었던 공략의 비율을 읊으며 헌터들 모두가 저항력이 뛰어나다고 말했다. 그나마 저항력이 약한 마법사나 힐러의 경우엔 아예 준 S급에 달하는 아이템까지 착용시켰다 알리며, 마지막으로 정이선에게 손을 내밀었다.

"이렇게 하면, 대비책 되는 거 맞죠?"

사현이 내리는 결론은 무척 황당했다. 현재 진입할 던전과 코드의 상성 정도를 계산했을 때 위험도는 어느 정도 있더라도 사망 확률은 절대 없다는 그의 말은 정말로 느닷없었다.

갑자기 코드의 실적에 대한 브리핑을 들은 것만 같았다.

그러나 결국, 결국에 정이선은 어렴풋하게 웃고야 말았다.

어이가 없어서 터진 웃음인지 그는 잠깐 실소하며 시선을 내렸다가…… 이내 천천히 사현과 눈을 마주하며 고개를 끄덕였다.

손끝에 닿는, 살아 있는 사람의 온기가 선명했다.

◁　◆　▷

낙원길드의 공대가 완전히 퇴장했을 때는 폭발까지 약 4시간이 남은 시점이었다.

코드 전원은 이미 게이트 앞에서 대기하고 있었다. 공간이 깨지듯 나타난 게이트의 주위로는 수상한 바람이 점점 거세게 몰아쳤다. 폭발이 가까워진다는 걸 알리듯 바람이 부는 기세가 흉흉했으며 푸르렀던 게이트는 점점 심해처럼 어두워져 갔다.

그런 게이트 바깥으로 마침내 낙원길드의 공대원들이 나왔다. 만신창이가 된 그들은 협회 헌터들의 부축을 받으며 걸었고, 모두의 얼굴에 참담함이 자리했다. 그들이 마지막 순번인 만큼 자신들이 포기하면 던전이 폭발하고 만다는 부담감이 과하게 작용한 듯했다.

마지막으로 나오는 사람은 천형원이었다. 그는 머리에 피를 뚝뚝 흘리며 낙담한 표정을 짓고 있었는데, 언뜻 작위적인 느낌이 따랐다. 협회 직원의 부축도 거절한 채 로드를 축 늘어뜨리고 걷는 그는 비극적인 영화 속의 주인공 같았다.

그리고 그런 그의 앞으로 사현을 선두로 한 코드가 걸어갔다. 이미 헌터 협회와는 재진입하기로 이야기가 되었다. 카메라맨은 새로운 사람이 들어오기로 했는데, 폭발까지 1시간밖에 남지 않은 시점이 되면 카메라맨만 먼저 나가기로 했다.

그런데 사현이 게이트 가까이로 다가갈 때쯤, 천형원이 비소하며 그 앞을 막았다.

"……뭐야, 재진입하는 건가? 다시 도전한다 해서 클리어할 것 같아?"

엉망인 꼴로 천형원이 사현에게 빈정거렸고, 사현의 새까만 눈동자가 가만히 그 상태를 훑었다. 갑자기 길을 막은 불청객을 확인하는 눈빛이었다.

"아아, 알겠다. 이미 명예는 땅에 떨어졌으니 그냥 던전에 들어가서 죽으려고? 숭고하게 희생하는 척?"

꽤 신랄한 조롱에 천형원의 주위에 있던 헌터들이 흠칫하며 그를 보았다. 협회 직원들도 갑작스러운 대치 상황에 우려하는 낯빛이 되었지만, 오직 코드만이 별 반응을 보이지 않았다. 선두에 있는 사현이 '아……' 하며 나직이 탄식하다 곧 눈매를 휘어 미소했기 때문이다.

"안에 시체 수습하러 들어가야 하나 했네요."

그 말을 끝으로 사현은 다시 게이트를 향해 걸었다. 더 대화할 가치도 없단 행동이었으며 코드의 헌터들도 천형원에게 굳이 인사하지 않고 이동했다. 정이선은 잠깐 천형원과 눈이 마주쳤지만, 그도 결국 시선을 돌려 걸었다.

A급 이상 던전의 보스 몬스터는 대부분 회복 스킬을 가지고 있었으며, 공격이 끊기면 더 빠르게 회복했다. 지금은 낙원 공대가 빠지자마자 곧바로 코드가 입장하니 얼마 회복되지 않았겠지만, 어차피 낙원 공대가 유효타를 거의 날리지 못해서 별 의미가 없었다. 오히려 태신 공대가 기껏 깎아 놓은 피를 낙원 공대가 다시 회복시킨 상황이라고 봐도 무방했다.

던전 안에서는 희미하게 피비린내가 풍겼다. 곧바로 몬스터가 날아오지 않는 것을 확인한 사현이 정이선에게 먼저 바닥을 복구하라 시켰다. 검붉은 들판을 밟으면 발이 묶인다는 것을 영상에서 확인했으니 바닥만큼은 확실히 복구해야 했다.

정이선은 앞으로 나서 빠르게 길을 복구했다. 포션을 먹고 들어오긴 했지만 페널티 기간이라 능력의 완성도가 반절로 줄었다. 게다가 1년 전부터 그의 능력이 떨어졌던 걸 생각하면 지금 복구율은 30~40퍼센트에 그쳤다. 그러니 정이 선은 바닥을 촘촘히 복구하기보다 발이 들판에 닿지 않도록 하는 것만 주의해서 복구했다. 실수로라도 발이 떨어지지 않게 범위도 정확히 계산했다.

그렇게 정이선이 복구를 끝내자마자 사현이 기주혁을 불 렀다. 기주혁은 로드를 양손으로 쥔 채로 앞으로 나와 조금 슬픈 어조로 물었다. 어쩐지 하소연을 하는 듯한 기색이었 다.

"리더……. 저 정말 합니까?"

"네."

"저 진입부터 쓰러질지도 모르는데…… 짐 되지 않을까 요?"

"어차피 보스 몬스터한테 마법 데미지가 적게 들어가는 거 확인했잖아요? 그러니 지금 마나 다 쓰세요."

사현의 나긋한 말에 기주혁이 훌쩍거리는 소리를 냈다. 공략 마지막 순간까지 자기 눈으로 보고 싶다는 한탄이 중 얼거리듯 따라붙었다가, 사현이 여기에서 시간 끌면서 짐처 럼 굴지 말라고 일갈해 결국 두어 발자국 더 걸었다.

진입로의 어느 지점까지 가면 하위 몬스터가 공격하기 시 작하는데, 그 위치는 이미 영상으로 분석해 두었다. 그리고 기주혁이 딱 그 부분에 서자마자 신전에서 천사형 몬스터가 익룡 같은 소리를 내며 날아왔고, 그와 동시에 기주혁이 로드를 높이 치켜들었다.

"흐아압!"

이상하면서도 힘찬 기합과 동시에 기주혁의 주위로 불길이 휘몰아쳤다. 아주 자그마한 불씨가 그의 주위를 맴도는가 싶더니 이내 점점 거대한 불길이 되어 번지고, 그러다 끝내 일대 전체로 퍼지면서.

화아악. 불길이 마치 장막처럼 넓게 퍼졌다. 고개를 뒤로 한참 젖혀도 끝을 볼 수 없을 정도로 아주 높은 불길은 세로뿐만 아니라 가로로도 공간 전체를 가르는 듯했다.

던전 안에는 여전히 비가 내리고 있었지만 기주혁이 모든 마나를 쏟아붓는 듯 빗줄기 속에서도 불길이 거셌다. 그 광경에 정이선은 작게 입을 벌리며 감탄했다. 기주혁이 A급에서 다섯 손가락 안에 꼽히는 헌터인 이유를 직접 확인하는 순간이었다.

불길 너머에서 잠깐 멈칫하던 몬스터들 중 한 마리가 이내 키에엑, 소리를 내며 불길을 뚫고 달려들었다. 거세긴 하지만 이전보단 느린 속도였으며 거대한 불길 탓에 자연히 몬스터 아래로 짙은 그림자가 졌다.

정이선이 그걸 확인한 순간, 갑자기 몬스터 아래의 그림자 전체가 한층 더 새까맣게 변하는가 싶더니 돌연 어둠이 튀어나왔다. 흡사 어둠 속에서 손이 뻗어 나오는 듯한 모습이었다. 어느새 사현이 능력을 쓰고 있었던 것이다.

새까만 어둠은 순식간에 위로 뻗어 올라와 몬스터의 몸체를 잡았고, 이내 그것을 무자비하게 바닥으로 패대기쳤다. 쿠웅, 소리가 들리는 것과 동시에 사현이 나직이 명령했다.

"날개 자르세요. 아니면 뜯거나."

신지안이 가장 먼저 달려가 몬스터의 등을 짓밟고 검붉은 날개를 쥐었다. 바닥에 처박힌 몬스터가 다시 푸드덕거리며 날아오르려 했지만 신지안의 손등에 핏줄이 더 빠르게 솟아올랐다.

마침내 콰드득, 소리와 함께 날개가 뜯겼다. 꼭 뼈가 부서지는 듯한 소리였다.

조금 기괴한 광경에 정이선이 숨을 흡 들이켰다. 날개 아래로 새까만 피가 뚝뚝 떨어졌다. 날개 뜯긴 몬스터가 지금까지 냈던 고성과는 조금 다른 비명을 내질렀는데, 그쯤 정이선은 무언가를 떠올렸다.

니케는 승리의 여신으로 날개를 갖고 있는데, 아테나가 승리의 상징을 다른 곳으로 보내고 싶지 않아 니케의 날개를 잘라 버렸단 이야기가 있었다. 실제로 날개가 잘린 니케의 동상은 여러 나라에서 드물지 않게 발견되었다. 승리의 여신이 떠나가지 못하도록 날개를 없앤 것이다.

그러니까 니케 몬스터의 날개를 뜯는 건, 단순한 공격을 넘어서 역린을 건드리는 것과 비슷한 행동이었다. 바닥에 처박힌 몬스터는 몸을 바르르 떨다가 이내 몸을 축 늘어뜨렸다. 공격력을 완전히 상실한 모습이었다.

그 모습을 발견한 헌터들의 얼굴에 환호가 들어찼다. 곧 몬스터의 비명을 들은 다른 몬스터들이 불길을 뚫고 날아들었지만 잠깐 느려진 속도나 아래로 드리워진 그림자 덕에 속속들이 바닥에 처박혔다.

일련의 상황에 정이선은 경악을 삼켜야만 했다. 몬스터가 빠르게 날아들어서 걱정했는데 족히 10개는 넘는 몬스터 아래의 그림자에서 새까만 손이 동시다발적으로 올라왔다. 사현이 힘을 분산하면서 사용하고 있었다.

코드의 헌터들은 재빨리 바닥에 패대기쳐진 몬스터의 날개를 공격했다. 첫 진입 때는 이 몬스터 때문에 고전했는데 지금은 무척이나 수월하게 전진할 수 있었다. 기주혁이 불의 장막을 유지하며 앞으로 걸었고, 날아드는 몬스터는 모두 사현이 아래로 처박았다.

날개가 뜯기고 베이는 현장은 꽤 괴기했지만 그 수법으로 코드 전원은 빠르게 신전 안까지 들어왔다. 신전 뒤편에서 끝없이 나타나는 몬스터는 정이선이 바로 제우스상의 의자를 복구해 신전 안으로 들어오는 것을 막았다. 코드의 헌터들도 신전의 의자가 숨겨진 공략법이란 걸 들었기에 신전 안에 들어와선 저마다 안도의 한숨을 터트렸다.

"이제 복구사님 없으면 던전 어떻게 깨요."

"맞아요. 진짜 감사합니다."

헌터들이 전하는 감사에 정이선은 그저 어색한 얼굴로 고개를 끄덕였다. 사실 저 의자가 아니었으면 정이선도 이번 던전에 진입하지 못할 뻔했으니 그로서도 의자의 존재가 고마운 상황이었다. 정말로 의자를 복구하자마자 날아들지 않는 몬스터를 확인하며 정이선도 조용히 안도했다.

그즈음 기주혁이 종이 인형처럼 앞으로 풀썩 허물어졌다. 흐물흐물 무너지는 기주혁의 모습에 정이선이 당황하고 있으니 미리 이야기가 되었던 듯 나건우가 다가가 치유 스킬을 걸었다. 다만 걸을 수 있을 정도로만 회복시켜 줬는지 다시 일어난 기주혁의 얼굴은 여전히 핼쑥한 상태였다.

"와, 이건 착취다……."

지쳐 쓰러지기 직전에 회복 스킬이 걸리는 게 어떤 기분인지 알기에, 정이선은 조금 안타까운 눈빛으로 기주혁의 등을 토닥였다.

곧 제우스가 나타날 테니 다들 긴장하며 걸음을 옮겼다. 이번에도 보스 몬스터는 왕홀을 휘둘러 기둥을 하나 부수며 나타났는데, 이미 한차례 겪은 공격 방식이라 코드는 당황하지 않고 빠르게 대열을 갖췄다.

제우스의 어그로를 끌 한아린이 곧장 어스퀘이크 능력을 사용해 높이 솟아올랐다. 그녀는 봉을 휙휙 돌리며 제우스의 눈 바로 앞까지 다가갔다. 가까이 접근하는, 그것도 눈보다 조금 더 높이 오르는 모습으로 봐선 확실히 보스 몬스터의 신경을 건드리려는 목적이었다.

"이번에는 제대로 붙읍시다. 응? 내가 족칠 방안 다 준비해 왔어."

한아린은 보스 몬스터가 휘두르는 왕홀을 피해 휙휙 움직이며 마치 조롱하듯 몬스터의 미간을 고집스레 때렸다. 어쩐지 단순히 어그로를 끄는 것보다 피뢰침이 되었던 경험에 대한 분노를 표출하려는 의도가 더 큰 것만 같았다.

이내 보스 몬스터가 진노한 음성으로 말했다.

"감히, 신을 섬기지 않는 자가 신전에 들어오다니……."

"이보세요. 인간 땅에 먼저 무단 침입한 건 그쪽이에요. 그쪽이 땅을 만들길 했어, 뭘 했어. 가이아라면 몰라 제우스 주제에 뭔 헛소리야?"

멋대로 인간 땅에 왔으면서 월세는 내지 못할망정 가장 집값 비싼 곳을 무너뜨리려 한다며 한아린이 짜증을 냈다. 보스 몬스터의 주의가 한아린에게 몰린 사이 코드의 헌터들은 아래에서 끝없이 몬스터를 공격했다.

보스 몬스터가 왕홀을 휘두르려 하면 신상의 그림자에 빙의해 있는 사현이 막았고, 몬스터의 시선이 아래로 향할 즈음엔 한아린이 잽싸게 신상의 미간을 때렸다. 그쯤 정이선은 정말로 한아린이 보스 몬스터를 골리려고 작정했다고 생각했다.

기어코 보스 몬스터가 왕홀을 높이 쳐들었다. 벼락 스킬을 사용할 때는 사현의 그림자로도 막을 수 없는 듯했다.

"너희를……."

그 말이 들리는 것과 동시에 한아린이 땅을 움직여 잽싸게 이동하기 시작했다. 이전까지는 한정된 지역에서만 제우스의 시선을 이끌었지만 이번엔 땅 자체를 멀리 옮겼다.

높이 솟은 땅이 마치 구름처럼 앞으로 쭉 이동했고, 그것을 따라 바닥이 쿠구구 갈라졌다. 보스 몬스터는 타겟을 따라가려는 듯 왕홀을 들고 쿵, 쿵, 쿵 앞으로 이동했다. 도망가는 한아린과 뒤쫓는 보스 몬스터, 그리고 그렇게 무방비해진 몬스터의 등을 나머지 헌터들이 모두 공격했다. 보스 몬스터가 대상을 지정하고 공격을 캐스팅하는 동안에는 다른 행동을 하지 못한다는 걸 분석해 냈기 때문이다.

정이선이 그 광경을, 정확하게는 사정없이 갈라지는 바닥을 멍하니 보고 있으니 옆에서 기주혁이 조심히 물었다.

"복구사님. 괜찮은 거 맞죠……?"

"……아, 네. 그럼요."

미리 언질을 받았고, 또 복구된 건물이 전투 도중에 무너지는 건 당연하다고 생각하면서도 이상하게 씁쓸해졌다. 정이선은 혹시나 제 표정이 카메라에 잡힐까 싶어 후드를 깊이 눌러 썼다.

그사이에도 제우스 신상은 한아린을 쫓아가며 캐스팅을

시도하고 있었다.

"심판……."

"아, 멋대로 나타났으면서 이젠 사법 권한까지 빼앗죠."

무단 침입에 이어 자주권까지 침해한다며 한아린이 신랄하게 빈정거렸다. 그러다 마침내 제우스의 왕홀이 아래로 꽂히며 모든 문장이 완성되었을 때, 대기가 찌르르 울리는 것을 확인하자마자 한아린이 재빠르게 바닥으로 뛰어내렸다.

콰르릉, 엄청난 굉음과 함께 벼락이 내리꽂혔다. 정이선이 무너진 천장을 복구해 내서 벼락이 신전 안까지 들어오는 데에 약간의 시간이 걸렸다. 벼락은 정확히 한아린이 있었던 땅에 꽂혔고, 솟아올랐던 땅은 산산조각이 나며 바닥에 떨어졌다.

한아린은 잽싸게 그곳에서 도망친 덕에 벼락을 피했다. 아슬아슬하게 피해서 바닥을 데굴데굴 굴렀지만 그녀는 오히려 후련하단 듯 벌떡 일어섰다. 스릴이 넘친다며 즐거워하는 모습에 정이선은 그녀가 왜 S급인가 다시금 생각하게 되었다.

현재 정이선은 기주혁, 나건우와 함께 기둥의 뒤에 숨어 있었다. 기둥 앞에서 헌터들과 보스 몬스터, 또 한아린이 전투하는 모습이 모두 보였다. 보스 몬스터가 벼락을 꽂은 곳 주위로는 헌터가 없으니 피해가 전혀 없었다.

그러나 보스 몬스터가 다시 한아린을 향해 왕홀을 휘두를 때쯤, 뒤에 있던 헌터들이 이전보다도 훨씬 더 맹렬하게 공격을 퍼부었다. 그 행동은 충분히 몬스터의 시선을 끌 만해서 정이선이 의아해하니 기주혁이 오오, 소리를 내며 기둥을 붙잡았다.

"이제 시작하나 봐요."

"……뭐가요?"

"누님 히든 능력요. 저기, 꼭 보세요. 하나도 놓치지 말고."

기주혁이 한 손으로 한아린이 있는 곳을 가리켰다. 보스 몬스터의 집중이 뒤로 향해 한아린 홀로 그곳에 있었는데, 어느새 그림자 빙의를 풀고 이동해 온 사현이 그녀의 앞에 서 있었다.

한아린은 사현의 등장에 한숨을 푹푹 내쉬며 서러워했다.

"감시하러 왔어?!"

"네."

"……곧바로 긍정하니까 내가 할 말이 없다."

"이번에 다 쓰세요."

사현의 나긋한 말에 한아린이 부들부들 떨다가 이내 옷 아래 숨겨 두었던 목걸이를 꺼내며 줄을 확 당겨 끊었다. 곧 바닥 위로 다섯 개의 보석이 나뒹굴었는데, 색색의 보석들은 멀리에 있는 정이선도 알 수 있을 만큼 값어치가 높아 보였다.

한아린은 다시금 하아아, 길게 한숨을 내쉬며 바닥에 한쪽 무릎을 꿇었다. 그러곤 한 손으로 바닥을 쾅, 내려친 후에 박살 난 땅 위로 보석을 하나씩 꽂기 시작했다. 정이선은 일전에 기주혁이 말했던, '제사를 지내듯 땅에 광물을 박아야 한다'는 조건이 정말 행동 그대로를 표현했음을 이해했다.

그렇게 다섯 개의 보석을 모두 꽂은 한아린이 손을 쥐었다 펴기를 반복했다. 마치 무언가를 망설이는 듯 손을 덜덜 떨었는데 사현이 평온하게 말했다.

"쓰세요."

"하…… 이건 내가 진짜, 아끼고 아꼈는데……."

한아린이 허리춤의 주머니에서 상자를 꺼냈다. 손바닥 크기만 한 상자를 잠깐 꾹 쥐고 있다가 결국 뚜껑을 열었다. 찰나지만 신전의 일렁이는 횃불 아래에서 보석이 반짝 빛났다. 멀리 있는 정이선이 흠칫할 정도로 엄청난 광도였다.

손가락 한 마디보다 더 크고 투명한 보석은, 바로 다이아몬드였다.

보석에 대한 지식이 전혀 없는 정이선이 봐도 정말로 비싸 보이는, 바로 전에 목걸이에서 뜯어 박아 넣은 보석들보다도 훨씬 더 가치가 높아 보이는 다이아몬드였다. 그녀는 보석을 꺼낸 채로 손을 떨었고, 옆에 서 있는 사현은 친절히 알려 준단 어조로 말했다.

"지금 죽으면 더 못 보는 거 알죠?"

"지금 바쳐도…… 못 보잖아……."

"빛도 못 보고 싶나요?"

그 말에 한아린이 흐느끼는 소리를 내며 두 손으로 다이아몬드를 받쳐 들며 고개를 숙였다. 흡사 보석에 절을 올리는 듯한 자세였다. 그녀는 그 상태로 슬쩍 뒤의 헌터들을 확인했다가 결국 숨을 짧게 들이키며 보석을 아래에 박아 넣었다. 쾅, 내리찍는 듯한 행동이었다.

이윽고 바닥 전체가 진동하기 시작했다. 그녀가 어스퀘이크 능력의 대표 스킬을 사용했을 때보다도 훨씬 더 거대한 울림이었다. 기둥이 흔들리며 돌가루가 파스스 떨어지고 헌터들마저 잠깐 공격을 멈추고 중심을 잡는 일에 집중했다. 당장에라도 땅이 반으로 갈라져 버릴 것처럼 크게 진동하다가.

제우스 신상이 뒤를 돌아보는 것과 동시에 바닥이 쿠구구— 솟아올랐다. 한아린이 보석을 박아 넣은 땅이 마치 휘몰아치는 바람처럼 서로 얽혀 가며 하늘 끝까지 올랐다. 벼락이 꽂히며 뚫린 천장보다도 훨씬 더 높이 바닥이 솟았다.

이내 한아린의 손이 솟아오른 돌기둥으로 향했다. 기둥 사이에 박혀 있는 무언가를 꺼내는 듯한 손짓이었다. 그 모습을 본 기주혁이 조용히 외쳤다.

"엑스칼리버……!"

정이선은 어리둥절한 표정으로 그를 잠깐 보았다가, 마침내 눈으로 확인한 광경에 숨을 헉 들이켰다. 한아린이 아주 신기한 것을 쥐고 있었기 때문이다.

그녀가 돌기둥 사이에서 꺼낸 것은 바로 '검'이었다. 길쭉한 검신은 마치 다이아몬드처럼 투명하게 반짝였고, 신전의 모든 불빛이 그 면에 반사되며 찬연히 산란했다. 게다가 그녀가 함께 꽂은 다섯 개의 오색 보석은 검신 사이사이에 박혀 있었다. 정말 말 그대로 보석으로 만들어진 검이었다.

"하…… 내 생에 이렇게 빛나는 검을 본 적이 없는데……."

한아린이 조용히 한숨을 내쉬었다. 그리고 그때쯤 보스 몬스터의 왕홀이 정확히 그녀가 서 있는 곳을 향했다. 한아린은 검만 보았고, 사현은 그 공격을 확인한 눈치면서도 가만히 있었다. 그 광경을 지켜보는 정이선이 점점 초조해질 때.

콰앙, 커다란 굉음이 울려 퍼졌다. 아래로 내리꽂히던 왕홀의 둥근 윗부분이 그대로 잘려서 날아가며 기둥에 처박힌 것이다. 지금껏 그 어떤 헌터도 제우스의 왕홀 공격을 무력화하지 못했는데, 그것이 한순간에 부서졌다. 왕홀은 아주 깔끔히 잘려 초라한 작대기만 남은 상태였다.

보스 몬스터가 멈칫한 동안 한아린이 다시 어스퀘이크 능력을 사용해 위로 솟아올랐다. 그녀는 반짝이는 검을 비스듬하게 늘어뜨려 쥔 채로 신상과 눈을 맞추며 뇌까렸다.

"본격적으로 싸워 봅시다. 너무 빨리 죽으면 억울하니까, 시시하게 굴지 말고. 응?"

곧 엄청난 공격이 쏟아졌다. 보스 몬스터가 왕홀의 기다란 작대기만으로 한아린을 내려치려 했지만 그녀의 검 앞에서 왕홀은 마치 나뭇가지처럼 잘려 나갔다. 한아린은 무척이나 커다란 검을 가볍게 휘두르며 마구 뛰어다녔다.

솟아오른 땅 위에서 빠르게 도약해 신상의 어깨로 달려들었다. 가벼운 몸짓과 달리 그녀의 공격은 한없이 묵직했다. 휘둘러진 장검이 어깨에 내리꽂히자 콰앙, 소리와 함께 신상이 비틀거렸다. 지금껏 그 어떠한 공격에도 흠이 가지 않던 몸체에 실금이 가며 부서졌다.

그 상황을 확인한 한아린이 이내 입매를 비틀어 웃으며 마구 공격하기 시작했다. 사선으로 어깨를 내려치다 검을 한 바퀴 휙 돌려 더 거세게 공격했다. 보스 몬스터가 위험을 느꼈는지 곧바로 그녀가 솟아오르게 한 땅을 손으로 내려쳐 부쉈지만 한아린은 개의치 않고 기둥 사이를 뛰어다녔다. 쇄도하는 공격에 몬스터가 휘청였다.

비현실적인 상황에 정이선이 어안이 벙벙한 표정을 짓자 옆에서 기주혁이 키득대며 설명했다.

"저 누나, 단순한 마법사가 아니라 마검사예요."

땅을 움직이는 능력을 넘어서 그곳에서 검을 뽑아낼 줄은 상상도 못 했다. 정이선이 감탄하는 사이 아래의 헌터들도 다시 보스 몬스터를 공격하기 시작했다. 사현도 다시 그림자에 빙의해 보스 몬스터의 움직임을 막았고, 느려진 몬스터가 발버둥 치는 동안에도 한아린의 공격은 사정없이 이어졌다. 부서진 부위는 저항력이 확 떨어지는지 다른 헌터들의 공격도 유효하게 들어갔다.

마치 바위가 박살 나는 것만 같은 소리가 몇 번이나 계속됐다. 마법이 쏟아지는 소리와 합쳐져 공간 전체가 시끄러웠다. 한아린은 목을 베어 보려 했지만 그 부분은 유독 저항력이 높은지 검으로 몇 십 번을 때려야 겨우 금이 갔다. 그럴 시간에 우선 팔부터 모두 떨어뜨려야겠다 결론 내린 한아린이 무자비하게 어깨를 내려쳤다.

한꺼번에 쏟아지는 공격에 기어코 신상의 한쪽 무릎이 쿠웅, 하고 꿇렸다. 그 상황에 힘입어 더더욱 공격이 거세지다 이윽고 신상의 팔 한쪽이 떨어질 때.

"네 이놈들……!"

쿠르릉, 하늘이 희게 번쩍였다. 갑자기 숨을 쉬기 어려울 정도로 대기가 옥죄더니 이내 하늘에서 굉음이 터졌다. 귀가 찢어질 것만 같은 어마어마한 천둥소리와 함께 공기가 진동했다. 정이선은 숨을 흡 들이켰다가 반사적으로 하늘을 올려다보았다. 반쯤 무너진 천장 사이로 보이는 하늘에서 수십 개의 번개가 치고 있었다.

왕홀이 부서져서 정확히 내리꽂지는 못하는 눈치였지만, 이미 일대가 새하얗게 물든 탓에 사현의 그림자가 힘을 잃었다. 그렇게 그림자 압박에서 자유로워진 보스 몬스터가 당장 몸을 거세게 틀어 어깨에 오른 한아린을 떨어뜨렸다.

자리에서 일어선 신상이 다급히 어딘가로 뛰어가기 시작했다. 바닥이 쿵, 쿵, 쿵 울렸다. 여전히 하늘에서는 수십 개의 벼락이 번쩍이며 굉음을 내고 있어 소리가 엉망으로 뒤섞였다. 귓가가 멍멍할 정도의 소음에 머리가 아찔했지만 정이선은 그 신상이 '의자'를 향해 가고 있음을 눈치챘다.

제우스상이 의자로 돌아가는 것이 무엇을 의미하는지는 모르나 반사적으로 그것을 막아야 한단 생각이 들었다. 그 강박 같은 생각에 쫓겨 정이선이 당장 앞으로 달려갔다.

"어어, 어! 복구사님……!"

"헉……!"

기주혁과 나건우도 굉음에 정신을 차리지 못하다가 갑자기 정이선이 달려 나가는 행동에 기겁했다. 다급히 붙잡으려 했지만 정이선이 더 빨랐다.

정이선의 머릿속에는 섬광이 터지듯 떠오른 한 가지 가설이 있었다.

저번 진입 때, 정이선이 히든 능력을 유지하지 못하면서 던전이 무너졌다. 그 현상은 곧 히든 능력으로 복구한 내부를 멀쩡히 유지하는 일이, 단순히 정이선과 건물의 물리적인 거리뿐만 아니라 그의 '정신'과도 연결되어 있음을 알렸다. 그러니까 이 장소 전체가 정이선의 이성 하에 원상을 유지하고 있는 것이다.

거기에서 정이선은 한 가지를 추론해 냈다. 아직 직접 행한 적은 없으니 가설에 불과하지만 이상하게도 그는 그것을 확신했다. 자신이 히든 능력을 조절할 수만 있다면, 이미 복구된 건물의 일부를 무너뜨릴 수도 있지 않을까.

그 생각에 정이선은 제우스의 뒤로 쫓아갔다. 그는 지금 페널티 상태이니 능력을 세밀하게 쓰려면 대상과 최대한 가까워져야 했다.

달려 나가는 정이선의 후드가 뒤로 벗겨지는 것과 동시에 그가 앞으로 손을 내뻗었다. 제우스상이 달려가는 방향을 똑바로 응시하는 그의 눈동자가 선명하게 빛났다. 언제부터 있었는지 모를 반짝이는 금가루가 정이선이 있는 곳으로 일순 훅 거둬지며.

쿠웅! 거대한 소리와 함께 길목의 기둥 두 개가 무너졌다. 커다란 기둥을 무너뜨린 탓에 천장이 잠깐 흔들렸지만 붕괴될 수준은 아니었다.

제우스상은 멈칫하다가 이내 포효하며 앞으로 다시 달려들려 했다. 비스듬하게 길을 막는 기둥을 아예 박살 내고 의자로 가려는 듯했다. 뒤에서 움직임을 막은 정이선을 확인하지 않는 것으로 보아 보스 몬스터의 피가 얼마 남지 않았음을 확신할 수 있었다.

그리고 그때쯤 뒤에서 한아린이 빠르게 달려왔다. 그녀는 정이선을 지나쳐 가는 찰나에 그에게 잘했다고 속삭였다.

순식간에 신상의 바로 뒤까지 쫓아간 한아린이 당장 검을 길게 내뻗듯 휘둘렀다. 엄청난 굉음과 함께 보스 몬스터의 발목이 쩌저적 부서지기 시작했다. 조각조각 금이 가며 허물어지고, 그다음으로 다시 한아린이 높이 검을 쳐들어 다리를 베었다. 한 번에 벨 수 없다는 걸 알기에 그녀는 사정없이 검을 휘두르며 공격을 퍼부었다. 파공음이 매섭게 공간을 울렸다.

마침내 신상의 다리가 부서지며 몬스터가 앞으로 무너졌다. 남은 몸체를 움직여서 이동하려는 듯했지만 한아린의 공격은 더 거세게 이어져서 종내 하체를 모두 부쉈다.

"허억……."

보스 몬스터는 남은 팔 한쪽으로 꾸역꾸역 기어가려 했으나 어느덧 한아린은 그 신상의 등 위에 서 있었다. 무너진 기둥에 기대듯이 쓰러진 상체 위를 그녀가 저벅저벅 걸었다.

아래로 늘어뜨린 검이 끼기긱, 소리를 내며 등을 긁었다. 보스 몬스터가 파르르 몸을 떨며 고개를 돌렸고, 한아린은 잠깐 무릎을 굽혀 앉은 자세로 신상을 깔아 보았다. 그녀는 신상의 볼을 툭툭 치며 웃었다.

"적당히 재미 봤으니까 이제 끝냅시다."

일어선 한아린의 검이 이윽고 신상의 목을 정확히 찔렀다. 이미 저항력이 한참 떨어진 보스 몬스터의 몸체에 검이 쉽게 들어갔다. 반쯤 검을 넣은 한아린이 짧게 숨을 들이켰다가 두 손으로 손잡이를 움켜쥐며 다시금 깊게 검을 박아 넣었다.

파지짓, 마치 전기를 품은 유리구슬이 깨지는 듯한 소리가 나는 것과 동시에 검이 완전히 목을 꿰뚫었다. 검 끝이 목 아래로 나온 것을 보며 정이선은 느리게 눈을 깜빡였다.

문득 정이선은 시야가 맑아지는 것을 느꼈다. 방금까지는 하늘에서 수십 개의 번개가 번쩍이며 대기가 진동하더니 지금은 모든 번개가 사라졌다. 게다가 대기를 압박하던 흐름도 사라져서 그는 아주 천천히 숨을 내쉬다…… 고개를 올렸다. 던전 안의 하늘은 검붉었지만 날씨는 바깥과 동기화된 상태였다. 그러니 정이선은 현재의 변화를 알아챌 수 있었다.

……비.

비가, 그쳤다.

"……."

옅은 갈색 눈동자가 멍하니 하늘을 응시하다, 이내 지친 한숨과 함께 눈꺼풀 아래로 사라졌다. 그는 신전의 한가운데에 서서 가만히 평온해진 공기를 느꼈다.

던전 폭발까지 2시간 남은 시점, 코드가 3차 던전을 클리
어해 냈다.

▌헌터스: 헌터와 so시민들2

3차 던전, 코드 공략 실패 때

제목: 코드... 3차 실패....

영상링크 ([HBS] 한국 7대 레이드 3차 던전, Chord324 공략 실패)
ㅋ...........

초반 진입부터 날개 달린 몬스터 날아오길래 개호러다 생각했는데... 그래
도 코드가 신전까진 잘 들어가서 이번에도 클리어해 낼거라 믿었는데...
나 진짜 한아린 나설 때 보고 환호해서 소리 질렀단 말야???? 이때 아파트
ㅈㄴ 다 함성으로 쩌렁쩌렁 울렸음...
근데..근데 ㅅㅂ...ㅋ...
제우스 벼락 뭐냐? 이거 밸런스 좆망이라고 게임에서 이러면 ㅆㅂ 유저들
다 욕하고 나간다고ㅠㅠㅠㅠ 핵과금러탑랭들마저 실패하는 레이드면 답없
는 맵 아니냐고........
그와중에 마지막에 정이선;;;; 정이선 얘 왜이래..???? 하ㅅㅂ 지금 어디에
욕하고 싶은 건지 모르겠다 걍 존나 눈물만 나옴

우리 이제 다 뒤지는거야? ㅅㅂ뽀삐야ㅠ

댓글

아 진짜 무섭다ㅜㅜ 근데 뽀삐는 키우는 개 이름이야?? ㅜㅜ 멈머

죽지마 인간만 죽을게ㅜㅜㅜ

ㄴ(w)내가 상상 속에서 키우는 개야ㅠㅠ 3살 말티즈ㅠ 아직 해외
도 못데리고 갔는데ㅠㅠ

ㄴ작성자 이미 정신 나갔네...

ㄴ폰삐냐?

ㄴㅋㅋㅋㅋㅋㅋㅋㅋㅋㅋㅋㅋㅋㅋㅋㅋㅋㅋㅋㅋㅋㅋㅋㅋ
ㅋㅋㅋㅋㅋㅋㅋㅋㅋㅋㅠ ㅅㅂ 울다가 한번 웃고 갑니다

코드가 저렇게 실패하면 2위 3위 공대도 답없는거 아니냐...

ㄴ그래도 코드가 패턴 이미 다 알려줘서 더 쉬울지도

ㄴ타공대엔 트롤 없잖아ㅋ

ㄴ트롤이라니?;; 코드 다 잘했는데 무슨소리야——

ㄴ다 잘해??? ㅋㅋㅋ ㅈㅇㅅ 마지막에 한 짓인데 그럼?ㅋㅋ

ㄴ정이선 덕분에 진입했는데 ——?

ㄴㅋㅋㅋ 그 정이선 때문에 코드 포기했는데~~~?

피의 쉴드 눈물난다 그만해라 캐쳐야

ㄴ썬캐쳐 카페 글 리젠 암전이던데ㅋㅋㅋ 신지지 재림예수 어쩌
구 하더니 다들 땅속으로 쳐박혓나~~ 어디 계세요 똑똑~~~

ㄴ처음부터 복구사 데리고 던전 들어가는거 존나 의아했음ㅎ;;

ㄴ욕하는 애들 2차 때 ㅈㅇㅅ 영상 보고 감탄했다에 한표

ㄴㅋㅋㅋㅋ 아 추쳐야.... 부들대지 말고 들어봐

1.정이선이 2차 클리어에 공 세웠다? -> ㅇㅇ

2.정이선이 3차 진입 성공시켰다? -> ㅇㅇ

3.정이선이 멘붕하면서 3차 포기시켰다? -> ㅇㅇㅋ

현실이다 받아들여

└뭐래 이선이 아니었어도 어차피 가망 없었거든;;

└ㅋㅋㅋㅋㅋㅋㅋㅋㅋㅋㅋㅋㅋㅋㅋㅋㅋ 정이선 피의쉴드 치려고 코드까지 까네ㅋㅋㅋㅋㅋㅋㅋ

아 존나 불만이면 니들이 던전 들어가든가;; 니들은 할 수 있냐?

└또 나왔죠 니가해충~

└안나오면 서운할뻔했자너ㅎㅎ

└우리가 못하니까 헌터들한테 부탁한다고 세금 내잖아 ──

└공략 이따위로 할거면 세금 감면 좀ㅂㅋㅋ

└세금 감면이고 뭐고 다 뒤질듯ㅋㅋㅋㅋㅋㅋㅋㅋ

└헌터 개꿀 직업이네ㅎㅎ 걍 다 뒤지면 책임 안져도 되겠다 와~ㅎㅎㅋ

막판에 정이선이 능력 제어 못 해서 신전 무너지고 던전 퇴장한 건 맞는데; 팩트는 짚고 가자. 보스몹이 물딜만 사용할 때도 상대하기 어려워서 헤매고 있었는데, 벼락 꽂으면서 코드 순식간에 흩어졌잖아. 3차 때 한아린 앞에 나선 거 보면 이번 공략 핵심인물 한아린이었는데 한아린이 벼락 맞는 순간부터 이미 코드 클리어 가망성 없었음...

└그래서 코드 잘못이야 ㅇㅅㅇ?ㅋ

└흑백논리 작작해 제발;; 던전이 까다로웠고, 날도 안 좋고 보스 몬스터랑 사현 상성이 최악이었다고... 게다가 패턴도 아직 파악 안 된 S급 던전이니까 솔직히 저기까지 간 것만 해도 대단한 거 아냐? 코드 충분히 잘했는데 다만 패턴 파악이 덜 돼서 실패한 거라고;

ㄴ이 댓글 스샷해서 슨스에 올려도 돼?? ㅠㅠ ㅈㅇㅅ 욕하는 애들
너무 많아서 답답해...

　ㄴ아 응응!!! 막 퍼트려도 돼!!

이러니까 S급 던전 한번만에 쉽게 깨주고 그러면 안 되는데ㅋㅋ
다른 나라 S급 던전 공략 영상 좀 봐라ㅋㅋㅋㅋ 원클이 더 드물
고 코드 깨는 속도가 지금까지 LTE였던거

　ㄴ한국패치된 코드ㅋㅋㅋ

　ㄴ코드 한국인인데

　ㄴ아.......

낙원 천형원 벌써 클리어 의지 밝히던데? ㅋㅋㅋ 코드가 몸빵 하
면서 알아낸 정보 존나 쉽게 얻네ㅎ

　ㄴ걔 3위 아님??

　ㄴㅇㅇㅇ 2위 태신부터 들어감

　ㄴ근데 천형원 왜 이렇게 부들부들대?? ㅋㅋ 35억상가 매매 논란
에 입은 열었대???ㅋㅋㅋ

　ㄴ그거 각본부에 반납했는데 모름?

　ㄴ?????????????

　ㄴ링크: 사또 인성 갱신(new!) https://www.hunters.
kr/29308120

　ㄴ와 사또 재주넘었네

　ㄴ무슨 재주???

　ㄴ재앙의 주둥아리...

고대 7대 불가사의에 한국 거 없는데ㅅㅂ 왜 한국에 쳐생겨 가지고 개빡치네

└ㄹㅇ 불가사의 지역에 하나씩 생겨야 하는거 아님??? 왜 우리가 떠맡음??

└아;;; 7대 불가사의 있는 나라..출처..원산지ㅅㅂ 암튼 걔네가 가져가라고 해 아니 그쪽에서 헌터지원 오라고;;;

└원산지ㅋㅋㅋㅋㅋㅋㅋㅋㅋㅋㅋㅋㅋㅋㅋㅋㅋㅋㅋㅋ

└프랑스가 이건 안 훔쳐간대?

한국 나라 특징인가 봄... 역사적으로 주변나라한테 시달리고 이젠 세계문제 하드캐리하네

└프레이포코리아 랍시고 지원금 보내긴 하더라..ㅋ..존나 찔끔

└유적지 관광비 다 줘야 하는거 아냐? ——

└단군 할아버지..... 부동산 사기당하셨어요.......

이선아... 화는 나는데 짠해서 뭐라 말할수가 없다

└왜? 무슨 일인데???

└핑프야 검색좀해 정이선 과거만 쳐도 나옴

└ㅠㅠ... 솔직히 이선이 과거 알면 다들 욕 못하지 않나! 1차 대던전에서 부모 잃고 2차 대던전에서 친구 다 잃었는데... 던전 들어가는 것만해도 용하다ㅜㅜ...

└이선이 울때 울컥하더라... 나만 두고 죽지 말라니ㅠ.ㅜ........

└이번 7대 레이드도 3차 대던전 이름 붙을텐데...ㅋㅋㅋ...이선이 1차 2차 3차에 걸쳐서 멘탈 부서지네....

ㄴ과거 있으면 모든 게 용서됨? 멘탈 못 챙길 거면 들어가질 말든
가;; 돈은 받아놓고 못 하겠다고 런하면 단가 ㅋㅋ;

  ㄴ정이런ㅉ

ㅈㅇㅅ 솔직히 2차 대던전 뒤에 잠적타서 자살한줄ㅎ

  ㄴ22 혼신길드에서 영혼이랑 몸 탈탈 털리다가 2차 대 때 그꼴
났으니 진짜 죽은 줄 알았는데 나와서 놀랐잖아ㅇㅅㅇㅋㅋㅋ

  ㄴ33333 근데 지금도 제정신은 아닌듯; 정병 데리고 던전 깨느라
고생 많다 코드

  ㄴ사현이 기주혁 대학교까지 와서 ㅈㅇㅅ 챙겨 갔다던데ㅋㅋㅋㅋ
찐정성~

  ㄴ말 가려서 해 미친아——

  ㄴ없는 일 지어서 말하는 것도 아닌데 왜? ㅎㅅㅎ 친구는 2차 대던
전에서 죽여놓고 코드 가서 인생성공b

  ㄴ친구 사망 보험금으로 혼신길드 빚갚은거 아냐? ㅇㅅㅇㅋ

  ㄴ인당 얼마 나옴? 1억씩은 나오겠지? 6억 개꿀따리

[작성자가 삭제한 댓글입니다.]

  ㄴ[블라인드 처리된 댓글입니다.]

  ㄴ[블라인드 처리된 댓글입니다.]

  ㄴ[블라인드 처리된 댓글입니다.]

  ㄴ[블라인드 처리된 댓글입니다.]

  ㄴ[블라인드 처리된 댓글입니다.]

  ㄴ[블라인드 처리된 댓글입니다.]

윗댓... 무슨 전쟁판이었던거냐...?
ㄴㅋㅋㅋㅋㅋㅋㅋㅋㅋㅋㅋㅋㅋㅋㅋㅋㅋㅋㅋㅋㅋㅋ
ㅋㅋㅋㅋㅋㅋㅋㅋㅋㅋㅋㅋㅋㅋㅋ불타는 피자 짤 주인공 됨
ㄴ저 윗윗댓들이 아직 블락 안먹었는데... 윗댓은... 뭐가 일어난
거...?
ㄴ알기 두렵다

에첸에 PDF 따서 보낼게^^ 도 넘은 욕 작작하자
ㄴ노노 에첸말고 코드ㄱㄱ 윤강이는 코드 까느라 바쁨
ㄴ피뎊 보내는 곳: chord324desk@hn.com
ㄴ짠하다 사실 적시로 인한 명예 훼손죄야?ㅎㅎ

코드 3차 재진입 클리어

제목: 코드 3차 재진입_불판

(실시간 영상 링크)

카감 교체돼서 곧바로 진입부터 찍네
하 4시간;; ㅈㅂㅠㅠㅠㅠ 이게 마지막 불판 아니기를ㅠ

천원 형 좀 빨리 비켜

└퇴계 형원아 추하다 진짜

└낙원길드 주가 천원으로 떨어져야 정신차리지

└추형원 천하다

└ㅁㅊ 너무 자연스러워서 뭐가 바꼈는지 못알아볼 뻔

ㅋㅋㅋㅋㅋㅋㅋㅋㅋㅋㅋㅋㅋㅋㅋㅋㅋㅋㅋㅋㅋㅋㅋㅋㅋㅋㅋ
ㅋㅋㅋㅋㅋㅋㅋㅋ 길막하는 구질구질 천원에게 사또 존나 먹이고
감

안에 시체 수습하러 들어가야 하나 했네요

삑

안에 시체 수습하러 들어가야 하나 했네요

삑

안에 시체 수습하러 들어가야 하나 했네요

삑

안에 시체 수습하러 들어가야 하나 했네요

　└사또야!!! 앞으로 사프라이트임 ㅅ
ㅂㅠㅠㅠ

　└사현이또ㅠㅠㅠㅠㅠ 존나 또해 앞으로 계속 또해ㅠㅠㅠㅠㅠㅠㅠ

졸라오지게 답답한 낙원트라이 보다가 코드 보니까 속이 뻥뚫린
다 진짜 스프라이트샤워 키야ㅏㅏㅏㅏㅏㅏ

└낙원 새끼들 진입순번에서 제외시켜야함 ㅅㅂ 답답해서 쳐도는
줄알았네 고구마349290318개를 입에쑤셔넣은채로 토끼뜀으로
국토횡단하는기분 존나쳐답답해서뒤지는줄알았다고
└윗댓은 일단 진정 좀ㅋㅋㅋㅋㅋ
└물좀 마셔ㅋㅋㅋㅋㅋㅋㅋㅋㅋㅋㅋㅋ
└ㅋㅋㅋㅋㄹㅇ 원댓대댓 다 받는다 마지막에 존나 비장한 척
자기들이 유일하게 남은 희망인 척ㅋㅋㅋㅋㅋㅋㅋㅋㅋㅋ 근
데 실패해서 비참한 척ㅋㅋㅋㅋㅋㅋㅋㅋㅋㅋㅋㅋ 진짜 개꼴값
이야 실패할거 같으면 진작 나오든가;;;;
└막판엔 공대원들마저 나가자고 했는데 존나 구질구질하게 계속
포션 마시라고 함; ㄹㅇ이래서 리더를 잘 만나야 한다

사현 졸라 칼 갈았네ㅋㅋㅋㅋㅋ 들어갈 때부터 눈빛 ㄹㅇ 심상
치 않음 앞에서 걸리적거리는 새끼 다족칠 눈빛ㅋㅋㅋㅋㅋㅋ
└불의 장막 -> 몬스터 패대기 -> 날개 뜯기 ;;; 진짜 사이다 삼종
세트
└와 천사형 몬스터 진짜 거슬렸는데 저렇게 처리하넹ㅎㄷㄷ
└다른 길드 트라이 영상도 다 분석했나 봄ㄷㄷ 개오져
└기주 울먹거리는거 1도 안 통해ㅋㅋㅋㅋㅋㅋㅋㅋㅋㅋ

몬스터 날개 자르거나 뜯으라고 하는데 ㄹㅇ 사익고배수; 형은 그
런 니가 좋다 ㅎㅎ
└밑에서 그림자 뻗어져 나오는거 개호러ㅋㅋㅋㅋㅋㅋㅋㅋ
└공포영화가 멀리있냐 바로 앞에있다

ㅠㅠㅠㅠ 지안 언니ㅠㅠㅠㅠㅠㅠㅠㅠㅠ 이세상에 내려온 신ㅠㅠㅠ
ㅠㅠㅠ 언니에게 날개 뜯기고 싶은 나... 비정상인가요?

ㄴ너 날개 없잖아;

  ㄴ싸물어

  ㄴ미안...

ㄴㅋㅋㅋㅋㅋㅋㅋㅋㅋㅋㅋㅋㅋㅋㅋㅋㅋㅋㅋㅋㅋㅋㅋㅋㅋㅋ
ㅋㅋㅋㅋㅋㅋㅋㅋㅋㅋㅋㅋㅋㅋㅋㅋㅋㅋㅋㅋㅋㅋㅋ

와 근데 신전 들어가니까 왜 천사 몬스터 안와? 이거 무슨 패턴이
야?

ㄴ날개 계속 뜯겨서 이제 피하나 봄ㄷㄷ

ㄴㅋㅋㅋㅋㅋㅋㅋㅋㅅㅂㅋㅋㅋㅋㅋ범고래가 인간 피하듯ㅋㅋㅋ
ㅋ

ㄴ아냐 안에 재림이선 있어서 못오는 거임

ㄴ진짜 ㅈㅇㅅ이 뭐 한거 아냐? 타길드 트라이에선 신전 안에서도
계속 난리 치던데 코드 가장 큰 차이점은 ㅈㅇㅅ이잖음

ㄴ코드헌터들도 정이선한테 고맙다고 하는데?? 진짜 뭐 있나봐

ㄴ??????? 이선이 뭐야..? 퇴치제야????

ㄴ나중에 코드 공략 브리핑 대기타야 할듯 ㄷㄱㄷㄱ

한오공 근두운 타고 어그로 끄는 속도봐ㄷㄷ

ㄴ와 저게 벼락 패턴이었구나 코드 분석력 오져

ㄴ피뢰침이네 한뢰침

ㄴㅋㅋㅋㅋㅋㅋㅋ구석에 이선이ㅋㅋㅋㅋㅋㅋ 복구해 놓은 바닥

다 무너지는 거 보는 표정ㅋㅋㅋㅋㅋㅋㅋㅋㅋㅋㅋㅋㅋㅋㅋㅋㅋ
ㅋㅋㅋㅋ

└집 무너지는 비버짤 떠올라 ㅇㄴㅠㅠㅋㅋㅋㅋ

└이선이 커여어 와랄라라ㅏㅏㅏ

한아린 히든 ㅋㅋㅋㅋㅋㅋㅋㅋㅋ 존나ㅋㅋㅋㅋ 웃음이 안 멈춰ㅋㅋ
ㅋㅋㅋㅋㅋㅋㅋㅋㅋㅋㅋㅋㅋㅋㅋㅋㅋㅋㅋㅋㅋㅋㅋ

└1:18:40 구석에 기주혁 입모양 "엑스칼리버...!" ㅋㅋㅋㅋㅋㅋ
ㅋㅋㅋㅋㅋㅋㅋㅋㅋㅋㅋㅋㅋㅋㅋㅋㅋ

└옆에서 듣던 ㅈㅇㅅ 이선둥절ㅋㅋㅋㅋㅋㅋㅋㅋㅋㅋㅋ

└21세기 아서왕 한아린 ^^777777

└영국에 아서왕이 있다면 한국엔 한아서가 있다 (^^))

한아서 군림하셨습니다 ^^7

└한아서 왕님께 인사 오지게 박습니다

└인오박222

└인오박333333

└44444444444444

한아린 덜덜 떨리는 손으로 보석 박아 넣는거ㅋㅋㅋㅋㅋㅋㅋㅋㅋ
ㅋㅋㅋㅋㅋㅋㅋㅋㅋㅋㅋㅋㅋ 진짜ㅋㅋㅋ 찐으로 슬프고
비장해 보엮ㅋㅋㅋㅋㅋ

└옆에서 사또: 지금 죽으면 더 못 보는 거 알죠?^^

한아서: ㅠ 지금 바쳐도... 못 보잖아.....

사또: 빛도 못 보고싶나요^^?

ㅋㅋㅋㅋㅋㅋ

ㄴ사또 재주는 만인에게 공평하다

ㄴㅋㅋㅋㅋㅋㅋㅋㅋㅋㅋㅋㅋㅋㅋㅋㅋㅋㅋㅋㅋㅋㅋ ㄹㅇ 한아린 표
정 개 구려짐ㅋㅋㅋㅋㅋㅋㅋㅋㅋㅋ

보석 하나씩 곁들일 때마다 개웃겨ㅋㅋㅋㅋㅋㅋㅋㅋㅋ

ㄴ목걸이 좌라락 뜯어서 박아 넣는거 ㄹㅇ강화 과정이라고ㅋㅋㅋ
ㅋ

ㄴ+1강

+2강

+3강

+4강

+5강 (한아서: ㅅ..시발..!)

ㄴ최종: +12강 확정 강화권

결과물: (SSS) +17 엑스칼리버

ㄴ》》100캐럿 무결점 다이아몬드의 위엄《《

저 다이아 예전에 239억에 낙찰된 다이아래...

ㄴ그거 경매 다시 뜰 때 사현이 사서 한아서 스카웃했잖아ㅋㅋㅋ

ㅋㅋㅋㅋㅋㅋ 어디 갔나 했더니 지금 쓰네 wow

ㄴ와 진짜ㅋㅋㅋㅋㅋㅋㅋㅋ 검이 ㄹㅇ 빛나 아몰레드야

ㄴ보석으로 장식된거 개오진다 진짜 세계 명검인데

ㄴ기간제 명검이라 문제

[아이템 이름: 한아서왕의_엑스칼리버(+17)

등급: SSS급

성분: 100캐럿 무결점 다이아몬드

사용장소: 던전 안으로 한정

사용기간: 던전 클리어까지(2시간 30분)]

   ㄴ검 뽑을 때 한아서 표정ㅋㅋㅋㅋ 감탄했다가 좀 슬퍼지는 표정

봤냐고ㅋㅋㅋㅋㅋㅋㅋㅋㅋㅋㅋㅋㅋㅋㅋㅋㅋㅋㅋㅋㅋ

저렇게 비싼 다이아를 쓰다니... 시간 얼마 안 남아서 쎄게 가나

봄ㅠㅋㅋㅋㅋ 좀 고마워서 눈물난다..ㅠㅠ....

   ㄴㅊㅎㅇ이 일찍만 나왔어도 저것까진 안 썼을텐데..

   ㄴ2ㅇ추형원은 상급포션으로 돈낭비하더니 여긴 진짜 참돈 쓴다

데미지 들어가는 급이 다르다ㅜㅇㅜ 진짜 너무너무 감격적이야

   ㄴ돈지랄은 코드처럼

와 뭐야 갑자기 정이선 달려오는데?

   ㄴ뭐야뭐임뭔데

   ㄴ헐...........................

   ㄴ와..........

   ㄴ나 숨참고봤어 헐..충격적이다 저렇게 제우스 길막하네

   ㄴ불판이랑 영상 댓글 계속 시끄럽다가 그 시간 동안 정적 뜸ㄷㄷ

   ㄴ이선이 정신 무너져서 건물도 무너뜨린단 새끼들 일렬집합ㅅㅂ

^^

[신전 진입까지]

0:04:28 재림이선 길 복구

0:10:12 기주 불의 장막

0:14:44 사현 그림자로 천사 패대기

0:15:50 지안언니 천사 날개뜯기

[신전 안]

1:02:31 근두운 타고 번개 어그로 끄는 한오공

1:19:01 한아서 강림

1:55:50 〉〉〉빛이선〈〈〈 스턱 걸기

2:05:02 한아서의 제우스 처형식

　└정리 고마워 어딨는지 몰라서 동서남북으로 절함

　└1:55:42 달려가면서 후드 벗겨지는 이선이까지 추가

　└ㅎㅏ아 진짜 다짜릿해ㅜㅜㅜ구원자 정이선 달려간다ㅠㅠㅠ

2:08:40 이선아... 니가 빛이다...

　└빛이선... 정이sun... 이름부터 태양을 품고 있는 너란 사람...

　└오늘부로 정이선=빛 공식 성명을 발표합니다 땅땅

　└5252 믿고 있었다구!

　└마지막 앵글에 이선이 담는 카메라맨 뭐야? 당신 사실 썬캐쳐지

정이선 싫어하는 사람?

탕

정이선 싫어하는 사람 또 있어?

　└한 발로 다 못 죽일듯 욕한 새끼들 존많문;

　　└기관총이야

　　└참캐쳐 인정합니다

┗[작성자가 삭제한 댓글입니다.]
　┗2선아 복구해 줘... 피디엠 따고 싶어 제발...

정이선 어딨는데???? 흰 화면밖에 안 보이는데 구라ㄴㄴ
　┗ㅋㅋㅋㅋㅋㅋㅋㅋㅋㅋㅋ 앞문장만 보고 피뎀딸뻔ㅋㅋㅋㅋ

근데 렬루 이선이 나섰을때 뭔가 반짝하지 않았어??? 이거 캐처렌즈 낀 거니???
　┗나 아직 캐처 안 됐는데 나도 보임
　　┗그거 이미 캐처란 말 아님?
　　┗뼈캐처ㅋㅋㅋㅋㅋㅋㅋ 뭐해 가입이나 해
　　┗ㅋㅋㅋㅋㅋㅋㅋㅋㅋㅋㅅㅂ 아니 ㄹ0이라고 2차 던전 복구 때도 보였는데? 능력 이펙트 아냐??? 반짝반짝한 거 퍼짐(스크린샷)
　┗빛조각이 이선이한테 모이나봣 ㅎㅎ
　┗정이sun에게 빛이 따르는건 당연한 일^^

오늘부로 나는 정이선에 대한 지지를 철회하고 정이선과 한몸이 된다. 선아일체가 되어 지금부터 정이선을 향한 공격은 나를 향한 공격으로 간주한다.
　┗썬캐처 선언문 박제추
　　┗ㅋㅋㅋㅋㅋㅋㅋㅋㅋㄱㄱ까카페 대문 바뀜ㅋㅋㅋㅋ
　┗캐처들 단합 시작한다 피뎀 다 따놨음 ——

와... 진짜 클리어 떴네 2시간 만에 클리어 사기 아니냐

ㄴ2차 던전 때 4시간 만에 클리어한 것도 존나 놀라웠는뎅ㄷㄷ

ㄴ스급던전 2시간클 ㄹ0압도적인 세계기록

ㄴ신전 입장까지 타공대 6시간씩 걸리던데;; 한시간 만에 입장 말이됨?

ㄴ그 어려운 걸 코드가 해냅니다

ㄴ2선이 버프로 2시간만에 클리어 ^ㅅ^)〉

4시간 남았는데 들어간다길래 명예로운 죽음인가? 했는데 ㅋㅋㅋㅋㅋㅋㅋㅋㅋㅋㅋㅋㅋㅋㅋㅋㅋㅋㅋㅋㅋㅋㅋㅋㅋ 진짜 ㅋㅋㅋㅋㅋㅋㅋㅋㅋㅋㅋㅋㅋ 진짜 박수밖에 안 나온다ㅋㅋㅋㅋㅋㅋㅋㅋㅋㅋㅋㅋㅋㅋㅋㅋㅋㅋㅋㅋㅋ

ㄴ느린낙원 보다가 코드 보니까;;;; ㄹ0 2배속 아니 10배속 영상인줄;;;;;

ㄴ서울 대피주민 다 역사에서 떨다가 기립박수함ㅋㅋㅋㅋㅋㅋㅋㅋㅋㅋㅋㅋㅋㅋㅋㅋㅋㅋㅋ

ㄴㄹ0ㄹ서울 멸망 4시간 전 상태엿음ㅜㅜㅜㅜㅠㅠㅋㅋㅋㅋㅋㅋㅋㅋㅋㅋㅋㅋㅋㅋㅋㅋㅋ 이거 진짜 재난영화 실사판이었다고ㅠㅠ

ㄴㄹ유ㅠㅠㅠㅠㅠㅠㅠㅠㅠㅠㅠㅠㅠㅠ 텐트에서 엄마랑 끌어안고 울었음ㅠㅠㅠㅠㅠㅠ

와 내 본ㄱ가도 서울에잇ㅅ는데 진짜 줄줄 울다가ㅠㅠㅠ 코드 재공략 영0상보고 울면서 환호했다ㅜㅜㅜㅜㅜㅜㅜ 살았어 내 아파트ㅠㅠ 지금ㄷㄴ 손ㄷ떨려ㅠㅠㅠㅠㅡㅠ

ㄴㅠㅠㅠㅠ진짜 집 거기 있었으면 정말 더 무서웠겠다ㅠㅠㅠ 토닥
토닥

ㄴ맞아 시발 그거 빚이라고ㅠㅠㅠ 얼마 살지도 못했는데 집은 사라
지고 빚만 남았으면 난죽택할뻔ㅅㅂ 아니지 천형원 새끼 끌고 논
개처럼 투신함

　　ㄴ미쳐ㅋㅋㅋㅋㅋㅋㅋㅋㅋㅋㅋㅋㅋㅋㅋㅋ

　　ㄴ울다가 갑자기 전투민족됐네

외국에서 이 영상 패스트코드라고 부름ㅋㅋㅋㅋㅋㅋㅋㅋㅋㅋㅋ

　　ㄴㅋㅋㅋㅋㅋㅋㅋㅋㅋㅋ패스트푸드 드라이브쓰루 수준의 던전
클리어ㅋㅋㅋㅋㅋㅋㅋㅋㅋㅋㅋㅋㅋㅋㅋㅋ

　　ㄴ편집 영상 개웃겨 미친ㅋㅋㅋㅋㅋㅋ 드라이브쓰루 장소에 니
케 몬스터 지나가면 사또+기주혁+신지안 봉투에 담아서 내주고
제우스 지나가면 한아서+빚이선 내놓음ㅋㅋㅋㅋㅋ

　　ㄴ알바생 얼굴에 나건우 합성ㅋㅋㅋㅋㅋㅋㅋㅋㅋㅋㅋ

　　ㄴ영상 어딨어 나도 볼래 ㅠㅠㅋㅋ

　　ㄴhttps://wetube.com/QmYgdjLwzw

　　ㄴ이게 바로 한국인의 얼이다

　　ㄴ역시나 국제번호 [+82]의 민족으로 이루어진 팀

　　ㄴㅋㅋㅋㅋㅋㅔㅔㅋㅋㅋㅋㅋㅌㅍㅌㅌㅋㅋㅋㅋㅋㅋㅋ이게
나라다

ㅌㅇㅌ 실검순위 봐 ㄱㅇㄱ

———

1.패스트코드

2.한아서 군림

3.사현이 또

4.빛이선

5.서울집값폭락

6.#썬캐쳐_선언문

7.35억

8.머리채작작

9.천형원낙원행

10.없었던 낙원
————————

└ㅋㅋㅋ 서울집값폭락은 왜 실트악ㅋㅋㅋㅋㅋ

└레이드 던전 발생 때마다 서울 날아갈까 봐 두려워해야 함;ㅠㅠ

ㅋㅋㅋㅋㅋ

└웃지마 곧 니들 얘기야

└지금은 웃음이 나오지? 7차 때 보자

└ㅋㅋㅋㅋㅋㅋㅋㅋㅋㅋㅋㅋㅋㅋㅋㅋㅋㅋㅋㅋㅋㅋㅋ

ㅋㅋㅋㅋㅋㅋㅋㅋㅋㅋㅋㅋ 없었던 낙원ㅋㅋㅋㅋㅋ

????? 뭐야 마지막 나만 본 거 아니지?????????? 막판에 앵글 돌아

갈 때 구석에서 이선이 쓰러졌는데?? ㅠㅠㅠㅠㅠ 이선아ㅜㅜㅜ

└사현 그림자로 이동해서 받아줌 ㅠㅠㅠㅠㅠㅠ

└팀장님 이선이한테 9첩반상 챙겨줘야 해 울이선이 말랐어ㅠㅠ

ㅠㅠ

└레스토랑 전체 예약해서 둘이 갔단 글 있던데 진짠가??

└확실하지 않은건 이야기ㄴㄴ

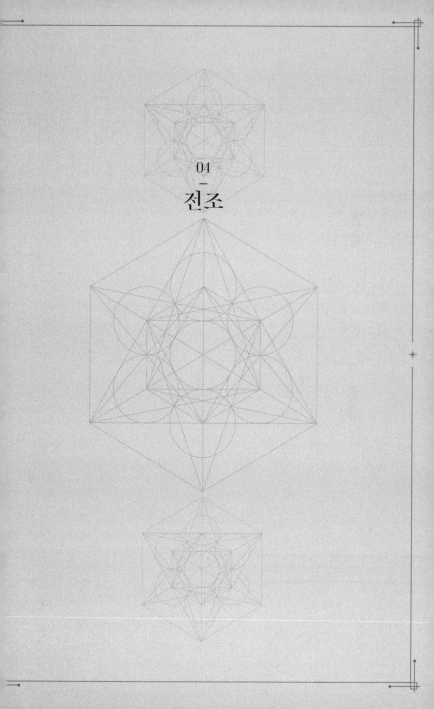

04
—
전조

페널티 기간에 또다시 히든 능력을 사용한 정이선은 아주 호된 대가를 치러야만 했다.

3차 던전을 클리어한 날부터 꼬박 닷새를 앓았다. 첫 진입 때는 히든 능력을 적게 사용해서 이틀 동안 포션을 먹으며 그나마 멀쩡한 상태를 유지했는데, 페널티 기간 중 다시 무리한 게 그를 쓰러지게 만들었다. 2차 던전 때는 사흘 차에 일어나서 대화할 수 있었는데 이번엔 그러지도 못했다.

닷새를 앓은 후에야 겨우 일어났지만 스스로의 판단으로 바깥에 나가지 않았다. 4차 던전 발생까지 시간이 넉넉하단 말을 들어 아예 푹 쉬기로 했다. 히든 능력을 다시 쓴 날부터 또 일주일의 페널티가 적용되어 이틀을 더 쉬어야 했다.

이번에 유독 심하게 앓아 죽도 먹는 둥 마는 둥 하며 포션만 마셨는데, 엿새쯤 되어서야 겨우 식사가 가능했다. 그릇에 고기 조각이 나뉘어 나왔지만 대수롭지 않게 넘겼다. 너무 피곤하기도 했고, 솔직하게 인정하자면 은근히 편했다. 젓가락을 쓸 필요도 없이 숟가락으로 퍼먹기만 하면 돼서, 때때로 정이선은 이러다 자신의 손가락 근육이 퇴화할지도 모른다고 생각했다.

그러다 일주일이 지났다. 처음 바깥에 나온 정이선이 향한 곳은 당연히 용인이었고, 다음 친구를 눈감게 해 주었다. 강영준을 보낼 때만 해도 현실성이 없다고 생각했는데 이제는 그 기괴한 계약을 완전히 받아들였다. 오히려 조급함이 들 지경이었다.

"이번에 나온 단서도 분석 끝났나요? 언제부터 준비하면 될까요?"

화장터에서 나오자마자 사현에게 다음 던전에 대해 물었지만 사현의 답은 단조로웠다.

"아뇨. 이번엔 분석에 시간이 오래 걸릴 거예요."

"이미 일주일 지났는데……?"

"양피지가 탄 상태로 나온 데다 찢겨 있어서 며칠은 더 소요된다고 하네요."

차 안에서 사현은 태블릿을 보며 여유롭게 말했고, 정이선은 조금 아쉬워졌다. 3차 던전을 클리어할 무렵 쓰러져서 보스 몬스터가 내놓은 아이템을 확인하지 못했는데, 다음 던전의 단서가 아예 훼손되었을 줄은 몰랐다.

그나마 다음 던전까지 남은 날짜가 적힌 부분은 훼손되지 않았다는데, 그간 던전이 15일 간격으로 열린 것에 비해 이번에는 21일의 시간이 주어졌다고 한다. 애초에 단서가 훼손된 채로 나왔으니 복구 능력을 쓸 수도 없어서, 정이선이 그저 넉넉한 시간에만 안도하며 고개만 끄덕이자 사현이 핸드폰을 건넸다.

"이제 핸드폰 돌려줄게요. 적당히 없앴다고 하니까⋯⋯."

정이선이 짧게 탄식했다. 일주일 동안 계속 자고 먹기만을 반복해서 핸드폰의 존재를 거의 까먹고 있었다. 정확하겐 3차 던전 첫 진입 실패 날부터 핸드폰을 보지 못했으니 열흘 만이었다. 화면에 금이 가진 않았는지 확인하던 정이선은 다소 늦게 질문했다.

"뭐를 없앴는데요?"

"별거 아니에요."

"아⋯⋯ 뭐, 인터넷에서 말이 많았나 봐요."

꽤 담담한 반응에 사현의 시선이 그를 향했다. 새까만 눈동자로 상태를 확인하듯 훑어보기에 정이선은 기주혁에게 대충 들어서 안다고 말했다. 처음 2차 던전에 진입할 때도 그가 걱정했었고, 또 3차 던전 재진입을 준비할 때도 옆에서 핸드폰이 없는지 슬쩍 확인했으니 눈치채지 않는 게 더 어려웠다.

하지만 정이선은 예전부터 다른 사람들의 말을 크게 신경 쓰지 않았다. 8년 전에 있었던 1차 대던전 사고 이후부터 그랬다. 동정의 시선에 조금은 지쳤던 것도 같고, 혹은 그 상황마저 잔인하게 조롱하며 이용하는 사람들이 지긋지긋해서 관심을 끊었던 것도 같다. 혼신길드에서 일하게 된 이후로는 더더욱 보지 않았다.

친구들은 그와 정반대로 인터넷, SNS 등에 관심이 많아서 웬만한 소식은 모두 그들을 통해 들었다. 그러다 그들이 죽은 후엔 완전히 세상과 단절된 채로 살았다고 보아도 되었다. 최근에야 간간이 들여다봤다지만 그건 오직 정보를 구하는 행위일 뿐이었으며 우연히 보게 되는 자신에 대한 말들도 대충 흘려 넘겼다.

S급 복구사로 활동하기 시작한 이후부터 무수히 많은 시기와 질투를 받고 무시해 온 그였기에 눈감는 일에 익숙했다. 더 정확하게 표현하자면 그런 것에 감정을 소모할 기력이 없었다. 그런 것들에 신경 쓰기엔 이미 너무 험난한 길을 걷고 있었다.

"별로 신경 안 쓰는데…… 그렇지만 고맙습니다."

정이선은 단조롭게 감사를 전했고, 사현은 가만히 그를 보다 시선을 돌리며 말했다.

"내가 한 건 아니에요."

"……네?"

"기주혁 헌터가 도저히 안 되겠다고 먼저 의견 냈고, 그다음에 팀원들이 나선 거예요. 로비 데스크 직원들은 이미 자료 정리하고 있었다면서 나한테 결재 올린 거고. 나는 마지막에 알았어요."

"아……."

"팀원들이 이선 씨를 꽤 아끼나 봐요."

사현은 담담한 얼굴이었지만 정이선은 점점 멍해진 얼굴이 되었다. 간간이 대형 길드에서 소속 헌터를 모욕하는 글에 법적으로 대처한다는 기사를 본 적이 있지만, 코드는 그런 적이 한 번도 없었다. 애초에 코드는 흠집 하나 내기 어려울 정도의 대단한 집단이었다.

그런 곳에서의 최초 법적 대응이 자신 때문이라고 생각하니 어쩐지 기분이 미묘했다. 게다가 코드가, 법 위에 존재한다고 표현해도 무방할 헌터 팀이 직접 대응한다고 하니 이상하게 선득해지는 기분도 들었다.

그러다 마침 차가 HN길드 건물 앞에 도착했다. 정이선은 사현과 함께 엘리베이터를 타고 올라왔는데, 정작 42층에 도착하자 사현은 협회에 볼일이 있다며 가 버렸다. 이렇게 갈 거였으면 대체 왜 건물에 함께 들어왔는지 알 수 없어서 어리둥절하게 있는데 돌연 사무실 안에서 소란이 들려왔다.

"와, 이건 대체 언제 돌로 만들었냐고! 내 담요!"

"허어, 아린 헌터. 페널티 기간엔 양심적으로 음식은 만지지 말자."

"내가 일부러 만진 게 아니라 먹던 도중에 페널티가 터진 거라고…….."

익숙한 목소리에 정이선이 조심히 그곳으로 향했다. 유리문 가까이 갈 때쯤 로비 데스크 직원이 살갑게 인사하며 먼저 나서 문을 열어 주었는데, 사현에게 들은 이야기가 떠오른 정이선은 조금 어색한 기분으로 그들에게 고개 숙여 인사했다.

이후 사무실 안에 들어서선 현재의 소란이 휴게실에서 일어나고 있음을 확인했다. 코드 헌터들도 휴게실 근처에 모여서 웅성거렸는데, 정이선이 다가오자 다들 그에게 반갑게 인사했다. 그리고 그 인사를 들은 기주혁이 당장에 우와 소리를 내며 그를 반겼다.

"복구사님! 이제 괜찮아요?"

"아, 네. 그런데 이건…… 무슨 상황인가요?"

기주혁은 돌로 만들어진 듯한 담요를 들고 있었고, 나건우는 휴게실 책상에 앉아 고개를 절레절레 내젓고 있었다. 그 책상에는 한 입 베어 문 사과, 아니, 돌조각 같은 것이 보였다. 심지어 한아린은 책상 끝에서 마치 죄인처럼 고개를 숙이고 있었다.

"누나 히든 능력 페널티 터진 상황이에요. 손에 닿는 건 모조리 돌로 만들어 버리는."

"……네?"

"히든 사용하고 일주일 중에 랜덤으로 하루 터지는데, 8시간 동안 손에 닿은 물건이 다 돌이 돼요. 그것들은 이틀 뒤에야 원래로 돌아오는데…… 진짜 재앙의 페널티."

정이선의 표정이 황당함으로 물들었다. 기주혁이 장난을

친다고 보기엔 헌터들의 표정이 익숙해 보였다. 게다가 그가 쥐고 서러워하는 돌 담요도 애초부터 돌로 만들어졌다기엔 모양이 너무 섬세했다. 의자에 걸쳐 놓은 모습 그대로 돌이 된 듯했다.

문득 정이선은 예전에 나건우가 한아린의 히든 능력 페널티가 상당히 성가신 종류라고 말했던 것을 떠올렸다. S급 히든 능력의 페널티라고 해 봤자 자신처럼 일주일 동안 앓거나, 사현처럼 하루 동안 능력을 쓰지 못하는 경우만 알았는데…….

땅속에서 검을 꺼내는 히든 능력도 신기한데, 만지는 걸 돌로 만들어 버리는 페널티는 상상도 못 했다. 정이선이 약간의 경악과 감탄이 섞인 얼굴을 하고 있으니 한아린이 정말 슬픈 얼굴을 했다. 휴게실의 웬만한 물건은 모두 돌이 된 상태였다.

"어젯밤에 갑자기 터졌는데 내가 어떻게 해! 일주일 채우는 날까지 페널티 안 나타나길래 이번엔 조용히 넘어가나 했는데……!"

"아아, 페널티가 그냥 넘어갈 리 없죠. 그냥 집에 가든지. 왜 휴게실에서 지내냐고! 페널티 때문에 아파트에서 살기 무섭다고 주택 따로 사 놓고!"

"야, 네가 자고 일어나니까 돌침대에 누워 있는 기분을 알아? 어?!"

"그건 좀 개이득인데? 장수하세요."

"너 이리 와."

서럽단 어조로 항변하던 한아린이 기어코 자리에서 일어나 기주혁에게 달려들었다.

"으아악, 한다스가 사람 죽인다!"

휴게실 테이블을 사이에 두고 빙빙 도는 그들은 정말 남매 같았다. 정이선은 잠깐 고개를 숙이며 웃다가 앉아 있던 나건우와 눈이 마주쳤다. 그는 놀란 듯 둥근 안경 너머의 눈을 크게 뜨더니 이내 허허 웃음을 터트렸다.

"이선 복구사 웃으니까 이제 좀 주혁이 또래 같네."

그 말에 정이선은 어쩐지 민망한 기분이 들어 입술을 꾹 다물었다. 그러다 문득 시선이 테이블 가운데에 있는 볼펜통으로 향했다. 어쩐지 돌처럼 보이는 펜이 하나 있어 그것을 꺼내 드니 기주혁이 냉큼 소리쳤다.

"대박, 볼펜도 돌로 만들었어. 그래 놓고 아닌 척 꽂아 놓은 거 봐."

이미 테이블 주위를 다섯 바퀴 돈 시점부터 기주혁의 체력은 한참 떨어진 상태였다. 그는 테이블에 손을 얹고 반쯤 무너져 헉헉거렸고, 한아린은 반대편에서 아예 테이블을 타고 넘어오려 했다. 정이선은 그녀의 손이 테이블에 닿았음에도 돌이 되지 않는 걸 보며 이미 페널티 시간을 지났음을 확인했다.

"······하루면 되려나······."

혼잣말처럼 중얼거린 정이선이 실험 삼아 볼펜에 복구 능력을 사용했다. 볼펜이 부서진 건 아니지만, 복구 능력은 일반적으로 손상되었다고 인식되는 물건의 시간을 과거로 돌리는 능력이니 어쩌면 가능할지도 모르겠단 생각이 들었다. 다만 S급 능력의 페널티로 나타난 결과물인 만큼 안 될 수도 있다고 여겼는데······.

"헐."

"와, 이거······."

정이선이 쥐고 있는 볼펜이 서서히 원래 상태로 돌아왔다. 기주혁이 먼저 놀라고, 나건우가 감탄사를 터트렸다. 그다음으로는 테이블 위에 서 있던 한아린이 한 박자 늦게 그 상황을 확인했다.

한아린의 눈동자가 느리게 깜빡거리다가······ 이내 울음 같은 환호와 함께 정이선의 앞에 무릎을 꿇었다.

"내 구세주! 구원자! 빛!"

"저도 될 줄은 몰랐는데 이게 되네요······."

정이선도 꽤 놀라워 멍한 반응을 보였지만 그러거나 말거나 한아린은 그의 앞에서 두 손을 받쳐 들었다. 원 상태로 돌아온 볼펜을 쥐고 싶단 몸짓이라 정이선이 어색하게 한아린의 손 위에 볼펜을 놓으니 그녀가 우는 소리를 내며 감격했다. 마구 볼펜을 뒤집어 보며 상태를 확인했다.

"어디에 있다가 이제 왔어요. 흐윽. 나 정말 힘들었다고."

진심이 한가득 느껴지는 말에 기주혁과 나건우, 그리고 주위에 있던 헌터들 모두가 웃음을 터트렸다. 정이선만 제 앞에서 흐느껴 우는 한아린에게 어떻게 반응해야 할지 몰라 쩔쩔맸다.

◁ ◆ ▷

사무실을 휩쓴 소란은 한아린이 집으로 돌아간 후에야 겨우 잦아들었다. HN길드 건물에는 어느 정도 공간을 보호하는 마법이 걸려 있어 페널티 기간에는 일부러 길드 건물에서 생활한다고 했다.

그나마 길드 건물 안에 있어서 자그마한 물건들만 돌이 되었지, 아니면 더 큰 피해가 있었을 거란 기주혁의 말에 정이선은 멍하니 고개만 끄덕였다.

"예전에 놀린답시고 영상 찍다가 핸드폰이 돌 된 적도 있다니까요. 하여간, 성격."

"페널티가 엄청나네요……."

"그렇죠? 완전 미다스. 우리끼리는 한다스라고 불러요."

페널티가 널리 알려져서 좋을 게 없으니 S급들은 대부분 말을 아끼는 편이지만 한아린의 경우엔 히든 능력도, 그 페널티도 어마어마해서 자연히 알려졌다고 한다. 예전에 살던 아파트에선 엘리베이터를 돌로 만들어 버린 적도 있다며, 다행히 엘리베이터가 추락하지는 않았지만 가동이 중단되어 한바탕 소란도 있었단 이야기에 정이선은 탄식할 수밖에 없었다.

그때도 복구사들이 나서긴 했지만 20~30퍼센트밖에 복구하지 못했으니, 정이선이 70퍼센트 넘게 원 상태로 돌린 상황에 한아린이 환호하는 건 당연한 일이었다. 정이선은 새삼 자신의 페널티가 상당히 양호한 편이라고 생각하게 되었다.

테이블에 핸드폰을 올려놓은 기주혁이 동영상 앱을 열었다. 핸드폰으로 인터넷과 SNS를 활발히 하는 그였기에 습관처럼 앱을 켠 것이다. 최근 기주혁이 본 영상은 모두 코드와 관련된 영상이어서 자연히 상단에 코드의 던전 공략 영상이 추천 영상으로 떴고, 정이선의 시선이 문득 그 화면에 닿았다.

"……왜 저기에 제가 있어요?"

"네? 헉."

정이선의 의아한 질문에 기주혁이 당장 숨을 들이켜며 핸드폰을 뒤집었다. 섬네일에 정이선의 얼굴이 있어서 곧바로 들켰다. 3차 던전 공략의 핵심 장면만 편집해서 모아 둔 영상이 주르륵 떴는데, 그중에서 한 영상의 섬네일이 정이선이었던 탓이다. 마지막에 제우스상을 막기 위해 뛰어가다가 후드가 벗겨지는 순간의 사진이었다.

"아, 그게, 그……!"

기주혁은 식은땀을 뻘뻘 흘렸다. 정이선이 인터넷 반응을 확인하지 못하게 해 달라고 사현에게 부탁했는데, 정작 자신이 들이댄 꼴이다. 기주혁은 코드에서 가장 나이가 어린 만큼 인터넷 반응도 많이 살피는 편이었다.

하지만 기주혁은 곧 빠른 깨달음을 얻었다. 이미 코드가 과도한 비방글에 대응하기로 해서 순식간에 인터넷이 깨끗해지고 있는 상황이고, 또 이 영상에도 좋은 말밖에 없으니 그도 봐도 괜찮겠단 결론이 나왔다. 그리고 이렇게 앞에서 과민하게 반응하는 게 훨씬 더 이상할 터였다.

그렇게 기주혁은 다시 핸드폰을 보이며 헤실헤실 웃었다.

"아, 이거 3차 던전 공략 영상이에요. 거기서 핵심 장면만 뽑아서 편집한 거."

"그런데 제가 왜 대표 사진으로……. 한아린 헌터여야 하지 않나요?"

"에이! 복구사님도 엄청난 일 했잖아요!"

기주혁이 한껏 뿌듯한 얼굴로 외쳤다. 게다가 닷새 전 코드가 3차 던전을 어떻게 공략했는지에 대한 공식 브리핑에서 신전 안의 의자를 복구한 일도 조명받았다.

"그 의자가 아무래도 HP 회복 존이었던 것 같더라구요.

마지막에 복구사님이 제우스 길 안 막아 주셨으면 진짜 큰일 났을 거예요. HP 급속 회복돼서 시간 더 걸리고, 어쩌면 왕홀도 새로 생겨서 번개 썼을지도 모르고."

3차 던전에서 복구사님의 활약이 어마어마했다며 기주혁이 신나게 그 영상을 보이려는데 정이선의 표정이 어쩐지 미묘했다. 단순히 사람들의 관심에 민망해하고 부끄러워한다기엔 어딘가 어긋난 듯한 반응이었다.

그는 그저 언제나 창백한 인상을 주는 생기가 없어 보이는 얼굴로 가만히 핸드폰을 보다가 이내 말없이 후드 깃만 만지작거렸다. 3초쯤 되었을까, 그 짧은 침묵에 기주혁은 어떻게 해야 할지 300번쯤 고민하다 황급히 화제를 돌렸다.

"그, 그런데 복구사님은 거의 늘 후드 있는 옷 입으시네요. 후드 티나, 아니면 후드 집업이나. 그런 옷이 취향이에요? 하긴, 편하긴 하죠."

"아, 네⋯⋯. 그냥, 음, 얼굴 가리기 적당해서⋯⋯."

"⋯⋯."

적당히 돌려서 말했지만 사람 눈에 띄는 걸 좋아하지 않는다는 마음은 완곡히 전달되었다. 기주혁은 조금 울고 싶어졌다. 정이선이 안타까웠다.

기주혁이 할 말을 고민하는데, 마침 사현이 방으로 들어왔다. 현재 기주혁과 정이선은 사현의 맞은편 방, 즉 정이선에게 따로 주어진 방에 함께 있었다. 기주혁이 당장 자리에서 일어서며 인사했다.

"협회에서 분석 결과 떴답니까?"

"이틀 안으로 결과 나온다네요. 일단 다음 던전이 불과 관련될 가능성이 가장 커 보이니, 기주혁 헌터는 미리 상태 관리해 두세요."

다음 던전을 알리는 단서가 탄 채로 나온 만큼 불과 관계가 있는 던전이라고 모두 추측 중이었다. 기주혁은 마침 자신이 불의 달인 아니냐며 코를 높이 치켜들다 사현의 고요한 시선에 말없이 바깥으로 나갔다. 리더는 그의 장난을 받아 줄 사람이 아니었다.

정이선은 제 앞자리에 사현이 앉는 것을 보았지만 그저 테이블에 시선을 고정하며 7대 불가사의 중 불과 관련이 있는 고대 건축물이 무엇인가 생각했다. 그러다 불현듯 깨달음을 얻은 그가 고개를 확 들며 말했다.

"다음 던전이요. 아르테미스 신전 아닐까요?"

"왜 그렇게 생각해요?"

"불타서 전소된 건축물이거든요. 헤로스트라투스란 사람이 기왕 악행을 저지를 거면 후대에 이름이 남을 정도로 큰일을 하겠다면서 그 신전에 불을 질렀대요."

레이드에 참여하게 된 날부터 정이선은 고대 7대 불가사의에 대한 영상을 모두 보았다. 모든 건축물에 관한 기본적인 정보를 갖추고 있으면 다음 던전이 구체화됐을 때 준비하기 더 편하니 틈틈이 자료를 확인했다. 그래서 다음 던전의 단서가 불에 탔다는 말에 곧바로 그 역사가 떠올랐다.

정이선의 말에 사현이 가만히 그를 바라보다, 천천히 입매를 끌어 웃었다.

"열심히 공부했네요. 원래 유적에 관심이 많나요?"

"아…… 원래까지는 아니고, 음, 제가 복구해야 할 건물들이니 알아본 거예요."

"말할 때 즐거워 보이던데."

"……네?"

전혀 예상치 못한 말에 정이선의 얼굴이 의아함으로 물들었다. 그저 떠오른 걸 말했을 뿐인데, 말이 빠르기라도 했나? 웃지는 않는데. 정이선은 조금 전 자신이 지었던 표정이 어땠는지 알 수 없어 어색하게 입가만 매만졌다. 그사이 사현은 평온한 어조로 말했다.

"협회도 에페수스의 아르테미스 신전으로 예상하고 있어요. 다만 문자를 정확히 해석하지 못했으니 아직 결과가 공식적으로 뜨지 않은 상황이죠. 지금까지는 멀쩡하게 나오던 단서가 굳이 손상되어 나온 이유도 모르고……."

정이선이 작게 탄식했다. 바빌론의 공중정원이나 올림피아의 제우스 신상 던전을 가리키는 단서는 상태가 모두 멀쩡했다. 석판과 목판에 정직하게 고대어가 새겨져 나왔으니 이번의 단서만 형태가 다른 게 이상하기도 했다. 어쩌면 던전 안의 상태와도 관련이 있을지도 몰랐다.

아르테미스 신전에 대해 더 알아봐야 할까. 정이선이 조금 심각한 얼굴로 데스크에 정리해 둔 자료를 확인하러 가려는데 사현의 질문이 떨어졌다.

"이선 씨는 뭘 하는 걸 좋아해요?"

"······네?"

"취미나 주로 하던 여가 생활······ 같은 걸 묻는 거예요. 어떤 걸 하면 기분이 좋아지죠?"

정말로 뜬금없는 질문이었다. 정이선은 느리게 눈을 깜빡이다 고개를 슬쩍 기울여 보았다. 자신이 질문을 제대로 이해했는지 모르겠다는 의사 표현이었는데 사현은 그저 웃는 얼굴로 그 앞에 앉아 있을 뿐이었다.

어쩐지 빨리 답해야만 할 것 같아 정이선은 겨우 입을 열어 말했다.

"친구들이랑 보드게임 할 때 재밌었던 것 같은데······."

"다른 건요?"

"으음, 친구들이 당구를 재밌게 쳐서 구경할 때······."

"이선 씨."

말을 자른 사현이 가만히 정이선을 응시했다. 새까만 눈동자에는 짜증이라든가 답답하단 감정은 전혀 없었지만, 일단 정이선은 자신이 한 답이 그가 원하는 방향이 아님을 눈치챘다. 입을 다물고 있으니 사현이 둥글게 미소했다.

"불가능한 일 말고, 현재 기준으로 말해요. 내가 그림자로 시체들 인형처럼 움직여 주면 즐거워질 것 같아요? 해 줄 수 있는데."

"……."

"그리고, 죽은 친구들과 함께한다는 조건을 붙이지 말고, 이선 씨 개인을 기준으로 답해요."

나긋한 듯하면서도 단호한 말에 정이선이 오래 침묵했다. 진작부터 알고 있었음에도 이제는 불가능한 일이라는 사실이 새삼스럽게 다가왔다. 그리운 감정이 들지는 않았지만 사현의 질문을 받은 후에야 깨달은 것이 그에게 낯선 기분을 안겼다.

정이선은 그들이 없는 삶에서 재미라든가 즐거움 같은 걸 상상해 본 적이 없다. 게다가 그는 정적인 편이라 언제나 친구들에게 끌려가서 함께 놀았고, 그걸 좋아했을 뿐이다. 예전에도 본인이 기준이 된 적이 딱히 없었기에 정이선은 오랫동안 답을 망설여야 했다.

침묵이 길어지는데도 사현은 가만히 그를 보고 있어서, 도리어 본인이 답답해진 정이선이 질문을 되돌렸다.

"그런데 갑자기 그건 왜 질문하세요?"

"3차 때 불안정해서 그렇게 됐으니 4차 들어가기 전에 미리 케어하려고요. 3차 재진입 때는 남는 시간이 얼마 없었다지만 4차까지는 여유로운 편이니까요."

정이선의 짧은 탄식에 사현이 평온한 어조로 말을 덧붙였다. 그가 외로움을 탄다기에 페널티 기간이 끝나자마자 코드에 데려다 뒀다며, 조금 전에 한아린과 있었던 일도 전해 들었다고 말했다.

　"차근차근 해결해 보죠. 외국도 고려해 봤는데 지금 이선 씨가 말하는 걸 보니 가고 싶어 했던 해외여행도 죽은 친구들과 함께한다는 조건이 따를 것 같고……."

　"……."

　"아니라면 레이드 끝난 후에 포상 휴가처럼 보내 줄까요? 그런 미래라도 있으면 기분 좀 좋아지겠어요?"

　정이선은 그저 느리게 눈을 깜빡였고, 사현은 그 반응을 예상했다는 듯 미소했다.

　"표정 보니 아닌 것 같네요. 그러니까 말해 봐요. 현재 이선 씨 개인을 기준으로, 뭘 해야 기분이 좋아지겠어요?"

　"아, 음……."

　되돌아온 질문에 정이선은 할 말을 찾지 못했다. 조금 전과 같은 이유였다. 그는 무엇을 해야 스스로의 기분이 좋아지는지 한 번도 생각해 본 적이 없고, 마땅한 취미 생활도 가져 본 적 없어서 답을 헤맸다. 그런데 사현은 어떻게든 지금 당장 답을 얻어 내려는 눈빛이라 정이선은 한참 동안 입술만 달싹거렸다.

　그러다 겨우겨우 기억을 더듬은 정이선이 힘겹게 답했다.

"……갓 구운 빵 냄새?"

"그걸 맡으면 기분이 좋아진단 소리인가요?"

"음, 친…… 네."

그의 친구들이 요리하는 걸 좋아했다. 그들은 17세 때부터 음식도 스스로 해결해야 했기 때문에 자연히 요리를 배웠고, 요리에 영 재주가 없는 정이선은 거의 부엌 출입 금지령을 받았었다.

친구 여섯 명 중 두 명이 꽤 뛰어난 요리 실력을 자랑했고, 오늘 눈감게 해 준 친구가 제빵을 특히 잘했었다. 그래서 주말이면 간간이 빵을 굽곤 했는데, 집에 들인 오븐이 그들이 부린 유일한 사치라면 사치였다.

이 이야기를 모두 삼킨 정이선은 천천히 고개를 끄덕였고, 사현은 가만히 그를 쳐다보다 이내 둥글게 미소했다.

"꽤 쉽네요."

깔끔한 답변에 정이선이 안도의 한숨을 삼켰다. 계속 캐물을 것 같은 표정이라 조금 긴장했던 탓이다. 그나마 평탄하게 대화를 끝낸 듯해 내심 다행이라 여기고 있으니 사현이 자리에서 일어나며 말했다.

"지금은 제 페널티 기간이니 이틀 뒤쯤으로 준비할게요. 그리고 하나 정도 더 생각해 봐요."

겨우 빵을 이야기했는데 이틀은 왜? 정이선은 무척 의아했지만 사현의 페널티란 말에 그저 말없이 고개를 끄덕였다. 24시간 능력 불능에, 또 이후 24시간 동안 능력이 50퍼센트로 저하되니 지금껏 별문제 없이 살았을 그에겐 불편할수도 있는 시간이겠다 싶었다.

다만 빵이라면 자신이 따로 가도 당장 해결될 일인데 굳이 그가 나서려는 이유를 알 수 없었지만, 질문하면서 대화하고픈 마음은 딱히 들지 않아 머릿속에 묻었다.

◁ ◆ ▷

다음 던전 단서의 분석 결과가 나왔다.

4차 던전 발생까지 12일이 남은 시점이었으며, 이제는 슬슬 준비할 때가 되지 않았냐는 이야기가 나오던 참이었다. 그리고 마침 아침에 분석이 완료되었다기에 회의실로 갈 준비를 했는데 느닷없이 신지안이 코드 전원에게 호텔 주소를 문자로 보냈다.

오늘 회의 장소라는 안내에 정이선이 어리둥절하거나 말거나 사현은 그를 데리고 호텔로 왔다. 웅장하면서도 세련된 로비에 들어설 때까지만 해도 정이선은 내심 유명한 호텔의 모습에 감탄하며 코드가 가끔 이런 곳에서도 회의를 한다고 여겼다.

코드는 한국의 최정예 헌터 팀이고, 또 최근 레이드 때문에 여러 기업에서 지원금이 쏟아진다고 들었다. 어쩌면 이 호텔에서 장소를 지원했을 수도 있고, 아니면 아예 분위기 환기를 위해 회의 장소를 옮겼을 수도 있겠다고 생각했다.

그러나 조식 라운지에 들어온 순간부터 나는 냄새가 있었다. 공간을 가득 메운 달고 부드러운 향은 그가 현 상황을 당연히 눈치채게 만들었다.

갓 구운 빵 냄새.

정이선은 정확히 이틀 전에 사현에게 했던 말을 떠올리며 서서히 걸음을 멈췄다. 딱딱하게 굳어 가는 얼굴로 주위를 둘러보다 힘겹게 사현을 쳐다보았다. 자신이 생각한 게 틀리길 바란단 눈빛이었으나 그는 눈매를 휘며 미소할 뿐이었다.

"마음에 들어요?"

"……."

"아예 코드 회의실로 부르기엔 기계를 옮기는 일이 번거로워서."

딱히 회의실을 더럽히는 것도 내키지 않았다고 말한 사현은 얼이 빠진 정이선을 라운지의 가운데 테이블에 앉혔다. 그러곤 신지안과 이야기할 일이 있는지 휙 사라져 버렸고, 정이선은 멍한 얼굴로 앞을 제대로 살폈다.

홀 너머로 다섯 명이 넘는 요리사가 보였는데, 그들은 모두 빵을 만들고 있었다. 갓 구워 낸 빵을 올린 그릇이 끝없이 나왔고, 코드 소속 헌터들도 하나둘 라운지에 도착해 정이선에게 인사한 후 신나게 빵을 가져갔다.

한아린과 기주혁도 라운지에 들어와선 반갑게 정이선에게 인사했다. 그들은 자연스럽게 정이선의 바로 옆자리를 비운 채로 원형 테이블의 자리에 앉았다. 정이선은 복잡한 표정으로 그들을 보며 질문했다.

"혹시 예전에도 코드가 이런 곳에서 회의한 적 있나요?"

"음? 아뇨? 제 기억에는 없는데. 기주혁 너는?"

"에엥, 저도 없는데요."

한아린이 세 번째로 코드에 들어왔고 기주혁은 네 번째 멤버였다. 코드는 던전 공략 방향에 대해 헌터 전원이 모여 자주 회의했으며, 대부분 장소는 HN길드 건물이었다. 지방에서 나타난 던전을 해결하러 갈 때 그 인근에서 회의한 적은 있지만 호텔은 아예 처음이라 했다.

"3차 던전 클리어하면서 후원 엄청 쏟아져서 그런가?"

"여기 1층 전체에 사람 우리밖에 없던데요? 아예 1층을 다 내줬나?"

한아린이 혼잣말처럼 의문을 내뱉었고, 기주혁은 어쩌면 영웅들을 모시기 위해 호텔 측에서 아예 1층을 내준 걸 수도 있다며 고개를 끄덕였다. 실제로 예전부터 그런 협찬과 비슷한 문의가 몇 번쯤 오긴 했다는 것이다. 코드는 너무나 유명한 집단이니 그들이 방문했단 것만으로도 나름대로 메시

지가 된다며…….

정이선은 최대한 그 말을 믿어 보려고 했지만 공간을 가득 메운 빵 냄새에, 결국 현실을 받아들일 수밖에 없었다. 정말로 호텔 측에서 장소를 내준 거라면 굳이 현재 홀에 나오는 메뉴를 빵으로만 채울 리가 없다. 코드 팀원들마저 왜 빵만 있냐며 간간이 의문을 드러내니 확실히 이건 자신 때문이었다.

그가 심각한 표정으로 앉아 있는데 그새 홀에 다녀온 한아린이 접시 한가득 빵을 담아와 그녀의 자리에 하나, 그리고 정이선의 앞에 하나 두었다.

"뭐야! 누나 내 거는!"

"지금…… 네가 감히 이선 복구사와 동등한 대우를 받길 바라는 거야? 네가 비교 선상에 놓일 수 있다고 생각해?"

"와, 진짜 서러운데 맞는 말이다."

한아린이 정말 진지한 표정으로 기주혁을 쳐다보았고, 기주혁은 툴툴대며 자리에서 일어나 홀로 향했다. 정이선은 우선 한아린에게 감사 인사를 전하고 다시 심란한 표정으로 홀을 바라보았다. 흡사 노려보는 듯한 눈빛이라 한아린이 의아한 표정으로 물었다.

"이선 복구사. 혹시 빵 싫어해요?"

"아뇨, 그런 건 아닌데…… 어쩌면 싫어질 것도 같네요…….

"그래요? 그러면 장소 옮길까요?"

불현듯 뒤에서 나긋한 목소리가 떨어졌다. 정이선은 흠칫하며 고개를 뒤로 돌려 어느새 가까이 다가온 사현을 올려다보았다. 대체 언제 신지안과의 대화가 끝나서 돌아왔는지 모를 일이었다.

사현은 고개 숙여 정이선과 시선을 똑바로 맞추며 물었는데, 여기에서 빵이 싫다고 했다간 당장 회의 장소가 옮겨질 것만 같아 결국 정이선은 좋다고 말할 수밖에 없었다.

사현은 자연스럽게 정이선의 빈 옆자리에 앉으며 퍽 다정한 목소리로 말했다.

"이선 씨가 특정 종류를 말하지 않아서, 일단 만들 수 있는 종류는 다 만들어 보라고 주문 넣었어요. 그러니까 마음에 드는 거 있으면 말해요. 그걸로 따로 주문하면 되니까."

친절히 상황을 확인시켜 주는 사현의 말에 정이선은 미묘한 얼굴로 고개를 끄덕였다. 옆에 있던 한아린은 이선 복구사 때문에 여기에 온 거냐며 마구 좋아했다.

곧 코드 전원이 라운지에 모이고, 잠깐의 간식 시간을 가진 후 4차 던전 브리핑이 시작되었다. 홀 앞에 놓인 TV가 반짝 켜지면서 3차 던전의 보스 몬스터를 처리한 후 나온 아이템이 화면에 잡혔다.

타서 찢긴 양피지 조각을 원형대로 모아 둔 사진을 확대하며 신지안이 말했다.

"이번 단서도 고대 그리스어로, '에페수스에 다시 깃들 번영과 영광을 위한 제물을 바치리라'라는 내용이라고 합니다."

에페수스는 터키의 이즈미르주에 있었던 지역으로, 고대 그리스의 식민 도시였다. 신지안은 담담히 그 정보를 읊으며 에페수스의 유적을 사진으로 보였다.

"에페수스는 항구 도시로 번영을 꾀했으며, 그리스와의 활발한 교역으로 크게 성장했습니다. 그리고 특히나 풍요의 여신을 떠받드는 신전이 아름다워 유명했는데, 그것이 바로 아르테미스 신전입니다."

아르테미스는 달과 수렵의 여신으로 널리 알려져 있지만 고대 신앙에선 주로 풍요와 번영을 상징했다. 바뀐 화면에 2중 주주식으로 건축된 아르테미스 신전이 나왔다. 길이 137미터 너비 69미터의 거대한 신전으로, 백색 대리석으로 만든 약 20미터 높이의 이오니아식 기둥이 127개나 있었다. 현재는 기둥이 하나밖에 남지 않은 상태였다.

"따라서 다음 던전은 에페수스의 아르테미스 신전으로 유추됩니다."

"또 신급 몬스터랑 싸워? 돌겠네."

한아린이 제일 먼저 반응했다. 그녀는 신경질적으로 머리를 헤집으며 짜증을 냈고 기주혁은 헤실헤실 웃으며 말했다.

"저 아르테미스 신 진짜 좋아했는데."

"그래서 가서 죽을래? 네가 제물 될래?"

차디찬 한아린의 일갈에 기주혁이 억울해하며 아르테미스가 얼마나 멋진지 역설했다. 어린 시절 본 만화에서 정말로 멋있게 나왔다며, 그런 아르테미스를 보스 몬스터로라도 만날 기회가 생겼다고 좋아했다. 신지안이 그 말을 들었는지 잠깐 TV 화면을 조정하는 태블릿을 만지다 새로운 화면을 띄웠다.

"참고로 에페수스 신전 유적에서 발견된 아르테미스는 이런 모습입니다."

유적지에서 나온 조각상은 멋지다는 표현과는 한참을 동떨어진 모습이었다. 원시적인 형태의 신상은 꼿꼿하게 서서 무언가를 지휘하듯 손을 앞으로 내뻗고 있었고, 하체는 원통 형태로 무수히 많은 야수가 조각되어 있었다.

심지어 머리 뒤에 붙은 석판에도 야수가 잔뜩 조각되어 흡사 원주민의 토템 같은 모습이었다. 그리스 신화 속 여신이 에페수스 지역의 토착 신앙과 연결되어 이런 형태를 띠었다고 하는데, 기주혁은 그 설명이 들리지 않는지 그저 화면만 빤히 보다 나직이 탄식했다.

"……오."

그의 충격에 빠진 표정에 옆에 있던 나건우가 허허 웃으며 그의 어깨를 토닥였다.

이후 브리핑은 조금 더 이어졌다. 어째서 다음 던전의 단서가 타서 나왔는지에 대한 추측이었는데, 정이선이 예상했던 대로 아르테미스 신전이 붕괴됐던 역사가 나왔다. 신전은 세 번 무너졌는데, 첫 번째는 홍수였고 두 번째는 화재였으며 세 번째는 약탈로 인한 파괴였다.

그중 두 번째 방화가 가장 유명했는데, 어차피 악행을 하려면 후세에 남길 정도의 악행을 저질러야 한다는 자기 현시욕에 빠진 헤로스트라투스의 화재로 한 번 전소되었다. 이후 재건되었으나 후일 침입해 온 동게르만족이 신전을 약탈하고 방화해 다시 철저히 파괴된다.

그 침입을 계기로 에페수스도 함께 쇠퇴의 길을 걷는데, 그즈음에서 정이선은 단서의 문구를 다시금 떠올렸다. 에페수스에 다시 깃들 번영과 영광을 위해 제물을 바친다…….

"제단이 또 어떤 단서일까요?"

3차 던전에선 제우스상의 의자에 특정 의미가 있었으니, 어쩌면 4차 던전에서도 제단에 무슨 목적이 있을지도 몰랐다.

"가능성이 꽤 있네요."

사현이 정이선의 추측에 긍정하며 가만히 화면을 바라보다 테이블을 검지 끝으로 톡톡 두드렸다. 무언가를 생각하는 듯 잠깐 침묵하던 그가 마침내 결론을 내렸는지 입을 열었다.

"기주혁 헌터. 이번 던전에서 화 속성 마법은 쓰지 마세요. 다른 마법 헌터들도 모두 유의하고요."

"예? 갑자기 왜요?"

"저 신전이 두 번이나 화재로 전소됐는데, 안에서 불을 사용하는 게 딱히 긍정적인 반응을 불러일으킬 것 같진 않네요. 게다가 단서가 불타서 나온 것도 이상하고."

사현의 추측에 헌터들이 고개를 끄덕였다. 기주혁도 와아, 감탄하며 어쩌면 신전에 한이 서렸을지도 모른다고 중얼거렸다. 그러다 문득 생각이 다르게 뻗어 나갔는지 의견을 냈다.

"그런데 그게 역린일 수도 있지 않을까요? 3차 던전에서 상대했던 니케 몬스터처럼요."

그 말을 시작으로 코드의 회의가 본격적으로 진행되었다. 3차 던전에서 제우스의 벼락 패턴을 대비하지 못해서 공략을 포기한 적이 있으니, 이번에는 아예 그런 일이 없도록 철저히 대비하기 위해 끝없이 의견을 냈다.

정이선은 그 이야기를 홀린 듯 경청하다 어느새 제 앞의 그릇이 모두 비었음을 확인했다. 분명히 불편해서 빵을 못 먹을 거라고 생각했는데 하필이면 한두 입에 먹기 적당한 크기의 빵이라 다 먹어 버렸다.

이상하게도 진 느낌을 받은 정이선이 착잡한 얼굴로 그릇을 보고 있는데, 홀 너머에서 오븐을 여는 소리가 들렸다. 요리사들이 다시 빵을 굽고 있는 것이다.

정이선은 의아하단 듯 그곳을 보다 왠지 싸한 기분으로 사현을 보았고, 곧바로 그와 시선이 마주쳤다.

"⋯⋯."

미소하는 그 얼굴을 보며 정이선은 사현의 관찰력이 조금만 낮았으면 좋겠다고 생각했다.

회의는 세 시간 넘도록 이어졌다.

약 한 시간마다 휴식이 있었고, 빵은 꾸준히 새로 구워져 홀에 나왔다. 갓 구운 빵 냄새는 회의 시간 내내 공간을 채우고 있어서 정이선은 이러다 자신의 후각이 마비될지도 모른다고 생각했다. 정말 억울한 건 그 와중에 빵의 종류가 매번 바뀌어서 자신도 모르게 좋은 냄새라고 생각한 것이다.

그렇게 회의가 겨우 정리되어 갈 즈음엔 기주혁이 마지막으로 한 접시 더 먹어야겠다며 홀에 다녀왔다. 정이선은 자신 때문에 코드가 이곳에서 회의하게 된 것도 당황스러운데 메뉴로는 빵밖에 나오질 않으니 꽤 걱정하던 참이었다. 그러나 시간마다 새로운 빵이 나오니 다들 한 입만, 한 입만 하다가 끝없이 먹는 모습을 보며 내심 안도했다.

그런데 접시 가득 빵을 담아 온 기주혁이 자리에 앉으며 불쑥 질문했다.

"근데 왜 빵만 있지?"

"너 조용히 해라."

"아니, 여기 호텔 조식 맛있다고 유명하다니까요? 빵도 진짜 맛있긴 한데 다른 것도 먹어 보고 싶다……."

한아린이 빠르게 기주혁의 말을 막아 보았지만 그는 눈치 채지 못하고 아쉬움을 드러냈다. 정이선은 할 말이 없어져 시선만 어색하게 돌리는데 사현이 나긋하게 기주혁에게 물었다.

"다른 것도 먹어 보고 싶나요?"

"네!"

"그러면 다른 곳 가면 되겠네요."

"예? 그, 그런 의미가 아니라……."

"다른 곳 가세요. 쓸데없이 이선 씨한테 눈치 주지 말고."

그제야 기주혁이 헉, 소리를 내며 굳었다. 그는 재빨리 머리를 굴려 현재 상황의 전후 관계를 파악했고, 마침내 당장 고개를 내저었다.

"아닙니다. 저 빵 완전 사랑합니다. 저 사실 장발장이잖아요. 앞으로 기발장이라고 불러 주십쇼. 돌잔치 때 저 빵 잡았대요."

빠른 태세 전환에 옆에 있던 한아린이 짠하다며 고개를 절레절레 저었다. 눈치가 저렇게 느려서 어떻게 코드에 있냐 잔소리를 하나 얹은 후 정이선에게 무척 살갑게 웃어 보였다. 기주혁을 대할 때와는 완전히 상반된 표정이었다.

"난 빵 좋아해요, 이선 복구사."

"나도 좋아합니다, 허허. 종류도 아주 많고 좋네. 좋다."

나건우도 상황을 눈치챘는지 냉큼 말을 보탰다. 정이선은 이 상황에서 대체 어떤 반응을 보여야 할지 몰라 결국 한껏 어색한 얼굴로 고개를 끄덕일 수밖에 없었다. 그들은 증명이라도 하려는 듯 빵을 더 먹어야겠다며 다시 홀로 나갔고, 기주혁도 한 접시 더 먹을 거라며 후다닥 떠났다. 방금 가져왔으면서 다시 떠나는 모습이 다급해 보였다.

그렇게 사현과 정이선만 남은 테이블에서 사현이 물었다.

"기분은 좀 좋아진 것 같아요?"

무척이나 평온한 질문에 정이선은 대체 어느 부분을 짚어야 할까 고민했다. 체할 것 같다고 반응했다간 왠지 요리사들에게 피해가 갈 것만 같아서 겨우겨우 말을 골라 입을 열었다.

"……일반적으론 빵 냄새를 좋아한다고 해서 호텔 라운지 전체를 빌려 요리할 생각을 하지 않아요."

"이선 씨는 S급 복구사니까 일반적인 기준으로 대우할 수 없지 않을까요?"

"……"

"마침 오늘 새벽에 분석 결과가 떴다고 했고, 이선 씨가 외로움을 많이 타는 듯하니 아예 코드 회의를 이곳으로 잡았어요. 혹시 시끄러워서 별로였나요? 다음번엔 팀원들 안

부르면 되니까 편하게 말해요."

제발 호텔 조식당 전체를 빌리지 말라는 말이 턱 끝까지 차올랐다가 결국 한숨으로 터져 나왔다. 지난 시간 사현을 겪어 오면서 그와 자신의 사고 알고리즘이 굉장히 다르다는 걸 느껴 왔는데도 대화를 시도하려 한 게 잘못되었다 싶어졌다.

심란한 얼굴로 있는 정이선에게 사현이 불쑥 고개를 가까이 했다. 바로 옆자리에 있으면서 굳이 상체를 기울이며 묻는 그 행동에 정이선은 괜히 움찔했다.

"기분 안 좋아진 것 같아요?"

"……기분이라는 게 하나를 했다고 해서 곧바로 좋아지고 나빠지는 수학 공식 같은 게 아니지 않을까요?"

"별로란 소리네요."

분명 담담한 답이었는데 정이선은 놀라서 급히 말을 덧붙였다.

"절대로 음식이 맛없었던 건 아니에요. 빵은 정말로 맛있었는데, 그런데……."

"그런데?"

"……아니에요. 기분이 조금 좋아진 것 같네요."

마지못해 내놓은 답에 사현이 눈매를 휘어 웃었다. 만족스러워 보이는 미소와는 한참 떨어진 종류라 정이선은 잠깐 망설이다 왜 웃는지 물었고, 그에 사현이 친절한 목소리로 답했다.

"그 거짓말에 속아 주는 척하면 이선 씨 기분이 좋아질까, 아닐까 생각하고 있었어요."

……결국 정이선은 입을 다물었다. 사현이 복구 능력이 100퍼센트로 돌아올 때까지 케어하겠다고 여러 번 말하긴 했지만 이런 방식으로 챙길 줄은 몰라서 조금, 아니, 꽤 부담스러웠다.

하지만 아예 호텔 조식 라운지를 빌려 버린, 그 일의 규모가 주는 부담을 제외한다면 솔직히 지금의 상황이 마냥 싫지는 않았다. 사람이라는 게 생각 이상으로 단순한 동물인지 육감 중 후각이 만족스러워지자 별로였던 기분이 조금은 좋아졌다.

게다가 코드의 헌터들도 이런 곳에서 회의하는 것에 꽤 즐거워하는 기색이었다. 언제나 길드 건물 안에서만 회의하다 바깥에 나오자 기분 전환이 되었는지 얼굴 한가득 즐거움이 떠올라 있었다.

그리고 기주혁에게서 대체 무슨 이야기를 들은 건지 홀에 있던 헌터들이 간간이 정이선이 있는 방향을 보며 감사하다는 인사를 전하기도 했다. 그 반응은 정말 부담스러웠지만 한편으론 이상한 기분을 안겼다.

정이선은 사람들의 호의가 무척 낯설었다. 사람들의 시선이 불편해서 늘 피해 왔는데 그새 코드 헌터들은 익숙해지기라도 했는지 조금은 다른 기분이 들었다. 정이선이 테이블에 올려 둔 냅킨만 만지작거리고 있으니 문득 사현이 손을 내밀었다.

잡으란 듯 손바닥을 보이기에 정이선은 익숙하게 그 손을 잡았다가 뒤늦게 이상함을 느꼈다. 대체 왜 자연스럽게 손을 잡았지? 이런 게 바로 반복적인 행동에 따른 습관화인가? 조건 반사? 심란하게 손을 내려다보는 정이선에게 사현이 나긋이 말했다.

"기분을 솔직하게 말하면 돼요. 이선 씨 기분이 최우선이니까."

"······이렇게까지 과하게 챙길 필요는 없어요."

"조금 전에도 말했듯이 이선 씨는 S급 복구사니까 이런 일은 전혀 과하지 않아요. 오히려 이런 일이 당연하다고 여겨야죠."

그 말에 정이선은 잠깐 입을 꾹 다물었다. 스무 살부터 S급 복구사로 활동하며 지냈지만 이런 일을 당연하게 여기리라곤 상상한 적도 없다. 혼신길드에 빚이 잡혀 일하는 동안 그는 한 번도 대우받지 못했었다. 오히려 길드장은 그의 능력을 후려치며 빚을 갚으려면 한참 남았다고 압박하기까지 했었다.

"3차 던전에서 보니 이선 씨가 능력 활용에 무척 뛰어나더라고요. 상황을 판단하는 눈치도 좋고, 이해도도 높고······."

객관적인 사실을 읊듯 평온한 어조로 말한 사현이 이내 정이선과 눈을 똑바로 마주하며 웃었다. 정이선은 그가 사람과 대화할 때 눈을 마주하는 게 습관이란 걸 알았고, 조금 전에 한 말 또한 효율에 기초한 분석이란 것도 알았다. 복구 능력을 모두 발휘하지 못하는 상황인데도 그 정도의 일을 해냈으니 100퍼센트가 되었을 때를 기대하는 것이다.

그걸 다 알면서도 정이선은 한껏 낯선 기분 속에서 멍하니 눈을 깜빡일 수밖에 없었다. 정말 인정하고 싶지 않지만, 사현은 그가 약한 부분을 늘 아무렇지 않게 건드렸다.

"그러니까 이선 씨가 기분이 좋아질 만한 일을 더 생각해 봐요."

◁　◆　▷

레이드 4차 던전이 공식적으로 발표되면서 코드 전원이 준비에 들어갔다.

3차 던전 때는 결국 재진입해서 클리어해 냈지만 이번에는 아예 퇴장 자체를 하지 않기 위해 철저한 준비와 훈련이 진행되었다. 아르테미스 신전을 본뜬 던전에서 나올 법한 공격 패턴을 예측하며 미리 필요한 아이템을 모두 챙기기로 했는데, 사실 아이템 대부분을 HN길드 내에서 찾을 수 있었다.

HN길드는 코드로 가장 유명하다고 하지만, 코드가 만들어지기 전부터도 규모가 큰 대형 길드였다. 그러니 당연히 길드 안에 포션 팀이나 무기 제조 팀, 마정석 가공 팀 등이 있었고 코드 헌터들은 그곳을 오가며 아이템을 구했다.

정이선은 오직 코드가 사용하는 42층만을 드나들었기 때문에, 오늘 나건우와 함께 온 55층의 모습을 신기해했다. 포션 팀 전용 공간이라고 했는데 마치 백화점 같은 느낌을 줬다. 진열대에 가득 놓인 포션들은 케이스마저 고급스러웠다.

아닌 척하면서 신기하단 눈빛으로 공간을 훑고 있으니 나건우가 껄껄 웃었다.

"51층부터 55층까지 모두 포션 팀이 사용하는 공간인데, 다 보면 아주 기겁하겠네."

"정말요……?"

"내가 뭐 하러 거짓말을 하겠어요. 그런데 55층 좋아하면 리더가 싫어할걸요."

뜬금없는 말에 정이선이 의아하단 듯 그를 보니 나건우의 검지가 55층 제일 끝을 가리켰다. 유리문으로 따로 구분된 공간인데, 그곳은 누군가의 개인 실험실처럼 보였다.

"55층은 거의 사윤강 전용 공간이라. 그런데 이 층에 가장 좋은 포션이 몰려 있어서 어쩔 수 없이 와야 해요. 그래서 공략에 필요한 아이템 리스트 쫙 뽑아 놓으면 코드 헌터들이 55층에서 가져올 품목부터 우선적으로 해결해요."

"아……."

"사실 리더도 55층 드나드는 거 별로 신경 안 쓰는데, 리더가 여기 올 때마다 사윤강이 시비를 트니까…… 우리가 애초에 막는 거죠."

둘이 마주쳐서 좋을 게 없다며 나건우가 고개를 내저었다. 그런 나건우의 말에 정이선은 예전에 엘리베이터 안에서 그 둘이 나눴던 대화를 떠올리며 빠르게 수긍했다. 다른 헌터들이 보이지 않는 곳에서 최대한 둘이 만나지 않도록 노력하는 이유를 알 것만 같았다.

곧 나건우가 공간을 거닐며 필요한 포션들을 챙기기 시작했다. 대부분 마나와 체력을 회복시켜 주는 약이었고 간간이 속성 저항력을 높이는 포션도 챙겼다. 코드는 HN길드 소속이라 어느 정도 할인이 들어가는데, 할인이 없어도 굳이 돈을 아낄 필요는 없다며 나건우가 마구 포션을 가방 안에 넣었다.

순식간에 묵직해지는 그 가방을 신기하게 보던 정이선의 시선이 문득 끝에 있는 진열대로 향했다. 사윤강이 직접 제작한 포션들은 모두 저곳에 둔다는데, 마침 그중에서 익숙한 이름이 적힌 칸을 발견했다.

'상태 이상 해제 포션'

옅은 갈색 눈동자가 느릿느릿하게 글자를 읽었다. 한눈에 들어오는 글자였음에도 낯선 기분이 들어 정이선은 몇 번쯤 반복해서 읽어야 했다. 지난 반년 동안 그가 열심히 찾아다녔던 포션이 저곳에 있었다.

죽지 못하는 상태가 된 친구들의 문제를 해결할 수 있을까 싶어 매달렸던 포션이다. 자신이 복구 능력을 걸면서 생긴 문제지만 실낱같은 희망을 놓칠 수가 없어서 미련하게도 포션에 매달렸다. 반년간의 기억이 갑자기 훅 떠올라 정이선은 조금 가라앉은 낯으로 그곳을 응시하다, 이내 천천히 다가갔다. 잠깐만 살펴보고 싶었다.

사윤강은 A급 치유 헌터지만 포션 제작에 유능해 던전에 들어간 경험이 적었다. 그의 말로는 최상급 포션을 만드는 일에 정진하기 위함이라 했지만 인터넷에선 던전이 무서우니 안전한 바깥에서 포션만 만드는 거란 이야기가 돌았다. 소문의 진위는 알 수 없지만 어쨌든 현재 포션 시장에서는 사윤강의 포션이 가장 값어치가 높았다.

이런저런 논란이 많다고 해도 사윤강은 HN길드의 부길드장이었다. 사윤강이 제작한 포션의 가장 최근 낙찰가를 떠올리며 정이선은 가만히 진열대를 확인했다. 길드의 이름이 양각된 투명 케이스를 물끄러미 훑어보는 시선이 고요했다.

그런데 문득 옆에서 말소리가 들렸다.

"여기에 복구사가 왜 있지?"

"아……."

사윤강이었다. 정장 셔츠 위로 실험 가운을 입은 사윤강은 마침 실험실에 있었던 듯했다. 그는 무척 의아하단 얼굴로 유리문 너머에서 정이선을 보며 말했다. 순간 정이선은 당황해서 흠칫 놀랐다. 과거 생각을 하던 도중 갑자기 누군가 말을 거니 놀란 것이다.

정이선은 가까스로 스스로를 진정시키며 말했다.

"4차 던전 공략에 필요한 포션을 챙기러 왔습니다."

"설마 내가 그것도 모른다고 생각하는 건가?"

"……."

"던전에 필요한 포션이라면 앞쪽 라인에 있을 텐데, 왜 상태 이상 해제 포션이 있는 곳까지 왔냐는 거야. 뭐, 이번 보스 몬스터는 저주라도 쓴다고 하던가?"

비꼬는 듯한 질문이 우르르 쏟아져 정이선은 이러한 태도가 사윤강의 습관인가 잠깐 고민했다. 정이선은 고요히 눈을 깜빡이다 이내 살짝 고개를 까딱여 인사했다.

"잘 찾아보고 가겠습니다."

정이선은 지금껏 꽤 많은 적대의 시선을 경험했기에 사윤강의 행동에 딱히 휘둘리고픈 마음이 없었다. 게다가 사윤강의 시비는 사현에게 먹히지 않는 공격을 다른 사람에게 마구 던지는 느낌이 강해 정이선은 굳이 그와 대화하고 싶지 않았다.

깔끔히 인사하고 물러나는 정이선의 모습에 사윤강은 황당하단 듯 입매를 비틀어 웃었다. 하지만 그 시선은 꽤 오랫동안 진열대에 머물렀다.

그렇게 나건우에게 다가가던 정이선은 문득 주머니에서 진동을 느꼈다. 연락할 만한 사람이 있나? 정이선은 의아하게 핸드폰을 꺼내 들었다. 저장된 번호라면 코드의 헌터들과 원태식 아저씨뿐인데, 코드 사람들은 자신이 길드 건물에 있단 걸 알 테니 그들은 아닐 터였다. 정이선의 눈동자가 천천히 화면을 훑었다.

「좋은 제안을 하고 싶은데, 만납시다.」

아래로 주소가 붙긴 했지만 모르는 번호였다. 자신이 누구인지 밝히지도 않고 다짜고짜 제안을 이야기하는 행동에 정이선은 무척 황당해졌다.

그는 문득 자신의 주위에는 왜 이렇게 제안을 하려는 인간이 많은가 생각했다가, 결국 상대가 문자를 잘못 보냈다고 결론 내리며 화면을 껐다.

시간은 빠르게 흘러 4차 진입까지 하루 남은 시점이 되었다.

코드 전원이 4차 던전을 한 번에 클리어하기 위해 여러 패턴을 예측하며 훈련했고, 정이선 또한 아르테미스 신전의 복원도를 자세히 들여다보았다. 제우스 신전보다 기둥이 많고 더 섬세한 부분이 있어서 외우기가 조금 까다로웠다.

특히 다음 던전의 단서로 '제물'이 나와서 제단을 집중적으로 살폈는데, 과거 아르테미스 신전의 제단은 마땅한 특징을 갖고 있지 않았다. 오히려 관련 자료가 상당히 적어서 찾느라 애를 먹었다.

그래서 출근하는 아침부터 정이선이 조금 피곤한 얼굴로 있으니 사현이 말했다.

"오늘은 오전만 하고 쉬어요."

"네? 내일 던전 발생하는데…….."

"이미 복원도는 웬만큼 외운 것 같으니 괜찮아요. 열흘 내내 자료만 들여다보던데, 오후에는 다른 걸 하죠."

"훈련한다는 소리인가요?"

뜬금없는 말에 정이선이 의아해하고 있으니 사현이 그린 듯 웃었다.

"쉬라고 말한 지 몇 초 안 지났는데, 복원도를 외울 땐 다른 정보를 흘려듣는 편인가요?"

이제는 익숙해진 사현의 화법을 정이선은 적당히 넘겼다. 그저 느닷없는 휴가에 떨떠름한 반응만 보이고 있으니 사현이 차분히 물었다.

"이제 기분 좋아질 만한 다른 일은 생각해 봤어요?"

"아……."

"좋아하는 걸 찾는 데 꽤 시간이 오래 걸리는 편이네요."

그 말에 정이선은 다시금 머뭇거려야만 했다. 친구들과 함께 다닐 때도 그의 기준은 친구들이었다. 줏대가 없다거나 자기 의견이 약하다기보단 그저 서로밖에 없는 관계였기에 괜한 마찰을 빚고 싶지 않아 늘 순응했다. 그리고 굳이 그런 이유가 아니더라도 그들과 함께하면 모든 일이 재밌고 즐거웠기에 언제나 좋다는 말만 했었다.

그랬기에 정이선은 좋아하는 일이 뭐냐는 질문에 선뜻 대답하기가 어려웠다. 그는 또 한참 동안 입술만 달싹거리다 어느새 차가 길드 건물 앞에 도착한 걸 확인했다. 그런데도 사현의 시선은 오롯이 자신을 향해 있어 지금 답해야만 나갈 수 있단 걸 눈치챘다.

결국 정이선은 정말 힘겹게 답했다.

"책…… 읽는 걸…… 좋아할…… 걸요?"

"좋아하는 거 말하는 게 그렇게 어려운 일인가요?"

"……."

"그리고 책이라면 지금도 엄청나게 읽고 있을 텐데…….""

"도, 도서관을 좋아했던 것 같아요. 어렸을 때 자주 시립 도서관에 갔는데…….""

비록 1차 대던전에 휩쓸려서 사라졌지만 어린 시절에 그랬던 기억이 있다. 뿐만 아니라 중학교, 고등학교에 가서도 학교 도서관을 꽤 좋아했다. 친구들이 워낙 활발해서 간간이 운동장에 끌려가더라도 그는 늘 응원석에 앉아서 가만히 구경만 했고, 점심시간엔 자주 도서관에 갔었다. 가끔은 친구들에게 끌려가고 싶지 않아서 도서 선생님에게 자신이 여기에 없다고 말해 달라 부탁하기도 했었다.

그 기억을 희미하게 더듬으며 도서관 특유의 분위기를 좋아한다고 말하니 사현이 천천히 고개를 끄덕였다. 그 반응에 이제 내릴 수 있겠다 싶어져 차 문을 잡았는데 문득 반대편 손에서 온기가 느껴졌다. 사현이 자연스럽게 다가와 그의 손목을 감싸 쥐듯 손등을 덮은 것이다.

정이선이 의아하게 그를 보고 있으니 사현이 느리게 손등을 토닥였다. 마치 달래는 듯한 손짓이었다.

"왜 좋아하는 걸 그렇게 추측형으로 말하는지는 모르겠지만…… 그렇게라도 몇 개씩 생각해 둬요. 다 해 보고 가장 마음에 드는 것들 고르면 되니까."

"……꼭 그렇게까지 할 필요가 있나요?"

"확실하게 준비하는 거예요. 이선 씨가 불안하지 않게 할 대비책은 확신시켜 준 것 같으니, 이제는 전반적인 상태가 좋아질 방안을 찾아보는 거고."

담담한 말에 정이선은 몹시 미묘한 표정이 되었다. 사현의 머릿속에는 문제가 일어나면 어떻게 처리해야 하는가에 대한 플랜 A, B, C 등이 모두 세워져 있을 것만 같았다. 그러니 지금도 마치 실험처럼 온갖 수를 넣어 보고, 가장 효과가 좋은 것들만 따로 뽑아 방책으로 둘 게 확실했다.

정말로 이상하면서도 참 사현답다는 생각에 정이선은 결국 고개만 끄덕였다.

그러다 불현듯 며칠 전 호텔 조식 라운지 전체를 빌렸던 일이 떠올라 선득해졌다. 하지만 이번엔 분명히 책을 읽는 게 좋다고 말했고, 또 도서관 특유의 분위기를 좋아한다고도 말했으니 코드 전원을 부르는 일을 벌이진 않겠지 생각했다. 정이선은 애써 제 불안감을 달래며 출근했다.

◁ ◆ ▷

정이선의 불안은 현실이 되었다.

"……."

그는 제 눈앞에 펼쳐진 상황에 어떻게 반응해야 할까 고민했다. 입을 벌렸다가 마땅한 말도 만들지 못하겠어서 다시 다물기를 반복했다.

현재 그는 오전 동안 자료 분석을 끝낸 후 사현의 부름에 따라 점심을 먹고, 이후 도서관으로 온 상황이었다. 코드 헌터들이 함께 나오지 않아 내심 안도하고 있었다. 게다가 차가 멈춘 곳도 길드 건물과 가까운, 서울에서 꽤 유명한 도서관 중 하나였다. 수만 권에 달하는 책이 있다고 소문난 곳이며 간간이 드라마 촬영지로도 사용된다고 들었다. 시민들의 휴식처로 꼽히는 공간이라 혹시나 눈에 띌까 싶어 후드를 깊게 눌러쓰고 들어왔다.

그런데 정작 들어선 도서관 안에는 아무도 없었다. 사서나 관리인마저 찾을 수 없는, 아주 적막한 공간이었다.

"저녁까지 원하는 만큼 책 읽어요. 마음에 드는 게 있으면 사면 되고."

"……아예 여기도 빌렸나요?"

"그러면요?"

"……."

"이선 씨가 읽으려는 책을 다른 사람이 가져가는 불상사가 벌어지지 않도록 하려고요. 그리고 일반인들 시선 의식하면서 불편해하느니 빌리는 게 낫죠."

당연하단 듯한 사현의 말에 정이선은 그저 입을 다물었다. 분명히 그는 도서관 특유의 분위기, 간간이 사람들의 발소리와 속닥거리는 듯한 말소리가 들리는 공간을 좋아한 건데……

그러니까 정이선은 군중 속의 고독 같은 걸 원했는데, 정말로 고독한 상황에 놓였다.

"……."

스스로가 바랐던 게 너무 까다로운가, 하는 의문이 잠깐 들었지만 아무래도 사현의 기준이 잘못된 게 확실하단 결론만 나왔다.

"여기가 마음에 안 들면 장소 옮길까요? 한 시간 정도면 준비할 수 있으니…."

"아뇨, 여기가 마음에 들어요. 정말로."

정이선이 다급히 말을 잘랐다. 그러곤 사현이 다시 자신을 쳐다보기도 전에 먼저 책장을 향해 걸어갔다. 다행히도 사현은 뒤를 따라오지 않았다.

정이선은 앞으로 사현에게 좋아하는 것에 대해 말할 때 조심해야겠다고 생각했다. 큰 장소를 아예 빌리지 말라고 못 박고, 자신이 원하는 건 어디까지나 소소한 수준임을 강조해야겠다고 계획했다. 그러고 보니 이 상황도 조금은 억울했다. 지금껏 그가 말한 것도 분명히 아주 사소한 것들이었다.

그렇게 생각하면서도 정이선의 시선은 솔직히 책장에 고정되었다. 새 책과 오래된 책 특유의 냄새가 어우러지는 공간은 그다지 나쁜 곳이 아니었다. 오히려 그에게 그리운 기분을 안겼다. 혼신길드에 붙잡혀 일하게 된 이후로는 도서관에 올 여유 따위는 없었다. 게다가 S급 복구사가 되면서 그를 알아보는 사람들이 생겨 외출을 조금 자제했었다.

손끝을 책등에 올리며 천천히 걸었다. 주르륵, 손가락 끝에 닿는 감각이 새삼스럽게도 반가웠다. 19살 때까진 학교 도서관에 자주 갔었는데, 그렇다면 도서관에 온 게 어느덧 6년 만이었다. 최근 읽은 고대 7대 불가사의에 관한 서적을 제외하곤 그간 책을 한 권도 읽지 않았다는 사실이 꽤 충격적으로 다가왔다.

"와······."

한때는 그래도 도서부 학생이었는데. 중학생 때였나. 정이선은 그때를 떠올리며 조금 씁쓸하게 웃었다. 책장에 꽂힌 책들이 모두 낯설어서 그나마 아는, 예전에 봤었던 책들을 찾아보았다. 6년이란 시간 동안 어느새 그가 좋아했던 책은 몇 쇄를 거쳐 새로운 표지를 입고 개정판으로 나와 책장에 꽂혀 있기도 했다.

도서관을 통째로 빌렸단 걸 알면서도 정이선은 소리 죽여 감탄사를 내뱉었다. 이거 진짜 오랜만이네. 홀로 중얼거리며 책을 주르륵 펼쳐 보기도 하고, 익숙한 문구를 발견하면 옛날 생각도 떠올렸다. 이제야 생각났지만 그는 필사를 취미로 뒀던 것 같다.

정말로 오래된 기억처럼 느껴졌다. 아니, 단순히 옛날 기억을 떠올리는 게 아니라 완전히 다른 사람의 기억을 들여 다보는 것만 같았다. 한때는 자신이 그런 것을 좋아했다는 사실이 너무 낯설었다.

지난 1년이란 시간은 그를 완전히 과거의 자신으로부터 유리시켰다. 꼭 미련 같은 감정들이 덕지덕지 가슴에 눌어붙어 있는 듯해서 이상하게도 숨을 쉬기가 어려웠다. 그래서 정이선은 한 시간 넘게 책장 사이를 걷기만 하다가 슬슬 발이 아파질 즈음에야 겨우 책 한 권을 꺼내 자리에 앉았다.

고등학생 때 좋아했던 책이었다. 반가우면서도 이상하게 씁쓸한 기분을 안기는 책 표지를 몇 번쯤 매만지다 천천히 책을 펼쳤다. 사현은 어디에 있는지 보이지도 않고 인기척도 느껴지지 않았지만, 원래 그랬던 사람이라고 생각하며 완전히 머릿속에서 밀어냈다.

햇볕이 따사롭게 들어오는 공간이었다. 펼친 책장 위로 햇빛이 고스란히 떨어져 정이선은 잠깐 옆의 커다란 창문을 올려다보다 굳이 자리를 옮기고 싶진 않아 다시 시선을 내렸다. 햇살 아래 더욱 옅어진 갈색 눈동자가 활자 위를 훑었다.

고요하고도 따사로운 공간 속에서 정이선은 오랜만에 책을 읽기 시작했다.

사현은 여전히 정이선이 떠난 입구 쪽에 있었다. 그는 책을 읽으러 도서관에 온 것이 아니기 때문에 입구 근처의 소파에 앉아서 태블릿만 확인했다. 4차 던전의 예상 패턴과 대응 방향 수십 가지를 머릿속에서 시뮬레이션 돌리며 정리했다.

어차피 이 공간에는 자신과 정이선밖에 없고, 또 그의 인기척을 찾아내는 일도 무척 쉬우니 굳이 따라가지 않았다. S급 전투 계열 헌터인 그는 모든 기척과 소리에 민감해 정이선이 한 시간 넘도록 책장 사이를 걷는 것도 알았고, 그리고 그가 간간이 혼잣말하는 것도 들었다. 그러다 드디어 정이선이 창가 쪽 책상에 앉았을 땐 이제야 책을 읽는다고 잠깐 생각했던 것 같다. 간간이 그가 페이지를 넘기는 소리가 들려왔지만 사현은 딱히 신경 쓰지 않았다.

그러다 두어 시간이 지난 즈음부터는 페이지를 넘기는 소리가 끊겼다. 그래도 신경 쓰지 않고 있다가, 몇 분쯤 지나니 색색 숨소리가 들려와 사현의 시선이 태블릿에서 떨어졌다. 책을 읽는 걸 좋아한다기에 데리고 왔는데 자 버리는 행동은 무슨 의미일까.

최근 자료 조사를 하느라 피곤했던 건가. 그렇지만 누누이 상태 관리를 잘하라고 강조해 온 터라 정이선은 수면 시

전조 421

간을 꼬박꼬박 채웠다. 오히려 그는 꽤 잠이 많은 편인 듯했다. 그러면 이 공간이 편해서 낮잠을 자는 건가? 불편했더라면 잠이 오지 않았을 테니 그가 이곳을 꽤 편안하게 여겨 잠들었을 확률이 가장 높았다. 자연스럽게 답을 내린 사현은 잠깐 눈을 감았다.

그리고 그가 다시 눈을 뜬 곳은 정이선의 뒤였다. 사현의 그림자 흔 능력 중 하나였다. 손이 닿은 상대에게 마킹을 해 두면 눈에 보이지 않아도 상대의 그림자로 이동할 수 있었다. 거리마저 상관없었다.

흔히 던전에서 보스 몬스터를 상대할 때, 제 시야에 몬스터의 그림자가 보이지 않아도 곧바로 이동하기 위해 사용하는 능력이었다. 코드 소속 헌터들은 대부분 눈치챘지만 사현이 그 능력에 대해 굳이 말을 퍼트리지 않는단 걸 알아 다들 얌전히 입을 다무는 편이었다.

대상은 하나로 한정되며, 접촉을 오래 하면 최대 일주일까지도 유지할 수 있었다. 그러려면 마나를 많이 소모해야 했지만 사현은 정이선과 처음 만났을 때 부러 길게 마킹을 해 두었다. 그래서 정이선이 구청 별관을 복구하러 이동했을 때 곧바로 뒤에서 나타날 수 있었고, 그 외에도 사현은 꽤 자주 정이선의 그림자 속에서 나타났었다. 그가 눈치채지 못했을 뿐이다.

다만 길게 마킹해 두면 정신력의 소모가 많아, 정이선의 이동 범위를 완전히 파악한 후엔 긴 시간을 마킹하는 대신 차라리 짧게 여러 번 마킹했다. 게다가 마킹해 두면 굳이 이동하지 않아도 상대의 그림자를 통해 주위의 상황을 어느 정도 파악할 수 있었다.

아주 작게나마 소리를 듣고 주위 기척을 확인하는 건데, 이건 이동하기 전 주위에서 어떠한 일이 일어나는지 대강의 판단을 하기 위함이었다. 상당한 마나가 소요되고 늘 신경의 한 부분이 상대를 향해야 했다. 그런데도 사현은 늘 정이선에게 마킹을 해 두었다.

그가 비전투계 각성자이니 위험한 상황을 대비하려는 의도도 어느 정도 있지만, 정확히는 어디에서 길드장의 죽음과 복구를 언급할지 모르니 해 둔 마킹이었다. 그리고 사현은 이 능력을 통해서 정이선이 데리고 있는 시체들도 파악했었다.

"⋯⋯."

정이선의 그림자 속에 선 사현은 책상 위에 고개를 묻은 채로 잠든 정이선을 가만히 내려다보았다. 어느덧 해가 저물고 있어 창문을 통해 들어오는 햇빛이 비스듬하게 그의 얼굴 위로 떨어졌다. 희미해지는 햇빛이 조금씩 얼굴에서 멀어져 가는 모습을 사현은 물끄러미 보았다.

이렇게 보면 꼭 평온하게 죽은 시체 같았다.

아주 단적인 감상이었지만 사실 사현은 꽤 여러 번 그런 생각을 했었다. 식사를 제대로 챙기게 하는데도 정이선은 살아 있는 사람처럼 보이지 않을 때가 많았다. 하얀 얼굴은 여전히 창백해서 생기가 없었고 그 눈동자도 똑같았다.

대부분의 일에 무덤덤하게 반응하며, 도로록 도로록 눈을 굴리지만 마치 인형처럼 무기질적인 느낌이 있었다. 분명히 옅은 숨소리가 들리는데도 그는 살아 있다기보단 생에 박제된 무언가처럼 보였다. 정말로 이상한 괴리감이었다. 시체들이랑 1년간 살아서 그도 시체에 동화되기라도 한 건가.

사현은 조용히 정이선의 옆자리에 앉았다. 창문으로 들어오던 햇빛이 그의 등에 가려져 정이선이 완전히 어둠에 잠겼다. 정확히 눈 위로 떨어지고 있던 햇빛 때문인지 살짝 찌푸려져 있던 눈살이 희미하게 풀렸다. 사현은 가만히 그 모습을 보다 정이선이 쥐고 있는 책으로 시선을 옮겼다.

잠들었으면서 왜 책을 여전히 쥐고 있는지 모를 일이었다. 책등이 곧 당장이라도 책상에 닿을 것처럼 아슬아슬한 모습으로 쥐여 있었다. 저게 떨어지면 소리가 날 듯해 사현이 손을 뻗었다.

그렇게 책을 거둬 가려는데, 정이선이 웅얼거렸다.

"하지 마, 박우준⋯⋯."

잠꼬대처럼 어물거리는 말이었다. 박우준이라면 3차 던전을 끝낸 후 사현이 무효화를 걸어 준 친구의 이름이었다. 고요한 시선으로 정이선을 훑던 사현이 다시 책을 가져가려는데 쓸데없이 그의 손이 따라왔다.

"안 잔다고⋯⋯."

별 이상한 잠버릇이었다. 사현은 문득 저번에도 정이선이 잠투정을 부렸던 걸 떠올리며 그를 내려다보았다. 잠을 많이 자기에 수면 시간을 잘 챙기는 줄 알았는데, 수면의 질이 이따위면 별 효율이 없지 않나? 게다가 죽은 친구를 꿈에서 보는 건 그다지 긍정적으로 여겨지지 않았다.

사현은 잠깐 고민했다. 지금 깨우면 정이선이 그 꿈을 기억할까, 아니면 그냥 그가 스스로 일어날 때쯤이면 꿈을 잊을까. 렘수면 상태인 듯한데, 이 상태에서는 꿈을 여러 개 꾼다고 하니 차라리 다른 꿈으로 덮어서 잊게 하는 게 나으려나. 그는 평온히 생각하며 결국 책을 가져가는 걸 포기하고 책 뒤로 손만 두었다. 책이 책상에 떨어져서 소리가 나는 것을 막으려는 심산이었다.

정이선의 잠꼬대는 몇 번쯤 더 이어졌다. 입술을 우물거리며 운동장에 가기 싫단 소리를 해 대는데, 중고등학생 때를 꿈으로 꾸는 듯했다.

사현이 해를 등지고 앉으면서 정이선에게 떨어지는 햇빛은 사라졌지만, 그의 너머로는 노을빛이 번지고 있었다. 책상 위의 빛이 서서히 붉어지며 어두워져 가는 시간 속에서 사현은 정이선의 잠꼬대가 멈춘 것을 확인했다.

그는 잠깐 시선을 앞으로 던져 가장 가까운 책장의 책을 그림자 능력으로 날렸다. 그리고 그것을 한 손으로 가볍게 받아 정이선이 쥔 책 뒤에 그것을 두었다. 차라리 다시 돌아가서 4차 던전을 계획하는 게 훨 나을 듯했다.

그래서 책을 두고 물러나려는데, 갑자기 정이선이 제 손을 붙잡았다. 정확하게는 손등을 덮어 누르는 행위였다. 갑작스러운 행동에 사현이 일어선 채로 정이선을 내려다보고 있으니 그가 몇 번쯤 입술을 달싹거리다가.

"제발…… 가지 마……."

"……."

"내가, 잘못했, 윽…… 죽지 마……."

흐느낌에 젖어 든 말이 먹먹하게 공간에 떨어졌다. 정이선은 사현의 손을 쥔 채로 끅, 윽, 거리며 우는 소리를 냈다. 사현의 새까만 눈동자가 한층 어둡게 가라앉았다. 기껏 다른 꿈으로 덮으려 했던 게 악수로 돌아왔다.

그리고 그때쯤 정이선은 정말로 악몽 속을 헤매고 있었다. 분명히 그는 고등학교 도서관에서 책을 읽는 중이었다. 점심시간에 자신을 운동장으로 데려가려는 친구들을 피해 숨었다가, 결국 들켜서 끌려 나갈 뻔했다. 싫다면서 실랑이를 벌이는데 어느 순간부턴가 공간이 서서히 어두워지더니 친구들이 한 명씩, 한 명씩 죽기 시작했다.

고등학교 도서관은 빛무리로 가득한 것처럼 희미했는데, 바뀐 공간은 너무도 선명하게 검붉은 색을 띠었다. 꼭 그들이 흘리는 피처럼, 아니, 어느 순간부턴가 제 손에 묻어 버린 피처럼.

그때 그 순간이 잔인할 정도로 또렷하게 눈앞에서 펼쳐졌다. 자신이 서 있는 곳은 어느덧 피 웅덩이 위였다. 핏물이 질척하게 발을 묶고 다리를 타고 오르며 목을 조르려 들었다. 그러나 정이선은 알고 있었다. 제 생은 언제나 자신을 죽게 하지 않는다는 걸.

기만당하는 삶 속에서 정이선은 비참하게도 온기를 찾았다. 친구들의 뜯긴 몸에서 어떻게든 남은 온기를 찾기 위해 매달리듯 시체의 손을 더듬다가.

어느 순간 제 눈을 꾹 덮어 누르는 힘을 느꼈다. 꽤 아플 정도로 힘을 실어 눌러 정이선이 흠칫 떨며 눈을 떴다. 분명히 눈을 뜨고 있었는데 다시 눈을 뜬 상황 속에서, 그는 자신이 꿈을 꿨음을 깨달았다.

정이선이 깨어난 것을 상대가 느꼈는지 손이 멀어졌다. 그런데도 시야가 느리게 돌아왔다. 상대가 눈 위를 손바닥으로 꾹 눌렀기 때문인지, 아니면 악몽의 후유증 때문인지 눈꺼풀이 저릿저릿 떨리는 것만 같았.

가장 먼저 창문을 통해 들어오는 노을빛을 확인하고, 그 다음으로는 눈앞에 자리한 어둠을 느꼈다. 사실 현재 그의 시야는 색만 구분하는 것이 전부였다. 다만 그 어둠이 온기를 품었단 감각이 어렴풋이 들었는데, 그제야 정이선은 자신이 누군가의 손을 덮듯이 잡고 있단 걸 알아챘다.

흐릿한 시야가 천천히 돌아오면서 상대의 얼굴이 보였다. 어둠 속에서 새까만 눈동자가 자신을 향한다는 걸 깨닫자마자 정이선이 현재 상황을 파악했다. 자신의 앞에는 사현이 서 있었고, 자신은 책상 위에 얹어진 그 손을 붙잡고 있었다.

상체를 살짝 숙이고 있는 사현의 행동을 따라 정이선의 몸이 완전히 그림자 속에 갇혔다. 정이선은 제 위로 드리운 그림자에 느리게 눈을 깜빡였다.

"정이선 씨."

정이선은 사현이 자신의 상태를 정확히 확인할 때, 혹은 기분이 조금 나쁠 때 성을 붙여서 부른단 걸 알았다. 그리고 지금은 그 두 가지가 혼재하는 상황이었다.

"왜 자꾸 울어요?"

이해가 되지 않는다는 듯 사현이 자신의 손바닥을 내려다보았다. 조금 전에 정이선의 눈을 누르면서 깨웠기 때문에 그 손바닥에는 정이선의 눈물이 묻은 상태였다. 그것을 훑어보는 새까만 눈동자가 느리게 눈꺼풀 아래로 사라졌다가 이내 똑바로 정이선을 향했다. 온기 한 점 없는 서늘한 눈동자였다.

"……"

정이선이 아무런 말도 못 하고 있으니 사현의 손이 불쑥 정이선의 눈가로 뻗어 왔다. 눈물로 젖어 든 속눈썹을 만지기라도 할 듯 가까이 손이 다가와 정이선이 움찔 떨며 눈가를 찡그렸는데도 끝내 사현은 눈가를 붙잡았다.

그렇게 눈물이 묻은 부분을 퍽 사납게 문지르던 손길이 이내 눈꼬리 끝을 꾹 눌렀다. 꽤 기분이 나쁘단 걸 드러내는 행동이었다.

그 행동의 끝에 사현이 혼잣말처럼 뇌까렸다.

"그쪽이 울 때마다 내가 세우는 계획이 다 어긋나는 기분을 받아."

아주 작은 읊조림이 희미하게 떨어져 정이선의 시선이 그를 향할 즈음, 사현이 완전히 몸을 일으키며 돌아서 가 버렸다. 정이선은 제 손 아래에 있던 사현의 손이 휙 떠나는 것에 반사적으로 놀랐다가 결국 입만 꾹 다물었다.

햇빛이 사라지는 공간이 적막했다.

◁　◆　▷

정이선은 저녁 식사를 사현과 함께했다. 도서관에서 먼저 나가 버리기에 혼자서 집으로 돌아가야 할 줄 알았는데 건물 입구에 가만히 주차된 차를 보고 머뭇거리다 차에 탔다.

운전기사는 언제나 말 한마디 하지 않기 때문에 사현이

입을 다문 차 안은 적막했다. 원래 차에서 그다지 대화하지 않는데도, 게다가 정이선은 분명 정적에 익숙한 편인데도 차 안에 가라앉은 공기가 너무 무거워 어정쩡하게 창밖에 시선을 고정해야만 했다.

차는 레스토랑에 도착했고, 정이선은 또 통째로 빌린 식당에서 사현의 앞자리에 앉아 저녁을 먹었다. 왠지 체할 것만 같아서 일부러 부드러운 리조또류로 시켰는데도 정이선은 몇 번이나 숟가락질을 버벅거렸다.

도서관에서 꿨던 악몽은 어느덧 완전히 머릿속에서 밀려난 상태였다. 사현의 눈치를 보고픈 마음이 전혀 없는데도 지금껏 보아 온 분위기와는 전혀 다른 분위기가 풍겨 괜히 의식하게 됐다. 언제나 그린 듯 짓고 있던 미소가 사라진, 삭막하고도 서늘한 얼굴로 침묵하는 모습은 엄청난 거리감을 줬다.

원래부터 사현과 가까운 사이라고 생각하지는 않았지만, 그 미소 없는 얼굴이 너무 낯설었다. 매번 작위적이라 생각한 웃음인데도 막상 무표정한 얼굴로 있으니 더더욱 서리처럼 싸늘하게 느껴졌다. 게다가 사현은 대화할 때면 언제나 시선을 맞췄는데 대화가 이루어지지 않는 지금은 눈도 한번 마주치지 않았다.

그는 식사조차 하지 않고 의자에 몸을 기댄 채로 가만히 테이블 위의 와인 잔만 쥐고 있었는데, 우연히나마 시선이 마주칠 때면 괜히 정이선이 어색해져 먼저 시선을 피했다. 그러면 사현도 아무렇지 않게 시선을 내려 붉은 와인만 보았다. 아주 건조한 태도였다.

무언가를 생각하는 듯 몹시 고요한 얼굴이었으나 정이선은 조금 답답해졌다.

"……."

사현이 언제나 상황을 통제하는 편이란 걸 알기에, 어쩌면 자꾸만 불안정한 행동을 보이는 자신을 그가 아예 버릴지도 모른단 생각이 불쑥 들었다. 코드라면 복구사 없이도 S급 던전을 깰 수 있을 것 같았다. 자신의 능력이 수월하고 효율적인 진입을 가능하게 하더라도 그 수단이 자꾸만 통제를 벗어난다면 아예 변수를 제해 버릴지도 몰랐다.

길드장의 죽음과 복구 건을 자신이 쥐고 있다고 해도 사실상 사현이 쥐고 있는 패가 더 강했다. 그 점에 정이선은 몹시 심란해졌고, 또 조금은 우울해졌다. 그래서 평소라면 먹지 않았을 와인마저 몇 모금 홀짝거리다 아예 전부 비워 버렸다.

다만 여기에서 문제가 있다면, 정이선이 술에 몹시 약하단 사실이었다. 겨우 두 잔 마신 것뿐인데 정신이 살짝 몽롱해졌다. 완전히 취한 것은 아니지만 미약하게나마 취기가 돌았다. 얼굴이 크게 붉어지진 않았으나 눈에 힘이 풀린 건 확연히 티가 나서, 사현의 시선이 의아하단 듯 그를 향했다.

술을 못 마시는 것 같은데 왜 마시냐는 의문이 정확히 느껴지는 눈빛이었다. 하지만 사현은 그저 그렇게 쳐다보기만 할 뿐 아무런 말도 하지 않았고, 결국 식사가 끝날 때까지 둘 사이에 오가는 대화는 하나도 없었다.

그러다 다시 차로 돌아갈 때쯤 정이선이 잠깐 비틀거렸다. 문턱을 못 봐서 주춤한 것뿐인데 사현의 손이 다가와 그 팔을 쥐었다. 움찔한 정이선의 머리 위로 단조로운 목소리가 떨어졌다.

"그 나이면 술을 못 마신다는 걸 모를 리가 없고……."

"……."

"못 마시는데도 억지로 마시면 기분 좋아져요?"

비꼬는 감이 전혀 없는 차분한 어조인데도 정이선은 답할 수가 없었다. 여전히 거리감이 느껴지기도 했고 또 딱히 할 말도 떠오르지 않았다. 답답해서 마셨다고 했다간 추궁받을 것만 같았다. 그는 잠깐 아래만 내려다보다 시선을 올려 사현을 보았다. 새까만 눈동자가 가만히 그를 확인하듯 훑다가 이내 건조하게 거둬졌다.

그렇게 집에 돌아온 정이선은 한참 동안 소파에 앉아 있고 난 후에야 겨우 몸을 일으켜 욕실로 향했다. 그렇지 않아도 넓은 집에서 홀로 지내는데 오늘따라 유독 공간에 가라앉은 적막이 무거웠다. 집에 갓 도착했을 때는 그나마 취기가 남아 있어서 적막을 인지하지 못했는데 시간이 지날수록 정신이 또렷해져 괜히 허무하기만 했다.

얼굴에 찬물이 닿으면서 취기의 잔재도 함께 씻겨 나갔다. 정이선은 문득 억울해졌다. 악몽은 자신의 의지로도 어떻게 할 수 없는데. 사현 때문에 잠깐 잊고 있었던 꿈이 떠올라 정이선은 그 내용을 곱씹었다.

우습고 비참하게도 고등학생 시절의 그들을 꿈으로 본 게 처음이라, 제 기억에 기반한 꿈이었음에도 정이선은 그 내용을 꾸역꾸역 기억하려 들었다. 그래도 그나마 도서관에 가서 옛날 생각을 한 덕에 볼 수 있었던 걸까. 끔찍한 악몽이었는데도 자신이 붙잡을 수 있는 게 그런 것뿐이라, 정이선은 아주 오랫동안 물을 맞으며 그 꿈을 되새겼다.

그렇게 한층 더 가라앉은 기분으로 바깥으로 나왔다. 주섬주섬 옷을 챙겨 입고 침대로 향하려는데 문득 거실에서 인기척을 느꼈다. 톡, 톡, 톡. 무언가를 느리게 두드리는 소리가 들려 정이선은 잠깐 멈칫하다 바깥으로 걸음을 옮겼다.

거실에는 사현이 가만히 앉아 있었다. 다리를 꼬고 앉아서 한쪽 팔을 손잡이에 올린 채로 검지로 톡톡 소파를 두드렸다. 그가 생각할 때 보이는 습관 중 하나였다.

등을 켜 놓지 않은 거실은 온통 어두웠으나 그 속에 존재하는 사현은 위화감이 전혀 없었다. 어둠 속에 당연하단 듯 스며든 그의 발치로 희미한 달빛만 비스듬히 떨어졌다. 정이선은 잠깐 머뭇거리다 사현에게 다가가며 조심스레 물었다.

"왜 왔어요……?"

"제 접근이 틀린 것 같다는 생각을 하고 있어요."

"……네?"

꽤 나긋한 목소리였다. 저녁에 헤어지기 전까지 들었던 건조한 목소리보단 그나마 부드러워진 어조였는데, 정이선은 자신이 그것을 알아채는 것에 조금 유감스러워졌다. 그간 내내 가까이 있었다고 이런 걸 눈치챘다. 약간 씁쓸해하면서도 정이선은 사현의 옆에 따로 놓인 소파에 앉았다.

서서히 어둠에 익숙해진 시야가 사현의 얼굴을 잡았다. 그는 비스듬하게 고개를 기울인 채 정이선을 보며 꽤 느릿한 속도로 말했다.

"이선 씨 기분을 좋게 하려고 여러 시도를 하는데, 계속 실패해요."

"아……."

"예전 친구들을 좀 더 알아봤는데, 친구 중 한 명이 제빵을 취미로 뒀더라고요. 그러니 저번에 갓 구운 빵 냄새가 좋단 이야기를 했겠죠?"

"……."

"이번에 도서관에서도 그런 꿈이나 꾸고……."

답하지 못하는 정이선에게 사현의 손이 다가왔다. 아직 말리지 못한 머리칼이 축축하게 젖어 있어 물방울이 조금씩 맺혔는데, 볼 위로 뚝 흐르는 것이 눈물인지 아닌지 확인하는 듯한 손길이었다. 정이선이 조금 당황해서 안 운다고 말했지만 손은 멀어지지 않았다. 찬물로 씻었기 때문에 서늘한 감이 남은 피부 위로 닿아 오는 온기에 괜히 정이선이 움찔했다.

사현은 정이선의 볼을 엄지로 훑다가 천천히 눈가로 손을 올려 눈꼬리를 매만졌다. 눈물이 맺힌 건 아닌지 확인하는 듯 눈 위를 슥 훑기에 정이선이 파르르 떨며 정말로 안 운다고 다시금 말했지만, 사현은 그 상태로 아무렇지 않게 뇌까렸다.

"일부러 시체들 생각 안 하도록 집도 떨어뜨려 보고, 옷도 모두 새로 사 줬는데. 외로움을 탄다고 해서 기껏 사람이 있는 곳에 데려다 놨는데도 자꾸만 원점으로 돌아와요."

"……."

"안 죽는다고 말했는데도 또 반복. 어느 순간 툭, 부딪치는 걸로 완전히 무너져 버려요. 이쯤 되면 아예 원점에 갇힌 건가 싶어요."

나직이 읊조리는 목소리가 고요히 공간을 울렸다. 정이선은 그저 느리게 눈만 깜빡였고, 사현은 그 얼굴을 매만지다 이내 고개를 기울이며 미소했다. 도서관에서 나온 이후로 보지 못했던 미소가 얼굴 위로 번져 정이선은 저도 모르게 그 웃음에 시선이 빼앗겼다.

"애초에 그 상태에서 벗어날 생각이 없죠? 과거에 있었던 일들에서 벗어나려는 마음이 전혀 없어 보여요. 스스로가 그걸 생각하는 것 자체가 기만이라고 생각하는 건지, 뭔지."

그러나 그 입이 내뱉는 말은 꽤 날카로운 내용을 담고 있었다. 아주 정확하게 정이선의 상태를 꿰뚫은 사현이 멍해진 그의 표정을 보며 담담하게 말했다. 죄책감이 그런 식으로 작용한다더라고요. 몹시 온화한 어조였으나 다정하다고 표현하기에는 괴리감이 있는 읊조림이었다.

이윽고 사현의 새까만 눈동자가 정확히 정이선과 시선을 마주했다.

"그런데 유감스럽게도 저는 이선 씨의 능력이 필요해요."

그 말에 정이선은 찰나 안도했다가, 어쩐지 이상한 불안감을 느꼈다. 계속 함께 던전에 들어갈 수 있으니 다행이라고 생각했는데 순간 자신의 볼을 매만지는 손길이 낯설게도 부드러웠던 탓이다. 아니, 단순히 부드럽다기보다는…….

"내일 당장 4차 던전이 발생하는데 오늘도 이선 씨는 과거의 일로 울었죠."

어둠 속에서 가까이 다가오는 사현의 행동을 따라 정이선은 제 앞에 한층 더 어두운 그림자가 드리워진다고 생각했다. 나긋한 손길이 볼을 훑고 옆머리를 감싸면서.

"그래서 기분이 가장 빠르게 좋아지는 방법에 대해 알아봤어요."

차가운 머리칼 사이를 얽듯이 다가온 손에서 느껴지는 온기가 선명했다. 그 상반된 온도가 주는 괴리감에 움츠러든 정이선의 몸이 살짝 떨렸고, 사현은 그와 시선을 마주하며 그린 듯 미소했다.

"섹스할래요, 이선 씨?"

순간 정이선의 눈이 느리게 깜빡였다. 그는 자신이 들은 말이 완전히 다른 세계의 언어처럼 들리는지 멍하니 눈만 감았다 뜨기를 반복하다가, 이내 화들짝 놀라면서 몸을 뒤로 피해 일어섰다.

소파에 누울 것 같은 상황이라 도망치듯 일어났는데 사현이 아무렇지 않게 그를 따라 일어서 걸어왔다.

"무, 무슨, 무슨 말, 말도 안 되는 소리를."

"기분을 좋아지게 하는 가장 단적인 방법이 세 가지가 있대요. 술, 마약, 섹스."

뒷걸음질 치는 정이선을 따라오며 사현이 태연하게 말했다. 친절히 손으로 숫자 셋을 표현하며 중지부터 하나씩 접어 갔다.

"마약은 안 되고. 술은 이선 씨가 못 마시고. 그러니 하나 남은 섹스를 하려는 거예요."

정말 당연한 이야기를 한다는 듯 마지막으로 남은 엄지를 보기에 정이선은 다급히 잠깐, 잠깐, 을 외쳤다. 분명히 넓은 집인데 어느새 벽에 등이 닿았다. 더 도망갈 공간을 잃은 정이선이 양손을 앞으로 내뻗어 저으며 말했다. 너무 황당한 상황에 울먹거리는 소리가 나왔다. 자신이 조금 울었다지만 이런 상황에 처할 줄은 몰랐다.

"차, 차라리 술을 마실게요."

"술이 효능이 없는 걸 확인했는데 왜 그 선택지를 고르겠어요?"

나긋이 답한 사현이 정이선의 앞에 섰다. 이 상황이 정말 억울한 듯 정이선은 거의 당장에라도 울 것 같은 얼굴을 하고 있어서, 사현은 잠깐 고개를 모로 기울이며 웃었다. 정이선은 횡설수설하게 복구는 문제없이 하겠단 말을 쏟아 내고 있었다.

"그런 표정은 왜 지어요?"

"아니, 그, 그런 말을 들었는데 당연히⋯⋯."

"뭐, 그렇게까지 놀라지는 않아도 돼요. 성교를 하자는 의미가 아니니까."

이해할 수 없는 말에 정이선의 표정이 미묘해진 순간, 사현이 그의 앞에서 천천히 무릎을 꿇었다. 달빛이 어렴풋하게 존재하는 공간 속에서도 그의 행동은 똑똑히 보였다. 그 사현이 자신의 발치에 무릎을 꿇고, 자신을 올려다보는 일련의 모든 과정이 충격적으로 눈에 새겨졌다.

숨도 쉬지 못한 채로 굳은 정이선을 보며 사현이 미소했다.

"내가 이선 씨한테 봉사하겠다는 의미예요."

◁ ◆ ▷

정이선은 자신에게 벌어지는 상황을 제대로 받아들이지 못하고 있었다. 이성이 현실에서 붕 떠 버린 듯 어딘가를 부유하다가, 머리가 먹먹할 정도로 늑진한 자극이 훅 다가올 때면 소름 끼치는 현실감을 느꼈다. 정신이 너무 아득해서 차라리 이게 술에 취해서 꿈을 꾸는 거라고 믿고플 지경이었다. 꿈에서 이런 일을 그린다는 것도 조금 괴롭겠지만 그래도 현실보단 나을 듯했다.

"흐, 읏…… 잠깐……."

입술을 꽉 깨물고 어떻게든 소리를 삼켜 보려 했지만 잇새로 툭툭 튀어 나가는 소리가 있었다. 정이선의 파르르 떨리는 손이 상대의 어깨를 밀어내려 노력했으나 상대는 전혀 신경 쓰지 않았다. 오히려 그런 손짓이 느껴질 때면 더 행동이 깊어져 정이선은 숨을 거듭 들이켤 수밖에 없었다.

사현이 그의 앞에서 무릎을 꿇었을 때 차라리 도망쳤어야 했다. 그래 봤자 다시 잡혔겠지만 정이선은 원망스럽게 그 순간을 떠올렸다. 자신이 무슨 반응을 보이기도 전에 바지 밴드를 잡아 내리고 속옷 위로 손을 얹으며 내리누르는 그

때문에 그대로 굳어서 흡, 소리만 냈다.

정이선은 성적인 행위와는 한참을 떨어진 채로 살았지만 7년 동안 여섯 명의 남자들과 함께 지냈다. 그러니 아무리 그가 그런 부분에 관심이 없다 할지라도 이런 행위에 대한 지식이 없지는 않았다.

자위도 딱히 않는 그에게 친구들은 한때 무감증이 아니냔 소리를 진지하게 했었는데, 지금 이 순간 정이선은 정말 간절히 자신이 차라리 그런 증상을 갖길 바랐다.

사현의 손이 성기에 닿는 순간부터 화들짝 놀랐다. 그곳에 타인의 온기가 닿을 거라곤 생각도 하지 않았는데 심지어 그 길쭉한 손가락이 자연스럽게 성기를 감싸 쥐기까지 했다. 정이선은 분명 반항하고 싶었지만 그곳이 타인에게 잡힌다는 게 엄청나게 사람을 옴짝달싹하지 못하게 만들었다. 느긋하면서도 여유롭게 휘감아 몇 번 매만지자 허벅지가 바짝 긴장하는가 싶더니 아래로 피가 서서히 몰렸다. 머리가 뜨거워지면서 온갖 열이 아래로 쏟아지는 것만 같았다.

정말 유감스럽게도 정이선은 아직 살아 있는 사람이었고, 그곳에 처음으로 다가오는 자극에 허물어질 수밖에 없었다. 눈앞이 흐릿하게 번질 정도로 아찔한 자극이었다.

"반응이 없을까 걱정했는데, 여기에 문제는 없나 봐요."

그때 사현은 나긋하게 말하며 웃었는데, 분명 부드러운

어조였는데도 등허리에 오싹한 긴장이 퍼졌다. 그러니까, 이건 상황이 주는 감각이었다. '그' 사현이 앞에서 무릎 꿇고 자신을 올려다보는 상황의 위화감이 너무 선명해서 머리 어딘가가 고장이 난 것만 같았다. 정이선은 자신의 얼굴에 퍼지는 열이 그저 떨쳐 내지 못한 술기운 때문이라고 회피하고 싶었다.

그런데 그다음으로 벌어지는 상황이 더 충격적이었다. 제것을 사현이 쥐고 있는 것만으로도 정신이 없는데, 사현의 얼굴이 천천히 다가오는가 싶더니…….

"아, 흐윽, 웃, 진짜 미쳤……."

그가 입으로 성기를 머금었다. 도톰한 끝을 핥으며 혀로 감싸다가 기둥을 반쯤 삼키고, 그다음엔 완전히 고개를 가까이 하며 한 번에 뿌리 끝까지 머금었다. 입 안의 축축한 타액이 성기를 휘감듯 얽어 와 정이선은 앓듯이 숨을 들이켜야만 했다. 언제나 그의 온기가 자신을 약하게 만든단 생각은 했는데, 이렇게 예상치도 못한 곳에서마저 온기를 들이밀 줄은 몰랐다.

그는 손끝을 세워 벽을 긁다가 아윽, 우는 소리를 내며 사현의 어깨를 붙잡았다. 새까만 셔츠가 구겨지는 소리가 들렸다.

그사이에도 사현은 잠깐 고개를 뒤로 물렸다가 다시 반쯤 머금으며 입술을 모아 성기를 조이는가 싶더니, 이내 느슨히 힘을 풀며 혀로 덩어리를 꾹 눌렀다. 입천장에 닿는 느낌이 선명해 정이선은 정신을 차릴 수가 없었다. 몸에 빠르게 열감이 번졌다. 채 삼키지 못한 숨만 끊어서 터트리다 덜덜 떨리는 목소리로 애원했다. 분명히 그가 무릎을 꿇고 있는 상황인데도 자신이 매달려야 했다. 일단 자신이 용서를 구해야만 할 것 같았다.

"잘, 잘못했, 읏…… 흑……."

"뭐를, 요?"

말할 때만이라도 입을 치워 주면 좋겠는데 사현은 절대로 그러지 않았다. 여전히 성기를 입에 머금은 채로 우물거리며 답했는데 그 행위가 주는 자극에 머리가 아찔했다. 뜨거운 촛농이 뇌 위에 그대로 떨어지는 것만 같았다.

"이선 씨가, 딱히, 잘못한, 건…… 없는데……."

입천장의 딱딱한 부분에 귀두 끝이 문질러지는 느낌이 생생했다. 아주 살짝씩 치아에 스치듯 닿았는데 그때면 사현이 혼잣말처럼 처음은 꽤 어려운 것 같다는 소리를 해 댔다. 공부하긴 했지만 연습할 시간은 없었다는 말이 머릿속에 담기지 못하고 그대로 흘러나갔다. 추웁, 춥. 타액일지 혹은 귀두 끝에서 움칠거리며 나오는 액일지 모를 무언가를 삼켜 내는 소리가 자꾸 나서 더 오싹해졌다.

사현이 고개를 틀며 기둥 옆을 간질거리듯 핥았다. 비스듬하게 혀를 움직여 기둥 옆과 아래를 감싸 올리자 혈관이 움찔움찔 떨렸다. 정이선은 아래를 보고 싶지 않은데도 사현이 고개를 틀 때면 파드득 놀라서 시선이 그곳으로 떨어졌다.

진작 술에서 깼는데도 꼭 머리가 술에 절여진 것만 같았다. 아니면 조금 전부터 계속 촛농이 머리 위에 떨어지듯 번져 가는 열감 때문인지 뇌가 제대로 굴러가지 않았다. 벽에 기댄 다리가 덜덜 떨리며 무너질 것만 같은데 사현의 손이 그것을 막았다. 골반을 쥔 채로 벽에 붙어 서게 해서 정이선은 울듯이 숨을 삼켰다. 골반 쪽의 맨살에 닿는 온기가 추가로 자신을 괴롭게 하고 있단 걸 상대는 전혀 모르는 듯했다.

가끔씩 성기를 깊이 삼킬 때마다 골반을 쥔 손끝에 힘이 들어갔는데, 그때마다 정이선의 몸 전체가 바싹 긴장했다. 열감이 스멀스멀 번져서 뛰지도 않았는데 숨이 헐떡거렸고, 고르지 않은 호흡 때문에 머리가 어질어질했다. 처음 느끼는 자극에 눈앞이 희게 번지는 것 같았다.

그는 울듯이 숨을 삼키다 사현의 어깨만 긁었다. 분명히 온 힘을 다해서 상대를 밀치고 싶은데, 아니면 주먹질이라도 해서 떨쳐 내고 싶은데 정말 유감스럽게도 복구 능력의 조건이 그를 막았다. 인간에게 해를 가하지 못한다는 제약이 그를 때리지도 못하게 만들었다. 정말로 정이선은 억울해졌다. 지금 자신이 해를 당하고 있다 봐도 될 상황인데도 상대를 쳐 낼 수가 없었다.

그 때문에 사현을 때리려는 정이선의 손길은 결국 간질거리는 손짓에 그쳤다. 덜덜 손을 떨며 어깨 위에서 바르작거리다 손가락을 오므라트리며 앓았다. 그 행동에 사현의 시선이 의아하단 듯 위로 향했다.

"왜, 자꾸…… 간지럽게 긁어, 요?"

밀쳐 내려는 필사의 행위였지만 어깨 위로 살살 스치는 손짓은 전혀 그렇게 느껴지지 않았다. 오히려 안달 난 사람처럼 바르작대서 신경이 조금씩 분산됐다. 사현이 기둥에서 꿈틀거리는 핏줄을 혀 아래로 꾹꾹 누르며 물어 질척한 소리가 퍼졌다.

정이선은 무어라 답할 수가 없어서 그저 울음과 비슷한 소리를 내며 도리질 쳤다. 온몸에 열이 돌아서 머리카락이 목과 얼굴에 붙었다. 처음에는 덜 말린 머리칼에서 차가운 물이 뚝뚝 떨어졌는데 어느새 그것은 더운 열을 담고 있었다. 외려 물기가 더 빠르게 열기를 번지게 해서 꼭 자신이 땀에 흠뻑 젖은 것만 같았다.

숨을 크게 들이켜면서 상체가 들썩였다. 목이 건조되었는지 숨소리가 갈라지며 조금은 탁한 소리가 났다. 잔뜩 붉어진 정이선의 얼굴을 본 사현이 잠깐 입을 뗐다. 드디어 아래가 해방되었음에도 정이선은 자유로운 기분을 느끼지 못했다. 정신이 아득하게 멀어져 여전히 그 뜨끈한 입 안에 갇힌 것만 같았다가, 그다음으로는 성기에 남은 타액이 바깥 공기에 노출되어 빠르게 식자 소름이 끼쳤다.

뒤이어 사현의 입술은 귀두 끝을 가볍게 스쳐 누르다 기둥으로 옮겨 가며 쪽, 쪼옥 소리를 냈는데 정이선은 정말로 이상한 허전함을 느꼈다. 삼켜지지 않은 상태에서 외려 허벅지가 더 바싹 긴장하며 꿈틀거렸다. 한껏 발개진 눈가로 정이선이 비스듬하게 고개를 숙여 사현을 내려다보았다.

그 모든 과정을 사현은 관찰하듯 눈에 담다 이내 눈매를 휘어 미소했다. 언제나 보던 미소인데도 그저 그가 아래에서 올려다본다는 점이, 또 그의 옷이 한껏 흐트러진 상태란 점이 몹시도 오싹한 감각을 안겼다.

"생각보다 훨씬 효과가 좋네요. 다른 생각은 전혀 못 하는 것 같은데."

사현이 말하는 내용이 다시금 머릿속에 담기지 못하고 흘러 나갔다. 정이선의 뇌는 이미 생전 겪어 보지 못한 자극으로 제 기능을 하지 못하는 상태였다. 그는 그저 엇박자로 숨을 내쉬며 상체를 들썩이는 게 전부였다. 다리가 당장에라도 힘이 풀려 무너질 것처럼 떨렸다. 그러다 다시금 사현이 성기를 머금었는데, 이전과는 조금 행위가 달랐다.

조금 전에는 느긋하게 혀로 성기를 감싸며 천천히 흥분을 돌게 하는 듯했는데 이번에는 아예 사현의 머리가 움직였다. 전혀 다른 방향으로 쏟아지는 자극에 정이선이 헉 소리를 내며 덜덜 긴장했다. 목구멍 속의 여린 살에 뭉툭한 살덩이가 닿을 때 느껴지는 감각이 소름 끼쳤다. 그곳은 더 뜨거워서 열기가 진하게 번졌다.

뿌리가 당겨지는 것만 같았다. 깊숙이 성기를 머금었다가 빠르게 기둥을 훑어 나가는 사현의 행동에 정신을 차릴 수가 없었다. 간간이 혓바닥으로 휘감으며 꾹 눌러 대니 더 미칠 것 같았다. 귀두 끝에서 무언가 울컥울컥 나오는 듯한데 입술 아래로 흐르는 것은 없었다. 액이 질척하게 입 속에서 찰박거리는 소리가 노골적으로 울렸다. 아찔한 상황에 정이선은 넘어갈 듯 숨을 삼키다가.

"헉……."

어느 순간 갑자기 확 아래가 팽팽해지는 걸 느꼈다. 사정의 경험이 몇 번 없는데도 반사적으로 그것을 눈치챘다. 정이선이 당장 기겁하며 사현의 어깨를 밀었다. 하지만 상대는 전혀 밀리지 않았고, 그에 너무 다급해진 정이선이 정신없이 발버둥 쳤다. 밀어내야만 한단 생각에 그의 머리칼을 스치듯 쥐며 울먹거렸다.

"흣, 나올, 나올 것 같…… 웃, 흐윽."

정말 온 힘을 다해 상대를 밀어냈다. 그 와중에 절대로 상대를 때리거나 쳐 내는 게 아니라 밀어내는 거라고 스스로를 달래듯 생각해야만 했다. 그러다 드디어 손에 힘을 실어 그를 떨어뜨렸을 때.

지금껏 겹겹이 쌓인 자극이 한순간에 터지며 사정했다. 찰나 머릿속을 덮친 절정에 정신이 아득해졌다가 뒤늦게 상황을 파악하며 숨을 들이켰다. 꺼떡거리는 성기 끝에서 백탁액이 주르륵 떨어졌는데, 앞에 있는 사현의 얼굴에 살짝 액이 튀었다. 분명히 어두운 공간인데도 그 모습이 선명하게 보였다.

정이선의 얼굴이 창백하게 질렸다. 너무 당황한 나머지 파르르 떨며 사현에게 손을 내뻗는데, 그가 별로 대수롭지 않은 얼굴로 손등으로 그것을 닦아 냈다. 굳은 정이선을 보며 사현이 단조롭게 물었다. 조금 전까지 그런 충격적인 행위를 했다고는 믿을 수 없을 정도로 담담한 어조였다.

"뭐…… 기분은 좀 어때요?"

"네, 네? 아니, 그게…… 이건……."

"음, 그런데 딱히 답은 필요 없는 것 같네요."

느닷없는, 그러나 참 그다운 질문에 정이선이 당황해서 버벅거리고 있으니 사현이 빙긋 웃었다. 이 상황이 꽤 만족스러워 보이는 미소였다. 그는 그렇게 아름다운 미소를 걸친 채로 다시 정이선의 골반을 느긋한 손길로 붙잡아 왔다.

"지금 이선 씨 얼굴, 누가 봐도 꼴린 사람 얼굴이라서."

정이선은 다시금 아래를 머금는 사현의 행동에 숨소리마저 내지 못했다. 잠깐 끊어졌던 절정의 감각이 또다시 질척하고도 눅진하게 이어지며 뇌를 망가뜨렸다.

밤을 장악한 어둠이 길었다.

◁ ◆ ▷

7대 레이드의 4차 던전이 발생하는 날이 다가왔다.

지금껏 레이드 던전은 보통 오후 서너 시 사이에 열렸는데 오늘따라 발생 징조가 늦게 나타났다. 던전 브레이크 전조가 감지되고도 약 한 시간 뒤에 게이트가 열리는데 오후 아홉 시가 다 되어서야 징조가 나타났다는 협회의 연락이 왔으니 평소보다 늦은 진입을 의미했다.

코드는 HN길드 건물에서 대기하고 있다가 연락이 오면 던전 발생 장소로 이동했는데, 출발 시각만 늦을 뿐 평소와 다름없는 분위기 속에서 정이선만 매우 불편한 기분에 잠겼다. 보고 싶지 않은데 자꾸만 시선이 흘끔 누군가를 향했다가 하늘을 올려다보는 일을 반복했다. 하늘은 구름 한 점 없이 맑은데 속은 답답했다. 어두운 바다에서 폭풍우를 만난 조각배의 심정이 이럴까 싶을 정도였다.

밤하늘을 보며 한숨을 삼키다가 앞에 있던 헌터와 부딪칠 뻔했다. 뒤에서 불쑥 다가와 팔을 잡는 손이 없었더라면 그대로 부딪쳤을 것이다. 흠칫한 정이선이 제발 아니기를 바라며 고개를 돌리는데, 채 상대를 확인하기도 전에 먼저 그 목소리가 나긋이 떨어졌다.

"앞은 똑바로 보고 걸어야죠."

"아, 그게……."

새까만 눈동자와 차마 시선을 마주하지 못하고 정이선이 도르르 눈을 옆으로 굴렸다. 찰나 보았던 단정한 상태에 괜히 이상한 쪽으로 생각이 뻗으려 했다. 오늘 아침은 다행히 함께 출근하지 않아서 코드 사무실에서도 은근히 피해 다녔는데 이렇게 대화하게 될 줄은 몰랐다. 어차피 피할 수 없는 사람이긴 하지만 최대한 만남을 늦추고 싶었다. 정이선이 어물어물 밤하늘이 예뻐서 봤다는 변명을 하고 있으니 사현이 빙긋 웃었다.

"바로 전날에 하면 정신을 못 차리나 봐요. 그래도 잠은 잘 잔 것 같은데."

무척 태연한 얼굴로 말한 사현이 상태를 확인하듯 정이선의 얼굴을 보았다. 그 시선에 정이선은 진심으로 도망치고 싶어졌지만 여기에서 등을 돌려 가 봤자 본인만 우스워질 걸 알았다. 심지어 길드 건물 1층으로 내려오는 동안 유리문 너머로 방송사 카메라들이 대기하는 것도 보았다. 던전 발생 장소까지 가는 모습을 찍으려는 것이다.

정이선은 결국 입술만 꾹 다물었다. 정말 억울하게도 사현이 마지막으로 한 말이 맞았다. 어젯밤에 그런 일을 세 번 가까이 했더니 마지막엔 온몸에 힘이 풀려 쓰러지듯 잠들었었다. 그리고 정말 꿈 하나 꾸지 않고 푹 자고 일어나서, 침대 위에서 멍하게 있다가 잠깐 손에 고개를 묻은 채로 괴로워하는 시간을 가져야만 했었다.

분명 머리는 복잡한데 몸은 가벼웠다. 최근 1년 중 가장 몸 상태가 좋다고 봐도 될 정도라 억울했다. 정이선은 대체 왜 자신이 인간인가에 대해 근본적인 회의가 들었지만 일은 이미 벌어졌고, 유감스럽게도 그는 평소 자신을 침잠시키던 우울로부터도 멀어진 상태였다. 충격 요법 효과가 확실했다.

언제나 친구들을 보내 줘야 한다 생각하며 던전으로 들어 갔는데 오늘은 단 한 번도 그런 생각을 하지 않았다. 하지 못했다는 표현이 더 알맞았다. 정이선이 시선을 옆으로 피했다가, 아래로 떨어뜨리고, 하늘을 쳐다보며 꾸역꾸역 사현을 보지 않으니 앞에 있던 그가 작게 웃었다.

"출발하죠."

습관처럼 어깨를 토닥거린 사현이 앞섰고, 정이선은 머뭇거리다 그 뒤를 따랐다. 대체 어떻게 저 사람은 저렇게 태연할 수 있는가 진지하게 고민했다가, 애초에 자신이 이해할 수 없는 범주의 사람이라 결론 내리며 한숨을 삼켰다.

밤 10시에 던전 게이트가 열렸다. 폭발까지 남은 시간은 80시간으로 측정되었으며 코드는 모두 여유롭게 던전에 진입했다. 앞선 던전을 모두 10시간 내로 클리어했으니 이번에도 큰 걱정을 하지 않았다.

그러나 이번 던전은 모습이 조금 달랐다. 원래 던전 안이 하늘은 검붉고 햇빛이 없는 편이지만 이번엔 아예 공간 자체가 어두웠다. 던전 안에 밤낮이란 시간 구분이 있다면 지금은 딱 한밤중일 것 같았다. 3차 던전에 재진입했을 때도 자정쯤이긴 했지만 이렇게 어둡지 않았는데, 이번 던전은 앞을 제대로 확인하기 어려울 정도로 어두웠다.

어둠이 많고 짙을수록 사현의 능력이 강해지니 코드 헌터들은 한편으로 안도하면서도, 길이 너무 어두워 걷기를 힘들어했다. 게다가 또 하나 이상한 것이, 보통 던전은 입장하면 곧장 진입로가 있었는데 이번엔 숲속에서 시작되었다.

"부, 불 띄울까요……?"

기주혁이 덜덜 떨며 물었다. 스산한 숲에서는 심지어 이상한 소리마저 났다. 간간이 바람이 불어오고 저 멀리서 바스락거리는 소리가 들렸다. 사현은 어둠 속에서도 잘 보이는지 주위를 슥 훑어보다 고개를 끄덕였다. 이번 던전에선 불을 주의하기로 했지만 아직 신전에 들어간 건 아니니, 팀원들이 걷기 위해서라도 필요해 보였다.

"최대한 약하게 쓰세요."

사현의 말에 기주혁이 당장 고개를 끄덕이며 로드를 들었다. 곧 허공에 자그마한 불덩이가 다섯 개 떠올랐다. 희미한 불빛이지만 이전보다는 시야가 환해졌는데, 그 점이 외려 헌터들을 주춤하게 만들었다.

"와, 와씨⋯⋯. 공포 영화냐고⋯⋯."

그들은 음산한 숲의 한가운데에 있었다. 주위로 나무가 빽빽하게 자라나 있는데 그 형태가 이상했다. 가지가 기괴하게 휘었으며 나뭇잎도 성한 게 없었다. 구멍이 숭숭 뚫려서 바람에 흔들리는데, 분명 나뭇잎이 스치면서 나는 소리인데도 마치 무언가의 울음소리처럼 들렸다. 게다가 나무에서는 검붉은 액체가 자꾸 주르륵 흘렀다. 진액이라기엔 마치 핏물이 덕지덕지 묻은 것만 같았다.

"저, 저, 저는 나가면 안 될까요."

기주혁이 덜덜 떨며 훌쩍거렸다. 자긴 정말로 무서운 걸 싫어한다고, 이러다 쓰러질 것 같다며 울먹거리다 결국 한 아린에게 뒷덜미가 잡혀 질질 끌려갔다.

숲 너머로 희미하게 무너진 신전이 보였다. 기존엔 진입하자마자 길을 복구했으나 이번엔 숲길을 지나쳐 가야만 신전으로 올라가는 길이 나타날 듯했다. 일반적인 던전은 일정 지역에 도착해야 하위 몬스터들이 달려드는데, 이번엔 숲길에서 몇 걸음 걷자마자 몬스터들이 다가오기 시작했다.

숲에서 나타난 몬스터는 정말 마수처럼 보였다. 맹수의 모습인데 팔이 기괴하게 길었으며 눈도 두 개를 훨씬 넘었다. 세 개면 양호했고 여섯 개까지도 있었다. 검붉은 눈으로

형형한 안광을 빛내며 서서히 다가오는 모습이 가히 위협적
이었다.

"와, 와악! 와씨! 으읍!"

"닥쳐라."

기주혁이 와악 소리치다 신지안에게 입이 틀어 막혔다.
한아린이 옆에서 나직이 닥치라고 경고했지만 기주혁은 거
의 울고 있는 상태였다.

그가 소리치면서 몬스터들이 하나둘 더 가까이 다가왔지
만 이상하게도 대부분이 그저 수풀 너머에서 크르르, 우는
소리만 냈다. 차라리 한꺼번에 공격한다면 처리하는 데에
집중할 수 있을 텐데 그들이 수풀 사이에서 몸을 낮추고 있
으니 덩달아 헌터들도 경계에만 신경을 쏟아야 했다. 이러
다 긴장 때문에 진이 빠질 듯했다.

"허어, 이거 너무한데……."

정이선의 근처에 있던 나건우도 고개를 내저었다. 그는
잠깐 옆의 정이선을 툭툭 두드리며 괜찮은지 질문했다. 그
렇지 않아도 어두운데 후드까지 쓰고 있으니 그의 얼굴이
제대로 보이지 않는 탓이다.

"이선 복구사는 무서움 덜 타나?"

"아…… 네. 아직까지는 괜찮은 것 같은데··

정이선은 무덤덤한 편이라 예전부터 딱히 무서움을 타지
않았다. 그가 담담히 반응하자 나건우가 그러라며 씩 웃

었다. 그러곤 슬쩍 사현에게 다가가 제안했다.

"차라리 버프 마법진 깔까요. 불은 아니니 괜찮을 것 같은
데……."

"시작부터 마나를 많이 낭비하는 건 좋은 생각이 아니지
만……."

말꼬리를 흐린 사현이 다시 헌터들을 확인했다. 기주혁
이 유독 과하게 반응하고 있긴 하지만 음산한 숲 자체가 분
위기를 가라앉히는 감은 있었다. 던전 진입 경험이 많은 헌
터들도 슬쩍슬쩍 눈치를 보며 긴장하고 있으니 결국 사현이
고개를 끄덕였다.

"헤이스트 버프로 거세요. 차라리 빨리 숲을 빠져나가는
게 낫겠네요."

"옙."

사현의 긍정에 나건우가 대열의 중앙으로 들어갔다. 그가
하려는 행위가 무엇인지 아는지 헌터들의 얼굴에 하나둘 안
도가 퍼지는 걸 정이선이 의아하게 보고 있을 때, 곧 나건우
가 로드를 들었다. 끝이 둥글게 말린 나무 로드가 살짝 진동
하는 싶더니.

파 푸른색과 초록색 빛무리가 로드 끝에서 퍼져 나
가기 서다. 그리고 나건우가 로드를 바닥에 꽂자 반경
5미터 조 마법진이 널따랗게 퍼졌다. 허공의 빛무리가
스르륵 바 떨어지며 마법진을 그렸는데, 마치 빛줄기

가 떨어지는 것 같았다. 동화처럼 몽환적인 광경에 정이선이 조금 감탄했다.

한결 밝아진 공간 속에서 헌터들이 움직였다. 수풀 너머에 있던 몬스터들이 수상한 빛에 반응해 달려들었지만 헌터들이 훨씬 빠르게 처리했다. 게다가 한 공간에 머무르지 않고 자연스럽게 앞으로 나아가며 그것들을 상대했다.

헤이스트 버프 때문에 이전보다 걸음 속도가 빨라졌는데, 정이선은 자신의 걸음마저 빨라졌다는 점에 조금 신기해했다. 그가 발을 내려다보며 감탄하고 있는데 언제 옆으로 다가왔을지 모를 사현이 빙긋 웃으며 물었다.

"기분 좋아요?"

"……."

그 질문을 듣자마자 정이선의 얼굴에서 표정이 지워졌다. 너무 큰 당황과 충격으로 표정이 사라진 것이다. 불현듯 어젯밤의 기억이 떠올라 정이선이 아무런 말도 못 하고 있으니 사현은 그저 미소하며 그의 어깨를 밀었다.

곧 숲을 완전히 벗어나 신전의 진입로 앞에 섰다. 바닥의 타일이 모두 부서져 있고 양옆으로는 검붉은 초원이 있었다. 3차 던전에서도 저런 초원이 나왔었는데, 밟으면 순식간에 풀이 자라나 발을 묶었다.

정이선은 우선 신전 앞의 기둥까지 복구에 들어갔다. 몸을 낮춰 바닥을 짚고 가만히 앞의 잔해들을 바라보다, 곧 초원 위에 나뒹구는 타일 조각들을 모두 띄워 올렸다. 어두운 공간 속에 금빛 가루가 퍼지는 것이 좀 더 선명하게 보였다. 그가 히든 능력을 사용할 때 나타나는 것인데 마치 빛의 조각처럼 반짝였다.

"와아⋯⋯."

그제야 기주혁도 진정했는지 뒤에서 나직이 감탄사를 터트렸고, 헌터들도 자그맣게 안도의 한숨을 내쉬었다. 정이선은 오직 앞의 상황에만 집중하며 허공에 띄운 잔해들을 확인했다. 그러다 마침내 그의 초점이 한층 또렷해지는 것과 동시에 공중에 떠올랐던 조각들이 우르르 날아오기 시작했다.

이미 몬스터가 공격해 오는 지역에 들어섰으니 최대한 빨리 해결해야 했다. 거센 바람 소리를 내며 날아온 잔해들이 바닥에 우르르 쌓이며 연결되기 시작했다. 퍼즐을 맞추듯 조각들이 딱딱 자리에 맞아들어 갔다. 수십, 수백 개의 잔해가 허공에서 날아오는데도 서로 충돌하는 것 없이 순서대로 길을 만들어 갔다. 마치 수채화 물감이 번져 가듯 스르륵 길이 생겼다.

이전보다 훨씬 더 매끄러워진 복구 능력이었다. 정이선은 빠르게 길을 그린 후에 신전의 앞부분을 복구했다. 여기서부터 신전까지는 조금 거리가 있어서, 먼 곳을 응시하는 정이선의 눈가가 살짝 찌푸려지다가 다시 느슨해지는 것과 동시에 신전의 계단이 만들어졌다. 중앙 홀로 올라가는 사방 향의 계단이 빈틈없이 채워지고, 그의 눈이 가늘어졌을 때 앞에 무너져 있던 기둥이 붕 떠올라 제자리에 세워졌다.

저번에는 기울어진 기둥을 옆으로 밀어 올려 세우는 느낌이 있었는데, 이번엔 가볍게 휙 들어 올려서 제자리에 꽂았다. 그리고 그때쯤 옆에서 몬스터가 괴이한 포효 소리를 내며 달려들었다. 헌터들이 앞에서 벌어지는 광경에 집중한 사이 옆으로 몸을 낮춰 달려온 것이다.

하지만 그것은 정이선에게 가까이 가기도 전에 사현에게 치여 날아갔다. 분명 새까만 단도를 확 들어서 막은 건데 마치 무언가에 거세게 치인 것처럼 저 멀리 날아가 쿵, 떨어졌다. 정이선은 잠깐 당황스러운 눈으로 그곳을 보았다가 사현과 눈이 마주쳐 다시 앞으로 시선을 돌렸다.

잠깐의 소란은 있었지만 정이선의 복구는 수월하게 끝났다. 헌터들은 이제 당연한 과정처럼 손뼉을 쳤고 기주혁은 와아, 소리를 내며 환호하다 뒤늦게 정이선이 미묘한 표정으로 있는 것을 발견했다. 복구가 끝난 정이선이 자리에서 일어나 다듬은 길과 신전의 앞부분을 보고 있었는데, 그 표정이 조금 이상했다. 어쩐지 몹시 불편해하는 눈치라 기주혁은 그와 앞을 번갈아 쳐다보다가 이내 아! 감탄했다.

"와, 복구사님. 저번보다 훨씬 복구 잘됐는데요?"

그리고 그런 기주혁의 감탄은 한층 더 정이선의 낯빛을

어둡게 만들었다. 이전에는 아무리 집중해도 70퍼센트 복구가 한계였고, 비가 내릴 땐 60퍼센트로 떨어졌으며 재진입 시기엔 30~40퍼센트도 겨우겨우 복구했었다. 그땐 페널티 기간 중 재입장이었으니 예외로 쳐도, 바로 이전에 비교할 상황이 그것이니 정이선은 정말 심란해질 수밖에 없었다.

이번엔 복구가 거의 80퍼센트 가까이 되었다.

그 모습을 노려보는 정이선에게 나긋한 목소리가 떨어졌다.

"고생했어요."

뒤로 다가와 어깨를 두드리는 손길의 주인은 사현이었다. 정이선은 자신이 눈치챈 것을, 그리고 기주혁마저 눈치챈 것을 사현이 모를 리 없단 걸 알았다. 그도 분명히 복구되는 정도가 높아졌음을 확인했을 것이다. 그는 복잡한 표정의 정이선에게 유하게 미소해 보였다.

"효과가 생각 이상이네요."

잠깐이지만 정이선은 던전을 나가고 싶다고 생각했다.

이후 신전 안까지 진입하는 길은 그나마 숲속보다 수월했다. 양옆에서 몬스터들이 크륵, 크르륵 소리를 내며 따라오긴 했지만 이상하게도 곧바로 달려들지 않았다. 두어 마리씩 달려들었다가도 헌터들의 공격을 받고 뒤로 빠르게 물러났다.

무척이나 신경을 거슬리게 하는 몬스터들의 행태에 기주혁이 로드를 들고 씩씩거렸다.

"차라리 와, 오라고! 쫄았냐!"

그리고 그때쯤 정말로 몬스터가 달려들었는데, 하필이면 가장 기괴하게 생긴 몬스터가 날아든 탓에 기주혁이 와아악 소리를 지르며 숨었다. 신지안이 달려드는 몬스터의 목을 쥐어 옆으로 패대기쳤고, 한아린은 제발 좀 닥치라고 그의 등을 때렸다. 기주혁은 훌쩍거리다가 사현이 그를 호명하자 간절한 눈빛으로 리더를 올려다보았고.

"입 다무세요."

사현의 나긋한 경고에 입을 합 다물며 고개를 끄덕였다. 어두운 공간 속에서도 사현이 웃고 있는 건 확실하게 보여, 다른 헌터들마저 슬그머니 자세를 고쳤다. 그 뒤로는 꽤 조용하게 신전 안까지 들어갈 수 있었다. 나건우가 틈틈이 버프를 걸어서 속도도 빨랐다.

그런데 신전 안에 들어오자마자 나건우의 로드 끝에서 나오던 빛이 뚝 끊겼다.

"어, 버프 사라지네……."

마치 촛불이 꺼지는 것처럼 훅, 검은 연기가 들이닥치며 로드가 내뿜던 빛이 꺼졌다. 순식간에 서늘한 바람이 불어 기주혁이 히이익, 소리를 내다 곧바로 두 손으로 입을 막았다. 사현의 경고를 떠올렸는지 흘끔 눈치를 보곤 다시 앞을 보는데, 손가락 사이로 숨소리가 고스란히 새어 나왔다. 다행히 사현의 시선은 그가 아닌 다른 곳을 향해 있었다.

신전 안에 들어온 뒤 정이선이 한 번 더 주위를 복구했는데 그 전부터 건물 안에서 기괴한 소리가 났다. 벽을 긁는 소음이 들리고 저 멀리서 흐느끼는 소리도 울렸다. 그러다 그나마 정이선이 무너진 벽과 기둥을 세우면서 소리가 울리는 감이 덜해졌지만 여전히 소음이 끊기지 않았다.

심지어 신전 안에는 횃불도 없고 마땅한 조명도 없어서 바깥과 마찬가지로 무척 어두웠다.

"또 안 되네……."

"마나 더 낭비하지 마세요."

나건우가 한 번 더 버프를 걸어 보려 했지만 다시금 빛이 스르륵 꺼졌다. 게다가 그가 스킬을 사용할 때 나는 우웅, 소리가 마치 메아리치듯 공간에 퍼졌다. 오히려 먼 공간으로 갈수록 점점 그 소리가 커져서, 한아린이 짧게 감탄하며 말했다.

"자, 좋아……. 내가 지금 흉가 체험을 온 게 아니라고 말해 줄 사람이 필요해."

그 말에 헌터들이 잠깐 소리 죽여 웃었다. 몇몇이 이렇게 웅장한 흉가가 어디 있겠냐고 말하다가 돌연 안으로 들이닥치는 바람에 입을 다물었다. 갑자기 거센 바람이 바깥에서 불어오면서 기둥 사이를 스쳐 지나갔는데, 그때 울리는 소리가 날카로웠다. 무언가의 비명처럼 혹은 벽을 긁는 소리처럼 까드득 다가오다가.

"위."

사현의 목소리가 공간을 선명히 갈랐다. 헌터들이 당장 위를 쳐다보는 것과 동시에 벽에서 몬스터들이 사사삿 기어 내려오기 시작했다. 기주혁은 거의 실신하기 직전이었다.

그때 바닥의 그림자가 한층 어두워지는가 싶더니, 이내 파도처럼 위로 솟아올라 몬스터들을 덮쳐 눌렀다. 빠르게 내려오던 몬스터들이 그림자의 파도에 휘말려 비명을 지르며 바닥으로 패대기쳐졌다. 공간 자체가 어두운 덕에 사현의 힘이 더 강해졌고, 그림자의 파도는 단순히 몬스터들을 떨어뜨리는 일에 그치지 않고 몬스터들을 꾸욱 짓누르기까지 했다.

사현이 추가로 말하지 않아도 곧바로 행동의 의미를 눈치챈 헌터들이 몬스터들을 공격하기 시작했다. 마법 캐스팅 전체가 끊기는 공간은 아닌지 마법 공격은 유효하게 들어갔다. 몬스터들이 비명을 내지르는 소리가 공간을 사납게 울렸다.

그렇게 전진했다. 사현은 어둠 속에서 다가오는 모든 몬스터들이 보이는지 차례로 그림자의 파도로 덮쳐 누르고 심지어 휘몰아치듯 그림자를 휘둘러 한곳으로 모으기까지 했다. 뚜벅뚜벅 앞으로 나아가는 사현의 길 앞을 막는 것은 없었다. 그가 제일 선두에 서서 이끌었기 때문에 뒤를 따르는 헌터들은 안도의 한숨을 삼키며 차근차근 몬스터를 처리해 갔다.

"몬스터가 너무 많은데……."

봉을 길게 뺀 한아린이 기둥에서 내려오는 몬스터를 쳐내다 나직이 중얼거렸다. 신지안은 그녀가 떨어뜨린 몬스터의 머리를 쥐어 벽에 처박으면서 고개를 끄덕였다. 무척 몸짓이 컸으나 그녀는 숨소리 하나 흐트러지지 않았다.

"위에서 자꾸 내려오는 것도 이상합니다. 기둥이나 벽을 타고 내려오는데, 위 어딘가에 근원지가 있는 것 같습니다."

"그치. 이렇게는 끝이 없겠는데."

그들의 대화에 사현이 천천히 드넓은 천장을 훑었다. 새까만 눈동자가 고요히 위를 확인하다 이내 웃음기를 머금었다.

"제단 위에 있네요."

신전의 한가운데에 커다란 제단이 있고 그 위 천장 부근에 아르테미스 신상이 둥둥 떠 있었다. 손을 앞으로 내뻗은 채로 허공을 보는 신상의 하체에서 몬스터들이 우르르 나오며 떨어지고 있었다. 에페수스의 아르테미스 신상의 하체는 끝이 좁은 원통 형태에 그 위로 수십 마리의 마수가 조각되었으며, 거기서 떨어진 작은 몬스터 조각들이 내려오며 점점 커지는 것이다.

천장에서부터 벽을 타고 내려오거나 기둥에서 사사삿 벌레처럼 기어 오는 모습은 무척 기괴했다. 게다가 아래로 내려올수록 몬스터의 다리도 많아지고 길어져 더욱 징그러웠다.

"몬, 몬스터 출아법은 사기다."

그 모습을 확인한 기주혁이 덜덜 떨며 중얼거리다 갑자기 허억, 크게 숨을 들이켰다.

"눈, 눈, 눈 마주쳤…!"

"넌 좀 조용하라고!"

"진짜 여기를 보고 있네요."

기주혁의 발악에 한아린이 신경질을 내는데 사현이 담담히 긍정했다. 무척 차분한 목소리였지만 외려 그 점에 헌터들이 흠칫했다. 신상의 검붉은 눈동자가 정확히 그들을 향했기 때문이다.

"모두 제물이 되어라……."

음산한 목소리가 공간을 울렸다. 단순한 읊조림이 아니라 어떤 시작을 알리는 경고처럼 신전 안을 메아리치다가, 이윽고 이전보다 훨씬 더 많은 몬스터들이 우수수 떨어지기 시작했다. 사현의 입매가 묘하게 호선을 그렸다.

돌연 주위가 한층 어두워지는가 싶더니 이내 엄청난 그림자의 파도가 일어섰다. 아예 기둥만큼 높이 솟은 그림자가 다가오는 몬스터들을 한꺼번에 덮쳤다. 그것이 몇 번이고 몬스터들을 연속적으로 쳐서 바닥으로 처박았고, 심지어 파도 사이에서 새까만 손이 튀어나오기도 했다. 그림자 손은 기둥과 벽에 붙은 몬스터들의 다리를 움켜쥐어 사정없이 바닥으로 내던졌다. 근방의 몬스터를 모조리 저 멀리 집어던져 시간을 번 사현이 짤막하게 말했다.

"밑은 알아서 하세요."

그 말과 함께 사현이 눈앞에서 사라졌다. 아예 보스 몬스터를 공격하려는 듯 신상의 근처에 있는 기둥을 비스듬히 밟으며 나타나 곧바로 몬스터에게 달려들었다. 벌이 쏘아 들 듯 빠른 공격이었다.

한아린도 그새 앞으로 뛰어가 어스퀘이크 능력으로 땅을 높이 일으키며 신상을 공격했다. 그런데 정말 이상한 광경이 벌어졌다.

사현의 공격을 피하듯 뒤로 물러난 신상에 곧바로 한아린의 봉이 푹 꽂혔는데, 그것이 그대로 몬스터의 몸을 뚫고 나왔다. 공격이 먹힌 게 아니라 보스 몬스터의 몸이 반투명하게 변하며 공격을 흘려 버린 것이다. 한아린이 입매를 비틀어 웃는 순간 보스 몬스터가 허공에서 휙 사라져 다른 곳에서 나타났다. 여전히 천장 쪽이었고, 신지안이 기둥과 벽을 교차로 밟으며 위로 올라가 발차기를 해 보았지만 이번에도 신상의 몸이 반투명해지며 사라졌다.

다만 그렇게 몸이 반투명해질 때는 마수가 더 소환되지 않았다. 그 점을 파악한 사현이 곧바로 신상이 이동하는 곳으로 따라 이동하며 공격을 시도했고, 한아린과 신지안도 서로 시선을 주고받은 후 빠르게 신상을 따라다녔다. 점점 신상이 소환해 내는 몬스터가 줄어들었지만 그래도 여전히 바닥에는 몬스터가 많았다.

"헉, 허억, 복구사님, 저 죽, 죽을 것 같⋯."

위에서 사투가 벌어지는 동안 아래도 마찬가지로 혼란스러웠다. 사현이 한차례 크게 몬스터를 패대기쳐 간격을 벌렸지만 일어난 몬스터들이 다시 벽을 기어서 달려들었다. 그냥 바닥으로 달려오면 그나마 나을 텐데 벽과 기둥으로 사사삭 기어 올라가서 다시 공격하려는 모습이 몹시 징그럽고 기괴했다.

게다가 피를 뚝뚝 흘리면서 다가오니 기주혁은 덩달아 눈물을 뚝뚝 흘리면서 정이선에게 매달렸다. 헌터들마저 흠칫하는 상황 속에서 정이선만 멀쩡히 서 있으니, 그 덤덤한 반응에 위안을 받는 듯 옆에 꼭 붙었다.

"진정하세요. 그러니까, 음⋯⋯ 벌레라고 생각하면 될 것 같은데."

"그게 더 무섭잖아요!"

"으음, 아니면 오락실 게임?"

"그건 화면 속이고, 이건 실제!"

하지만 정이선은 사람을 진정시키는 데에 딱히 재주가 없었고, 기주혁은 결국 숨이 넘어가는 소리를 내며 흑흑거렸다. 정이선은 멋쩍은 얼굴로 그 등을 토닥였지만 시선은 자연히 위를 향했다.

조금 이상했다. 사현과 한아린, 신지안이 일단 하위 몬스터 소환을 막기 위해서 신상을 공격하고 있다지만 실제로 그 공격이 보스 몬스터에게 유효하게 들어가진 않았다. 공격이 몸을 꿰뚫는 것 같다가도 순식간에 몸체가 반투명해지며 다른 곳으로 휙 사라져 버리니, 외려 그들의 힘만 빼는 꼴이었다. 아직까진 그들이 전혀 힘든 기색이 아니었지만 이게 몇 시간이고 반복되면 지칠 게 분명했다.

3차 던전의 제우스처럼 특정 대상을 캐스팅해 공격하려 들지도 않으니 더더욱 애매했다. 더 큰 공격을 하기 위해 시간을 끄는 걸지…….

하지만 그렇게 고민할 시간도 점점 줄어들었다. 보스 몬스터가 이동하면서 틈틈이 마수들을 떨어뜨렸고, 그것들이 기둥과 벽을 타고 기어 오며 점점 아래로 공격이 몰렸다. 헌터들이 세 팀으로 산개해서 가운데에 정이선을 둔 채로 지키고 있지만 몬스터들의 위협이 거셌다. 그러다 기어코 다리가 여섯 개인 몬스터가 거미처럼 기어 와 기주혁이 있는 방향으로 날아드는 순간.

"으와아악!"

기주혁이 비명을 지르며 로드를 쳐들었다. 그렇지 않아도 어두워서 미쳐 가던 그가 순식간에 마법 공격을 캐스팅했다. 사현이 상태를 확인할 때까지 사용을 주의하라던 화 속성 마법이 순식간에 공간을 밝혔다.

불기둥이 사선으로 내려치듯 콰르륵 꽂히면서 몬스터를 바닥에 처박았다. 얼마나 마나를 때려 박았는지 한순간에 몬스터가 죽었다. 심지어 근방에 있던 몬스터 대여섯 마리도 한꺼번에 날려 죽여 버렸다. 마침 화 속성 저항력이 낮은 몬스터들인 듯했다.

허억, 헉. 거센 숨을 들이쉬는 기주혁을 보며 헌터들이 나직이 감탄하다가…… 이내 공간에 자리한 정적을 파악했다.

갑자기 신전 전체가 고요해졌다.

"……?"

천장과 벽면을 가득 메우며 기어 오던 몬스터들이 모두 움직임을 멈췄다. 그 이상한 적막에 정이선은 느리게 눈을 깜빡이다 천천히 시선을 앞으로 던졌다. 조금 전에 기주혁이 마법을 내리꽂은 공간에 아주 희미한 불빛이 남아 있었다. 타닥, 탁. 불씨가 서서히 사라져 가는 공간 속에서.

돌연 불씨가 화아악 크게 번졌다. 기주혁이 마법을 쓰지 않았는데도 불이 켜졌고, 그렇게 밝아진 공간에서 헌터들은 정확히 주위를 볼 수 있었다.

모든 몬스터가 기주혁을 쳐다보고 있었다.

사방에 있던 몬스터가 기주혁을 똑바로 주시했고, 기주혁이 숨을 헉 들이켜는 것과 동시에 그것들이 우르르 기주혁이 서 있는 곳으로 다가오기 시작했다. 이전보다도 훨씬 더 빠르고 거센 움직임이었다. 게다가 위에 있던 보스 몬스터의 뇌까림도 서늘하게 떨어졌다.

"감히……."

"와악, 악, 으악, 잘못, 잘못했어요!"

기주혁을 포함한 헌터들이 다급히 뒷걸음질 치며 몬스터와의 간격을 벌렸다. 그런데 더 이상한 상황이 벌어졌다. 크게 번졌던 불이 그대로 기주혁을 따라오기 시작한 것이다. 가늘고 길게 이어지는데 마치 기주혁의 걸음을 그대로 쫓아오는 듯했다.

일자로 뻗어져 오는 불길과 벽면으로 접근해 오는 몬스터를 피하며 혼란이 초래됐다. 기주혁이 다급히 물을 쏘아 보았지만 불은 전혀 꺼지지 않았다. 몬스터들이 화 속성 데미지 저항력은 약하지만 그만큼 더 큰 반동이 있는 듯했다.

정이선은 뒤로 움직이는 헌터들 사이에서 잠깐 정신 없어하다가 곧 빠르게 이성을 되찾았다. 그는 머릿속으로 공간을 그려 보다 이내 짧게 숨을 들이켜며 앞으로 나섰다. 갑작스러운 정이선의 행동에 헌터들이 당황하며 막아 보려 했지만 그가 더 빨랐다.

그들은 지금 신전 안의, 별도로 벽이 둘린 공간에 있었다.

정이선은 조금 전에 자신이 복구해 낸 공간을 그대로 떠올렸다. 정확하게는 무너져 있던 신전의 모습을 되짚었다. 몬스터들은 너무 많이 몰려왔고 심지어 앞에서 번져 오는 불길은 물로 꺼지지도 않았다. 그렇다면 차라리…….

"복, 복구사님!"

정이선이 헌터들 앞으로 나서는 것과 동시에 공간에 아주 작은 금가루가 나타났다. 벽면에서 조각처럼 떨어진 금가루가 정이선이 있는 방향으로 훅 몰아치면서.

쿠르르─ 거대한 소리와 함께 벽이 무너졌다. 그가 벽을 세운 히든 능력을 거두면서 공간이 허물어진 것이다. 번져 오던 불길이 순식간에 잔해에 뒤덮이며 꺼지고 다가오던 몬스터들마저 벽에 깔려 죽었다. 그 놀라운 광경에 헌터들이 입을 벌렸다.

정이선도 안도의 한숨을 내쉬는데 순간 잔해 사이에서 길쭉한 팔이 뻗어져 나왔다.

"아."

아직 숨이 끊기지 않은 몬스터가 그의 팔을 붙잡고 끌어당긴 것이다. 마수의 기다란 손톱에 팔이 까드득 긁히면서 몸이 확 이끌려 갔다.

정이선이 놀란 소리를 내는 것과 동시에 수십 개의 공격이 몬스터에게 내리꽂혔다. 뒤에 있던 헌터들 열댓 명이 한꺼번에 몬스터 한 마리를 공격한 것이다. 콰과광, 공격이 쏟아진 것뿐인데 거의 폭발음이 들렸다.

몬스터의 팔은 단순히 타들어 가는 것을 넘어 완전히 가루가 되어 사라졌다. 정이선은 정말 절묘하게 자신의 팔만 피해 공격한 헌터들의 세밀한 조준에 잠깐 감탄했다가 뒤늦게 고통을 느꼈다. 아래 팔 전체가 길게 긁혀 피가 줄줄 흘렀다.

"윽……."

낯선 고통에 정이선이 팔을 붙잡고 짧게 탄식했다. 헌터들이 당황하며 그를 부를 즈음 어느새 사현이 그의 뒤로 나타났다. 위에서 보스 몬스터를 공격하다 아래의 소란을 파악하고 다가온 것이다.

나건우가 당장 옆으로 다가와 치유 스킬을 써 보려 했지만 캐스팅이 끊겼다. 힐러의 스킬이 제대로 먹히지 않는 공간이었다. 그것까지 모두 지켜본 사현의 얼굴이 순식간에 싸늘하게 굳었다.

"지금 이게 뭐 하는 짓거리죠?"

"죄, 죄송합니다……."

"실수 자체도 문제지만 일이 벌어졌을 때, 수습을 이따위로 하라고 했나요?"

헌터들을 보며 그가 서늘하게 물었다. 화 속성 마법을 잘못 쓰면서 몬스터의 어그로를 한꺼번에 끌긴 했다지만 그 몬스터를 제대로 처리하지 못한 잘못도 분명히 있었다. 제일 앞에서 기주혁이 죄송하다며 고개를 푹 숙였지만 사현의 얼굴은 냉담하기만 했다.

정이선은 한 손으로 팔을 겨우겨우 지혈하며 괜찮다고 말했다. 이렇게 큰 상처를 입은 적이 처음이라 목소리가 조금 떨렸다. 사현은 그의 말을 들은 체도 하지 않았다. 괜찮지 않다는 게 너무 확연한 상황이니 반응조차 하지 않는 것이다.

그러다 정이선이 잠깐 비틀거리며 옆을 짚었다. 피로 젖어 축축해진 손 아래로 돌이 닿았다. 그제야 사현의 시선이 정이선에게 와서 다시 상태를 살폈고, 나건우가 다급히 가방에서 포션을 꺼내 정이선의 팔 위로 뿌렸다. 치유 포션은 뿌리면 되는 방식이라 상급 포션 여러 개가 팔 위로 쏟아졌다. 다만 이것도 임시적인 방책일 뿐이라 상처가 완전히 낫지는 않았다.

피는 멎어 가지만 머리가 저릿저릿할 정도로 따가운 고통에 정이선이 입술을 깨물며 고개를 살짝 뒤로 젖혔다. 그러다 문득 그 시야에 보스 몬스터가 잡혔다.

"몬스터가…… 더 선명해진 것 같은……."

희미한 중얼거림에 사현의 시선이 위로 향했다. 보스 몬스터가 공격을 받으면 반투명하게 변하며 공격을 흘리긴 했지만, 그 이전부터도 살짝 몸체가 흐린 상태였다. 그런데 지금 그 몬스터가 좀 더 선명한 모습을 갖췄고 심지어 떠 있는 높이도 조금 낮아졌다. 아래로 살짝 내려온 것만 같았다.

사현의 시선이 의아하게 그것을 훑었다. 때마침 계속 위에서 보스 몬스터를 공격하던 한아린과 신지안도 이게 무슨 상황이냐며 서로 이야기를 주고받았다. 한아린은 땅을 솟게 해서 공격하고 있었기 때문에 보스 몬스터의 높이가 낮아진 걸 확실히 체감할 수 있었다.

그리고 그때쯤 정이선의 시선이 아래로 떨어졌고, 사현도 함께 그곳을 보았다.

"……제단."

정이선이 탄식하듯 뇌까렸다. 그가 조금 전 손을 짚었던 곳이 바로 신전의 제단이었고, 그곳에는 정이선의 피가 선명히 묻어 있었다. 어두운 공간 속에서 그것을 확인한 사현의 눈동자에 묘한 빛이 어렸다.

순식간에 피를 쏟아 어질한 상황 속에서 정이선은 가까스로 4차 신전의 단서를 떠올렸다.

'에페수스에 다시 깃들 번영과 영광을 위한 제물을 바치리라.'

제물. 제단에 피가 묻자 좀 더 선명한 모습으로 아래로 내려온 신상. 그것을 차례로 연결한 정이선이 입을 열기도 전에 사현이 그를 제단과 떨어뜨리며 벽면으로 밀었다. 정이선의 어깨를 붙잡고 뒤로 이동시킨 사현은 제단을 빤히 보았는데 아마 그 또한 상황을 파악한 듯했다.

곧 사현이 나직한 한숨과 함께 헌터들을 보았다.

"똑바로 하세요."

짧은 명령이었지만 그 속에 담긴 의미를 모두 눈치챈 헌터들이 굳은 얼굴로 고개를 끄덕였다. 경고하듯 그들의 얼굴을 쳐다본 사현이 곧 한아린이 있는 땅 위로 이동했다. 그러곤 그녀에게 무슨 계획을 이야기한 듯했는데, 한아린이 당장 놀란 얼굴로 되묻기도 전에 사현이 사라졌다.

한아린이 '저, 저, 저' 소리를 내다가 결국 입술을 짓씹으며 아래로 내려왔다. 솟아오르게 했던 땅이 고요한 울림과 함께 아래로 내려왔고, 신지안도 사현의 언질을 받았는지 어느새 바닥에 서 있었다.

곧 사현이 제단 위에 섰다.

그는 어느새 새까만 검을 쥐고 있었는데 평소보다도 훨씬 어두운 공간이라 그런지 검 주위의 연기가 더욱 짙었다. 사현은 자신의 왼쪽 팔을 내밀어 위치를 확인하는 듯 시선을 굴렸는데, 지극히 단조로운 눈짓이었으나 정이선은 왠지 소름이 돋았다. 그리고 이상한 불안감이 차오르는 순간.

─푸욱. 사현이 스스로의 팔을 찔렀다. 아래로 피가 후두둑 떨어지면서 소름 끼치는 소리를 냈다. 그는 잠깐 제단에 쏟아진 피를 확인한 후 한 번 더 팔을 찔러 길게 베었다. 이

전보다 훨씬 더 많은 양의 피가 쏟아지며 아래에 고이기 시작했다.

그 상황에 정이선이 숨을 흡 들이켰다. 그도 피를 흘려 눈앞이 아득했는데 사현이 피를 내는 모습을 보자마자 찬물을 맞은 것처럼 정신이 확 들었다. 이미 죽은 몬스터들의 피비린내가 가득한 공간 속에서 유독 그의 피 냄새만 더 짙게 풍기는 것 같았다.

정이선의 눈동자가 사정없이 떨렸다. 그도 피를 흘리고 있는 상태면서도 다른 사람이 눈앞에서 피를 흘리는 상황이 너무 두려운 듯 정이선이 간헐적으로 숨을 끊어 쉬었다. 피가 너무 많이 흘렀다.

푹, 푸욱. 몇 번이고 팔에 난도질이 쏟아졌다. 그때쯤 피는 철철 흐르는 수준이었고, 사현은 그제야 팔을 늘어뜨리며 나직이 숨을 내뱉었다. 피를 왕창 쏟은 그의 얼굴에 느른한 기운이 퍼졌다.

코드의 헌터들도 리더의 행동에 모두 놀란 눈을 하다가, 이내 하나둘 시선을 올렸다. 한아린이 진작부터 불만스러운 얼굴로 위를 쳐다보고 있었기 때문이다. 그리고 그곳에는 훨씬 더 선명한 형체를 갖춘 보스 몬스터가 서서히 내려오고 있었다.

"제물을…… 바치리라……."

보스 몬스터의 서늘한 뇌까림이 공간을 스산히 울렸다.

사현은 고개를 비스듬히 기울여 내린 채로 낮게 웃었다. 보스 몬스터가 가까이 다가오는데도 그는 전혀 위를 경계하지 않고 가만히 있었다.

이윽고 보스 몬스터가 사현의 1미터 위까지 내려왔을 때, 갑자기 몬스터가 사라졌다. 지켜보던 헌터들이 숨을 들이켜는 것과 동시에 보스 몬스터가 사현의 앞에 나타나며 그의 목을 틀어쥐어 제단에 처박았다. 서 있던 사현이 순식간에 쿵, 뒤로 쓰러졌다.

"네 피로 제단을 적실 것이다."

검붉은 눈동자가 흉흉하게 빛나며 공간이 찡- 날카롭게 울렸다. 당장에라도 상대를 찢어 죽일 것처럼 공기가 예리해지는 것만 같았다. 사현은 제단에 누워서 잠깐 쿨럭 기침하다가, 더듬더듬 손을 들어 신상의 팔을 쥐었다. 그 행동을 막는다기보다는 실체를 확인하는 듯한 손짓이었다. 그 끝에 사현이 고개를 바닥에 비스듬히 기댄 채로 한숨 같은 실소를 내뱉었다.

"하하……."

상당히 뜬금없는 웃음이었다. 분명히 보스 몬스터가 두 손으로 그의 목을 틀어쥐고 있는데도 그는 그저 잠깐 찌푸렸던 표정을 풀며 나른하게 웃다가.

돌연 제단에서 사라졌다.

"헉."

지켜보던 기주혁이 숨을 들이켜는 것과 동시에 보스 몬스터의 위에서 나타난 사현이 그것의 목 뒤를 잡아 제단에 처박았다. 콰앙, 마치 제단이 부서지는 것과 같은 소리가 나며 보스 몬스터가 무어라 읊조렸지만 다시금 사현이 몬스터의 뒷덜미를 붙잡아 제단으로 내려쳤다.

그리고 그때 보스 몬스터도 사라졌다. 마치 도망치듯 사라진 신상은 허공에서 나타났는데 당장 사현이 그곳으로 이동하며 공격을 퍼부었다. 신상이 제단에 닿으면 다시 반투명하게 변할 수 없는지 더는 공격을 흘려보내지 못했다. 제단이 어떠한 단서라고 파악한 사현이 일부러 신상이 제단에 접촉하게 한 것이고, 그게 실제로 효과를 보였다.

보스 몬스터가 반투명하게 변하지 못하는 걸 확인한 한아린도 당장 위로 떠올라 서포트했다. 먼저 한아린이 봉을 내뻗어 신상을 앞으로 피하게 하면 곧바로 사현이 그곳에서 나타나 검을 휘둘렀다. 어둠 속에서 나타나 가뿐하게 도약하는 사현의 아래로 피가 뚝, 뚝 떨어졌다. 바닥에 피가 떨어지는 소리가 섬뜩하게 공간을 울렸다.

그렇게 서서히 부서져 가던 보스 몬스터가 갑자기 팔을 확 쳐들었다. 일순 공기가 찌르르 울렸다. 조금 전에 사현의 목을 조르려 했을 때와 같은 상황이었다. 마치 공기가 예리한 칼날처럼 변해 까드득 벽을 긁어내리는 것만 같았다.

기괴하고도 날카로운 소리에 헌터들이 고통스러워하며

양손으로 귀를 막고 비틀거렸다. 머리가 깨질 것 같았지만 정이선은 꾸역꾸역 시선을 위에 고정했다.

"아아, 이 모든 것은 에페수스를 위한⋯."

"그 도시가 사라진 게 몇 천 년 전인데!"

한아린이 재빨리 뒤로 땅을 이동시켜 봉을 훅, 내뻗었다. 그런데 이전까지 실체화되어 있던 보스 몬스터의 몸 앞으로 봉이 쑥 빠져나갔다. 어느새 다시 반투명하게 변한 것이다. 한아린이 입술을 짓씹으며 욕을 내뱉었고 뒤이어 사현이 나타나 신상을 공격했다. 이번엔 아예 그것이 뒤로 훅 물러나며 다른 곳으로 사라졌다.

신전 전체가 쿠구궁 진동하기 시작했다. 저 멀리 숲에서 비명이 들려오며 공간을 무섭게 울렸다. 마치 무언가가 불에 타는 것처럼 괴로운 소리가 공포스럽게 퍼지다 이윽고 바깥에서 커다란 진동이 다가오는 게 느껴졌다. 숲에서 있던 마수들이 달려오는 것이다.

신전에 들어올 때까지 공격하지 않고 수풀에 몸을 숨기던 몬스터들이 이제야 달려들었다. 보스 몬스터가 죽으면 하위 몬스터도 체력이 떨어지니 숨은 것들을 굳이 잡지 않았는데 지금 그것들이 몰려왔다.

사현의 시선이 빠르게 보스 몬스터의 하체를 확인했다. 공중에서 공방을 펼칠 때 마수가 조각된 하체를 공격해 금이 가게 했는데 그 때문에 더는 몬스터를 소환하지 못하는 듯했다. 그래서 바깥의 몬스터를 부르는 것이다.

그렇다면 더 빨리 끝내야 했다. 사현의 시선이 날카로워졌다가 순간 신상의 몸체로 향했다. 바로 조금 전에 그가 공격했던 부위에 실금이 가 있었다. 한아린의 공격은 반투명하게 변해 흘려보냈으면서 그의 공격은 흘리지 못했다. 어두워서 한 치 앞도 볼 수 없는 공간인데도 사현의 시선은 똑바로 그곳을 향했다. 그러다 이윽고 그곳에 피가 묻어 있는 것을 확인한 사현이 입꼬리를 올려 웃었다.

이번엔 사현이 검으로 오른손을 확 베었다. 근처에 있던 한아린이 제정신이냐고 물었지만 사현은 공격에는 무리 없단 답을 단조롭게 내뱉었다. 그는 손을 쥐었다 펴기를 반복하며 손바닥이 완전히 피로 물들 때까지 기다렸다.

"너희를…… 제물로……."

위에 둥둥 떠 있는 보스 몬스터가 한아린과 사현을 똑바로 내려다보며 뇌까렸다. 그리고 그 순간 바닥에 있던 사현이 신상을 올려다보며 빙긋 웃었다. 지금까지보다 훨씬 더 짙은 웃음이었다.

입매를 둥글게 휘며 미소한 그가 당장 보스 몬스터의 앞으로 이동했다. 어두운 공간 속 새까만 눈동자가 서늘하게 빛났다.

"소용없……!"

그 행동에 보스 몬스터가 고성을 지르며 다른 곳으로 이동했다. 사현에게 붙잡히지 않기 위해 이동한 것인데, 그 앞으로 먼저 사현이 나타났다.

"이동 패턴이 단순하네요."

상냥하게 말한 사현이 당장 맨손으로 몬스터의 목을 틀어쥐었다. 몬스터가 투명화를 시도하려는 듯했지만 목 주위만 반투명하게 변할 뿐, 피로 물든 손에 잡힌 부분은 실체가 유지되었다. 커억, 신상이 목이 졸리는 소리를 내며 이동했으나 사현도 그대로 따라서 이동했다. 사현은 신상이 이동하는 패턴을 파악했고, 또 그것이 이동했을 때 1초 정도 움직임이 멈춘다는 것도 확인했다.

그래서 몬스터가 이동할 곳에 미리 나타난 사현이 신상과 눈을 맞추며 웃었다. 굳은 몬스터가 반응하기도 전에 그가 신상의 얼굴을 쥐어 아래로 거세게 내던졌다. 천장에서부터 제단까지 순식간에 떨어진 신상이 커헉, 소리를 냈다. 굉음이 멍멍하게 공간에 울려 퍼졌다.

"제, 제물…… 이……."

보스 몬스터가 무어라 말하려 했지만 그 위로 나타난 사현에게 입이 틀어막혔다. 정확하겐 하관 전체가 피범벅이 된 손에 틀어 쥐였다. 제단에 처박힌 채로 부들부들 떠는 신상의 위로 사현이 상체를 숙이며 그림자를 드리웠다. 한층 더 어두워진 상황 속에서 몬스터의 검붉은 눈이 사정없이 떨렸다.

그 모습을 본 사현이 조금은 나른해진 낯으로 웃었다. 그도 피를 많이 흘린 탓이다. 그는 살짝 힘이 풀린 눈으로, 그러나 더 섬뜩하게 느껴지는 얼굴로 미소했다.

"신이 생각보다 멍청하네요."

다른 한 손을 옆으로 내뻗는 사현의 행동을 따라 허공에서 새까만 검이 나타났다. 연기처럼 스며들어 완연한 형체를 갖춘 검을 한 번 고쳐 쥐며 사현이 뇌까렸다.

"누가 제물이 됐는지도 분간 못 하는 거 보면."

이윽고 사현의 검이 보스 몬스터의 상체에 내리꽂혔다. 분명히 가슴팍에 검이 꽂혔는데 온 힘을 실어 내리꽂았는지 상체에 쩌저적, 금이 가다가 상체 전체가 완전히 부서져 버렸다. 그 사이로 드러난 핵이 함께 깨지는 것은 당연한 일이었다.

새까맣지만 안에 자그마한 불씨를 머금은 듯한 유리구슬이 깨지면서 쨍그랑, 소리가 났다. 그 모습을 모두 지켜본 사현이 천천히 자리에서 일어섰다.

그때까지도 헌터들은 모두 굳어서 숨도 쉬지 못하고 있었다. 그러다 사현이 일어설 때쯤 헉, 소리를 내며 어깨를 움츠러뜨리다 그가 새까만 검을 사라지게 하는 모습을 보고서야 하나둘 한숨을 터트렸다. 전투가 끝났다는 리더의 표현이란 걸 알면서도 여전히 헌터들의 얼굴에는 긴장이 퍼져 있었다.

"……허……."

"와……."

그들이 서로를 보며 조금은 겁에 질린 눈빛을 주고받았다. 가까이 다가오던 숲속의 마수들이 보스 몬스터가 죽은 덕에 신전 안까지 들어오지 못한 것보다, 당장 사현의 싸움이 끝난 것이 더 그들을 안도시켰다. 몹시 무서운 전투였기 때문이다.

그리고 그들 사이를 헤치고 나간 정이선이 당장 사현에게 다가갔다. 그의 얼굴은 어느새 창백하게 질린 상태였다. 나건우도 그와 함께 이동해 곧바로 사현에게 치유 스킬을 썼다. 보스 몬스터를 처리한 터라 더는 스킬 캐스팅이 끊기지 않았다.

로드 끝에서 푸른빛이 서서히 퍼지며 사현의 팔에 스며들었다. 사현도 제단 끝에 앉아서 팔을 앞으로 늘어뜨린 채로 가만히 그 치료를 받았다.

"피, 피가, 이렇게 많이 흐르면……."

얼굴이 하얗게 질린 정이선이 말을 더듬으며 사현의 팔을 살폈다. 왼팔도 난도질했으면서 오른손까지 검으로 쑤셔 댔으니 양쪽 팔 모두 피를 흘리는 상황이었다. 코가 마비될 정도로 풍기는 진한 피비린내에 정이선이 숨을 간헐적으로 들이켰다. 울음을 참아 내는 듯 흐느낌과 닮은 소리가 났다.

그 모습을 본 사현이 옅게 웃었다. 그렇게 눈치를 보며 피해 다니더니 피 조금 흘렸다고 당장 다가왔다. 게다가 울 것처럼 얼굴을 일그러뜨리고 있으니 약간 우습기까지 해서, 사현은 그를 비스듬히 쳐다보며 물었다.

"왜요. 또 죽을까 봐요?"

"피가, 너무, 너무 많이 흘러요."

"그래서 또 울려고 왔어요?"

정이선이 무어라 답하기도 전에 사현의 손이 다가왔다. 순식간에 발개진 눈가에서 눈물이 떨어지는지 아닌지 확인하듯 눈 아래를 슥 훑었다. 아직 지혈도 하지 않은 손이라 피가 그대로 묻었지만 그는 딱히 신경 쓰지 않았고, 그건 정이선도 마찬가지였다. 오히려 축축한 액체 속에서 느껴지는 사람의 온기가, 평소보다도 훨씬 더 높아진 듯한 체온이 그를 진정시켰다.

덜덜 떨면서도 볼에 닿는 온기에 안도하는 정이선에게 또렷한 말소리가 떨어졌다.

"안 죽어요, 정이선 씨."

흐트러짐 없는 말이었지만 그 끝에 사현이 느른히 한숨을 내쉬며 눈을 감았다. 뒤이어 손도 툭 떨어뜨리기에 정이선이 그 옷소매를 쥔 채로 움찔 떨자, 기절하지 않았단 걸 알려 주기라도 하듯 사현의 피 묻은 손이 정이선의 손등을 토닥토닥 두드렸다.

겨우 손가락 두어 개를 움직여 토닥이는 작은 손짓이었지만 정이선은 그 행동에 느리게 숨을 터트렸다. 턱 끝까지 차올랐던 숨이 터지면서 그나마 긴장이 풀렸다. 잠깐 겁에 질렸기 때문인지 심장이 저릿저릿했다.

공포스러웠던 4차 던전 공략이 성공적으로 끝났다.

코드 법적 대응 공문 떴을 때

제목: 〉〉코드 법적 대응 들어감〈〈

(스크린샷 첨부)

3차던전 뽕이 안 빠져서 코드 사이트 들락거리고 있던 나... 갑자기 공지에
N이 뜸. 벌써 4차 던전 단서 분석 떴나 싶어서 보니까

?

??

???????

ㅎㅎㅎㅎㅎㅎㅎㅎㅎ

코드 소속 각성자를 향한 과도한 인신공격 및 비방에 대해 대응 들어가겠단
공지 워후~~~~~~~~~

내가 잘못 봤나 싶어서 새로고침 누르니까 친절하게 팝업창까지 뜸ㅋㅋㅋ
ㅋㅋㅋㅋㅋㅋㅋ 공문 진짜 개심플하게 세줄 요약됨

1.상황 심각성 인지

2.이미 자료 모았고 대처 들어갈 계획

3.추가 제보도 받음 메일ㄱㄱ

근데 저 공문에서 젤 무서운 게 뭔지 앎?

(사진 확대)

(사진 확대2)

(사진 확대3)

마지막에 우리 코드 리더 싸인임^^^^^^^
키야 ^^7 정의구현 시작이죠?

워; 코드가 소속각성자 악플에 대응하겠다고 나선 거 처음 아냐?
└ㅇㅇㅇ 그건 그런데 애초에 ㅈㅇㅅ 영입되기 전까지 코드 비난
플 없었으니까 뭐...
└ㅁㅈ; 이선이한테 유독 욕 몰림
└사현한테도 또라이라고 욕하지 않나?
└사또는 명예훈장 수준 아니냐ㅋㅋㅋㅋㅋ 팬들도 사또라고 부르
던데
└지나가던 사또 팬인데 맞습니다 ^^)〉 우리 나리 재주 잘넘죠

헌터 최정예집단에 비전투계 각성자 들어가서 부들부들하던 애들
다 좆댓네ㅎㅎㅎㅎㅎ
└ㄹㅇㄹ 이선이 자리에 지들이 갈 수 있는 것도 아니면서 열폭ㅋ
└정이선.. 솔직히..별로 타닥..탁.. ! 아 엄마 나가라고~!

와아... 그러면 이 공문 정이선 하나 때문에 뜬거야? 쩐다ㅇㅇㅇ ㄷㄷ
└특정 언급은 없는데 앞구르기 하면서 봐도 정이선 때문이지
└22 뒷구르기 하면서 봐도 그럼

ㄴ3333 옆구르기도 동참

ㄴ4444444 트리플악셀도

ㄴ555 KTX 타고 가면서 봐도 정이선 때문

ㄴ알겠으니까 그만 봐 ㅋㅋㅋㅋㅋㅋㅋㅋㅋㅋㅋㅋㅋㅋㅋㅋㅋ

ㄴ뇌절 오졌네; 우주 정거장에서 봐도 확실하니까 이제 그만~

ㄴㅋㅋㅋㅋㅋㅋㅋㅋㅋㅋㅋㅋㅋㅋㅋㅋㅋㅋㅋㅋㅋㅋㅋ

소속 '헌터'도 아니고 소속 '각성자'로 칭했음ㅋㅋㅋ 답 나왔지

ㄴㅠㅠ? 각성자가 헌터 포함이지 않아..? 나만 이해 못 했나..?

ㄴ각성자 중에서 전투계가 헌터고 비전투계는 강 능력 따라 불리잖아ㅋㅋ 코드 지금 전투계 헌터 20명 + 비전투계 복구사 1명이니까 각성자라 부르는건 ㅈㅇㅅ 위한 거지 ㅎㅎ 타길드 고소공문 보면 거의 소속 헌터라고 칭함

ㄴ이선이는 그렇게 보호받을 만함

ㄴ(((((((빛이선)))))))

근데 코드가 대응한다고 하니까 찐으로 무섭다... 일반 엔터 고소랑은 차원이 다른 무서움;;

ㄴ강 다른 헌터길드 고소랑도 완전 다른느낌ㄷㄷ

ㄴ이건 판사가 무서운게 아니라 사또가 무서운거 같음ㅋㅋㅋㅋㅋ

ㄴ사또가 관아에서 판결 내릴듯ㅎㅎ 갑자기 분위기 조선시대

ㄴ아 이건 사형이 가능하단 소리거든요(시사평론 톤)

ㄴㅋㅋㅋㅋㅋㅋㅋㅋㅋㅋ야 게시판 글번호 줄어드는 속도 봐라

추플러들 차라리 법적대응 해 달라고 빌고 있을듯ㅋㅋㅋㅋㅋㅋㅋ
ㅋㅋㅋㅋㅋㅋㅋㅋ

ㄴ판사님 뵙고 싶습니다ㅜ 제가 다 잘못했습니다 절 빵에 넣어 주
세요ㅜㅜ

ㄴ아냐 전략적으로 반성 안 하는 방향으로 갈지도 모름ㅋㅋㅋㅋㅋ
ㅋㅋㅋㅋ 인정하고 반성했다가 집유 뜨면 어캄ㄷㄷ 바깥이 더 위험

ㄴ저같은 범죄자 새끼는 빵에 넣어서 정의를 구현해 주십쇼;;; 하
고 있을듯

아 너무 감격적이야 진짜로ㅜㅜㅜㅜ 솔직히 피뎊따서 코드데스크에
보내면서도 자신 없었다고ㅜㅜㅜㅜㅜㅜㅜ 코드 지금까지 법적대응
한 적 없잖아ㅜ 에첸은 있어도 코드는 없어서ㅜㅜ 자신없지만 파
일 열심히 보냈는데 너무 뿌듯하다

ㄴ맞아ㅜㅜㅜㅜㅜㅜㅜ푸ㅜㅜ 이선아 행복해야해ㅜㅜㅜㅜㅍ

ㄴ이선이 꽃길빛길 걸어ㅜㅜㅜㅜㅜㅜㅜㅜㅜㅜ 누나가 줄 게 피뎊밖
에 없다 지금은ㅜㅜㅜㅜㅜㅜㅜㅜㅜ

ㅌㅇㅌ에서 한 투표인데 이거봐
(스크린샷)

_____

썬이가챱챱 @chajerri__

[현재 코드 공문에서 가장 무서운 거]
법적 대응　　　　　0퍼센트
사현 싸인 ■■■■■ 100퍼센트

42324표 득표 · 최종 결과

○2 리트윗 1.6k 마음 3243

_____

└ㅋㅋㅋㅋㅋㅋㅋㅋㅋㅋㅋㅋㅋㅋㅋㅋㅋㅋㅋㅅㅂ이건 팩트다

└사만명 넘게 투표했는데 몰표ㅋㅋㅋㅋㅋㅋㅋㅋㅋ

└실수하는 손마저 없다는게zzzㅋㅋㅋㅋ안 믿기는데 믿겨;

└주작 같은데 믿겨22

이번 공문 세줄요약 그것도 아니고 걍

1.사현 싸인

2.사현 싸인

3.사현 싸인

이걸로 해도 됨ㅋㅋㅋㅋㅋㅋㅋ

└나 진짜 사또는 무서운데 살면서 한번쯤 사현라인 타보고 싶다;

└ㅋㅋㅋㄹㅇ 존나 감당 안 되고 재주 넘는거 앞에서 들으면 뛰어내릴거 같은데 타공대랑 싸움 뜰때면 여기만큼 든든한 리더가 없을듯

└왜 그 3차 재진입 때도ㅋㅋㅋㅌㅋㅋ 천형원이 쯤 쎄게 사현한테 시비 텄는데 코드 아무도 걱정 안함ㅋㅋㅋㅋㅌㅋㅋㅋㅋㅋㅌㅋㅋㅋㅊㅋㅋㅋㅋㅋㅋ 심지어 다 무시하고 감ㅋㅌㅋㅌㅌㅋㅋㅋ

└천원 형이긴 하지만 그래도 나름 한국 3위 차기 길드장에 S급 헌터라 무시하는거 쉽지 않을텐데 사또 라인이라 가능ㄷㄷ

└코드는 경매장에서 아이템 사는 거 시비 한번도 안 트인다잖 앜ㅋㅋㅋㅋㅋㅋㅋ

썬캐쳐 카페 대문 '썬경일' 나옴

ㄴ얘네 왜 맨날 대문 바꿔ㅋㅋㅋㅋㅋㅋㅋㅋㅋㅋㅋㅋㅋㅋㅋ

ㄴ누가 양재샤넬체 좀 포기하라고해 줘

ㄴ아냐 이번거는 양재와당체임 ㅁㅊㅋㅋㅋ

ㄴ여기에 건의하면 돼ㅎㅎ https://cafe.hunts.com/jaerim Esun/join

　ㄴㅇㄴ 뭔가 싶어서 클릭하니까 썬캐쳐 가입 링크ㅋㅋㅋㅋㅋ

ㄴ저 썬캐쳐 스탭인데 건의는 캐쳐한테만 받습니다^^

ㄴ저도 캐쳐인데 안 받아 주시잖아용 ㅇㅅㅇ

ㄴ착한 캐쳐는 쉿^^

ㄴㅋㅋㅋㅋㅋㅋㅋㅋㅋㅋㅋㅋㅋㅋㅋㅋㅋㅋㅋㅋㅋㅋㅋ

코드 4차 던전 클리어

제목: 7레 4차던전_코드공략_불판

(실시간 영상 링크)

오늘따라 왤케 밤에 열리지? 일단 불판 세움ㅇㅇ

댓글

내가 지금 공략 영상을 보는거냐 공포 영화를 보는거냐

┗ㅅㅂ나만 느낀거 아니구나 ㅋㅋㅋㅋㅋㅋㅋㅋㅋㅋㅋ

┗존나 무서워 저 던전;;; 숲 생긴것부터 진짜 호러 영화야ㅠㅠ 나무에서 뭐 자꾸 흘러ㅠㅠㅠㅠㅠㅠㅠ

┗던전 공략 가지고 무슨ㅎㅎ 아 오늘은 불 켜고 자야지

┗에바 떨지마 얘들아ㅋㅋ 엄마 어딨지

영상 제목 바꿔라 [흉가체험_실황중계]아르테미스_신전.avi 으로

┗카메라맨도 무서운가 봐 화면 떨림ㅋㅋㅋㅋㅋㅋㅋㅋㅋ

┗아니 이상하게 밤에 열린다 했다구 ;;; ㅜㅜㅜㅜ

┗존나 무서워 진짜ㅠㅠㅠㅠ 숲에서부터 개 기괴해 자꾸 우는소리 들린다고 ㄴㅠㅠㅠㅠㅠㅠㅠ

┗그거 지금 논란이라니까ㄷㄷ 누구는 '이리와...'로 들리고 누구는 '죽일거야..'로 들린다잖아

┗아나 굳이 인용해야 함?ㅅ뷰ㅠㅠㅠㅠ정보공유 그만요

누가 봐도 위험해 보이는 곳 들어가는 공포영화 보면서 왜 들어가냐;; 했는데ㅋㅋㅠㅠㅋㅋㅋㅋㅅㅂ 저긴 진짜 들어가야만 하네

┗기주 우는거봐 너무 안쓰러워ㅋㅋㅋㅋㅋ

┗저렇게 소리 지르면서 어그로 끄는 거 진짜 최악인데... 이해됨......

┗그니깐ㅋㅋㅋㅋㅋㅋㅋ 공포 영화에서 저러는 애가 제일 먼저 죽는데 기주는 살았으면ㅠㅋㅋㅋㅋ

┗진짜 연기가 아니라 찐으로 무서워서 우는 거 확 느껴져서 좀 공감가...

　┗너 혹시 지금 울어?

┗어떻게 알았어ㅠㅠ..?

　┗ㅋㅋㅋㅋㅋㅋㅋㅋㅋㅋㅋㅋㅋㅋㅋㅋㅋㅋㅋㅋㅋㅋㅋㅋㅋㅋ

ㅋㅋㅋ

ㅠㅠㅠㅠㅠ개무서운데 사또 있어서 그나마 덜 무서워..;

　┗ㅋㅋㅋㅋㅋㅋㅋㅋ니 마음 = 내 마음 ㅋㅋㅋㅋㅋㅋ

　┗어두운 신전에서 앞서 걷는 나리ㅠㅠ 나리가 있어서 세상이

밝... 밝습... 어둡습니다.......

　┗욕 같은데 칭찬이네....

　┗욕찬

　┗ㅅㅂㅋㅋㅋㅋㅋ 어두워야 강하지...그치...

이거 완전 그거잖아; 새벽에 핸드폰 하다 실수로 카메라 셀카모드

켰는데 인물 초점 여러개 와다다다다다 잡힌 상황 ㅅㅂ 괴수 진짜

갑자기 벽에서 튀어나오네 아씨ㅃ

　┗아 이런거 말하지 말라고;;;;;;;;;;;

　┗ㅅ뷰ㅠㅠㅠㅠㅠ 너 신고할거야

　┗나도 신고함

　┗빨리 블락먹어 시발 ㅠㅠㅠ

　┗공익 캠페인이다 나도 신고

　┗ㄷ씨) ㅇㄴ

얘들아 ㅈㅂ존나 무서우니까 댓글에서라도 재밌는 얘기하면 안되

겠니ㅠㅠㅠㅠㅠㅠㅠㅠㅠㅠㅠㅠㅠ 진짜제발 나부터 웃긴얘기해봄

나무 주울 때 나는 소리는? 우드득 ㅠㅠㅠㅠ아!!!!!!!!!!

└미쳐ㅋㄹㅋㅋㅋㅋㅋㅋㅋㅋㅋㅋㅋㅋㅋㅋㅋㅋㅋㅋㅋㅋㅋ

ㅋㅋㅋㅋㅋㅋㅋㅋㅋㅋ

└알ㅌㅋㅋㅋㅋㅋㅋㅋㅋㅋ

└햄버거 색깔이 뭔줄 알아? 버건디!!!ㅠㅠㅠㅠㅍㅠ

└침대를 밀고 돌리면ㄱ? 배드민턴ㄱㅅㅜ!

└소가 노래하면 소송ㅠㅠㅠ

└노잼죄로 다 소송하기 전에 닥쳐 ;

└단체로 부르면 단체 소송인데도?ㅜㅜㅜㅜㅜㅜㅜㅜㅜㅜ

└억ㅋㅋㅋㅋ치밀한 빌드업ㅋㅋㅋㅋㅋㅋㅋㅋ

└아니 무서우면 보질 말라고;;; 그래 나 말이야 나;; (거울을 보며)

　└야 거울에 다른 애 있는데? 니 뒤에

　└야아ㅏㅏㅏㅜㅜㅜㅜㅜㅜㅜㅜㅜㅜㅜㅜ

정이선 정의선이래ㅜㅜㅜ

└넌 틀니 3주 압수

└헝히헌 헝희헌히해ㅜㅜㅜ

└아낙ㅋㅋㅋㅋㅋㅋㅋㅋㅋㅋㅋㅋㅋㅋㅋㅋㅋㅋㅋㅋㅋ

ㅋㅋㅋㅋㅋㅋㅋㅋㅋㅋㅋㅋㅋㅋㅋㅋㅋ

└ㅋㅋㅋㅋㅋ씨박ㄹㄹㅋㅋㅋㅋㅋㅋㅋ이건 박제

이선아... 누나 너무 두려워 후드 좀 벗어줘...

└?? 뭔상관

└얼굴 보고 진정하려고..

└ㅋㅋㅋㅋㅋㅋㅋㅋㅋㅋㅋㅋㅋㅋㅋㅋㅋㅋㅋㅋㅋㅋㅋㅋ유상

관ㅇㅈ

ㄴ2선이 겁 없나봐 진짜 담담해ㅠㅠ 헌터들도 움찔움찔하는데 이 선이만 차분하네 그러니까 후드 벗어주라

ㄴ기승전후드벗어줘

신상마저 개 무섭게 생겼어 ㅅㅂ 저건 양심적으로 원산지에 생겨야 한다

ㄴ에페수스의 후손들이 해결해야 함

ㄴ그리스 헌터 오라고해 ㅅ뷰ㅠㅠㅠㅠㅠㅠㅠㅠ

ㄴ나 오늘 잠 다잤다 망했다 회사 월차낸다

ㄴ사유: 4차던전 보고 무서워서 잠 설침

ㄴ이건 솔직히 인정해줘야 하는 부분ㅇㅇㅠ

기주 불기둥 나이스샷!!

ㄴ화속성 데미지 개쎄게 먹히넹 와!!!!!

ㄴ...? 와...할 때가 아닌 거 같은데...

ㄴ.............

ㄴ.................???.........?..?????

ㄴ악씨발 내가 놀라서 의자뒤로 넘어감;;;;;;;;;;;;;;;;;;;;;;;;;;

ㄴ갑자기 영상 채팅창 싹 다 조용해졌다고 시바류ㅠㅠㅠㅠㅠㅠㅠㅠ

ㅠㅠㅠㅠㅠㅠㅠㅠㅠㅠㅠㅠㅠㅠㅠㅠㅠㅠㅠㅠㅠㅠㅠㅠ

ㄴㄱㅈㅎ 코드에 왜 있음? ——

이선아 제발 능력 여러번 써 줘

ㄴ반짝이 가루 보고 게비스콘짤 됨

ㄴ[짤 첨부]

(아르테미스) (숲) (마수) (비명) = 얹힌 표정

(빛이선) = 해결된 표정

ㄴ정이sun... 정말 세상에 없ㄱ어선 안될 태양 같은 존재ㅠ

ㄴ세상에 태양이 두 개일 순 없지(태양에 총 겨누는 짤)

ㄴ이쯤되면 ㅈㅇㅅ 전투계열 헌터로 쳐줘야 한다

ㅜㅠㅠㅠ이선이 팔다침ㅠㅠㅍㅜㅠㅠㅠ

ㄴ기주혁 실수로 어그로 끌어서 커버 치느라——

ㄴ돌았냐고 아;

ㄴㅠㅠ 근데 솔직히 나였어도 갑자기 위에서 저런 거 떨어지면 발
악할듯 다리도 많아...

ㄴ양심에 손을 얹고 생각해 봐 니들 밤에 천장에서 바선생 떨어지
면 공중제비 돌거잖아

ㄴㅁㅊ갑자기 이해됨

ㄴ근데 이선이 붙잡은 몬스터 순식간에 척살당하는거 좀 웃기지
않낙ㅋㅋㅋㅋㅋㅋㅋㅋㅋㅋㅋㅋㅋㅋㅋㅋㅋ 코드 헌터들도 (((((빛
이선)))) 쉴더들인가 봐

뭐야 사현 갑자기 왜 제단에 서...?

ㄴ아니;;;; 아니;;;;;;;;; 갑자기 자기 팔을...

ㄴ자길 제물로 바치는거야?????????????? 급기야????

ㄴ와 저게 보스 어그로 끄는 패턴인가 봐... 아니...근데 아무리 그
래도 저렇게.................

└어떻게 보면 살신성인인데 이게 참.........

아 이제 알겠다~ㅎㅎ 이거 지금 사또랑 보스 몬스터 중에 누가 더 무서운지 대결하는 거지?
└ㅅㅂㅋㅋㅋㅋㅋㅋㅋㅋㅋㅋㅋㅋㅋㅋㅋㅋ 사또에 한표 던져요
└보스 생긴거 진짜 개무서운데 대응하는 사또 방식이 더 무서우니 2표요
└족치려고 제단에 스스로 선 사현에게 3표요
└보스몹 보면서 웃는거 개무서우니까 4표

사현 처리방식 ㄹㅇ정상이 아닌거 같은데 왜이렇게 설렘; 심장 막 뛴다 이게 흔들다리효과인가???
└ㅋㅋㅋㅋㅋㅋㅋㅋㅋㅠ 존나 무서운데 설레..222
└제단에 누워서 나른하게 웃는거 존잘...33333
└얘들아 그다음에 보스몹 뒷덜미 잡고 처박은건 잊어버린거니
└((선택적 기억력))
└몬스터한테 했잖아 ㄱㅊㄱㅊ
└사또는 인간한테도 할 수 있어..
└눈치 챙겨ㅎ

영상 제목 이제 [공포대결: 사현vs아르테미스] 로 하면 될듯
└아 이거 밸붕이잖아요—— 사현 압승임;
└보스몹이 떨잖악ㅋㅋㅋㅋㅋㅋㅋㅋㅋㅋㅋㅋㅋㅋㅋㅋㅋㅋㅋ
ㅋㅋㅋㅋㅋㅋㅋㅋㅋㅋㅋㅋㅋㅋㅋㅋㅋㅋㅋㅋㅋ

ㄴ막판에 보스몹보다 먼저 이동해서 대기탄거 ㅋㅋㅋㅋㅋㅋㅋㅋ
ㅋㅋㅋ 보스몹 놀란표정 존낙ㅋㅋㅋㅋㅋㅋ큐ㅠㅠㅠㅠㅠ ㅋㅋㅋㅋㅋ
ㅋㅋㅋㅋㅋ

ㄴ순간 찐하더라... 어쩌다 하필 사또를 상대하게 돼서..

"신이 생각보다 멍청하네요."

.

"누가 제물이 됐는지도 분간 못 하는 거 보면"
"누가 제물이 됐는지도 분간 못 하는 거 보면"
"누가 제물이 됐는지도 분간 못 하는 거 보면"

ㄴ제단에 처박는 거 진짜ㅠㅠㅠㅠㅠㅠㅠㅠ 사또 나리ㅠㅠㅠㅠ
ㅠㅠㅠㅠㅠㅠㅠㅠㅠㅠㅠㅠㅠㅠㅠㅠㅠ 개짜릿
해ㅠㅠㅠ

ㄴ나리 쇤네 여기 왔습니다ㅠㅠㅠㅠㅠㅠ 퓨ㅠㅠㅠ

ㄴ사또ㅠㅠㅠㅠㅠㅠㅠㅠ 넌 사또짓 할 때가 제일 사람 미치게 해 ㅠ
ㅠㅠ

사또 팬카페 난리 났다ㅋㅋㅋㅋㅋㅋㅋㅋㅋㅋㅋㅋㅋㅋㅋㅋ

ㄴ암행어사현 글리젠 속도 미쳤어 새고하면 페이지 바뀜ㄷㄷ

ㄴ스급 중에 사현 팬캎 회원이 압도적으로 많으니까ㅋㅋㅋ 한국
에서 젤 어린나이에 스급발현 됐잖어 어릴때부터 외모는 쩔어서
팬많았음

ㄴ스급 1위 팬캎 회원수 1위 ^~^

ㄴ인성도 1위

ㄴ볼매라니까 사또ㅎㅎ

└볼수록 매타작 맞는단 소리?

  └ㅇㄴ;

ㅠㅠ이선이 트라우마 버튼 눌렸나 리더 피 흘린다구 쯀쯀ㅠㅠ

  └(걱정할 게 없어서 쟤를...)

    └ㅋㅋㅋㅋㅋㅋㅋㅋㅋㅋㅋㅋㅋㅋㅋㅋㅋㅋㅋㅋㅋㅋ

이선이 울먹거릴 때마다 마음이 찢어진다ㅜ 그러니까 후드좀벗어줘

  └후드좀벗어줘...후드아웃 운동 벌어짐

  └캐쳐들 후드 없는 옷으로 조공 넣어야겠다고 카페 시끌시끌해
짐ㅋㅋㅋㅋㅋㅋㅋㅋㅋㅋㅋㅋㅋㅋㅋㅋㅋㅋㅋㅋㅋㅋ

  └진정해 캐쳐들아ㅜㅜ; 지금 이게 연옌 브이로그도 아니고ㅠ 헌
터들이 목숨 걸고 던전 공략 하는데 지꾸 후드 벗고 얼굴 보여달라
하는거 솔직히 좀 불편한데 이선이 후드가 더 불편해 보이네 후드
좀 벗어줘

  └이걸 이렇게?

  └침투력ㅁㅊㅋㅋㅋㅋㅋㅋㅋㅋㅋㅋㅋㅋㅋㅋㅋ

외국 ㅌㅇㅌ에 #Hood_Out 해시태그 만들어졋어;;; 실검 1위야

  └영상에 달리는 댓글ㅋㅋㅋㅋㅋㅋㅋㅋㅋㅋ

[Sun Please Hood Out !]

[TAKE OFFFFFFFFFFFF]

[Why is my SUN in the hood????]

[!HOOD OUT! I'm DEAD]

ㅋㅋㅋㅋㅋㅋㅋㅋㅋㅋㅋㅋㅋㅋㅋㅋㅋㅋㅋㅋㅋㅋㅋㅋㅋㅋㅋ
└대문자 너무 많아서 시끄러웡ㅋㅋㅌㅌㅌㅌㅋㅋㅋㅋㅌ

뭐야... 사현 왜 이렇게 서윗해...? 누구야 쟤...
"왜요. 또 죽을까 봐요?"
"그래서 또 울려고 왔어요?"
"안 죽어요, 정이선 씨."
3연타 개오졌는데... 나 갑자기 심장 벌렁대는데..
└뭐야 나 왜 설레
└심지어 볼 쓰다듬어 줘.. 망붕렌즈 제대로 낀다
└흠친ㄴ녀들아 정신차려 ㅜ
└ㅋㅋㅋㅋㅋㅋㅋㅋ아니 근데...솔직히 사또가 저렇게 누구 달래 주
듯이 구는 건 처음이긴 하잖어...

저번에 ㅎㄴ도서관 갑자기 오후 휴관 떴었잖아 그거 ㅅㅎ이 ㅈㅇ
ㅅ 데리고 갔단 제보 있던뎅ㅇ.ㅇ;
└ㅁㅈㅁㅈ 차에서 둘이 내려서 가는거 본 사람 좀 되던데? 거기
근처 카페 짱많아서 본사람 쫌 됨
└마저 나도 친구한테 톡받음! 친구ㅋㅋㅋ 오전에 그 도서관에 있
다가 쫓겨났는데 드라마 촬영 때문인줄 알구 개승질냈단 마랴 진
작 대관 공지해놔야 하는거 아니냐구ㅋㅋ 그래서 무슨 방송인지
알아보고 거르려고 근처 카페에서 대기 타다가 4현 나타나는거 보
고 급납득함ㅋㅋㅋㅋㅋㅋㅋㅋㅋㅋㅋ 나보고 자기 목숨 걸러질 뻔
했다구 ㅠ;ㅋㅋㅋㅋ
└ㅋㅋㅋㅋㅋㅋㅋㅋㅋㅋㅋㅋㅋㅋㅋㅋㅋㅋㅋㅋㅋㅋ

ㅋㅋㅋㅋㅋㅋㅋㅋㅋㅋㅋㅋㅋㅋㅋ 버티고 서있었으면 큰일날 뻔했네 그친구

예전부터 이선이 후드 쓰고 다니던데... 카메라도 되게 부담스러워 하는거 보면 시선 받는 거 좀 싫어하는듯ㅇㅅㅇ; 그래서 아예 빌려서 쓰나봐 레스토랑도 종종 빌린다던데

ㄴㅅㅎ이 그걸 챙긴다고...?

ㄴ지금까지 완전 잘했잖아 솔직히 나였으면 집 사줬을듯

ㄴ집도 줬대

ㄴ얼....

ㄴ항상 앞서 나가는 사또

ㄴ아...사또처럼만 했으면 조선이ㄱ그렇게 망하진 않았을 텐데

ㄷㅎ호텔 라운지에서 코드 회의하는거 기사사진 떴잖아 거기서 ㅅㅎ이 ㅈㅇㅅ 손잡고 있던데?????????? 절묘하게 테이블 화분에 좀 가려지긴 했는데 분명 각도상 손잡고 있는거 같음 아님 최소 손목 https://news.dohae.com/article/7895325

ㄴ그거 혹시 킬각 재려고 맥박 확인하는거 아냐?

ㄴㅅㅂㅋㅋㅋㅋㅋㅋㅋㅋㅋㅋㅋㅋㅋㅋㅋㅋㅋㅋㅋㅋㅋㅋㅋㅋㅋㅋㅋㅋㅋㅋㅋㅋㅋ

ㄴ아씨ㅋㅋㅋㅋㅋㅋㅋ 도랏나곰ㅋㅋㅋㅋㅋㅋㅋㅋ

ㄴㅋㅋㅋㅋㅋㅋㅋㅋㅋㅋㅋㅋㅋㅋㅋㅋㅋㅋㅋㅋㅋㅋㅋㅋㅋㅋㅋㅋㅋㅋㅋㅋㅋㅋ

킹리적 갓심 드는데 자꾸... 타방 영상보면 에첸 건물에서 나올 때 ㅈㅇㅅ 다른 사람이랑 부딪칠 뻔한 거 ㅅㅎ이 잡아주고 그러던데.... 어깨 토닥이고... (사진 첨부)

└222222 게다가 코드 최초 법적 대응도 ㅈㅇㅅ 때문이고

└원래 사현 자기 라인은 챙김

└기주혁은 안 챙기던데ㅜ

└기주는.. 그렇게 입 나불대는데 목숨 챙겨 주고 있잖아........

└아 ㅇㅈ합니다...

그럼 이건 강 사또가 인간처럼 보여서 놀라운 플로우인가??

└사현 갑자기 인간 아니게됨

└인간 아닌데...?;

└4현 지옥에서 온 거 아직도 모르는 사람 있어???? ㄷㄷ

└사탄의 현신이라서 사현인데... 진짜 이름 아무도 모르잖아

└사현인간설 도는 게 더 어이없다;; 지구평평설이랑 같은 수준 이잖아.. 으이구 커뮤 그만 하고 현실 좀 보고 살아

└와 아직도 이렇게 생각하는 사람 있구나 신기하당ㅇㅅㅇ; 국민학교 나왔어?

└나 2댓인데 갑자기 뇌절 오네.. 진짜 인간 아니었던거 같아..

└ㅋㅋ

2권에 계속

헤의 흔적 1

초판 1쇄 인쇄 2021년 05월 10일
초판 1쇄 발행 2021년 05월 20일

지은이 도해늘
펴낸이 정은선

편집 최민유
마케팅 왕인정, 박성회
디자인 디자인그룹 헌드레드

펴낸곳 (주)오렌지디
출판등록 제2020-000013호
주소 서울특별시 강남구 선릉로428
전화 02-6196-0380 **팩스** 02-6499-0323

ISBN 979-11-91164-35-0 (04810)
ISBN 979-11-91164-34-3 (set)

© 도해늘, 2021

www.oranged.co.kr